CHARLOTTE GARDENER

Lady Arrington und die tödliche Melodie

Weitere Titel der Autorin

Lady Arrington und der tote Kavalier

Titel auch bei Lübbe Audio erschienen

Über die Autorin

Charlotte Gardener ist eine englische Autorin. Nachdem sie mehr als dreißig Jahre in London am Theater gearbeitet hat, ist sie nun ins wunderschöne Brighton zurückgekehrt, den Ort ihrer Kindheit. Hier hat sie auch endlich die Ruhe gefunden, um ihr Hobby zum Beruf zu machen: das Schreiben von Kriminalromanen. Und wenn sie nicht gerade in einem kleinen Café an einem ihrer Romane tüftelt, liebt sie es, mit ihrem Hund Scofield lange Spaziergänge am Strand zu unternehmen.

Charlotte Gardener

Lady Arrington und die tödliche Melodie

Ein Kreuzfahrt-Krimi

lübbe

Dieser Titel ist auch bei Lübbe Audio und als E-Book erschienen

FSC
www.fsc.org
MIX
Papier aus verantwortungsvollen Quellen
FSC® C014496

Vollständige Taschenbuchausgabe
der bei beTHRILLED erschienenen E-Book-Ausgabe

Umschlaggestaltung: Kirstin Osenau
Unter Verwendung von Motiven von © Shutterstock: Resul Muslu | AKaiser | Jullius | VladisChern | Aleksandra Vologzhina und © iStockphoto
Satz: 3w+p GmbH, Rimpar (www.3wplusp.de)
Gesetzt aus der Palatino
Druck und Verarbeitung: GGP Media GbmH, Pößneck
Printed in Germany
ISBN 978-3-404-18049-3

2 4 5 3 1

Sie finden uns im Internet unter www.luebbe.de
Bitte beachten Sie auch: www.lesejury.de

1

»Die Lösung ist ganz einfach: Sie müssen wieder reisen, Mary!«

»Was für ein hanebüchener Unsinn!«, schimpfte Mr. Bayle. »Eine Reise ist nun wirklich das Letzte, was Mrs. Arrington in einer solchen Krisensituation unternehmen sollte.«

»Nichts Unsinn. Mary geht uns ja noch ein, wenn sie immer nur in diesem zugigen alten Gemäuer hockt. Daher kommt doch das ganze Elend überhaupt nur. Sie muss mal wieder an die Luft, unter Menschen, was erleben.«

Greta unterstrich ihre Worte mit einem resoluten Schwung ihres Staubwedels, obwohl weder Flusen noch Spinnweben oder sonstiger Schmutz zu beseitigen war. Marys Studier- und Schreibzimmer war wie üblich tadellos sauber, schließlich war es der erste aller Räume, den sich Greta bei ihren täglichen Reinigungsgängen durch das Anwesen vornahm. Aber wenn Greta mitbekam, dass sich Mary mit ihrem Lektor Mr. Bayle eben dorthin für ein Gespräch zurückzog, fiel ihr unvermeidlich ein, wie dringend die zahllosen ledergebundenen Bücher in den Regalen abgestaubt und der antike Globus poliert werden musste. Gretas Blick fiel auf den alten Perserteppich am Boden. Sollte diese Unterhaltung nicht endlich die von ihr gewünschte Wendung nehmen, würde sie zum Staubsauger greifen, um mit dessen zuverlässiger Lautstärke besagter Unterhaltung ein Ende zu setzen.

»Ganz im Gegenteil«, erwiderte Mr. Bayle indes. »Die einzig annehmbare Herangehensweise besteht darin, sich nicht von der Stelle zu rühren und, anstatt kindischen Fluchtimpulsen nachzugeben, die Hindernisse mit Mut, Tatkraft und Durchhaltevermögen zu überwinden.«

Marys langjähriger Ansprechpartner und Förderer beim Verlag *Fitch & Finnegan* saß vollkommen ruhig in einem der Ledersessel, die vor den mit Büchern vollgestopften Regalen eine Sitzgruppe um den Beistelltisch bildeten. Seine Sitzhaltung war ebenso tadellos wie sein Tweed-Anzug mit dem Karo-Muster und sein schwarzgrauer Scheitel über den silberglänzenden Schläfen. Jede andere Person nötigten die Sessel geradezu zur Bequemlichkeit. Nicht aber Mr. Bayle. Auf seine unnachahmliche Weise gelang es ihm, darin jene aufrechte, etwas steife Positur zu bewahren, die ihm die britische Etikette gebot – vor allem, wenn er sich in Gesellschaft zweier Damen befand. In diesem Fall hätte Mr. Bayle selbst den Begriff *Dame* wohlweislich in der Einzahl verwendet und ihn ausschließlich auf seine Gastgeberin bezogen. Für Greta hielt er andere, weniger schmeichelhafte Bezeichnungen parat.

Mary räusperte sich und zog damit die Blicke der beiden Streithähne auf sich, deren Schlagabtausch sie hinter der schützenden Barriere ihres Schreibtisches beigewohnt hatte. Bis zu diesem Moment hatte Mary es tunlichst vermieden, sich in die Auseinandersetzung einzumischen. Wenn Mr. Bayle und Greta erst mal aneinandergerieten, war es nicht besonders ratsam, sich in die Schusslinie zu begeben. Vor allem nicht, wenn man selbst Gegenstand ihrer verbalen Scharmützel war. Die beiden miteinander zu versöhnen, war wie immer so gut wie aussichtslos. Doch nun musste Mary einschreiten. Schließlich ging es hier um Belange von höchster Wichtigkeit. Da konnte sie nicht einfach zusehen, wie Mr. Bayle und Greta sich in ihr übliches Patt hineindiskutierten. Mary seufzte innerlich. Sie fand es wenig reizvoll, es sich wahlweise mit ihrem Lektor oder ihrer altgedienten Haushaltshilfe zu verderben. Sowohl das eine wie auch das andere könnte mit mehr als unangenehmen Konsequenzen einhergehen. Sie musste also sehr behutsam vorgehen.

»Mein lieber Mr. Bayle«, begann sie. »So sehr ich für gewöhnlich auch bereit bin, Ihrem von Sach- und Menschenverstand geprägten Urteil zuzustimmen, plagen mich doch unter den gegebenen Umständen arge Zweifel, was die Durchführbarkeit Ihres Vorschlages anbelangt.«

Mr. Bayle wollte schon zu einem Gegenargument ansetzen, doch Mary war schneller. »Vielmehr muss ich gestehen, dass meine Tatkraft und mein Durchhaltevermögen sich ihrem Ende nähern, und auch mein Mut, fürchte ich, im Schwinden begriffen ist. Um es auf den Punkt zu bringen: Ich komme einfach nicht voran.«

Mit einer resignierten Geste wies sie auf das Manuskript, das vor ihr auf dem glänzend gewienerten und edel gemaserten Eichentisch lag, an dem sie ihrer schriftstellerischen Tätigkeit nachzugehen pflegte. In den letzten Wochen nun war diese Arbeit mehr und mehr ins Stocken geraten. Und schließlich gänzlich zum Stillstand gekommen. Stundenlang hatte sie in den vergangenen Tagen vor ihrem Laptop gesessen und auf den Bildschirm gestarrt, von wo aus der Cursor sie hämisch anblinkte. Schließlich hatte sie den bisher entstandenen Text ausgedruckt in der Hoffnung, das Blättern in den Seiten, Korrekturen, Unterstreichungen, Ergänzungen, die schiere Bewegung des Stiftes auf dem Papier würden ihr einen neuen Zugang zu ihrer Geschichte eröffnen. Die Hoffnung hatte sich nicht erfüllt. Es war ihr einfach nicht gelungen, den Schreibprozess wieder in Gang zu bringen.

»Es muss also etwas passieren. Und eine Reise könnte mir tatsächlich aus dieser Misere heraushelfen.«

Greta reckte ihren Kopf mit dem blonden Dutt, vor dem eine weiße Haube saß, und warf Mr. Bayle einen siegessicheren Blick zu. Gleichzeitig drohte sie ihm mit dem Staubwedel, als wollte sie ihm für jeden weiteren Einwand jene rigorose Behandlung mit ihrem Reinigungsinstrument angedeihen lassen, die sie sonst den Bücherrücken zukommen ließ. Greta war eine große Frau, deren üppige Formen ihre blaue Uniform mit der weißen Schürze selbstbewusst ausfüllten. Ihre Erscheinung war von Natur aus eindrucksvoll, und wenn sie es darauf anlegte, gar einschüchternd. In dieser Pose vollkommener Überlegenheit, in der sie nun auf ihren Rivalen herabsah, wirkte Greta besonders stattlich – und wie jemand, mit dem man sich besser nicht anlegen sollte.

Für einen kurzen Moment sah es tatsächlich so aus, als würde Mr. Bayle unter ihrem strengen Blick seine stramme Haltung aufgeben und nun doch so tief wie möglich in seinen Sessel sinken. Doch er weigerte sich, vor ihr einzuknicken. Stattdessen ließ er einen Laut vernehmen, der irgendwo zwischen einem tiefen Seufzen und einem dunklen Grummeln angesiedelt war. Ein Laut, zu dem ihn niemand so verlässlich verleitete wie Greta. Mehr als einmal hatte Mr. Bayle Mary nahegelegt, diese *impertinente Person* doch um Gottes willen endlich aus dem Herrenhaus zu entfernen und sie durch einen traditionellen Butler zu ersetzen, der nur in Erscheinung trat, wenn man ihn auch wirklich brauchte, und der sich den Gästen gegenüber mit Respekt betrug und seine Äußerungen auf ein diskretes »Yes, Madame« und »Certainly, Sir« beschränkte, anstatt zu allem ungebeten seinen Senf dazuzugeben. All sein Frust darüber, dass sein Bemühen bis heute ohne Erfolg geblieben war, kam in jenem brummigen Seufzen zum Ausdruck.

»Es muss also eine Reise sein, ja?«, sagte er und trank einen Schluck Tee aus der Porzellantasse mit dem dezenten Blumenmuster. »Gut, dann eben eine Reise.«

Ein Geistesblitz hellte sein Gesicht auf.

»Wie Sie wissen, besitze ich ein kleines Cottage in Wales. Eine herrliche Landschaft, frische Luft, Ruhe. Und aufgrund der übersichtlichen Räumlichkeit lässt sich die Haushaltsführung ganz ohne fremde Hilfe bewerkstelligen. Sie könnten sich, werte Mrs. Arrington, daher ohne jedwede Störung«, er warf Greta einen vielsagenden Seitenblick zu, »oder Belästigung durch penetrante Gesellschaft auf die Fertigstellung Ihres Manuskriptes konzentrieren, dessen Abgabetermin, wenn ich das bemerken darf, in nicht allzu weiter Ferne liegt. Schön. Wie mir scheint, haben wir die perfekte Lösung für all Ihre Schwierigkeiten gefunden.«

Er stellte seine Tasse zurück auf den niedrigen orientalischen Tisch neben seinem Sessel, griff nach einem der Gurkensandwiches, die auf einer Etagere angerichtet waren, biss hinein und kaute zufrieden, als sei das letzte Worte damit gesprochen. Auch wenn er eine innige Feindschaft mit Greta pflegte, hinderte ihn diese nicht daran, sich an den köstlichen Häppchen gütlich zu tun, für deren Zubereitung sie berühmt war. Seine Miene verleugnete keineswegs den Genuss, den er beim Verzehr verspürte. Zugleich tat sie jedoch kund, wie viel besser es ihm in Gretas Abwesenheit gemundet hätte. Das Liebste wäre ihm gewesen, Greta hätte sich, nachdem sie die Leckereien und den Earl Grey in der silbernen Kanne serviert hatte, schnurstracks ans andere Ende des geräumigen Herrenhauses begeben. Oder wenigstens außer Hörweite.

»Nun ja«, ergriff Mary das Wort und tippte mit einem Federhalter auf ihrem bekritzelten, widerspenstigen Manuskript herum. »Das wäre eine Möglichkeit, um mal wieder rauszukommen, ohne gleich eine lange Zugfahrt oder einen Flug auf mich nehmen zu müssen. Und eine gewisse Abgeschiedenheit ohne jegliche Ablenkung könnte meiner Arbeit tatsächlich guttun.«

Mr. Bayle gelang es, mit vollem Mund ein triumphales Lächeln aufzusetzen. Er hatte seine staubwedelnde Widersacherin in ihre Schranken gewiesen.

Doch im selben Moment belehrte sie ihn eines Besseren.

»Nichts da, Cottage«, brauste Greta auf. Als langjährige Angestellte des Hauses Arrington hatte sie ja wohl ein Stimmrecht! Und das würde sie sich weder von Mr. Bayle noch sonst jemandem absprechen lassen. Schließlich war sie ein fester Bestandteil des Anwesens, eine Institution sozusagen. Mr. Bayle hingegen war in ihren Augen bloß ein Besucher.

»Soll Mary etwa wie eine Kuhmagd in irgendeinem abgelegenen Schuppen in der Pampa versauern, wo Fuchs und Hase sich Gute Nacht sagen? Da kriegt sie ja die Schwermut und tut sich was an. Nein, es gibt nur eins: Mary muss zurück aufs Schiff. Und zwar auf die *Queen Anne.*«

Die bloße Erwähnung dieses Namens fegte Mr. Bayle das Lächeln aus dem Gesicht. Fast hätte er sich an seinem Gurkensandwich verschluckt. Seine Manieren verboten ihm, mit vollem Mund zu sprechen. Doch auch die Hast, mit der er den halb zerkauten Bissen herunterwürgte, zeugte nicht unbedingt von feiner englischer Art.

»Um Gottes Willen«, stieß er hervor. Für einen Mann, der für gewöhnlich als Inbegriff von Gemütsruhe und Selbstbeherrschung galt, kam dies geradezu einem Wutausbruch gleich. Greta, die Frau, die ihn immer wieder aus der Fassung brachte, hatte genau jenes Stichwort gewählt, das ihn am empfindlichsten traf. »Ich beschwöre Sie, verehrte Mrs. Arrington, eine Rückkehr auf diesen rostigen Kutter dürfen Sie nicht einmal in Erwägung ziehen. Denken Sie nur einmal an die Strapazen, denen Sie sich auf diesem Seelenverkäufer ausliefern: lärmende Menschenmassen. Niveauloses Unterhaltungsprogramm. Seegangsbedingte Übelkeit.«

Durch ihre jahrelange Freundschaft war Mary mit den Marotten ihres Lektors wohlvertraut. Nicht nur, dass er dem Meer gegenüber eine Abneigung hegte, die für einen geborenen Inselbewohner verwunderlich war. Geradezu allergisch reagierte er, leidenschaftlicher Liebhaber gehobener Literatur und klassischer Musik, auf alles, was er mit Massentourismus, All-inclusive-Urlaub und, wie er es nannte, *geistfreier Vergnügungssucht* in Verbindung brachte. Sein Ausbruch kam für die Schriftstellerin daher nicht überraschend. Aber deshalb war sie noch lange nicht bereit, ihn ohne Weiteres hinzunehmen.

»Ich darf Sie darauf hinweisen, mein lieber Mr. Bayle«, sagte Mary, »dass die *Queen Anne* ihren Passagieren höchsten Komfort bietet und die oft verwendete Bezeichnung *Schwimmendes Luxushotel* weitaus zutreffender ist als Ihr *rostiger Kutter.* Trotz aller Widrigkeiten, die mit meinem ersten Aufenthalt an Bord einhergingen, habe ich dort eine durchaus bereichernde Zeit verbracht und einige Freundschaften mit liebenswerten Menschen geschlossen.«

So viel Wert Mr. Bayle normalerweise auf Beherrschtheit und vornehme Zurückhaltung legte – hier und jetzt war es aussichtslos, ihn in seiner Erregung zu bremsen. Das Sandwich in seiner Hand schien er vollkommen vergessen zu haben. Es fehlte nicht viel, und er hätte es fallen lassen und sich den von seinem Londoner Schneider maßgefertigten Anzug bekleckert.

»Ich darf Sie meinerseits darauf hinweisen, verehrte Mrs. Arrington, wie wenig zutreffend mir die von Ihnen gewählte Bezeichnung *Widrigkeiten* scheint, wenn man bedenkt, dass eine dieser sogenannten Widrigkeiten darin bestand, dass sie beinahe umgebracht wurden – und zwar infolge eines anderen, grausamen Mordes. Es ist mir schleierhaft, was einen intelligenten Menschen dazu bewegen könnte, sich freiwillig nicht nur einmal, sondern gleich zweimal auf diesen schwimmenden Sarg zu begeben.«

Er legte das angebissene Sandwich beiseite und trank einen Schluck Tee, um seine Nerven zu beruhigen.

»Ich appelliere an Ihre Vernunft«, fuhr er sodann gefasster fort. »Fahren Sie in mein Cottage. Es ist noch niemand landkrank geworden. Zudem denke ich, ich lehne mich nicht zu weit aus dem Fenster, wenn ich Ihnen verspreche, dass während Ihres Aufenthaltes dort mit höchster Wahrscheinlichkeit niemand das Zeitliche segnen wird.«

»Höchstens Mary selbst«, warf Greta ein, die seinen Ausführungen mit verächtlicher Miene zugehört hatte. »Vor lauter Langeweile.«

Bevor Mr. Bayle zu einer weiteren Parade ausholen konnte, hatte Mary sich erhoben und war an den antiken Globus getreten.

»Vergessen Sie nicht, Mr. Bayle«, sagte sie und fuhr mit den Fingerspitzen über die blauen Flächen, die darauf eingezeichnet waren. »Es war just diese Reise, die mir den Stoff zu meinem aktuellen Roman lieferte und mich damit, wie Sie sich gewiss erinnern, schon einmal aus einer künstlerischen Schaffenskrise rettete. Was läge also näher, als frische Inspiration für diese Geschichte dort zu suchen, wo sie sich abgespielt hat?«

»Was näher läge?«, grollte Mr. Bayle. »Ich sage Ihnen, was näher läge: Mein Cottage läge näher.«

Aber der Trotz in seiner Stimme verriet bereits das notgedrungene Eingeständnis seiner Niederlage, einer schmählichen Niederlage, die seinem Stolz einen tiefen Stich versetzte: Ausgebootet von einer Haushaltshilfe. Wobei der Begriff *ausgebootet* in Bezug auf das Thema Schiff und Kreuzfahrt einen besonders schmählichen Beigeschmack erhielt.

»Außerdem«, sagte Greta, »hat Mary ja noch die Gratis-Reise, die sie beim letzten Mal geschenkt bekommen hat, weil sie den Kriminalfall so bravourös gelöst hat. Die kann sie ja unmöglich verfallen lassen.«

»Sie müsste sie ja nicht verfallen lassen«, bemerkte Mr. Bayle. »Die Reise ist sicherlich übertragbar. Wenn Sie mich fragen, Mrs. Arrington, hat Greta für all ihre Anstrengungen einen Urlaub verdient. Es gibt bestimmt Kreuzfahrten an den Nordpol, auf denen sie …«

»Wohin möchten Sie reisen, Mary?«, unterbrach Greta ihn grob und stellte sich neben Mary. »Wieder in die Karibik?«

Mary schüttelte den Kopf, und Mr. Bayle erkannte, dass er endgültig verloren hatte. Beleidigt griff er sein Sandwich, biss hinein und verfolgte mit Schmollmiene, wie die gegen seinen Willen und fachmännischen Rat beschlossenen Pläne ins Werk gesetzt wurden.

»Neue Reise, neues Ziel«, sagte Mary und versetzte den Globus mit einem ordentlichen Schubs in Drehung.

2

Die *Queen Anne* herrschte über den Hafen von Southampton, wie es sich für eine Königin gehörte. Der dreimastige Segelschoner, der in ihrem Schatten vor Anker lag, die Jachten, die an ihr vorüberkreuzten, als wollten sie der Monarchin ihre Aufwartung machen, und die Motorboote, die sich ehrerbietig, wie es schien, in ihre Nähe wagten, wirkten neben ihr wie Miniaturmodelle. Selbst ein weiteres Kreuzfahrtschiff, das für sich allein mächtig und eindrucksvoll gewesen wäre, nahm sich im Vergleich mit der Majestät der Weltmeere wie ein Spielzeug aus. Mit ruhiger Erhabenheit thronte die *Queen Anne* mit ihrem knallroten Schornstein längs des Ocean Terminals, einer lang gezogenen, mattsilbernen Halle mit abgerundetem Dach, die von der Seite gesehen einem U-Boot ähnelte. Die letzten Vorbereitungen zum Aufbruch liefen auf Hochtouren. Eine Armee von Arbeitern mit gelben Warnwesten war damit beschäftigt, die Autos der eintreffenden Passagiere auf den Parkplatz zu leiten und Gepäckstücke auf Sackkarren an Bord zu transportieren. Unter den Männern, Frauen und Kindern, die in den kommenden Tagen auf dem Luxusschiff zu Gast sein würden, gab es niemanden, der beim Anblick des Schiffes nicht vor Erstaunen innegehalten hätte. Die meisten der Passagiere verewigten den Moment auf einem Foto oder hielten ihn in einem Video fest, bevor sie sich in der aufgeregt schwatzenden Menge ihrer Mitreisenden in das Terminal zum Check-in begaben. Vollkommen ungerührt stand die *Queen Anne* über all dem

Gewimmel. Alles drehte sich einzig und allein um sie. Aber um so weltliche Belange brauchte sich eine Hoheit natürlich nicht zu kümmern.

Mary hatte ihre Koffer bereits aufgegeben und auch alle übrigen Formalitäten hinter sich gebracht. Zusammen mit einigen ihrer unbekannten Reisegenossen überquerte sie die Gangway, die das Schiff mit dem britischen Festland verband. Durch die gläsernen Wände, die sie umschlossen, blickte sie auf das Wasser, das zwischen dem Kai und dem schwarzen Rumpf der *Queen Anne* spielerische Wellen schlug. Mary hatte das Gefühl, über eine Brücke zu schreiten, und zwar in mehrfachem Sinne. Dieser Übergang bedeutete nicht nur, festen Grund zu verlassen und sich dem Ozean, seiner Weite und seinen Gefahren – wie harschem Wellengang und Stürmen – zu übereignen, wenngleich in höchstem Komfort. Er hieß auch, in jene ganz eigene Welt zurückzukehren, die Mary während ihres ersten Aufenthalts an Bord kennengelernt hatte. Eine Welt, in der die Menschen, die sie für eine Weile bevölkerten, in einer Art Schicksalsgemeinschaft zusammengeschlossen waren – und niemand konnte auch nur erahnen, welche Dramen sich zwischen ihnen entspinnen würden.

Am Eingang zum Schiff stand ein Stewart, gekleidet in einen schwarzen Anzug, an einem Pult, um die Passagiere in Empfang zu nehmen und ihre Bordkarten zu prüfen. Dahinter hatten sich in zwei Reihen, eine links, eine rechts, weitere schwarz gekleidete Stewarts aufgestellt, von denen jeder im Knopfloch eine Rose und auf dem Gesicht ein Lächeln trug. Hinter diesem Spalier wiederum, das Mary ihrerseits mit einem Lächeln durchschritt, hielten sich Bell Boys in roten Livreen, mit roten Mützen und weißen Handschuhen bereit, den Gästen ihr Handgepäck abzunehmen und sie zu ihren Unterkünften zu geleiten. Mary freilich kannte sich gut genug aus, um sich allein zurechtzufinden. Bevor sie jedoch den Weg zu den Aufzügen einschlagen konnte, stellte sich ihr ein Mann in den Weg.

3

»Entschuldigen Sie, Madam«, sagte der Fremde. Seine Uniform mit den goldenen Schulterstreifen wies ihn als Offizier aus. Er sprach Englisch mit einem breiten Akzent, den Mary nicht direkt zuordnen konnte. »Aber wenn mich nicht alles täuscht, müssen Sie Lady Arrington sein, nicht wahr?«

»Ganz recht«, sagte Mary mit einer gewissen Neugier in der Stimme.

Der Offizier nickte zu dieser Bestätigung dessen, was er bereits gewusst hatte.

»Hendrik de Jong«, sagte er und gab ihr dadurch nicht nur seinen Namen, sondern auch seine Nationalität preis. Sowohl Name als auch Akzent waren niederländisch.

»Sehr erfreut«, sagte Mary.

Sie erwartete, er werde ihr die Hand reichen, und hob bereits ihre, um sie ihm entgegenzustrecken. Stattdessen aber nahm er Haltung an, schlug die Hacken zusammen und salutierte. Mary war sich zwar sicher, dass die Gepflogenheiten der Seefahrt von ihr keinesfalls verlangten, diese Begrüßung in gleicher Form zu erwidern. Sie wusste indes nicht, wie eine angemessene Erwiderung auszusehen hatte. Ohnehin brachte es sie hinreichend in Verlegenheit, vor aller Augen mit militärischen Ehren an Bord empfangen zu werden.

Sie beschränkte sich daher auf ein höfliches, wenn auch leicht irritiertes Lächeln.

»Gestatten Sie mir«, sagte de Jong und zog zackig die

Hand von seiner schwarz-weißen Offiziersmütze mit dem goldenen Wappen, »Sie im Namen der gesamten Besatzung der *Queen Anne* an Bord willkommen zu heißen. Zudem möchte ich Ihnen stellvertretend für den Schiffseigner noch einmal ganz herzlich unseren Dank für den Dienst ausdrücken, den Sie uns während Ihrer ersten Reise erwiesen haben.«

Mary kam nicht umhin, zu bemerken, dass er darauf verzichtete, hinzuzufügen, dass es sich bei besagtem Dienst um die Aufklärung eines Verbrechens gehandelt hatte. Vermutlich, weil sie sich in Hörweite anderer Passagiere befanden, und die Erwähnung eines brutalen Mordes nicht unbedingt dazu beigetragen hätte, die Vorfreude der Reisegäste auf Cocktails im Liegestuhl auf dem Sonnendeck zu erhöhen.

»Gern geschehen«, sagte Mary und verkniff sich ihrerseits eine Bemerkung darüber, wie viel lieber es dem Schiffseigner damals gewesen wäre, der Fall wäre still und heimlich vertuscht worden, anstatt durch ihre Ermittlungen ans Licht der Öffentlichkeit zu gelangen. Aber schließlich war de Jong nur der Überbringer dieser heuchlerischen Grußbotschaft. Zudem war er, wenn Mary sich nicht irrte, damals gar nicht an Bord gewesen und hatte mit all dem folglich nichts zu tun. Sein Name jedenfalls rief in Mary keine Erinnerung wach. Natürlich hatte sie nicht mit jedem Einzelnen der über tausend Crew-Mitglieder persönlichen Kontakt gehabt. Aber selbst wenn sie einander auch nur auf einem der Gänge über den Weg gelaufen wären – Mary war ziemlich sicher, dass er ihr im Gedächtnis geblieben wäre.

Mit über 60 Jahren war sie lange aus dem Alter heraus, in dem sie über die Attraktivität eines Mannes in mädchenhafte Schwärmerei verfallen wäre. Aber sie musste zugeben, dass dieser Hendrik de Jong außergewöhnlich gut aussah. Als Schriftstellerin hütete sie sich eigentlich davor, auf Klischees zuzugreifen. Aber hier blieb ihr keine Wahl: Stahlblaue Augen. Sinnlicher Mund. Markantes Kinn. Dazu breite Schultern und schmale Hüften. Wäre sie nicht Kriminalroman-Autorin, sondern Verfasserin kitschiger Liebesromane, sie hätte ihn ohne Weiteres als Vorbild für den leidenschaftlichen Helden genommen, der mit schmelzenden Blicken und heißen Küssen die Herzen sämtlicher Damen im Sturm erobert. Den nötigen Charme dafür schien er dem ersten Eindruck nach jedenfalls zu haben. Und seine Uniform, die ihm selbstverständlich wie angegossen passte, war wie gemacht dafür, seinen imposanten Körperbau zu unterstreichen.

»Wir freuen uns sehr«, riss er Mary aus ihren Gedanken, »Sie ein weiteres Mal als Gast bei uns zu empfangen, und hoffen, dass Sie auf der *Queen Anne* eine angenehme Zeit verbringen werden. Ich wurde persönlich vom Kapitän damit beauftragt, für Ihr Wohlbefinden Sorge zu tragen. Falls Sie also irgendetwas benötigen, wenden Sie sich einfach an mich.«

»Vielen Dank, Mr. de Jong«, erwiderte Mary. »Es ist beruhigend, mich in so fähigen Händen zu wissen.«

De Jong lächelte, und für einen Moment fürchtete Mary, der letzte Satz könnte falsch herausgekommen sein. Schließlich hatte sie, bei all seiner Attraktivität, keinesfalls vor, sich buchstäblich in seine Hände zu begeben. Sie war zwar auf Abenteuer aus. Aber nicht auf Liebesabenteuer, und schon gar nicht mit einem Mann, der um so vieles jünger war als sie selbst.

Zu ihrer Beruhigung hatte de Jongs Lächeln – perlweiße Zähne, wie könnte es anders sein – nichts Anzügliches. Seine Freundlichkeit wirkte aufrichtig. Trotzdem fragte Mary sich, ob seine Sorge um ihr Wohlergehen möglicherweise mit dem Auftrag einherging, sie im Auge zu behalten, damit sie nicht ein weiteres Mal geschäftsschädigende Unannehmlichkeiten verursachte. Sie schob diesen Gedanken beiseite. Schließlich hatte sie ohnehin nicht vor, auf dieser Reise ein weiteres Mal in einen Mordfall verwickelt zu werden.

Hendrik de Jong hob seine Mütze und fuhr sich mit seiner gepflegten Hand durch das nicht weniger gepflegte goldblonde Haar, das nun zum Vorschein kam. Mit seinem Glanz und seiner Spannkraft sah es aus, als käme es in den täglichen Genuss einer Wellness-Behandlung mit Shampoo, Conditioner und jeglichem anderen auf der Welt erhältlichen Pflegeprodukt. Im Gegensatz zu seinem sonstigen Verhalten wirkte diese Geste etwas gekünstelt und zeugte von einer gewissen Eitelkeit, fand Mary. Wenn de Jong auch bemüht war, es sich nicht anmerken zu lassen: Er war sich der Anziehungskraft durchaus bewusst, die von ihm ausging – und die selbst auf ihn ihre Wirkung offensichtlich nicht verfehlte.

Der Offizier setzte seine Mütze so behutsam auf, als fürchte er, seiner Frisur dadurch bleibenden Schaden zuzufügen.

»Wenn Sie nun so freundlich wären, mich zu begleiten«, sagte er und wies in Richtung des Schiffsinneren. »Der Kapitän würde gern mit Ihnen sprechen.«

4

Dezente Klaviermusik empfing Mary, als sie die *Grand Lobby* betraten. Sie hatte die Lobby während ihrer letzten Reise durch die Karibik zahllose Male durchschritten. Aber auch jetzt empfand sie eine gewisse Ehrfurcht vor diesem beeindruckenden Herzstück des Schiffes. Die stuckverzierte Galerie, auf der Edelboutiquen erlesene Waren für den nicht ganz so alltäglichen Bedarf anboten. Die runden Emporen, von denen aus man hinab in die aufwendig gestaltete Halle blicken konnte. Die sacht geschwungenen, mit rotem Teppich ausgelegten Treppen, die hinunter in den weitläufigen, von marmorierten Säulen umstellten Sitzbereich mit seinen komfortablen Sesseln führten. Das gewaltige bronzene Relief, das hoch über all dem prangte, und aus dem das Schiff, von stürmischen Wellen getragen, triumphal aus einem Strahlenkranz hervorzubrechen schien. Die *Grand Lobby* versetzte ihren Betrachter zurück in die 1920er-Jahre, das goldene Zeitalter der Kreuzfahrten, und Mary war sicher, dass die Ladys und Gentlemen von damals sich nicht erhabener gefühlt hatten als sie selbst und ihre Mitreisenden, die hier gerade versammelt waren und sich dieser Pracht voller Bewunderung hingaben.

An einem schwarzen Konzertflügel, der am Fuße einer der Treppen aufgestellt war, saß der Bordpianist in schwarzem Anzug und füllte die gediegene Atmosphäre mit weichen Klängen, die leicht und spielerisch durch die Halle schwebten – gläsern, schien es, wie die glitzernden Kristalle an den üppigen Blumensträußen, mit denen die Lobby geschmückt war. Bei der Musik, die er zur Unterhaltung der Bordgäste zum Besten gab, handelte es sich um die Instrumentalversion eines bekannten Songs der Beatles. Auch wenn dieses Stück das Können des Pianisten sicher nicht übermäßig forderte, hörte Mary, dass er nicht einfach zum tausendsten Mal lustlos sein Repertoire herunterspulte. Und sie sah es auch. Die Musik schien durch ihn hindurch und aus ihm hinaus in den Flügel zu fließen. Sein schmaler Oberkörper, der auf dem Hocker hoch über das Instrument hinausragte, wiegte sich im Rhythmus vor und zurück, während seine langgliedrigen schlanken Finger über die Tasten eilten. Sein Kopf, bedeckt mit wirr gelocktem dunklem Haar, pendelte an seinem leicht geknickten Hals mal abwärts, wie von den Tönen herabgezogen, mal aufwärts, wie von ihnen emporgehoben. Mary empfand eine gewisse Traurigkeit, als sie sah, dass die übrigen Passagiere die Musik kaum wahrzunehmen schienen. Ihnen galten die innig vorgetragenen Klänge lediglich als Hintergrundgeplänkel. Den Pianisten schien es nicht zu kümmern. Seine dunklen, weichen Augen, deren Blick er gelegentlich durch die *Grand Lobby* schweifen ließ, verrieten: Es wäre ihm unmöglich gewesen, auch nur eine einzige Note zu spielen, ohne seine gesamte Leidenschaft in ihr erklingen zu lassen. Und wann immer ihn eine Passage seines Liedes besonders berührte, lief ein Lächeln über sein Gesicht, in dem die tiefe Liebe zu seiner Kunst leuchtete.

Der Pianist war das erste bekannte Gesicht, das Mary auf der *Queen Anne* erblickte. Schon während ihrer ersten Fahrt hatte er für die musikalische Unterhaltung der Gäste gesorgt. Zwar hatte sich kein Gespräch zwischen ihm und Mary ergeben, aber sein Können und seine Hingabe hatten sie schon damals tief beeindruckt. Sie freute sich, erneut in den Genuss seiner Musik zu kommen. Vielleicht, dachte sie, ergibt sich ja dieses Mal die Gelegenheit, ihn persönlich kennenzulernen und ihm ihre Bewunderung auszudrücken. Schließlich gehörte er ganz eindeutig zu jenen faszinierenden Charakteren, die einen Aufenthalt an Bord so abwechslungsreich gestalteten.

De Jong hatte Mary zu einem Sessel nahe des Säulengangs geleitet.

»Wenn Sie Platz nehmen und sich ein wenig gedulden möchten«, sagte er und rückte ihr den Sessel zurecht. »Ich lasse Ihnen einen Tee bringen und teile Kapitän MacNeill mit, dass Sie eingetroffen sind. Er wird sofort bei Ihnen sein.«

»In Ordnung, ich warte dann so lange hier«, sagte Mary. »Und vielen Dank für Ihren freundlichen Empfang, Mr. de Jong.«

»Es ist mir eine Ehre, Mrs. Arrington.«

Er wandte sich um und durchquerte die Halle mit den ausgreifenden Schritten, die seiner stattlichen Erscheinung angemessen waren. Etwa in der Mitte der Lobby hielt er einen gerade vorüberkommenden Stewart an. Während er ihm mit einem diskreten Zeichen in Marys Richtung den Auftrag erteilte, ihr Tee zu servieren, lüftete de Jong ein weiteres Mal seine Mütze, um sich das Haar zurechtzustreichen. Mary, die ihn beobachtete, schmunzelte über diese eitle kleine Eigenheit – und über die begehrlichen Blicke einiger Damen, denen der fesche Offizier nicht entgangen war und die wohl hofften, er werde ihnen – sozusagen als Teil des bordeigenen Unterhaltungsprogramms – die Reise noch ein wenig aufregender gestalten.

Mary indes lehnte sich in ihrem Sessel zurück, um die Herrlichkeit der *Grand Lobby,* das geruhsame Treiben, das hier herrschte, und die anmutige Musik, die all dies untermalte, ganz in Ruhe in sich aufzunehmen.

Plötzlich aber brach das Lied ab.

5

Wie abgehackt endete die Musik mitten in ihrem eben noch so flüssigen Lauf. Der letzte, abgerissene Ton verstummte, harsch zum Schweigen gebracht. Und in der jähen Stille, die folgte, schien die gesamte *Grand Lobby* mit ihrer entspannten Geschäftigkeit für einen Moment in Starre zu verfallen. Wenn die anwesenden Passagiere dem Klavierspiel auch keine allzu große Beachtung geschenkt hatten – sein unerwarteter Abbruch verwirrte sie. Mit der Musik schien auch die magische Atmosphäre dieses Ortes zu verstummen. Es war keiner unter den Anwesenden, der nicht beim Schlendern zwischen den Säulen verdutzt stehen geblieben, in seinem Gespräch innegehalten oder den Blick von seiner Lektüre genommen hätte. Alle schauten sie hinüber zu dem Flügel unter der Treppe, um herauszufinden, was es mit dieser Störung ihrer schwelgerischen Bewunderung der Halle, ihres Müßiggangs oder ihrer feierlichen Ankunftsstimmung auf sich hatte.

Auch Mary blickte zu dem Pianisten und versuchte eine Erklärung zu finden, warum dieser sein Spiel so unschön beendet hatte. Einen kurzen Moment lang saß er steif auf seinem Hocker. Seine Finger schwebten wie von unsichtbaren Fäden gehalten über den Tasten. In seinem Gesicht unter dem Lockenschopf meinte Mary einen Ausdruck von Fassungslosigkeit, ja Entsetzen zu erkennen. Aber die Lähmung, die ihn ergriffen zu haben schien, hielt nicht lange. Kaum hatten sich alle Blicke auf ihn gerichtet, senkte er die Finger auch schon wieder auf die Tasten und brachte den Flügel erneut zum Klingen. So beklemmend die plötzliche Stille auch gewesen sein mochte, sie war Mary doch tausendmal lieber gewesen als das, was ihr nun folgte.

Mit aller Kraft, ja Gewalt, hämmerte er – Mary fand keine anderen Worte dafür – eine heiter überdrehte Melodie aus seinem Instrument, die nicht nur keineswegs zur Atmosphäre der *Grand Lobby* passte, sondern zudem so ohrenbetäubend durch die Halle schallte, dass die Kristalle an den Blumensträußen zu erzittern schienen. Es gelang nun niemandem mehr, die Darbietung des Pianisten unbeachtet an sich vorüberziehen zu lassen.

Mary sah, wie der Stewart, mit dem de Jong eben noch gesprochen hatte, herumwirbelte und mit einem Bell Boy zusammenstieß, der mit einem Koffer auf dem Weg zu den Aufzügen war. De Jong selbst, der die Halle noch nicht verlassen hatte, fasste seine Mütze und hielt sie fest, als fürchte er, der Höllenlärm könnte sie ihm vom Kopf wehen und seine Haare durcheinanderbringen. Eine füllige Dame in einem teuer wirkenden, quietschbunten Kleid, die über und über mit kostbarem Schmuck behängt war, ließ vor Schreck ihre Teetasse fallen, presste sich die Hände auf die Ohren und stieß einen gequälten Schrei aus, der nicht weniger spitz und durchdringend war als die kreischenden Töne, die der Pianist noch immer aus dem Flügel hämmerte. Ein im Gegensatz zu ihr beinahe asketisch dürrer älterer Herr mit Glatze und randloser Brille, der Mary in seinem schwarzen Anzug an einen Bestattungsunternehmer erinnerte, sprang aus seinem Sessel auf und warf dem Pianisten vernichtende Blicke zu.

»Verdammt, nun hören Sie doch auf mit diesem furchtbaren Geklimper!«, rief eine laute Männerstimme. Mary versuchte auszumachen, von wo aus der Ruf gekommen war. Doch ihr Blick blieb an einer kräftigen Frau hängen – *robust* war der Ausdruck, der Mary einfiel – mit streng geknotetem braunem Dutt und schlichter, farbloser Kleidung. Sie drängte ein junges, blasses Mädchen, das sich offenbar in ihrer Begleitung befand, von der Empore fort, von der aus sie offenbar die Lobby betrachtet hatten. Während sie das Mädchen, vielleicht sechzehn oder siebzehn Jahre alt, zum Ausgang drängte, vollführte sie mit ihren Händen immer wieder Gesten, die Mary als Gebärdensprache erkannte, wenn sie auch nicht verstand, was sie zu bedeuten hatten. Dann waren die beiden aus Marys Sichtfeld verschwunden. Sie waren nicht die Einzigen, die vor dieser akustischen Folter Reißaus nahmen. Ein Feueralarm hätte die Leute nicht zuverlässiger in die Flucht schlagen können.

Mary hingegen blieb an ihrem Platz. Sie war nicht so schreckhaft, dass ein Lied, ganz gleich wie unpassend und laut, sie aus der Ruhe gebracht hätte. Ganz abgesehen davon hätte ihre Neugier ihr niemals gestattet, aufzuspringen und die Lobby zu verlassen. Mit der Faszination der Schriftstellerin, die immer auf der Suche nach außergewöhnlichen Ereignissen und auffälligen Verhaltensweisen ist, hatte sie die merkwürdige Szenerie beobachtet und wandte ihre Aufmerksamkeit nun wieder dem Pianisten zu. Von seinem vorherigen Fingerspitzengefühl und seiner Einfühlsamkeit gegenüber seinem Instrument war nichts mehr übrig. Die Vehemenz, ja Gewalt, mit der er spielte, hätte Mary in einem ihrer Romane wohl als *panische Besessenheit* bezeichnet. Sein Gesicht war leichenblass und verkrampft, die Augen weit aufgerissen, die Zähne aufeinandergepresst. Er sah aus, als wollte er den Flügel mit bloßen Händen in Stücke schlagen.

Und dann war es vorbei.

Als sei nichts gewesen, wechselte der Pianist übergangslos zu einem seiner vorherigen ohrenfreundlichen Evergreens – und zu erträglicher Lautstärke. Die Anspannung wich aus seinem Gesicht, die Besessenheit aus seinem Blick. Die weichen Klänge, die nun von Neuem unter seinen Händen aus dem Flügel strömten, schienen ihn zu beruhigen, wie sie alle und alles um ihn herum zu besänftigen schienen.

Der Aufruhr legte sich allmählich. Die Passagiere und Schiffsangestellten, die in der Lobby geblieben waren, schüttelten die Verwunderung von sich und kehrten zu ihren vorherigen Beschäftigungen zurück. Der Stewart machte sich auf, den Tee zu besorgen. De Jong schritt aus der Lobby. Die füllige Dame sank in einen Sessel, der ihren Umfang kaum zu fassen vermochte, und winkte einem der Bell Boys, ihr ein Glas Wasser zu bringen. Der dürre Herr warf dem Pianisten einen letzten anklagenden Blick zu, setzte sich dann jedoch ebenfalls wieder und widmete sich der Lektüre eines schmalen, schwarz gebundenen Buches. Gespräche wurden fortgesetzt, Erkundungsrundgänge zwischen den Säulen wieder aufgenommen. Neuankömmlinge, die von der Störung nichts mitbekommen hatten, bevölkerten die kurzzeitig fast leere Halle und füllten sie von Neuem mit Äußerungen von Staunen und Bewunderung.

Die erhabene Stimmung der *Grand Lobby* war wiederhergestellt.

Mary aber konnte und wollte den Vorfall nicht einfach vergessen. Allzu sonderbar kam ihr das Betragen des Pianisten vor, der jetzt zurück in jene wiegenden Bewegungen verfiel, mit denen er voll und ganz in seiner Musik aufzugehen schien. Der Mann faszinierte Mary, so wie sie alle Menschen faszinierten, die etwas taten, das von gewöhnlichem Verhalten abwich, vor allem, wenn es auf so drastische Weise geschah wie bei seinem Ausbruch. Mary fragte sich, was ihn dazu getrieben haben konnte.

Und sie wusste, dass diese Frage nicht von ihr ablassen würde, wenn sie ihr nicht nachging.

6

»Ihre Musik entfaltet eine eindrucksvolle Wirkung«, sagte Mary, als sie an den Flügel herantrat. Sie war sich durchaus bewusst, dass man diese Bemerkung sowohl auf das Können des Pianisten als auch auf seine verstörende Einlage beziehen konnte.

Er selbst schien sich für die schmeichelhaftere Auslegung zu entscheiden.

»Vielen Dank für das Kompliment, Madam«, sagte er und blickte auf, ohne sein Spiel zu unterbrechen. Mary kam es vor, als spielten seine Hände ganz von allein weiter und er vertraute ihnen, die richtigen Töne zu treffen, ohne sie dabei ununterbrochen beaufsichtigen zu müssen. Seine gepflegten Finger waren imstande, sich über eine beeindruckende Anzahl von Tasten zu spreizen und somit auch jene, die vom Daumen weit entfernt lagen, mit dem kleinen Finger mühelos zu erreichen. Mary selbst spielte kein Instrument. Aber sie wusste, dass eine solche Fertigkeit und Sicherheit nur durch jahrelange, vielleicht jahrzehntelange Übung erworben werden konnte.

»Ich weiß es sehr zu schätzen.« Er lächelte, ein ehrliches Lächeln, das echte Freude ausdrückte. Sein Gesicht wirkte aus der Nähe betrachtet jungenhaft und offenherzig. Von seiner vorherigen Anspannung war nichts mehr zu spüren. Doch konnte Mary nicht bestimmen, ob sie tatsächlich vergangen war oder er sich nicht lediglich verstellte. Immerhin war er als Künstler daran gewöhnt, vor Publikum den Schein zu wahren. Bei genauerer Betrachtung entdeckte Mary Schatten um seine Augen, die zudem leicht gerötet waren. Es sah aus, als hätte er zu wenig Schlaf bekommen. Auch meinte sie, in seinem Blick, hinter der Offenheit und Freude eine Bedrückung zu erkennen, eine tiefe Sorge, die seinen lächelnden Mund Lügen strafte.

»Sie wissen ja«, fuhr er fort. »Applaus und Lob sind das Brot des Künstlers.«

Wie um zu zeigen, dass er sich nicht auf Marys Lob ausruhen wollte, sondern bereit war, sich sogleich ein weiteres zu verdienen, flocht er einen Lauf ein, bei dem seine Finger einander spielerisch zu jagen schienen, bis die linke Hand die rechte überholte, über sie hinwegsetzte und die beiden kurzzeitig ihre Plätze auf der Tastatur tauschten. Nach diesem kleinen Wettstreit fanden sie sofort zurück zu ihrer vorherigen harmonischen Zusammenarbeit, ohne dass Mary in dem Stück auch nur den geringsten Bruch vernommen hätte.

»Kann ich etwas tun, um mich für Ihre Freundlichkeit zu revanchieren?«, fragte er. »Ich nehme immer gerne Wünsche entgegen. Gibt es vielleicht ein bestimmtes Lied, das ich für Sie spielen darf?«

Mary war dankbar für dieses Angebot, denn es schien ihr sinnvoll, nicht gleich mit der Tür ins Haus zu fallen und ihn auf seinen Aussetzer anzusprechen. Sie wollte ihm keinesfalls das Gefühl geben, von ihr verhört zu werden.

»Wie wäre es mit *Autumn Leaves?*«, fragte sie. »Das Lied hat eine besondere Bedeutung für mich.«

»Sehr gerne, Madam«, sagte der Pianist und wechselte ohne hörbaren Bruch von einem fröhlichen Popsong zu den weichen und dabei so ausdrucksstarken Tönen von *Autumn Leaves.* Schon bei den ersten Tönen war Mary tief berührt. Nicht nur, weil der Pianist das Stück mit so viel Hingabe spielte, sondern auch, weil es in Mary die schönsten Erinnerungen ihres Lebens hervorrief.

Es war Maxwells und Marys Song. Zu diesem Lied hatte Maxwell ihr einen Heiratsantrag gemacht. Es war so viele Jahre her, und doch erinnerte Mary sich an jedes Detail dieses Abends auf Jamaika, wo sie zu dieser Zeit gemeinsam gelebt hatten. Maxwell hatte sie zu einem romantischen Dinner am Strand eingeladen und einen Gitarristen engagiert, der auf sein Zeichen hin bei ihnen erschienen war und jenes Lied gespielt hatte. Maxwell war vor ihr auf ein Knie gesunken, hatte einen Ring zu ihr hochgereicht und ihr die Frage aller Fragen gestellt. Natürlich hatte sie Ja gesagt.

Das war vor fünfunddreißig Jahren gewesen. Zwei Jahre lang waren sie verlobt gewesen und hatten dieser Verlobungszeit dreiunddreißig glückliche Ehejahre folgen lassen, bis Maxwell eines Tages vor nicht ganz eineinhalb Jahren friedlich in seinem Sessel eingeschlafen war. Die ersten Monate war es Mary vorgekommen, als werde sie vor Trauer verrückt. Maxwell nicht mehr um sich zu haben, nicht mehr mit ihm sprechen zu können, nicht mehr mit ihm im Herrenhaus am Kamin zu sitzen oder mit ihm durch den Park zu spazieren, der zu dem Anwesen gehörte – das alles war Mary vollkommen unwirklich vorgekommen. Nach und nach aber hatte sie gelernt, ihrer gemeinsamen Zeit mit Maxwell nicht in Kummer zu gedenken, sondern sich voller Dankbarkeit daran zu erinnern. Sie vermisste Maxwell noch immer, und in Gedanken weilte er stets bei ihr. Aber der Schmerz lähmte sie nicht mehr. Dieses Lied war ihre Art, Maxwell an einem Ort zu gedenken, an dem er – hätte das Schicksal es anders gewollt – an ihrer Seite gestanden hätte.

Während die letzten Töne dieser lieb gewonnenen Melodie erklangen, meinte Mary, den Sonnenuntergang über den Wellen zu sehen, das Rauschen des Meeres zu hören, noch einmal die Freude zu spüren, als sie eingewilligt und er ihr den Ring an den Finger gesteckt hatte. Trotz dieser Erinnerungen und all der Gefühle, die sie in ihr weckten, verlor sie aber nicht aus den Augen, worüber sie nun, da das Lied vorüber war, mit dem Pianisten sprechen wollte.

»Das war wunderschön, Mr. …«

»Winkler«, sagte er und hatte bereits zu einem entspannten Evergreen mit eingängiger Melodie übergeleitet. »Christoph Winkler.«

»Freut mich, Sie kennenzulernen, Mr. Winkler. Mein Name ist Mary Elizabeth Arrington.«

Er konnte sein Spiel nicht unterbrechen, um ihr die Hand zu geben. Ein Lächeln und ein Kopfnicken mussten also genügen, und selbst dieses Nicken erfolgte im Takt seiner Musik.

»Ich freue mich ebenfalls sehr, Ihre Bekanntschaft zu machen, Mrs. Arrington«, sagte er. »Ebenso freue ich mich, dass Ihnen meine Version von *Autumn Leaves* gefallen hat.«

»Es war wirklich hervorragend. Und ich hoffe sehr, Sie finden mich nicht aufdringlich, wenn ich es wage, einen weiteren Wunsch zu äußern.«

»Aber nicht doch, nur zu. Ich bin Ihnen gerne zu Diensten. Was haben Sie im Sinn? Etwas aus dem Bereich Klassik, Jazz, Softrock? Es darf auch gerne etwas Ausgefallenes sein. Stellen Sie mich ruhig auf die Probe.«

»Wenn Sie derart offen und entgegenkommend sind, Mr. Winkler«, sagte Mary, »würde ich gern etwas über das Lied erfahren, das Sie gerade spielten. Jenes, das, wie mir scheint, recht auffällig aus Ihrem übrigen Programm hervorstach.«

Mary konnte an Mr. Winklers Gesicht keinerlei Veränderung erkennen, keine Verstörung, keine Überraschung, keinen Schock. Aber sie wusste, dass nicht nur die Miene Aufschluss über die inneren Regungen gab. Auch der Körper teilte mit, was in jemandem vor sich ging. Ihr entging daher nicht, wie seine Hände für den Bruchteil einer Sekunde in ihrem flüssigen Lauf stockten und einer seiner Finger die Taste, auf die er abzielte, nicht mit der gleichen Präzision traf wie zuvor. Stattdessen rutschte er auf die Taste daneben, und wenn er sie auch nur leicht berührte, so sorgte er doch dafür, dass eine Note sich in das Lied stahl, die nicht in dessen Tonart gehörte. Der Fehler war zu klein, zu unbedeutend, als dass er irgendjemandem in der *Grand Lobby* aufgefallen wäre. Vor allem, da Winkler sich sofort wieder gefasst und ihn gekonnt überspielt hatte. Mary aber hatte ihn bemerkt. Und Winkler wusste es. Aber nur weil sie ihn dabei ertappt hatte, war er noch lange nicht bereit, ihr offenherzig Rede und Antwort über ein Thema zu stehen, das offenbar einen wunden Punkt in ihm berührte.

»Ach, das …« Er lächelte von Neuem. Sein Lächeln war so sympathisch wie zuvor. Und gleichzeitig vollkommen undurchschaubar. »Das war nichts weiter. Eine kleine Improvisation. Manchmal neigt man als Musiker vielleicht ein wenig zu sehr dazu, seinen künstlerischen Impulsen zu folgen. Es kam einfach über mich. Ich entschuldige mich dafür. Es tut mir leid, wenn ich Sie damit gestört haben sollte.«

»Das macht gar nichts, Mr. Winkler. Im Gegenteil fand ich es sehr … einnehmend.«

Es schien Mary aussichtslos, weiter auf ihn einzudringen. Sie wusste, er verschwieg ihr etwas, und es gab nichts, was ihre Neugier so sehr reizte wie ein Geheimnis. Hier und jetzt aber würde er ihr nichts verraten. Er würde einfach weiter freundlich lächeln und ihren Fragen ausweichen. Allerdings hätte sie ohnehin keine weiteren stellen können, da ihr in diesem Moment eine Hand auf die Schulter tippte und ihrem Gespräch mit dem mysteriösen Pianisten ein Ende setzte.

7

»Mrs. Arrington!«

Überrascht wandte Mary sich um. Aufgrund des musikalischen Zwischenfalles und ihres Gesprächs mit Winkler hatte sie ganz vergessen, warum sie sich eigentlich immer noch in der *Grand Lobby* aufhielt, statt endlich ihre Suite zu beziehen. Und so war sie im ersten Moment ehrlich überrascht, plötzlich Kapitän George MacNeill gegenüberzustehen. In seiner strahlend weißen Uniform gab er eine eindrucksvolle Erscheinung ab. Auch wenn Mary schien, dass er sich darin nicht so recht wohlfühlte. So wie sie ihn kannte, hätte er das Kommando über sein Schiff wahrscheinlich am liebsten in Öljacke, Wollmütze und groben Stiefeln geführt. Im Outfit des Dockarbeiters, der er früher einmal gewesen war, bevor er sich bis auf die Brücke des luxuriösesten Kreuzfahrtschiffes der Welt emporgearbeitet hatte.

»Wie schön, Sie wiederzusehen.« Ein Lächeln breitete sich über sein vom Wetter gezeichnetes Gesicht mit dem grauen Vollbart und den buschigen Brauen.

»Das finde ich auch«, sagte Mary, der sein Lächeln ein wenig gequält vorkam.

Sie reichte ihm die Hand. MacNeill schüttelte sie kräftig. Für Handküsse war er nicht der Typ.

»Ich fühle mich geehrt, von Ihnen persönlich an Bord begrüßt zu werden.«

»Ja, also das …«, sagte MacNeill. »Sehen Sie, worüber ich mit Ihnen reden wollte … Wenn Sie so freundlich wären.«

Er fasste ihren Arm und zog sie vom Flügel und Winkler fort, der wieder gänzlich in seinem Spiel aufzugehen schien. Das Betragen des Kapitäns kam Mary ein wenig sonderbar vor. Dennoch ließ sie sich von ihm an den Rand der Lobby führen, wo die Säulen sie ein wenig vom Treiben in der Halle abschirmten. Trotzdem blickte MacNeill um sich, als fürchte er, belauscht zu werden. Und selbst als er sicher war, außer Hörweite der übrigen Passagiere, Stewarts und Offiziere zu sein, rückte er nicht gleich mit der Sprache heraus. Stattdessen räusperte er sich umständlich. Mary musste schmunzeln. Auf der Brücke war der Kapitän um kein Wort verlegen, zögerte nicht, seine Kommandos zu geben, und tat das in einer Weise, die an seinen Entscheidungen und seiner Autorität nicht den geringsten Zweifel ließ. Das hatte Mary selbst erleben dürfen. Sie erinnerte sich aber auch gut daran, wie schwer es diesem von Natur aus eher wortkargen Schotten fiel, Unterhaltungen mit den Passagieren zu führen oder gar vor ihnen eine Rede zu halten. Er war durchaus imstande, sich der gewählten Ausdrucksweise zu bedienen, welche die Gäste seines Schiffes von ihm erwarteten. Aber er tat das nicht natürlich und ungezwungen. Er hatte sich die Sprechweise der höheren Klassen mühsam antrainiert, weshalb seine Sätze oft wie einstudiert klangen und er bei seinen Ansprachen vor den Passagieren dieselbe Anspannung zeigte, die ihn auch jetzt dazu brachte, vor Mary herumzudrucksen.

»Wir hatten beim letzten Mal unsere Schwierigkeiten miteinander«, rang er sich endlich durch.

Das kann man wohl laut sagen, dachte Mary. Diese Schwierigkeiten hatten unter anderem darin bestanden, dass sie ihn auf einen Mord hingewiesen hatte, der auf seinem Schiff begangen worden war – und er all ihre

Warnungen und Hinweise in den Wind geschlagen hatte. Aber sie verzichtete darauf, ihm seine damalige Sturheit vorzuwerfen. Schließlich war es ihr trotz allem gelungen, das Verbrechen aufzuklären, und MacNeill hatte sich doch noch einsichtig gezeigt. Außerdem gehörte Mary keineswegs zu den Leuten, die anderen ihre Fehler ewig nachtrugen.

»Ich wollte mich«, fuhr MacNeill fort, »dafür bei Ihnen entschuldigen, dass ich Ihnen bei Ihren Nachforschungen, nun ja, sozusagen den Wind aus den Segeln genommen habe. Ich wollte Sie nicht auflaufen lassen. Aber schließlich haben auch Sie mir den einen oder anderen Schuss vor den Bug versetzt.«

Er lächelte, und dieses Mal wirkte sein Lächeln unverkrampft. Der Matrosen-Jargon machte es ihm offenbar leichter, sich Mary mitzuteilen.

»Worauf ich hinaus wollte«, fuhr er fort. »Ich hoffe, wir können diese kleinen Scharmützel beilegen, einen neuen Kurs einschlagen, wenn Sie wissen, was ich meine, und einfach nur eine schöne Reise miteinander verleben. Also ich meine nicht miteinander, Sie und ich, …«

Seine Haut war dunkel gebräunt von der vielen Zeit, die er im Laufe seines Lebens an der Luft und in der Sonne verbracht hatte. Dennoch schimmerte die leichte Röte durch, die bei diesen Worten in seine Wangen zog. Mary musste darüber schmunzeln, wie sich der alte Seebär, der sonst mutig Stürmen und Wellen trotzte, vor ihr wand.

»Jeder für sich, versteht sich …«, stammelte er, auf einmal wieder unsicher und überfordert von der Bredouille, in die er sich hineinmanövriert hatte. »Nur eben hoffentlich ohne solche … hässlichen Zwischenfälle wie beim letzten Mal. Zwischenfälle, bei denen Sie eine tragende Rolle gespielt haben, wenn ich das so sagen darf.«

Er fasste sich und sprach nun mit jener Sicherheit, die seiner Position angemessen war. »Ich würde mich freuen, wenn wir dieses Mal ohne solche haarsträubenden Abenteuer auskommen könnten, und hoffe, wir sind uns in dieser Hinsicht einig.«

Mary betrachtete ihn forschend. Sie hatte nicht vor, einen Streit mit ihm anzufangen. Aber sie war auch nicht bereit, die unterschwellige Bitte – oder Warnung – in seinen Worten einfach so hinzunehmen.

»Ich kann Ihnen versichern, mein lieber Kapitän«, sagte sie. »Es war niemals meine Absicht, auf Ihrem Schiff für Unruhe zu sorgen. Und Sie können schwerlich behaupten, ich sei für diese hässlichen Zwischenfälle, wenn man es so bezeichnen möchte, in irgendeiner Form verantwortlich gewesen oder hätte sie gar befördert. Ich habe lediglich dafür gesorgt, sie ans Licht zu bringen. Das werden Sie mir kaum vorwerfen oder gar übel nehmen können. Ebenso wenig werden Sie von mir erwarten, über verbrecherische Machenschaften, sollten sie mir hier erneut begegnen, einfach hinwegzusehen. Ich hoffe, wir sind uns darin einig, dass dies schwerlich in Ihrem Interesse sein kann.«

»Nein«, sagte MacNeill kleinlaut und seine stramme Haltung fiel wieder ein wenig ab. »Natürlich nicht.«

Er mied ihren Blick. Mary sah ihre Vermutung bestätigt, dass er sich nicht allein deswegen extra in die *Grand Lobby* bemüht hatte, um sie persönlich zu begrüßen, sondern um ihr noch vor dem Ablegen zu vermitteln, sie möge sich dieses Mal mit ihren Ermittlungen – oder Einmischungen – nach Möglichkeit zurückhalten. Es wunderte sie, hatte sie ihren Zwist doch als beigelegt betrachtet. Sie fragte sich, welche Umstände ihn dazu bewogen hatten, ihn nun noch einmal mehr oder weniger unverhohlen zur Sprache zu bringen – und das, bevor ihre Fahrt auch nur begonnen hatte. Doch beschloss sie, die Sache fürs Erste auf sich beruhen zu lassen. Sie würde noch genug Zeit haben, ihr auf den Grund zu gehen.

»Dann bin ich froh, dass wir uns verstehen«, sagte sie. »Darüber hinaus kann ich Ihnen versichern«, sie lächelte und legte ihm die Hand auf den Arm. »Auch ich möchte nichts weiter, als auf Ihrem wunderbaren Schiff eine erholsame Reise ohne jegliche Störung erleben.«

MacNeill atmete auf.

»Das höre ich gern, Mrs. Arrington.«

»Allerdings«, fuhr Mary fort, »kann von störungsfrei leider schon jetzt nicht mehr die Rede sein. Haben Sie die – wie sollen wir es nennen? – Abweichung vom gewöhnlichen Entertainment-Programm mitbekommen, zu der es Ihren Pianisten soeben hingerissen hat?«

MacNeill blickte zu dem Musiker hinüber, der selbstvergessen in seinen Melodien schwelgte. Seine Miene verdüsterte sich.

»Habe ich. Aber ich kann mir nicht erklären, was ihn da geritten hat. Christoph Winkler fährt schon lange mit uns. Und so etwas ist noch nie vorgekommen. Ich werde nachher mit ihm darüber sprechen.«

Und dabei, dachte Mary, vermutlich die gleichen unverbindlichen Antworten erhalten wie sie selbst gerade.

»Es tut mir leid«, fuhr MacNeill fort, »dass Ihr Aufenthalt an Bord mit einer solchen Unannehmlichkeit begonnen hat.«

»Aber nicht doch, Kapitän«, erwiderte Mary. »Ganz im Gegenteil. Sie wissen doch, wie sehr mich scheinbar unerklärliche Begebenheiten reizen.«

»Das weiß ich leider nur zu gut«, sagte MacNeill. Er sah nicht besonders glücklich darüber aus. »Und bitte verstehen Sie mich nicht falsch, wenn ich sage: Ich hoffe inständig, dass unsere Reise in diesem Punkt eine herbe Enttäuschung für Sie wird.«

8

Ein wenig fühlte es sich an, als käme sie nach Hause. Mary hatte auf ihrer Fahrt durch die Karibik nur wenige Tage und Nächte an Bord der *Queen Anne* verbracht. Aber diese kurze Zeit war derart ereignisreich verlaufen, dass sie ihr weitaus länger vorgekommen war. Die Fülle an Erinnerungen, die sie von ihrem ersten Aufenthalt auf der *Queen Anne* mitgenommen hatte, machten das Schiff zu einem Ort, dem sie sich eng verbunden fühlte. Eine geradezu nostalgische Stimmung erfasste Mary, während sie über den Korridor auf ihre Unterkunft zuschritt, die *Trafalgar Suite,* die schon damals ihre vorübergehende Heimat gewesen war. Diese Stimmung verstärkte sich noch, als sie den Reinigungswagen mit seinen Schrubbern und Schwämmen erblickte, den ein offensichtlich recht sorgloses Mitglied des Schiffspersonals achtlos mitten auf dem Gang abgestellt hatte. Mary wusste, um wen es sich dabei handelte, und ihre Nostalgie schlug in Vorfreude um, als sie ihre Bordkarte zückte, um die mit goldenen Lettern versehene Tür zu öffnen.

Da aber stutzte sie – und lauschte. Sie meinte, hinter der Tür Stimmen zu hören. Oder zumindest eine Stimme, die aber genug Lärm für zwei machte. Die Worte konnte Mary durch das dicke, polierte Walnussholz nicht ausmachen. Aber auch so war klar: Die Stimme gehörte einer Frau. Und diese Frau raste vor Wut.

Langsam öffnete Mary die Tür, um herauszufinden, was es mit diesem Krawall auf sich hatte.

»Gottverdammt«, hallte es ihr entgegen, als sie die Suite betrat. Dieser leidenschaftlich ausgestoßene Fluch wollte so gar nicht zum Ambiente des edel eingerichteten Luxusquartiers passen, dessen großzügigen Sitzbereich mit den bequemen Designermöbeln Mary jetzt betrat. Aber sie hatte keine Zeit, sich an der vollständig ausgestatteten Bar zu bedienen, die herrliche Aussicht vom Balkon zu genießen oder den Raumausstatter dafür zu bewundern, wie er die gesamte Einrichtung in dezenten Creme- und Beigetönen sorgfältig aufeinander abgestimmt hatte. Ein neuer Fluch schoss ihr entgegen.

»Dieser Mistkerl. Wofür hält der sich eigentlich – für Gottes Geschenk an die Frauen?«

Mary schmunzelte. Diese Stimme – und die Wut, die in ihr zum Ausdruck kam – gehörten eindeutig zu Aleksandra Kaczmarek. Dem Zimmermädchen, das Mary auf ihrer ersten Fahrt kennen und, nach anfänglichen Auseinandersetzungen, schätzen gelernt hatte.

Mary schloss die Tür und schaute sich um. Auch wenn Sandra sich unüberhörbar in der Nähe befand – zu sehen war sie nirgends. Lediglich die auf den Couchtisch geworfenen Gummihandschuhe, ein Putzeimer, der in einer Pfütze Schaumwasser auf dem Parkett stand, eine Flasche Glasreiniger auf der Anrichte und allerlei weitere willkürlich im Raum verteilte Putzutensilien zeugten davon, dass Sandra gerade ihren Unmut an der *Trafalgar Suite* ausließ. Und dabei, anstatt für Ordnung zu sorgen, ein Chaos veranstaltete.

»Sandra?«, rief Mary und trat in die Mitte des weiten Raumes. Ihr gemeinsam bestandenes Abenteuer hatten die beiden zusammengeschweißt und Mary das Privileg eingetragen, ihre Freundin mit der Kurzform ihres Namens anzusprechen.

Zur Antwort erhielt sie jedoch nichts als eine weitere Tirade, begleitet von dumpfen Schlägen.

»War ja klar. Ich hätt's wissen müssen. Mit Kerlen hat man nichts als Ärger.«

Immerhin konnte Mary nun bestimmen, woher die Stimme kam. Sie durchquerte den Sitzbereich, öffnete die angelehnte Schlafzimmertür – und wurde Zeugin eines ungleichen Kampfes. Sandra, in ihrer himmelblauen Arbeitsuniform, stand mit dem Rücken zu ihr. Neben ihr lag ein Haufen benutztes Bettzeug auf dem Boden und verriet, dass sie das Kingsize-Bett gerade frisch bezogen hatte. Nun war sie damit beschäftigt, die Kissen auszuklopfen. Wobei *ausklopfen* nicht unbedingt der richtige Ausdruck war für die Tracht Prügel, die Sandra ihnen verabreichte. Wieder und wieder hämmerte sie mit ihren kleinen Fäusten auf sie ein, mit einer Kraft, die Mary ihrem schmalen, zierlichen Körper nicht zugetraut hätte. Es hätte Mary nicht gewundert, wenn aus dem weißen Leinenbezug die Daunen herausgeflogen wären.

»Sandra?«

Aber Sandra war so darin vertieft, sich an den Kissen auszutoben, dass sie nichts von dem mitzubekommen schien, was um sie herum vorging. Jeden ihrer Schläge begleitete sie mit einem weiteren zornigen Ausruf.

»Gott-ver-damm-ter Mist-Kerl!«

Mary sah keinen anderen Weg, als den Arm auszustrecken und Sandra an der Schulter zu berühren, selbst auf die Gefahr hin, sie dadurch aufzuschrecken.

»Sandra.«

Das Zimmermädchen wirbelte herum. Das Kissen, eben noch ein wehrloses Opfer, hatte Sandra nun schlagbereit erhoben. Mary war sicher: Wenn in diesem Moment die Concierge vor ihr gestanden hätte, wäre Sandra mit ihrer weich gepolsterten Waffe auf sie losgegangen, dankbar, ein neues Ziel für ihre Wut gefunden zu haben. Und zwar eines, das diese Wut weitaus mehr verdiente, zumindest aus Sandras Sicht. Schließlich wurde Sandras Vorgesetzte niemals müde, sie für ihre nachlässige Arbeitseinstellung und ihr Erscheinungsbild zu rügen, das tatsächlich mitunter ein wenig zu wünschen ließ. Wie auch jetzt: Sandras Gesicht, in dem die bernsteinfarbenen Augen streitlustig blitzten, war rot vor Erregung und Anstrengung. Ihr brünettes Haar, das sie sonst immerhin in einen zerzausten Knoten band, stand wirr zu allen Seiten ab. Ihr Namensschild hing schief an ihrer Uniform, die von ihrer Ein-Personen-Kissenschlacht verrutscht und zerknittert war. Ihr Anblick und das Durcheinander, das sie in der Suite angerichtet hatte, wiesen darauf hin, dass die Kritik der Concierge nicht immer ganz unberechtigt war. Für Mary freilich spielte das keine Rolle. Wenn es ihr auch an der nötigen Hingabe für ihren Job mangeln mochte, besaß Sandra doch eine Fülle anderer schätzenswerter Eigenschaften, die für Mary weitaus schwerer wogen.

»Mrs. Arrington!«, rief Sandra, und die Angriffslust in ihren Augen wich purer Freude.

Sie warf das Kissen hinter sich auf das Bett und eilte auf Mary zu. Mary wollte ihr gerade die Hand geben, doch zu ihrer Überraschung warf Sandra sich in ihre Arme, und zwar mit einer Wucht, die Mary beinahe von den Beinen gerissen hätte.

»Endlich ein vernünftiger Mensch auf diesem Schiff voller Deppen.«

»Hallo, Sandra«, keuchte Mary, die in der Umklammerung kaum Luft bekam. Es schien aussichtslos, sich daraus befreien zu wollen. Zu ihrer Erleichterung löste sich Sandra nun selbst von ihr. Sie blickte sich um und wies zerknirscht durch die Tür auf den mit Putzzeug dekorierten Wohnbereich.

»Ich bin hier leider noch nicht ganz fertig.«

Mary lächelte.

»Das hätte mich auch stark verwirrt, Sandra.«

Das Zimmermädchen zuckte die Achseln.

»Wie soll man sich auch auf seine Arbeit konzentrieren, wenn man sich die ganze Zeit ärgern muss?«

»Was ist denn passiert?«, fragte Mary. »Haben Sie Streit mit Antonio?«

Angesichts der Informationen, die Sandras Flüche ihr geliefert hatten, brauchte Mary nicht ihren detektivischen Spürsinn anzustrengen, um herauszufinden, was die junge Frau so erzürnt hatte. Offensichtlich lag in ihrer Beziehung zu Antonio, dem kolumbianischen Maschinisten, etwas im Argen. Sandra bestätigte ihr diese Vermutung mit einem tiefen Seufzen.

»Ach, der …«

Sie ließ sich auf das Bett sinken. Mary hatte erwartet, ihr Zorn würde zurückkehren. Stattdessen aber wirkte sie betrübt und verletzlich.

»Antonio hatte gestern frei. Da hab ich extra meine Schicht getauscht, damit wir den Abend zusammen verbringen können. Und was macht er? Übernimmt die Schicht von einem Kollegen. Ich hatte mich so gefreut. Aber wie es aussieht, verbringt er seine Zeit lieber in seinem stinkigen Maschinenraum als mit mir.«

Mary setzte sich neben Sandra.

»Ich verstehe. Das ist natürlich sehr ärgerlich. Aber Antonio scheint mir kein Mann zu sein, der böswillig oder auch nur aus Gedankenlosigkeit eine wichtige Verabredung einfach ignorieren würde. Kann es nicht sein, dass es sich lediglich um ein Missverständnis handelt?«

»Ja, kann sein«, sagte Sandra etwas kleinlaut und

zupfte an ihren Fingerspitzen herum, an deren Verfassung die Concierge wohl ebenfalls einiges auszusetzen gehabt hätte.

»Aber woran liegt das wohl? Er redet nicht mit mir. Daran liegt das. Wie soll man sich mit jemandem absprechen, der den Mund nicht aufkriegt?«

Mary konnte ihrer Freundin schwerlich widersprechen. Sie hatte Antonio in ihr Herz geschlossen, und zwar nicht allein, weil er ihr das Leben gerettet hatte. Sie hatte ihn bei all ihren Begegnungen als höflich und aufmerksam erlebt, als mutig und bereit, sich für seine Überzeugungen einzusetzen, selbst wenn das bedeutete, große Risiken einzugehen. Auch Sandra gegenüber hatte er sich sehr liebevoll verhalten, und Mary hatte das Gefühl gehabt, dass das Zimmermädchen ihm wirklich etwas bedeutete. Bei all dem aber ließ sich eines keinesfalls bestreiten: Der gesprächigste Zeitgenosse war Antonio nicht. Und dass diese etwas unnahbare Art eine leidenschaftliche Frau wie Sandra in den Wahnsinn treiben konnte, war für Mary nur allzu verständlich.

»Das ist ja auch nicht alles«, sprach Sandra weiter. »Das Schiff hat noch nicht mal abgelegt, und trotzdem ist bei dieser ganzen Fahrt schon irgendwie der Wurm drin. Seit wir uns das letzte Mal gesehen haben, Mrs. Arrington, hat sich hier so einiges verändert. Die ganze Stimmung auf dem Schiff ist … irgendwie beklemmend. Das wird natürlich überspielt, damit die Passagiere das nicht so mitkriegen. Aber es ist einfach nicht mehr wie vorher, und das bricht immer mal wieder durch.«

»Wie gerade in der *Grand Lobby*«, sagte Mary und nickte mit dem Kopf. »Der Pianist hat dort eine Vorstellung geliefert, die das Publikum nicht gerade zu Begeisterungsstürmen hingerissen hat. Ganz im Gegenteil. Einige schienen kurz davor, ihm ihre Getränke ins Gesicht zu kippen.«

»Wirklich?«, fragte Sandra. »Winkler? Der ist eigentlich immer der perfekte Entertainer.«

»Dieses Mal kann man das nicht behaupten. Kennen Sie ihn näher?«

»Näher nicht gerade«, antwortete Sandra. »Eben so, wie man einen Kollegen kennt, der in einem ganz anderen Bereich tätig ist. Wir grüßen uns, wechseln vielleicht mal ein paar Worte miteinander. Er fährt schon länger auf der *Queen Anne* mit als ich. Ich weiß nur, dass er ein brillanter Pianist sein soll. Ich meine, er ist nicht einfach nur gut. Er hat an irgendeiner super berühmten Schule Klavierspielen gelernt – ich weiß nicht mehr, wie die heißt – und war wohl auf dem besten Weg, ein richtiger Star zu werden. Aber irgendwas ist wohl schiefgelaufen, und so ist er über Umwege wie wir alle auf dem Schiff gelandet.«

Sie schüttelte den Kopf.

»Können Sie sich vorstellen, wie frustrierend das sein muss? Ich meine, der Job ist nicht schlecht oder so. Aber der kann alles von Mozart, Beethoven und wie die alle heißen perfekt aus dem Kopf spielen. Und hier plänkelt er den ganzen Tag irgend so einen weichgespülten Easy-Listening-Kram runter. Manchmal sitzt er spät nachts, wenn alle Gäste in ihren Kabinen sind, in der *Grand Lobby* am Flügel und spielt diese komplizierten Lieder. Ich habe da ein paar Mal zugehört. Hinter einer Säule versteckt, weil ich ihn nicht stören wollte. Ich versteh echt nicht viel von Musik. Ich höre nur Pop und so. Und ich bin auch nicht nah am Wasser gebaut, Mrs. Arrington. Aber das, was er da gespielt hat, war so schön, ich hätt fast geheult. Wenn Sie mich fragen, gehört der nicht hier auf den ollen Kahn, sondern in irgendeinen großen Konzertsaal vor vollem Haus.«

Sie zuckte die Schultern.

»Ist nur meine Meinung. Das ist dann auch schon alles, was ich über ihn weiß. Und das weiß ich auch nicht, weil er es mir erzählt hat, sondern von anderen. Er selbst ist zwar immer nett. Aber er gibt nicht viel von sich preis. Sobald das Gespräch auf etwas Persönliches kommt oder auf sonst etwas, über das er nicht sprechen will, weicht er aus.«

Und zwar, dachte Mary, wahrscheinlich in der gleichen Weise, auf die er ihr vorhin ausgewichen war – freundlich, aber ohne auch nur den geringsten Ansatzpunkt zu liefern, an dem man ihn zu greifen kriegen könnte. Sandras Informationen trugen nicht dazu bei, Marys Neugier in Bezug auf Winkler zu befriedigen. Im Gegenteil. Sie machten ihn für sie noch interessanter. Mary bedauerte, dass Sandra ihr nicht noch mehr über ihn erzählen konnte. Es musste doch etwas geben, das die Frage nach seinem ›kleinen Ausraster‹ beantwortete. Aber vielleicht würde sie ja Gelegenheit bekommen, sich diskret bei anderen Mitgliedern der Crew nach ihm zu erkundigen. Fürs Erste blieb ihr nichts anderes übrig, als die Sache auf sich beruhen zu lassen.

»Ich verstehe«, sagte sie daher. »Es war jedenfalls recht merkwürdig. Und das war nicht das einzig Merkwürdige.«

»Was war denn noch?«, fragte Sandra, offenbar froh darüber, dass Marys Bericht und ihre Fragen sie von ihrem Ärger mit Antonio ablenkten.

»Ich habe mit dem Kapitän gesprochen. Er war sichtlich angespannt. Nicht, dass ich ihn als besonders gelassen kennengelernt hätte. Aber er war noch steifer als sonst.«

Sandra strich sich die Haare zurück, was an dem Wirrwarr auf ihrem Kopf allerdings wenig änderte.

»MacNeill steht gehörig unter Druck«, sagte sie. »Nach dem, was man sich so in der Crew erzählt, hat der Schiffseigner ihn auf dem Kieker, weil er damals den Skandal mit den Morden nicht vertuscht und das Unternehmen dadurch schlechte Presse bekommen hat. Der Kapitän muss fürchten, dass sie ihn absägen, wenn er noch mal aus der Reihe tanzt. Er ist sozusagen auf Bewährung. Germer, dieser Schleimbeutel, spioniert ihm nach, um sofort nach oben zu melden, wenn er sich einen Fehltritt leistet.«

»Germer, natürlich«, sagte Mary. »Das passt zu ihm.«

Der aufgeblasene Schiffsarzt hatte damals sein Bestes getan, die Verbrechen an Bord unter den Teppich zu kehren – und dadurch dafür gesorgt, dass Mary nicht unbedingt die größte Sympathie für ihn hegte. Das Gefühl beruhte allerdings auf Gegenseitigkeit.

»Das erklärt natürlich das Verhalten des Kapitäns.«

Sandra nickte.

»Das mit MacNeill ist das eine. Das schlägt auf den Rest der Mannschaft durch. Dazu kommt, dass nach den Morden viele gekündigt haben oder auf andere Schiffe der Linie gewechselt sind. Mit einigen war ich befreundet. Ich werf ihnen natürlich nicht vor, dass sie woandershin gegangen sind. Aber sie fehlen mir halt. Jetzt laufen hier lauter neue Leute rum.«

»Das ist mir aufgefallen«, sagte Mary. »Von den Stewarts am Eingang habe ich nur einen oder zwei wiedererkannt. Und auch der Offizier, der mich begrüßte, ist mir beim letzten Mal nicht begegnet.«

»Welcher war es?«

»Ein sehr höflicher Mann, der überaus großen Wert

auf den perfekten Sitz seiner Frisur legt. De Jong ist sein Name.«

»Hendrik?«, rief Sandra, richtete sich aus ihrer zusammengesunkenen Haltung auf und blickte Mary an. Mary war überrascht. Sie hatte erwartet, Sandra würde zu der Schnippigkeit zurückfinden, die einer ihrer hervorstechendsten Charakterzüge war, und sich über de Jongs Eitelkeit lustig machen. Doch in den Augen der jungen Frau erkannte Mary einen Glanz schimmern, der sie an eine verliebte Teenagerin erinnerte.

»Unter all den Neuzugängen ist der wenigstens eine Bereicherung. Aufmerksam, charmant, zuverlässig. Den Gästen gegenüber entgegenkommend, was mir ja egal wäre. Aber auch uns gegenüber ist er immer freundlich und fair.« Sandras Lob für de Jongs professionelle Qualitäten wirkte aufrichtig. Doch das kleine Lächeln, das sich dabei auf ihren Mund stahl, verriet Mary, dass es nicht seine Arbeitseinstellung war, von der sie am stärksten eingenommen war.

»Außerdem«, fügte Mary an, »sieht er nicht allzu übel aus, nicht wahr?«

»Das kann man laut sagen. Der ist 'ne echte Sahneschnitte.«

»Es steht mir vielleicht nicht zu, Sie das zu fragen, Sandra«, sagte Mary. »Aber ist ihr Streit mit Antonio denn so ernst, dass Sie erwägen, ihn zu verlassen – womöglich für diesen schneidigen Offizier?«

»Ach was!« Sandra machte eine wegwerfende Handbewegung. »Das ist nur so eine kleine Schwärmerei von mir. Vollkommen harmlos. Ich könnte nie mit einem Mann zusammen sein, der sich so intensiv mit seinen Haaren beschäftigt. Aber man wird ja wohl ein bisschen gucken dürfen, nicht wahr?« Ihr Lächeln änderte sich. Ihr schwärmerischer Blick wandelte sich in einen, der echte Zuneigung erkennen ließ. »Ich lieb den Antonio doch. Aber er könnte ruhig mal ein bisschen mehr Leidenschaft zeigen, sich mehr einsetzen für unsere Beziehung. Und ihn ein bisschen eifersüchtig zu machen, kann da zwischendurch nicht schaden. Das rüttelt ihn vielleicht endlich mal auf.«

Auf dieses Stichwort hin erhob sie sich und schaute auf die Uhr.

»Jetzt haben wir aber genug gequatscht, Mrs. Arrington. Die Concierge sucht bestimmt schon nach mir. Das Gemecker von der kann ich jetzt gar nicht gebrauchen.« Sie bückte sich, raffte das Bettzeug zusammen und trug den Haufen, hinter dem sie beinahe verschwand, rüber in den Wohnbereich. »Ich mache jetzt schnell ihre Suite fertig, damit Sie sich ausruhen können. Wir legen ja bald ab.«

9

Sandra hatte recht. Nachdem sie ihr Putzzeug zusammengeräumt und die *Trafalgar Suite* verlassen hatte, dauerte es nicht mehr lange, bis das dunkle, volltönende Dröhnen des Schiffhorns verkündete, dass die *Queen Anne* den Hafen von Southampton verließ. Das Wetter war diesig und der kalte Wind, der über die unruhige Wasseroberfläche schnitt, sammelte dort Tropfen auf, trug sie hoch hinauf bis zu Deck 10 und sprühte sie Mary, die auf ihrem Balkon stand, als sachte Gischt ins Gesicht. Mary war niemals empfindlich gewesen, was die Witterung anging. Trotzdem hatte sie sich Mantel und Schal angezogen, um dem Wetter zu trotzen. Es tat ihr gut, an der Luft zu sein, weg von dem Schreibtisch in ihrem Studierzimmer, das ihr nun, von hier aus betrachtet, eng vorkam wie eine Gefängniszelle, in der sie die letzten Wochen über einen zermürbenden Strafdienst an ihrem Manuskript geleistet hatte. Mit jedem Meter, den das gewaltige Schiff durch die Wellen pflügte, mit jedem Meter, den es Mary weiter vom Festland forttrug, spürte sie die Last von sich weichen, den Druck, endlich diesen Roman zu Ende zu bringen, der sich partout nicht zu Ende bringen lassen wollte. Sie fühlte sich frisch und gelöst, bereit für all die neuen Eindrücke, die diese Reise ihr bieten würde.

In ihrer Hand hielt Mary eine Broschüre, die den Verlauf der Reise beschrieb. Die Route, der die *Queen Anne* folgen würde, die Landgänge, die an den jeweiligen Ankerplätzen vorgesehen waren, und die Sehenswürdigkeiten, die es dabei zu bestaunen gab. Die Kreuzfahrt würde zu den norwegischen Fjorden führen, von Southampton über die Nordsee bis Bergen, weiter hoch nach Ålesund und von dort aus über einige weitere Stationen wieder hinab bis nach Stavanger und zurück nach Großbritannien. Die Erläuterungen und die Fotos, mit denen die Broschüre versehen war, kündeten von steilen Bergwänden, auf deren Gipfeln ganzjährig Schnee lag, von tosenden Wasserfällen, an denen das Schiff auf seiner Fahrt über die von Gletschern geformten Flussarme vorbeikommen, und von malerischen Fischerdörfchen, vor denen es haltmachen würde. Der Wind zerrte an der Broschüre, als wollte er sie Mary wegreißen und ihr einen Vorgeschmack auf das raue Klima liefern, das sie dort erwartete. Das hier, schien er zu sagen, war kein Trip in die Karibik, bei dem Mary neben leichter Kleidung lediglich einen Hut zum Schutz vor der Sonne brauchte. Mary war es recht. Ihr war ohnehin nicht danach, unter einer fingerdicken Schicht Sonnenmilch in der Hitze zu braten. Die Widrigkeiten des hohen Nordens schreckten sie nicht, solange sie ihnen bei Bedarf mit dem besten Gegenmittel begegnen konnte, das es für derartige Zumutungen gab: einer schönen Tasse heißen Tees.

Sie kehrte ins Innere ihrer Suite zurück und schloss die Balkontür, um Wind und Gischt auszusperren. Auf dem Couchtisch stand die Kanne Earl Grey, die der Stewart ihr in der Suite serviert hatte. Mary schenkte sich ein, nahm die Tasse zwischen beide Hände und atmete den kräftigen Duft ein, der ihr dampfend in die Nase stieg. Sie legte sich eine Decke über die Beine, lehnte sich bequem zurück und spürte, wie die Kälte mit jedem Schluck mehr und mehr aus ihrem Körper wich. Während sie trank, musste sie an Mr. Bayle denken. Hätte er sie so gesehen, er hätte wahrscheinlich auf seine unverkennbare Art den Kopf über sie geschüttelt. Ihn, der von Natur aus alles andere als reisefreudig war und seine geliebte Heimatinsel selbst für Konferenzen im Ausland nur unter mürrischem Protest verließ, hätten keine zehn Pferde ins kühle Norwegen gebracht. Wahrscheinlich hätte er sich bei der bloßen Erwähnung von verschneiten Berggipfeln und Gletschern eine Erkältung eingefangen. Mary musste bei diesem Gedanken lächeln und prostete Mr. Bayle im Stillen mit ihrem Tee zu. Ganz gleich, was ihr brummiger Lektor davon halten mochte: Sie wusste schon jetzt, dass sie die richtige Entscheidung getroffen hatte. Nicht nur, weil die Broschüre eine überaus bereichernde Reise versprach. Auch ihre bisherigen Begegnungen, die ungebetene Einlage des Pianisten, die Sorgen des Kapitäns und Sandras Bericht über die Veränderungen an Bord verhießen, dass es auf dieser Fahrt an Spannung nicht fehlen würde.

Und auch nicht an Inspiration, die schließlich der Hauptgrund für diese Reise war. Schon jetzt spürte Mary, wie sich ihre Umgebung förderlich auf ihre Kreativität auswirkte. Sie fühlte etwas, das sie seit Wochen nicht mehr gefühlt hatte: Sie hatte Lust, zu schreiben. Mary beschloss, dieser Lust sofort nachzugehen. Sie nahm ihren Laptop, setzte ihn sich auf die Beine, schaltete ihn ein und öffnete das Schreibprogramm. Der Cursor blinkte fordernd am Ende eines in der Mitte abgebrochenen Satzes, unter dem sich nichts als weiße Leere erstreckte. Gestern noch wäre die weiße Leere Mary so weit und unüberwindbar wie der Ozean vorgekommen, der sich vor ihrem Fenster ausbreitete. Sie hätte ihr Angst und Beklemmung eingeflößt. Jetzt aber fürchtete sie die Leere nicht mehr. Ohne groß darüber nachzudenken, begann sie zu schreiben. Die Worte flossen, wie sie lange nicht mehr geflossen waren. Wort für Wort, Satz für Satz wuchs ihr Roman. Es war eine dieser Schreibsitzungen, bei denen Mary das Gefühl hatte, der Text entstehe von selbst. Es kam ihr vor, als werde er ihr von einer kleinen Stimme vorgesagt, und alles, was sie zu tun hatte, war, ihn niederzuschreiben. Jetzt zeigte sich, wie richtig es gewesen war, auf die *Queen Anne* zurückzukehren. Diese Geschichte, erkannte Mary, wollte dort geschrieben werden, wo sie spielte.

Fast vier Stunden verbrachte sie damit, ihren Roman voranzubringen. Dann klappte sie zufrieden ihren Laptop zu. So große Fortschritte wie heute hatte sie den ganzen letzten Monat nicht gemacht. Erleichtert atmete sie auf. Ihre Schreibblockade war durchbrochen. Wenn sie weiter so gut vorankam, würde sie den Roman im Verlauf der Kreuzfahrt nah an sein Ende bringen. Vielleicht würde sie ihn sogar abschließen können. Es wäre großartig, dachte sie, Mr. Bayle nach ihrer Heimkehr das fertige Manuskript auf den Schreibtisch zu knallen und ihm somit den endgültigen Beweis dafür zu liefern, dass auf einem Kreuzfahrtschiff mitnichten Stumpfsinn und Geistlosigkeit herrschten, sondern – zumindest auf der *Queen Anne* – eine Atmosphäre, die für die Entstehung kreativer Werke überaus fruchtbar war. Dann würde sie sich vor einer weiteren Fahrt nicht wieder mit ihm herumschlagen müssen.

So verlockend diese Vorstellung auch war: Mary hatte nicht vor, sich an Bord ausschließlich ihrer Arbeit zu widmen und dafür auf all die Erlebnisse und Erfahrungen zu verzichten, welche ihr auf der *Queen Anne* geboten wurden. Schließlich war es wichtig, sich nach erfolgreicher künstlerischer Tätigkeit auch ein wenig für seine Leistung zu belohnen. Und genau das hatte Mary nun vor.

Sie stellte den Laptop auf den Tisch, trank den letzten Schluck Tee und ging dann ins Badezimmer, um sich frisch zu machen und für den Abend umzuziehen. Die Begrüßungsrede des Kapitäns, die in wenigen Minuten begann, würde sie verpassen. Aber das ärgerte Mary nicht weiter. Sie war im Gegenteil eher erleichtert darüber, nicht noch einmal erleben zu müssen, wie MacNeill sich in beinahe mitleiderregender Weise darum bemühte, die Passagiere mit Sprüchen und Scherzen zu erheitern, zu denen ihm schlichtweg das nötige Unterhaltungstalent und die passende Lockerheit fehlten.

Was seiner Rede folgen würde, wollte sie jedoch um keinen Preis versäumen.

10

»Guten Abend, Mrs. Arrington«, sagte Hendrik de Jong, der die Gäste am Eingang des *Royal Theatre* auf Deck 3 in Empfang nahm. Er trug seine Uniform, allerdings keine Mütze. Wie schon bei ihrer ersten Begegnung sah es für Mary so aus, als hätte er viel Zeit und Mühe darauf verwendet, sein natürliches gutes Aussehen besonders deutlich zum Vorschein zu bringen und dafür zu sorgen, dass kein einziges seiner goldblonden Haare an der falschen Stelle lag. »Ich wünsche Ihnen großartige Unterhaltung und viel Vergnügen.«

»Vielen Dank, Mr. de Jong. Ich bin sicher, das werde ich haben«, erwiderte Mary und folgte einem Stewart, der sie zu ihrem Sitz geleitete. Das *Royal Theatre* bot Platz für über tausend Zuschauer, und dennoch waren fast alle der rot gepolsterten Sessel, sowohl im Parterre als auch in den rückseitig gelegenen kleinen Séparées und den höher gelegenen Logen mit der besten Sicht, von Damen und Herren in schicker Abendgarderobe besetzt. Nur hier und da erspähte Mary noch eine Lücke in einer der Reihen oder einen leeren Einzelsitz. Und auch diese würden nicht lange frei bleiben. Weitere Gäste warteten an den gläsernen Eingangstüren darauf, eingelassen zu werden und sich zu ihren reservierten Plätzen zu begeben, um sich, wie das Plakat neben dem Eingang versprach, von einer ›Erlesenen Auswahl bekannter klassischer Kompositionen und Opernarien‹ verwöhnen zu lassen.

Auch Mary war so vorausschauend gewesen, ihre

Teilnahme am Begrüßungskonzert gleich mitsamt ihrer Kabine zu buchen. Sie konnte nicht von sich behaupten, eine besondere Kennerin klassischer Musik oder der Oper zu sein. Doch hatte sie, als Maxwell noch am Leben gewesen war, mit ihm einige Male die *Royal Festival Hall* besucht, um den Aufführungen des *London Philharmonic Orchestra* zu lauschen, und auch in der *Royal Opera* waren sie mehrfach zusammen gewesen. Mary hatte diese Abende stets genossen – und mit Freude zur Kenntnis genommen, dass sich ihr an Bord der *Queen Anne* die Möglichkeit bot, einen ähnlichen Abend zu erleben. Wenn auch ohne ihren geliebten Maxwell.

Außerdem kam sie so einer Bitte ihres Lektors nach. Mr. Bayle war ein leidenschaftlicher Musikliebhaber, in Klassik und Oper weit bewandert und immer bemüht, seine Freunde, Bekannten und Kollegen für diese seiner Ansicht nach ›höchste und reinste Ausdrucksform der menschlichen Seele‹ zu gewinnen, die er sogar noch über die Literatur stellte. Tief besorgt, der Verstand seiner Schriftstellerin könne auf den Weiten des Ozeans aufgrund mangelnder intellektueller Beanspruchung dauerhaften Schaden nehmen, hatte er fast schon freudig zur Kenntnis genommen, dass die *Queen Anne* nicht nur über eine wohlausgestattete Bibliothek verfügte, sondern auch über ein Orchester. Und auch die Tatsache, dass im *Royal Theatre* nicht nur Musik, sondern auch Tragödien von Shakespeare oder Komödien von Molière dargeboten wurden, hatte ihn ein wenig beruhigt. Inständig hatte er daher darauf bestanden, dass Mary von diesem Angebot wann immer möglich Gebrauch machen und gleich am ersten Tag damit beginnen sollte. Nachdem er bei der Entscheidung über ihre Reise den Kürzeren gezogen und gegen Greta eine so schmähliche Niederlage erlitten hatte, war es Mary leichtgefallen, ihm dieses kleine Zugeständnis zu machen. Es verlangte ihr schließlich kein Opfer ab. Entgegen Mr. Bayles unverrückbaren Befürchtungen hatte sie ja ohnehin nicht vorgehabt, ihre Zeit an Bord mit Trinkgelagen und Glücksspiel zu verbringen.

Während Mary diesen Gedanken nachgegangen war, war sie auch an ihrem Sitzplatz angekommen. Es handelte sich um einen Einzelsessel in einer der vorderen Reihen. Mary bedankte sich bei dem Stewart und schob sich durch die Reihe zu ihrem Sessel. Ein wenig weiter vorn und zu ihrer Rechten, unmittelbar vor der Bühne, entdeckte sie Kapitän MacNeill. Er sah geschafft aus. Wahrscheinlich hatten ihn seine Rede und die angestrengte Lockerheit, die sie ihm abverlangte, an den Rand der Erschöpfung gebracht. Mary war sich sicher, dass MacNeill in diesem Moment sehr viel lieber bei einem stärkenden Grog in seiner Kabine über seinem Logbuch oder Wetterkarten gesessen hätte, als hier weiter seinen repräsentativen Pflichten nachgehen zu müssen. Doch gab er sich alle Mühe, weiterhin als der stattliche, durch nichts zu erschütternde Kapitän zu erscheinen.

MacNeill musste ihren Blick gespürt haben. Jedenfalls wandte er in diesem Moment den Kopf, hob die Hand zum Gruß und lächelte ihr zu. Mary lächelte zurück. Nach ihrem Gespräch mit Sandra konnte sie nicht anders, als Mitgefühl für ihn zu empfinden. Als wäre sein Job nicht schon fordernd genug, musste er sich auch noch mit dem Schiffseigner und seinem unangenehmen Handlanger Germer herumschlagen. Und das nur, weil er das Richtige getan und, wenn auch nach anfänglichen Hadereien, zur Aufklärung eines Verbrechens beigetragen hatte, anstatt es feige unter den Teppich zu kehren. Sie beschloss, ihn bei Gelegenheit darauf anzusprechen. Sie konnte wenig unternehmen, um ihm in seiner schwierigen Lage zu helfen. Immerhin aber konnte sie ihm Zuspruch und Ermutigung zukommen lassen.

Zunächst aber war es jemand anderes, der Marys Aufmerksamkeit in Beschlag nahm.

11

Es handelte sich um den dürren Herrn mit Glatze, der eine solche Ähnlichkeit mit einem Bestattungsunternehmer aufwies und der diese Ähnlichkeit auch jetzt mit einem schwarzen Anzug noch unterstrich. Er saß in dem Sessel neben Mary, hatte ein Bein über das andere geschlagen und studierte das Programmheft durch seine randlose Brille. Seine gerunzelte Stirn und abschätzige Miene ließen vermuten, dass der Inhalt keineswegs seine rückhaltlose Zustimmung fand.

»Guten Abend«, grüßte Mary und setzte sich neben ihn.

Der Mann warf ihr einen skeptischen Seitenblick zu, ohne seine Lektüre dafür länger als notwendig zu unterbrechen.

»Das bleibt abzuwarten«, sagte er und blätterte die Seite um. »Ich persönlich hege da jedenfalls starke Zweifel.«

»Wie bitte? Woran hegen Sie Zweifel?«

»Daran, dass dies ein guter Abend wird. Das hier«, er wedelte mit dem Heft, »bietet bedauerlicherweise wenig Anlass zu einer solchen Hoffnung.«

»Das Programm sagt Ihnen also nicht zu, Mr. …?«

»Das Programm sagt mir keineswegs zu«, antwortete er, offenbar dankbar, eine Zuhörerin gefunden zu haben, und fuhr ohne Umschweife fort. »Die Zusammenstellung der Stücke zeugt von einer geradezu impertinenten Willkür. Offenkundig ist die heutige Vorführung einzig und allein auf die unausgereiften musikalischen Bedürfnisse von genügsamen Laien ausgerichtet, die sich mit ein paar eingängigen Melodien und ein wenig volltönender Stimmakrobatik befriedigen lassen.«

Mary hatte ihm verdutzt zugehört. Zum einen empfand sie es als sehr befremdlich und unhöflich, dass er ihr weder seinen Namen verraten noch nach ihrem Namen gefragt hatte. Zum anderen hatte sie nicht damit gerechnet, hier jemandem zu begegnen, der das ganze Konzert schlechtredete, bevor auch nur der erste Ton erklungen war.

Und er war noch lange nicht fertig.

»Damit geht zwangsläufig einher, dass das, was man uns zu präsentieren gedenkt, nicht dazu taugen wird, den gehobenen Ansprüchen eines Kenners zu genügen. Das Kunststück, beide, den Laien sowie den Kenner, gleichermaßen zufriedenzustellen, gelingt nur Meistern ihres Fachs. Wie sich aus diesem Schriftstück schließen lässt, befindet sich ein solcher leider nicht an Bord. Dazu kommt, dass die Dame, die man uns als sogenannten Stargast präsentieren will, und die uns diesen akustischen Mischmasch vorsetzen wird, ihren künstlerischen Zenit schon vor geraumer Weile überschritten hat.«

Er machte ein Gesicht, mit dessen Ernst er jeden Bestattungsunternehmer ausgestochen hätte. Er sah aus, als sollte an diesem Abend die hohe Kunst der Musik zu Grabe getragen werden.

»Kurzum, ich fürchte, uns und unseren Gehörgängen steht eine Folter bevor. Wobei Sie sicherlich weitaus besser wegkommen werden als ich.«

»Inwiefern?«, fragte Mary.

»Nun, ich gehe davon aus, dass Sie, wie die meisten Menschen, nicht über ein absolutes Gehör verfügen. Daher sind Sie nicht nur nicht imstande, jedem Ton auf Anhieb die entsprechende Note zuzuordnen, sondern erkennen auch nicht, sobald ein Ton auch nur das kleinste bisschen von der ihm angemessenen Höhe abweicht.«

»Sie haben ganz recht. Über diese Fähigkeit verfüge ich zugegebenermaßen nicht.«

»Ich allerdings schon! Als einer unter zehntausend Menschen.« Der Mann reckte sein Kinn, sichtlich stolz auf diese Überlegenheit, die ihn nicht nur vor Mary, sondern auch vor dem größten Teil der übrigen Weltbevölkerung auszeichnete.

»Natürlich ist das eine Gabe, die mich zu musikalischen Genüssen befähigt, die anderen«, sein Blick auf Mary war bedauernd und gleichzeitig verächtlich, »niemals vergönnt sein werden. Auf der anderen Seite kann dies eine Last sein, und ich fürchte, heute ist dies der Fall. Ich werde jeden der Fehler heraushören, die man uns hier buchstäblich um die Ohren hauen wird. Sie werden verstehen, dass ich dem weiteren Verlauf des Abends aus diesem Grund mit Schrecken entgegensehe.«

Mary seufzte.

»Ihre Beschreibung lässt tatsächlich Schlimmes erwarten«, sagte sie, ohne sich dabei allerdings auf die von ihrem Sitznachbarn geäußerten Bedenken zu beziehen. Die Gesellschaft dieses Mannes und seines absoluten Gehörs würden für das Vergnügen, das sie sich von diesem Abend versprochen hatte, sicher alles andere als förderlich sein. Ihr war ganz und gar nicht danach, ihre Gehörgänge in den folgenden zwei Stunden weiteren seiner Schimpftiraden auszusetzen. Für einen Moment war sie versucht, sich zu entschuldigen, zu Mr. de Jong zurückzukehren und ihn zu bitten, einen anderen Platz für sie zu finden.

Aber ein Blick durch den Saal verriet ihr, dass keine Plätze mehr frei waren, zumindest nicht in den vorderen

Reihen. Mary wollte aber unbedingt in der Nähe der Bühne sitzen, um mühelos alles mitzubekommen, was sich darauf abspielte. Sie sah nicht ein, wegen eines mäkeligen Sitznachbarn auf gute Sicht zu verzichten. Sie beschloss also, aus seiner Anwesenheit das Beste zu machen. Seine starken Überzeugungen und seine überhebliche Art, sie zum Ausdruck zu bringen, mochten anstrengend und nicht gerade stimmungsfördernd sein. Aber sie zeugten auch davon, dass sie es hier mit einem ausgefallenen Charakter zu tun hatte. Und nach solchen war Mary als Schriftstellerin schließlich immer auf der Suche.

»Darf ich annehmen«, fragte sie, »dass Sie selbst kein Laie sind, sondern zu jenen Kennern zählen, von denen Sie sprechen? Sind Sie in der Musikbranche tätig?«

»Ganz recht. In der Kunst- und Kulturbranche, genauer gesagt. Ich bin Kritiker. Sowohl für Musik wie auch für Theater, Literatur und Malerei. Sie werden meine Namen sicherlich schon einmal gehört haben. Rupert Gladwell, das sagt Ihnen doch etwas?«

Mary musste schlucken. Und ob der Name ihr etwas sagte.

»Ja, das kommt mir bekannt vor. Ich erinnere mich, einige Ihrer Kritiken in der *London Times* gelesen zu haben.«

Ebenso erinnerte sie sich daran, wie verstörend sie diese Kritiken gefunden hatte. Es handelte sich mitnichten um vorbehaltlose Schilderungen von Eindrücken, in denen zwar persönliche Vorlieben und Abneigungen zum Tragen kamen, die sich aber bemühten, ihrem Gegenstand eine faire Behandlung zuteilwerden zu lassen. Was Gladwell zu Papier brachte, waren ausnahmslos Verrisse. Mary konnte sich nicht entsinnen, in ihnen ein einziges Mal ein Wort der Anerkennung für eine künstlerische Leistung gefunden zu haben. Stattdessen trieften sie vor Gemeinheit, waren durchsetzt mit persönlichen Beleidigungen und Schmähungen und schienen allein darauf abzuzielen, die Karrieren jener zu zerstören, die Gladwell als untauglich erachtete. Was ihm, da er im Kunstbetrieb eine mächtige und gefürchtete Stimme besaß, in vielen Fällen auch gelungen war.

Ihre eigenen Bücher waren seiner giftigen Feder noch nicht zum Opfer gefallen. Verständlicherweise. Schließlich handelte es sich dabei um Unterhaltungsliteratur für den ›genügsamen Laien‹, die Gladwell sicher nicht mal für würdig erachtete, von ihm niedergemacht zu werden. Mary hegte also keinen persönlichen Groll gegen ihn. Dennoch konnte sie nicht anders, als an die jungen, aufstrebenden Maler, Sänger, Schauspieler und Schriftsteller zu denken, deren Hoffnungen er auf herablassende Weise zerstört hatte. Dies hier mochte nicht der passende Rahmen sein, um eine Diskussion zu starten oder gar einen Streit vom Zaun zu brechen. Aber sie wollte nicht die Gelegenheit versäumen, ihm mitzuteilen, was sie davon hielt.

»Wenn Sie mir die Bemerkung erlauben«, sagte sie. »Es scheint mir, Mr. Gladwell, dass Sie dem Gegenstand Ihrer Arbeit nicht immer das Wohlwollen entgegenbringen, das er verdient. Im Gegenteil gehen Sie meiner Meinung nach bei Ihren Bewertungen mitunter allzu harsch vor und verlieren dabei den künstlerischen Wert und Gehalt eines Werkes aus den Augen.«

Was, wie Mary fand, noch behutsam ausgedrückt war. Doch offenkundig nicht behutsam genug. Wie es aussah, nahm Gladwell zwar kein Blatt vor den Mund, wenn es darum ging, das Wirken anderer zu prüfen und zu bewerten. In Bezug auf sein eigenes Verhalten war er indes alles andere als kritikfähig. Der abschätzige Blick, mit dem er Mary betrachtete, machte sehr deutlich, dass er auf ihre Meinung keinen gesteigerten Wert legte.

»Sind Sie ebenfalls Kulturschaffende?«, fragte er, anstatt auf ihre Bemerkung einzugehen. In seinen Worten klang die Geringschätzung, ja Verachtung durch, die er offenbar gegenüber sämtlichen Kulturschaffenden hegte. Mary hatte das ungute Gefühl, dass Künstler und ihre Werke in Gladwells Augen ihre alleinige Existenzberechtigung daraus zogen, von ihm schlechtgemacht zu werden.

»Das ist nicht unbedingt der Begriff, den ich verwenden würde, um meine Arbeit zu beschreiben. Aber ich nehme an, er trifft zu. Ich bin Schriftstellerin und verfasse Kriminalromane. Sie werden vielleicht auch schon von mir gehört haben. Mein Name ist Mary Elizabeth Arrington.«

»Aha«, sagte Gladwell, als sei damit alles geklärt. »In diesem Fall, verehrte Mrs. Arrington, bedauere ich zutiefst ...«

Für einen kurzen Moment glaubte Mary, Gladwell wollte sich für sein Verhalten entschuldigen. Doch der Tonfall, den er nun anschlug, machte jede Erwartung, das Gespräch könne eine versöhnliche Wendung nehmen, im selben Augenblick zunichte.

»... mich überhaupt auf eine Konversation mit Ihnen eingelassen zu haben. Ich habe Sie falsch eingeschätzt. Ich hielt Sie für eine intelligente und gebildete Person. Ich konnte ja nicht ahnen, eine Literatin des untersten Ranges vor mir zu haben, bei der man natürlich nicht von dem ausgeprägten Gespür und Feinsinn ausgehen darf, der für eine tief gehende Auseinandersetzung mit künstlerischen Belangen notwendig ist. Aber ich darf Ihnen gratulieren. Ihre niedrigen Ansprüche werden Ihnen sicher dazu verhelfen, sich bei den anstehenden akustischen Zumutungen köstlich zu amüsieren. Ich wünsche Ihnen dabei viel Vergnügen.«

Wenn Gladwell davon ausgegangen war, Mary würde unter diesem Schwall von Beleidigungen einknicken, hatte er sich geschnitten. Sie war schließlich keine junge, unerfahrene Künstlerin, deren Karriere von Gladwells gutem Willen abhängig war und die sich von seinen Gemeinheiten einschüchtern ließ. Im Gegenteil. Vor einer Auseinandersetzung war Mary Elizabeth Arrington noch nie zurückgescheut.

»Ich meinerseits, mein lieber Mr. Gladwell, wünsche Ihnen von ganzem Herzen, dass es Ihnen eines Tages gelingen wird, den Groll zu überwinden, den Sie so offenkundig in sich tragen, dass weder Gespür noch Feinsinn nötig sind, um ihn zu erkennen. Ich hoffe, Sie finden einen Weg, aus der Kunst jene Freude zu ziehen, die jeder darin finden kann, der ihr offen und mit Neugier begegnet. Ich bedauere es zutiefst, wenn ein Mensch, der allem Anschein nach über Intelligenz und Bildung verfügt, diese lediglich dazu einsetzt, anderen zu schaden, anstatt selbst auf förderliche Art schöpferisch tätig zu sein.«

Gladwell starrte sie an. Die Überheblichkeit in seinem Gesicht hatte sich zu einem kindischen Trotz gewandelt. Mary war sicher, einen wunden Punkt in ihm getroffen zu haben. Schließlich, das wusste sie nur zu genau, waren die brutalsten Kritiker nicht selten gescheiterte Künstler, die anderen Menschen den Erfolg übel nahmen, der ihnen selbst verwehrt geblieben war.

Einen Moment lang schien es, als wollte Gladwell etwas erwidern. Dann aber drehte er sich zur Seite, wandte ihr den Rücken zu, so weit es sein Sessel erlaubte, und widmete sich wieder seinem Programmheft.

Mary war es recht. Ihr Gesprächsbedarf mit Gladwell

war mehr als gedeckt, und sie hatte nicht die geringste Lust, sich den ganzen Abend mit ihm herumzuschlagen. Sie würde ihm im Laufe dieser Kreuzfahrt zwangsläufig noch das eine oder andere Mal über den Weg laufen, und nachdem es ihr gleich am ersten Tag gelungen war, sich ihn zum Todfeind zu machen, musste sie davon ausgehen, dass diese Begegnungen nicht angenehmer verlaufen würden als diese soeben. Zudem würde sie, wenn sie nach ihrer Heimkehr die Zeitung aufschlug, damit rechnen müssen, im Feuilleton eine bissige Schmähschrift zu finden, in der Gladwell über ihre eigenen Bücher herfiel. Wie sie ihn einschätzte, war er über derart kleinliche Racheakte sicher nicht erhaben. Hier und jetzt aber, beschloss sie, würde sie sich nicht den Abend von ihm verderben lassen.

Mary richtete ihre Aufmerksamkeit daher dem Geschehen auf der Bühne zu, wo gerade die Musiker mit ihren Instrumenten Einzug hielten. Die Zuschauer applaudierten, während Christoph Winkler sich an den Flügel setzte und die übrigen Mitglieder des Bordorchesters, die Herren im dunklen Anzug, die Damen im Abendkleid, sich auf den Sitzen niederließen, die vor dem roten Vorhang mit Goldbordüre aufgestellt waren. Das Licht schimmerte auf dem polierten Holz der Geigen, auf den silbernen Klappen der Klarinetten, auf dem goldenen Metall der Hörner. Die Musiker legten Notenblätter auf ihre Notenständer und machten sich bereit. Der Beifall schwoll an, als der Dirigent die Bühne betrat. Es war ein dicklicher, kleiner Mann, dessen Wangen rosig leuchteten und der Mary in seinem Anzug an ein Glücksschweinchen erinnerte. Er verbeugte sich vor dem Publikum, wandte sich dem Orchester zu und hob seinen Taktstock.

Die Lampen im Zuschauerraum erloschen. Scheinwerfer erhellten die Bühne und verwandelten sie in eine Insel des Lichts in der Dunkelheit. Die Gespräche im Publikum klangen aus, hier und da ertönte noch ein Räuspern und Husten. Als auch das letzte Geräusch verklungen war, legte sich eine feierliche Erwartung über das Publikum. Zumindest über den überwiegenden Teil des Publikums. Aus dem Augenwinkel erkannte Mary, dass Rupert Gladwell die Arme vor der Brust verschränkt hatte. Sie hörte ihn ein verächtliches »Pff« ausstoßen. Doch schon im nächsten Moment übertönte die Musik seine ungebetenen Äußerungen.

Das Konzert hatte begonnen.

Und zunächst sah alles so aus, als stünde dem Publikum ein wundervoller Abend bevor.

12

Der *Fliegende Holländer* machte den Anfang. Leise, beinahe schüchtern setzte die Ouvertüre ein und schwebte zart durch die Stille. Diese Zurückhaltung aber währte nur kurz. Dann steigerte sich die Musik. Und sie tat es nicht etwa sachte. Furios brandete sie auf wie eine der gewaltigen Wellen, die sich draußen, rund um das Schiff, auf dem Ozean erhoben. Ebenso wie diese Wellen kraftvoll gegen den Rumpf der *Queen Anne* anrannten, warf sich die Musik auf die Menschen im Zuschauerraum, die sich, von dem Ansturm herrlicher Klänge überwältigt, ehrfürchtig dieser Macht überließen, die der Macht der Natur in nichts nachstand. Kaum war die erste Woge der Töne von der Bühne aus bis an das Ende des Saales gehallt, folgte sogleich die nächste, wie Wellenschlag auf Wellenschlag, und selbst wenn es jemandem eingefallen wäre, sich zu erheben und sich, um ganz von ihr umfangen zu werden, in diese melodische Flut zu stellen, hätte die Musik ihn wohl zurück auf seinen Platz gebannt.

Sogar Rupert Gladwell zuckte kurz zusammen, richtete sich in seinem Sessel auf und blickte erstaunt zur Bühne. Einen Moment lang schien es Mary, als sei auch er ergriffen von der Schönheit, die auf ihn zu und über ihn hinwegwallte. Dann aber sank er wieder in sich zusammen, als sei ihm eingefallen, wie amateurhaft das alles war und dass diese Darbietung weder sein Erstaunen noch seine Bewunderung verdiente, sondern lediglich seine kritische Geringschätzung, die ihm verbot, an ihr Gefallen zu finden.

Dabei konnte von *amateurhaft* keinesfalls die Rede sein. Die Musiker beherrschten ihre Instrumente virtuos. Präzise geführte Bogenstriche fuhren über die Saiten der Violinen, geübte Finger zupften gekonnt an der Harfe oder glitten flüssig über sie hinweg. Kraftvolle und genau bemessene Atemstöße fuhren durch die Flöten und Fagotte, um ihnen, in Töne verwandelt, wieder zu entsteigen. Ebenso wie die Musiker ihre Instrumente beherrschten, beherrschte der Dirigent sein Orchester. Mit sanften Schwingungen oder kurzen, abgehackten Luftschlägen seines Taktstocks leitete er die Kontrabassisten, Klarinettisten, Posaunisten und anderen durch die Komposition. Er steigerte oder dämpfte die Lautstärke, trieb die Geschwindigkeit an oder drosselte sie, und die Männer und Frauen, denen diese Führung galt, folgten ihr so ergeben wie den Zeilen auf ihren Notenblättern.

Der Einzige, der bei diesem ersten Stück außen vor blieb, war Christoph Winkler. Offenbar sah die Ouvertüre des *Fliegenden Holländers* kein Klavier vor. Der Pianist saß auf seinem Hocker und wiegte sich sacht zu den Klängen der Musik, schien sie in sich aufzunehmen, sich von ihr anfüllen zu lassen. Hin und wieder nur ließ er den Blick über das Orchester, den Dirigenten oder hinein in den Zuschauerraum schweifen, der ihm von seinem Platz aus als dunkelgraue Weite voller gesichtsloser dunkler Silhouetten erscheinen musste.

Er wirkte geduldig, gefasst, wohlwissend, dass sein großer Auftritt nicht lange auf sich warten lassen würde.

13

Wenig später war es so weit. Die Ouvertüre verklang und wurde vom Applaus des Publikums abgelöst. Hier und da ertönten Bravo-Rufe, und manche belohnten das Orchester gar mit Standing Ovations. Auch Mary klatschte, angetan von der großartigen Darbietung. Der Einzige, der keine Hand rührte, war Rupert Gladwell. Er saß wieder mit vor der Brust verschränkten Armen in seinem Sessel und verzog sein Gesicht derart, dass Mary selbst in der Dunkelheit und von der Seite den Missmut darin sehen konnte. Mary hatte nichts anderes von ihm erwartet. Er hätte sicher nicht einmal applaudiert, wenn es ihm gefallen hätte. Wahrscheinlich war es unter seiner Kritikerwürde, sich zu verhalten wie ein ›Laie‹. Sein stiller Protest aber ging wirkungslos an den übrigen Menschen im Saal vorüber, die nicht so ›anspruchsvoll‹ waren, sich von einem angeblich mangelhaft zusammengestellten Programm ihren Musikgenuss und den Abend verderben zu lassen – und ihrer Begeisterung gerne Ausdruck verliehen.

Einer Begeisterung, die sich im nächsten Augenblick sogar noch steigerte.

Der Dirigent hatte sich dem Saal zugewandt, um sich zu verbeugen. Jetzt wies er mit einer ausladenden Geste auf den roten Vorhang, der sich daraufhin öffnete. In den Lichtkreis, den die Scheinwerfer auf die Bühne bannten, trat der Stargast des Abends, die weltberühmte russisch-italienische Opernsängerin Anastasia Botticelli. Mary kannte sich mit Sängern nicht besonders gut aus.

Gesehen aber hatte sie *Die Botticelli*, wie sie von ihren Bewunderern ehrfurchtsvoll genannt wurde, schon einmal. Aber nicht auf einer der großen Bühnen bei einem ihrer gefeierten Auftritte, sondern erst vor wenigen Stunden in der *Grand Lobby*, als sie vor Schreck ihre Teetasse fallen gelassen und einen Schrei ausgestoßen hatte, in dem ihre Gesangsausbildung und ihr Stimmumfang ebenso durchgeklungen waren wie ihr Schreck über Winklers scheppperndes Klavierspiel.

Selbst wenn Gladwells Bemerkung stimmte, dass die Botticelli ihren ›künstlerischen Zenit überschritten hatte‹ – anzumerken war es ihr nicht. Im Gegenteil. Von der Art, wie sie behäbig und doch zugleich würdevoll über die Bühne schritt, ging ein Glanz aus, wie er nur einer wahren Diva zu eigen ist. Ihr dunkles Haar war zu einer kunstvollen Turmfrisur aufgesteckt. Ihr Gesicht, wenn auch für Marys Geschmack ein wenig zu stark geschminkt, zeugte von dem Stolz und der Würde einer großen Künstlerin, die um ihre Macht wusste, mit der Magie ihrer Stimme Tausende zu verzaubern. Wie in der Lobby trug sie auch hier ein auffälliges Kleid, schwarz zwar, aber mit schimmernden Pailletten bedeckt, die aufwendige, verschlungene Muster formten. Und wie zuvor war sie auch jetzt über und über mit Ringen, Ohrringen, Ketten und Armbändern bedeckt, sodass Mary beinah glaubte, es sei nicht allein Botticellis umfangreicher Resonanzkörper, sondern diese im Scheinwerferlicht funkelnde Pracht, die ihre Bewegungen ein wenig schwerfällig machten.

Die Botticelli genoss sichtlich die Begrüßung des Publikums und kostete sie voll aus. Sie lächelte, winkte, warf Kusshände, bis der Beifall nach und nach abebbte und jene, die aufgestanden waren, ihre Plätze wieder einnahmen.

Von Neuem legte sich gespannte Erwartung über den Saal.

Die Botticelli trat neben den Flügel, stellte sich in Positur und nickte Christoph Winkler kaum wahrnehmbar zu.

Der Pianist begann zu spielen.

Dunkle, bedrohlich schwingende Klänge drangen unter seinen Fingern aus dem Instrument. Es waren, wie Mary ein kurzer Blick ins Programmheft verriet, die ersten Takte eines Liedes von Franz Schubert. *Der Zwerg* erzählte die Geschichte eines verschmähten Liebhabers, der sich für die erlittene Kränkung auf furchtbare Weise rächt.

Die Botticelli legte ihre Stimme über die Töne.

»Im trüben Licht verschwinden schon die Berge. Es schwebt das Schiff auf glatten Meereswogen«, sang sie und schlug die Zuhörer in ihren Bann.

Ergriffen lauschten sie, wie die todgeweihte Königin die Sterne anrief, bereit, ihr nahendes Ende ergeben hinzunehmen. Der Botticelli gelang es meisterhaft, all den Schmerz und das Leid, den diese unrettbar verlorene Frau empfand, zum Ausdruck zu bringen, und es gab niemanden im Saal, der an dem schrecklichen Schicksal, das ihr drohte, nicht Anteil genommen hätte – von Gladwell natürlich abgesehen.

Kaum jemand bemerkte, wie sich die Eingangstür langsam öffnete.

Nur Mary. Zwar hatte auch auf sie die Ballade ihre Wirkung nicht verfehlt. Doch dank der ihr angeborenen Neugierde war sie darin geübt, sämtliche Vorgänge in ihrer Umgebung wahrzunehmen und sogleich zu ergründen, was es mit ihnen auf sich hatte. Mary wandte den Kopf und sah den Strahl einer Taschenlampe durch das Dunkel des Konzertsaals irrlichtern. Drei Gestalten folgten dem Licht. In der vorderen, die die Lampe hielt, erkannte Mary Hendrik de Jong. Ihm folgen die strenge robuste Frau und das junge Mädchen, die sie ebenfalls heute in der Lobby gesehen hatte, und die auf Winklers unschöne Einlage hin sofort die Flucht ergriffen hatten. Die strenge Frau hielt das Mädchen an der Hand und zog es hinter sich her. Das Mädchen folgte ihr willenlos, wie es Mary schien. De Jong zeigte den Nachzüglern ihre Plätze in einer der mittleren Reihen. Die strenge Frau bedeutete dem Mädchen mit Gesten, voranzugehen, und ein kleiner, stummer Tumult entstand, als die beiden sich an ihren Sitznachbarn vorbeischoben, um ihre Sessel zu erreichen. Sie setzten sich. Der Tumult war vorbei. Hendrik de Jong kehrte zu seinem Posten am Eingang zurück.

Mary widmete sich wieder dem Lied, das ungeachtet dieser Störung seinen Fortgang genommen hatte. Die Botticelli zog alle Register ihrer gesanglichen Kunst. In jeden Ton legte sie ihr ganzes Gefühl, das sich auf ihrem fülligen Gesicht widerspiegelte. Selbst Kapitän MacNeill wirkte gerührt. Mary hatte nicht gedacht, dass der alte Seebär für andere musikalische Genüsse empfänglich wäre als vielleicht für auf der Mundharmonika oder dem Akkordeon vorgetragene Seemanns-Shantys. Aber offenbar konnte auch er sich dieser Macht nicht entziehen. Ebenso wie das gesamte Publikum schien ihn ein Schauder zu durchfahren, als der Zwerg der Königin die Mordwaffe, eine rote Seidenschnur, um den Hals legte. Er werde sich selbst für seine Tat hassen, verkündete der Mörder, während sie, sein Opfer, ihre letzten Tränen vergoss. Doch hielt es ihn nicht davon ab, sein grausames Werk zu vollenden.

Eigentlich sah die Ballade vor, dass der Zwerg mit einem ›Herz voll Verlangen‹ die Leiche der Königin nun ins Meer sinken ließ.

Doch dazu kam es nicht. Stattdessen ereignete sich eine Katastrophe, die im Saal weitaus größeres Entsetzen hervorrief als der gewaltsame Tod der schönen Königin.

14

Es war keine plötzliche Sturmwoge, die das Schiff in heftiges Schaukeln gebracht und dadurch Panik ausgelöst hätte. Um die *Queen Anne* in ihrer ruhigen Fahrt aufzurütteln, brauchte es schon einen Orkan. Es war auch kein Feueralarm, kein Lichtausfall, kein herabstürzender Scheinwerfer, kein Loch, das sich in der Bühne aufgetan und das Orchester samt Sängerin verschluckt hätte. Es war etwas gänzlich anderes, was Botticellis Gesangsdarbietung ein plötzliches, grauenvolles und von niemandem vorhergesehenes Ende setzte. Oder besser gesagt: Jemand anderes.

Es war Christoph Winkler, der plötzlich und ohne jede Vorwarnung von der dunklen, tragischen Ballade zu jenem heiteren Lied wechselte, das er bereits in der *Grand Lobby* zum Besten gegeben hatte. Wie schon dort schlug er es mit einer Gewalt aus den Tasten, dass sein ganzer Flügel zu scheppern und zu dröhnen schien. Und wie zuvor am Tag blieb auch heute Abend die Empörung nicht aus. Die Botticelli starrte Winkler fassungslos an, der, anstatt sie zu begleiten, ihre Stimme auf einmal übertönte, sie in Grund und Boden hämmerte mit seinem überdrehten Geklimper. Sie sang noch ein paar Worte, sang verzweifelt gegen ihn und seinen Lärm an, als hoffte sie, er werde nach einem kurzen Aussetzer zu Schuberts Melodie zurückkehren. Doch ihre Hoffnung erfüllte sich nicht. Winkler schien nur noch dieses eine Lied zu kennen – und er schien kein anderes Ziel zu haben, als auch jeden anderen im Saal auf möglichst unerfreuliche Weise damit bekannt zu machen.

Zu perplex, um sich auch nur zu rühren, richteten der Orchesterleiter und seine Musiker bestürzte Blicke auf ihren Kollegen, der offenbar den Verstand verloren hatte.

Die Botticelli verstummte, geschlagen von dem Radau, der ihren erhabenen Gesang verspottete und sie, die große Sängerin, verhöhnte. Ihre Lippen bewegten sich noch, doch kein Ton drang mehr heraus. Ihre Arme, eben noch in leidenschaftlicher Bewegung begriffen, fielen schlaff herab, ihr Kinn begann zu zittern. Hilfesuchend blickte sie in die Zuschauermenge.

Doch war dort keine Hilfe zu finden. Zuerst war das Publikum, verdutzt darüber, aus der Geschichte über die grausig endende Liebe so brutal herausgerissen worden zu sein, in eine Schockstarre verfallen. Nun aber brach ein regelrechter Aufruhr los. Die wenigsten der anwesenden Damen und Herren beließen es dabei, lediglich den Kopf zu schütteln über das sonderbare Verhalten des Pianisten. Mary hörte, wie hinter ihr einige Frauen lautstark lachten. Die Gäste in der Reihe vor ihr hingegen schienen noch zu rätseln, ob es sich um einen Scherz handelte, um ein musikalisches Experiment, das die Veranstalter ersonnen hatten, um den Abend abwechslungsreicher und unterhaltsamer zu gestalten. Vielleicht vermuteten sie gar, dass dieser drastische Umschwung im Sinne des Komponisten sei. Doch die meisten Zuhörer verstanden, dass Winkler das Lied rücksichtslos verunstaltete. Und sie waren nicht bereit, sich diesen Frevel bieten zu lassen.

Aufgebrachte Schreie und Buh-Rufe hallten aus dem Saal Richtung Bühne. Mary erblickte rechts von sich einen jungen Mann, der auf seinem Sitz stand und laute

Drohungen und Beleidigungen brüllte. Der Mann sah aus, als sei er kurz davor, die Bühne zu stürmen und über den abtrünnigen Musiker herzufallen. Vor und hinter dem Mann drängten sich die Zuhörer aus den Reihen, um den Saal zu verlassen. Mary wusste nicht, ob dies ein Zeichen des Protests gegen diese akustische Qual sein sollte – oder ob ihre Ohren Winklers musikalische Folter einfach nicht länger verkrafteten. Auch Rupert Gladwell hielt es nicht mehr auf seinem Platz. Hatte er der Aufführung ohnehin von Anfang an skeptisch entgegengesehen, mochte er ohnehin nichts erwartet haben als eine stümperhafte Darbietung – was sich jetzt auf der Bühne abspielte, löste in ihm einen Wutanfall aus. Kerzengerade schoss er in die Höhe.

»Hören Sie gefälligst auf, Sie Mistkerl!«, schrie er mit hochrotem Kopf. »Sie sind eine Schande für die Musik. Was fällt Ihnen ein, ein solches Meisterwerk auf derart infame Weise zu metzeln? Sie verdienen es, von Bord geworfen zu werden, Sie widerwärtiger Versager.«

Er stampfte mit den Füßen auf und schüttelte so heftig seine knochigen Fäuste, dass Mary in ihrem Sessel in Deckung ging, um nicht von ihnen getroffen zu werden. Gleichzeitig bemühte sie sich, Winkler im Auge zu behalten. Auch für sie nahm dieser Abend nicht den Verlauf, den sie erwartet hatte. Dennoch war sie weit davon entfernt, sich dem Aufruhr anzuschließen, der um sie herum tobte. Vielmehr trieb sie die Frage um, was Winkler zu dieser Wahnsinnstat bewegte. Wenn er nicht vollkommen den Verstand verloren hatte, was ihr nicht der Fall zu sein schien, musste er sich darüber im Klaren sein, dass er dabei war, sich um Kopf und Kragen zu spielen – und nicht zuletzt um seinen Job.

Aber Winkler schien all das vollkommen egal zu sein. Er schmetterte dem wutentbrannten Publikum weiter seine schrill-fröhliche Melodie entgegen, steigerte sich in Lautstärke und Geschwindigkeit sogar noch und legte es offenbar darauf an, allen, die sich noch nicht in Sicherheit gebracht hatten, einen Hörsturz zu bescheren. Sein ganzer Körper schien unter Spannung zu stehen, verrenkte sich, zuckte wie von elektrischen Schlägen gepeitscht. In seinem blassen Gesicht stand die gleiche Besessenheit, die Mary schon zuvor an ihm festgestellt hatte. Er sah aus, als spiele er um sein Leben.

Und es war ihm gleich, ob er andere damit in den Wahnsinn trieb.

Bei der Botticelli schien es schon so weit zu sein. Hatte sie eben noch wie ein juwelenbehängter, glitzernder Trauerkloß betäubt auf der Bühne gestanden, erlitt sie nun ganz offensichtlich einen hysterischen Anfall. Sie rang die Hände, warf den Kopf mit der raffinierten Hochsteckfrisur in den Nacken und stieß einen lang gezogenen, durchdringenden Schrei aus, bei dem Mary sich wunderte, dass er nicht die Glasscheiben der Eingangstür zum Bersten brachte. Ihr Geheul war nicht weniger stimmgewaltig als ihr Gesang und fast ebenso schwer zu ertragen wie die Begleitung, die ihr Winkler dazu lieferte – bis seinem Getöse endlich ein Ende gesetzt wurde.

Mary sah, wie Kapitän MacNeill die Bühne erklomm. Er mochte davon überfordert sein, eine Menschenmenge mit lockeren Sprüchen und Scherzen zu unterhalten. Wenn es aber darum ging, eine Krise zu bewältigen, war er vollkommen in seinem Element. Er gab dem Dirigenten ein Zeichen, die aufgelöste Sängerin fortzubringen, die sich willenlos und wimmernd am Arm fassen und zu ihrer Garderobe führen ließ. Dieser klägliche Abgang war sicher nicht der, den sie sich vorgestellt hatte. Aber gerade kam niemand auf den Gedanken, sie mit Applaus zu verabschieden oder ihr gar eine Rose zuzuwerfen.

MacNeill gab dem Ersten Violinisten, einem hochaufgeschossenen Mann mit Pferdeschwanz und auffällig glänzenden, spitzen Lackschuhen mit goldenen Schnürsenkeln, ein Kommando, woraufhin dieser und zwei seiner Kollegen Winkler packten und ihn von seinem Hocker zerrten. Sie wandten dabei nur so viel Gewalt an wie unbedingt nötig. Doch machte Winkler es ihnen nicht leicht. Er strampelte und zappelte in ihrem Griff in dem verzweifelten Bemühen, die Tasten seines Flügels zu erreichen und sein Spiel fortzusetzen. Die Männer brauchten all ihre Kräfte, um ihn festzuhalten und ihn, der mit weit aufgerissenen Augen in den Zuschauerraum blickte, von der Bühne zu schleifen.

Nun, wo Stille auf der Bühne eingekehrt war, legte sich auch das Chaos im Zuschauerraum. Die Leute kamen langsam wieder zur Ruhe. Doch vielen war die Lust auf Musik offenbar vergangen, und sie verließen den Saal. Auch Rupert Gladwell schritt zum Ausgang und schimpfte dabei so lautstark auf Winkler, dass Mary auf ihrem Platz keiner seiner Flüche entging. Jene, die sich entschlossen hatten, zu bleiben, setzten sich wieder. Viele der Reihen waren halb leer, als der Dirigent auf die Bühne zurückkehrte und sich kurz mit dem Kapitän besprach. MacNeill stieg von der Bühne und nahm wieder seinen Platz im Publikum ein. Der Dirigent blickte zweifelnd durch den Saal, trat an sein Pult und ergriff seinen Taktstock. Die Musiker setzen das Konzert mit seichten Stücken fort, die wohl dazu gedacht waren, die aufgewühlten Gemüter zu beruhigen, was ihnen auch einigermaßen gelang. Die verbliebenen Zuhörer entspannten sich, lauschten andächtig, spendeten Beifall, wenn auch nicht mehr so überschwänglich.

Auch Mary versuchte, sich auf die Musik zu konzentrieren. Aber ihre Gedanken waren woanders. Sie waren bei Christoph Winkler, seinem skandalösen Auftritt, seinem merkwürdigen Lied und der Frage, was es mit all dem auf sich haben mochte.

15

Diesen Gedanken ging Mary noch lange nach, auch nachdem das Konzert längst vorüber war. Sie schaffte es einfach nicht, davon loszulassen, was auch daran lag, dass sie für all die Fragen, die sie umtrieben, nicht nur keine Antworten erhalten hatte, sondern nicht einmal die Gelegenheit, sie zu stellen. Ihre Hoffnung, nach dem Konzert mit dem Kapitän zu sprechen, hatte sich nicht erfüllt. Nachdem der letzte Ton des Orchesters verklungen war, war er gleich zusammen mit dem Dirigenten hinter der Bühne verschwunden. Mary vermutete, er würde zunächst nach der armen Anastasia Botticelli sehen, die diese unschöne Unterbrechung ihrer gesanglichen Darbietung derart mitgenommen hatte, dass sie nicht wieder auf die Bühne zurückgekehrt war. Gleich danach würde MacNeill Christoph Winkler zur Rede stellen, um herauszufinden, was den Pianisten dazu getrieben hatte, die Vorführung auf solch skandalöse Weise zu sabotieren. Wie gern wäre Mary bei diesem Gespräch dabei gewesen. Tatsächlich war sie Kapitän MacNeill auch hinterhergestürmt und wollte ihm in den Kulissen- und Garderobenbereich folgen. Aber der Stewart, der ihn bewachte, hatte sie unwirsch abgewiesen und sich partout nicht erweichen lassen.

Also hatte Mary eine Weile im Zuschauerraum ausgeharrt und vergeblich auf die Rückkehr des Kapitäns gewartet. Auch etliche andere Konzertbesucher, die wie Mary hofften, mehr über die Geschehnisse in Erfahrung zu bringen, waren geblieben. Allerlei Mutmaßungen wurden angestellt, die letzten Endes allerdings alle auf den gleichen Schluss hinausliefen: Christoph Winkler, darin waren sich alle einig, musste den Verstand verloren haben. Der einzige Streitpunkt bestand in der Frage, ob es sich dabei um einen kurzzeitigen Aussetzer handelte oder ob der begabte Pianist dauerhaft und unumkehrbar verrückt geworden war.

Mary hatte keine Lust verspürt, sich an diesen Spekulationen zu beteiligen, und schließlich den Saal verlassen. Am Ausgang hatte sie sich von Hendrik de Jong verabschiedet und sich bei ihm erkundigt, ob er vielleicht Näheres wisse. Aber der gut aussehende Offizier hatte ihr erklärt, dass er ihr zum Stand der Dinge leider nichts sagen könne und auch selbst keine Erklärung für das habe, was geschehen sei. Das Einzige, was er mit Bestimmtheit wusste, war, dass der Kapitän die Sängerin und den Pianisten nun erst mal von allen anderen Gästen und Crewmitgliedern abschotten würde, um die Sache in Ruhe zu klären und um zu verhindern, dass der Skandal weiter aufgebauscht werde. Sollte ihm aber etwas zu Ohren kommen, versprach er, würde er sie über die Entwicklungen und Erkenntnisse auf dem Laufenden halten, strikt im Rahmen seiner Befugnis natürlich. Mary hatte sich bei ihm bedankt und ihm eine Gute Nacht gewünscht.

Da ihr somit nichts anderes übrig geblieben war, hatte Mary sich in ihre Suite zurückgezogen. Sie schenkte sich ein Glas Rotwein ein und trat an die Balkontür. Draußen ballte sich die nächtliche Finsternis über dem Ozean, und das Wogen des dunklen Wassers erschien ihr unheilverheißend. Gleichzeitig hatte es etwas beinahe Hypnotisches. Mary hätte nicht zu sagen vermocht, wie lange sie dort stand und auf die Wellen blickte. Sie musste an Schuberts Ballade denken, an den grausamen

Mord, um den es darin ging. Die Stimme der Botticelli erklang in ihrem Kopf, trug ihr Bruchstücke der Strophen zu. Doch wie schon im Konzertsaal schob sich auch hier frech und aufdringlich jenes heiter-überdrehte Lied dazwischen, mit dem Winkler der tragischen Geschichte ein skurriles Ende gesetzt hatte.

Es war Mary, als höre sie dieses Lied nicht nur in sich selbst. Sie meinte, es dringe von außen an ihre Ohren, wie aus weiter Ferne und doch überdeutlich, als schwebe es über dem Rauschen der Wellen und dem sachten Brummen des Schiffes.

Sie kehrte zurück zu ihrem Sofa, setze sich und klappte ihren Laptop auf. Sie wollte an ihrem Roman weiterschreiben. Aber sie fand nicht in die Geschichte hinein und gab es bald wieder auf. Sie konnte nicht klar denken. Das Lied, das aufdringliche kleine Lied, wollte einfach nicht von ihr ablassen.

Selbst als sie im Bett lag, glaubte sie es noch zu hören. Gerade so als sitze Christoph Winkler unten in der *Grand Lobby* am Flügel und spiele es unentwegt, stundenlang, ohne Pause, und als dringe es von dort bis zu ihr herauf. Mary wusste, es war unmöglich. Sie war viel zu weit entfernt, die Wände zu dick. Und doch konnte sie sich diesem Eindruck, konnte sie sich der Melodie nicht entziehen. Sie schloss die Augen, bemühte sich, sich auf ihren Atem zu konzentrieren. Aber es dauerte lange, bis es ihr gelang, zur Ruhe zu kommen. Und selbst dann noch begleitete Winklers Lied sie in den Schlaf.

Es war ein unruhiger Schlaf, durchsetzt von wirren Träumen, in denen wogende Schiffe, füllige Königinnen in funkelnden Kleidern und mörderische Zwerge mit Glatze und randloser Brille vorkamen.

Mary fühlte sich alles andere als erholt, als sie nach

nur wenigen Stunden überaus unsanft aus dem Schlaf gerissen wurde.

16

Es war ein lautes Hämmern. Mary fuhr von ihrem Kissen hoch und wusste zunächst nicht, wo sie war. Sie sah die Umrisse der Möbel im Dunkeln und wunderte sich. Sie hatte doch niemals eine Sitzbank vor dem Bett stehen gehabt. Auch hatte sich ihr Schlafzimmer niemals bewegt. Aber sie spürte ganz eindeutig ein sachtes Schaukeln. Und dann dieses heftige Hämmern, das nicht verstummen wollte, das im Gegenteil noch heftiger, noch fordernder wurde. Der Lärm, so unangenehm er sein mochte, klärte Marys Verstand. Ihr fiel wieder ein, dass sie nicht im Schlafzimmer ihres Herrenhauses in England lag. Sie war auf der *Queen Anne,* in der *Trafalgar Suite,* auf einer Kreuzfahrt zu den norwegischen Fjorden. Auch das Konzert und sein verstörendes Ende kamen ihr wieder ins Bewusstsein. Das Einzige, was sie noch nicht zuordnen konnte, war dieses unsägliche Hämmern. Sie fragte sich, ob es sich dabei vielleicht um irgendeinen Lärm aus dem Maschinenraum handelte, der durch Rohre und Leitungen aus dem Schiffsbauch zu ihr drang. Doch jetzt begriff sie, dass jemand gegen ihre Zimmertür nicht klopfte, sondern der Lautstärke nach zu urteilen mit den Fäusten darauf einschlug.

Mary knipste das Licht an und sah auf die Uhr. Es war halb fünf am Morgen. Wer würde sie zu dieser Stunde stören – und warum? Sie hoffte, dass er oder sie einen verdammt guten Grund hatte. Ansonsten würde sie die Person ordentlich zurechtweisen, und zwar nicht auf die feine englische Art. Mary war noch immer schlaftrunken. Aber dafür fühlte sie sich wach genug. Sie wühlte sich aus der Bettdecke hervor, schlüpfte in ihre Hausschuhe, die neben dem Bett standen, und stand auf. Im Vorübergehen warf sie einen Blick in den Spiegel am Kleiderschrank. Ihr Gesicht sah ein wenig zerknittert aus, und ihre grünen Augen schauten ihr noch etwas benebelt entgegen, anstatt mit jenem Scharfsinn zu blitzen, den Journalisten so gerne darin erkannten. Ihr schwarzes Haar stand wild zu allen Seiten ab und war von grauen Strähnen durchzogen, die zu färben sie sich nach wie vor weigerte, auch wenn es stetig mehr wurden. Mary hatte schon vor langer Zeit beschlossen, diesem Prozess keine künstlichen Hilfsmittel entgegenzusetzen und ›in Würde‹ zu altern.

Sie griff sich ihren roten Bademantel, der neben dem Schrank an einem Haken hing, und zog ihn sich über. Sie im Nachthemd – oder gar noch leichter bekleidet – zu sehen, war ein Vorrecht, das sie nur wenigen Auserwählten einräumte – und das sie seit Maxwells Tod niemandem eingeräumt hatte. Während Mary den Wohnbereich der Suite durchquerte, um zur Tür zu gelangen, wurde das Hämmern immer lauter. Nun hörte sie auch eine Stimme, die das Hämmern begleitete und die nicht weniger alarmierend klang.

»Mrs. Arrington! Mrs. Arrington, machen Sie auf!«

Es war Sandras Stimme, wie Mary sofort erkannte. Doch dieses Mal war nicht Wut in ihr zu erkennen. Nur höchste Dringlichkeit.

Marys Wut über ihren nächtlichen Störenfried legte sich. Sandra war vielleicht nicht unbedingt vorbildlich, wenn es um Zurückhaltung und Höflichkeit ging oder darum, auf andere Rücksicht zu nehmen. Aber sie würde nicht versuchen, ihr die Tür einzuschlagen – und schon gar nicht um diese Uhrzeit –, wenn sie nicht einen guten Grund dafür hätte.

»Ich komme«, antwortete Mary, auch wenn sie nicht sicher war, ob Sandra sie über dem Krach, den sie veranstaltete, überhaupt hören konnte. »Ich komme ja schon.«

Sie öffnete die Tür. Sandra, die vor ihr auf dem schwach beleuchteten Korridor stand, war nicht viel besser gekleidet als sie selbst. Statt ihrer Arbeitsuniform schlabberte eine graue Jogginghose um ihre Beine und das Sweatshirt hatte seine besten Zeiten längst hinter sich. Sandras Haare waren genauso chaotisch wie Marys. Mary sah, dass Sandra die Karte in der Hand hielt, mit der sie sich zu Reinigungszwecken Zugang zu sämtlichen Passagierkabinen verschaffen konnte. Offenbar hatte Sandra es sattgehabt, gegen die Tür zu trommeln und beschlossen, direkt bis in Marys Schlafzimmer vorzustoßen, um sie aus dem Schlaf zu holen. Mary war froh, ihr dabei gerade noch zuvorgekommen zu sein. Ihr Erwachen war schon unsanft genug gewesen. Sie konnte gut darauf verzichten, von Sandra wachgerüttelt zu werden, vor allem, wenn die energische junge Frau dabei mit der gleichen Ruppigkeit vorgegangen wäre, mit der sie die Tür bearbeitet hatte.

»Was gibt es, Sandra?«, fragte Mary. »Was ist denn passiert?«

Aber was immer es war, es erlaubte Sandra offenbar nicht, sich mit langwierigen Erklärungen aufzuhalten.

»Etwas Schreckliches«, sagte sie nur, griff Mary am Arm und zog sie über die Schwelle auf den Korridor, bevor Mary gegen diese grobe Behandlung protestieren konnte. »Wir müssen sofort los.«

17

Nach diesem hastigen, von Marys Seite gänzlich unfreiwilligen Aufbruch wunderte es sie nicht, dass Sandra auch weiterhin keinerlei Anstalten machte, ihr nähere Erläuterungen zu liefern. Sie hätte es zu schätzen gewusst, wenn die junge Frau ihr wenigstens erlaubt hätte, sich etwas Ordentliches anzuziehen. Aber der Versuch, diese Bitte vorzubringen, war genauso aussichtslos gewesen wie der Versuch, Sandra weitere Fragen darüber zu stellen, warum sie sie gezwungen hatte, Hals über Kopf und mitten in der Nacht ihre Suite zu verlassen. Daher hatte Mary beschlossen, ihrem Zimmermädchen schweigend zu folgen. Sie hatte schließlich auch so schon Mühe genug, mit Sandra Schritt zu halten, während sie den Korridor hinabhasteten. Es lag nicht an Marys mangelnder Fitness. Die vielen Stunden, die sie wöchentlich auf dem Laufband verbrachte, sorgten dafür, dass sie nicht so leicht aus der Puste geriet. Sandra kam in ihren Sneakern allerdings weitaus schneller voran als sie in ihren Pantoffeln, und das junge Zimmermädchen schien nicht auf den Gedanken zu kommen, dass Marys Schuhwerk – ganz abgesehen von ihrer sonstigen Aufmachung – für nächtliche Sprints über schummerige Schiffsflure nicht optimal geeignet war.

Mit einigem Vorsprung erreichte Sandra den Aufzug und machte Mary ungeduldige Zeichen, doch um Gottes willen einen Zahn zuzulegen. Mary hastete in die Kabine, Sandra drückte einen der Etagenknöpfe, die Türen schlossen sich und der Aufzug setzte sich in Bewegung.

»Sandra«, sagte Mary, während sie abwärtsfuhren. »Können Sie mir nicht endlich sagen, was hier vor sich geht?«

Sandra starrte mit höchster Konzentration auf die roten Ziffern, welche die Stockwerke herunterzählten.

»Sie müssen es selber sehen«, war ihre einzige Antwort.

18

Mit einem sanften Ruck kam der Aufzug zum Stehen, die Türen glitten auseinander.

Vor ihnen lag die *Grand Lobby.* Wie auf dem Korridor war auch hier lediglich die Nachtbeleuchtung des Schiffes angeschaltet. Die Lampen und Leuchter waren gedimmt. Es war, als schlummerten all die Pracht und all der Glanz der Halle vor sich hin. Die Sitzgruppen waren verwaist. Niemand schlenderte durch die Säulengänge, bestaunte die bronzene Relief-Skulptur oder wandelte die Brüstung der Emporen entlang. Sämtliche Passagiere mussten sich zu dieser nächtlichen Stunde, da selbst die Bars an Bord ihren Betrieb für die Nacht eingestellt hatten, in ihren Kabinen zur Ruhe begeben haben, so wie auch die *Grand Lobby* wirkte, als habe sie sich vorübergehend zur Ruhe begeben, als gönne sie sich eine Auszeit, bis der übliche Betrieb sie am nächsten Tag wieder füllen würde.

Doch diese Ruhe wurde gestört von einigen Männern und Frauen, die Mary nun nahe dem Treppenaufgang entdeckte, neben dem sich auch der Konzertflügel befand. Soweit Mary erkennen konnte, handelte es sich ausnahmslos um Mitglieder des Schiffspersonals, um Stewarts im Anzug und Offiziere in Uniform. Mary erblickte Hendrik de Jong und den Stewart, der sie beim Betreten des Schiffes begrüßt hatte. Die Aufmerksamkeit aller schien vollends auf den Flügel gerichtet, sodass niemand von ihnen Sandra und Mary bemerkte, denen sie den Rücken zuwandten. Was genau ihre Aufmerksamkeit in Beschlag nahm, konnte Mary nicht sehen, da sie ihr den Blick verstellten. Aber wie Mary aus ihren Bewegungen schloss, versetzte sie irgendetwas in eine Aufregung, die sie nur schwer im Zaum halten konnten. Allein Hendrik de Jong, der ganz offensichtlich das Kommando übernommen hatte und den Umstehenden Befehle erteilte, wirkte einigermaßen gefasst.

Mary verließ den Aufzug und wollte die Ursache dieser ungewöhnlichen nächtlichen Betriebsamkeit näher in Augenschein nehmen.

Aber Sandra griff sie erneut am Arm und zog sie hinter eine der Säulen in Deckung.

»Vor ungefähr einer Viertelstunde hat einer der Stewarts in der Lobby eine furchtbare Entdeckung gemacht. Er hat sofort Hendrik verständigt. Der ist heute als diensthabender Offizier verantwortlich.« Sie lehnte sich vor und spähte um die Säule. Selbst jetzt erkannte Mary in ihren Augen den bewundernden Schimmer, mit dem sie den schneidigen Offizier betrachtete. Auch fand Sandra hörbar Gefallen daran, seinen Namen auszusprechen. »Hendrik hat sich der Sache sofort angenommen und einige von der Nachtschicht hier zusammengezogen. Der Kapitän wird sicher auch bald auftauchen.«

Aus ihrem Versteck heraus beobachtete Mary das Treiben unter der Treppe. Einer der Stewarts eilte die Stufen hinauf und bezog Posten vor der Empore. Ein anderer tat das Gleiche an einem der Zugänge, die von den Fluren in die *Grand Lobby* führten. Auch wenn gerade kaum mit Passagieren zu rechnen war, die nachts durch das Schiff spazierten, wollte de Jong allem Anschein nach keinerlei Risiko eingehen, irgendeinem Unbefugten das Betreten der Lobby zu gestatten.

»Wie haben Sie erfahren, dass etwas passiert ist?«, fragte sie.

Sandra zuckte die Schultern.

»Im Personal kriegt jeder alles mit. Jemand schnappt was auf, erzählt es jemand anderem, der wieder jemand anderem, und so macht alles die Runde. Wenn es um etwas so Dramatisches geht, sind selbst nachts alle in kurzer Zeit im Bilde. Als ich davon hörte, dachte ich sofort, Sie müssten das auf jeden Fall auch erfahren. Deshalb habe ich Sie geholt und hierhergebracht. Wir wären schon früher hier gewesen.« Sie warf Mary einen vorwurfsvollen Blick zu. »Aber Sie sind ja schwerer zu wecken als ein Bär im Winterschlaf.«

»Es tut mir leid, Sandra«, erwiderte Mary, »dass ich nicht die Angewohnheit habe, voll bekleidet zu schlafen, um auf das kleinste Signal hin sofort hellwach aus dem Bett zu springen und im Eiltempo durch Schiffe zu rennen.«

»Na ja«, sagte Sandra. »Sie sind ja auch schon älter.«

Mary beschloss, diese Bemerkung unkommentiert vorüberziehen zu lassen. Es gab gerade eindeutig Wichtigeres, als mit Sandra ihr Alter und seine Begleiterscheinungen zu erörtern.

»Na jedenfalls, von hier an müssen Sie alleine weitermachen, Mrs. Arrington. Ich sollte überhaupt nicht hier sein, und man sollte uns auf keinen Fall zusammen sehen. Es muss nicht jeder mitkriegen, dass ich es war, die Sie eingeweiht hat. Das würde mir nur wieder eine Menge Ärger einhandeln. Und die Concierge hat mich eh schon wieder auf dem Kieker.«

Mary nickte. Der Kapitän wusste zwar, dass einige Crew-Mitglieder sie bei ihren Ermittlungen während der letzten Reise unterstützt hatten. Ebenso musste er sich darüber im Klaren sein, dass diese Unterstützung mit einigen schwerwiegenden Verstößen gegen die Bordregeln einhergegangen war. Doch er hatte keine Ahnung, dass es Sandra und Antonio gewesen waren, die ihr geholfen hatten. Und Mary war mit Sandra einer Meinung darin, dass er es unter keinen Umständen erfahren sollte.

»In Ordnung. Ich werde natürlich niemandem verraten, wer mir Bescheid gegeben hat. Das verspreche ich Ihnen.« Sie legte Sandra eine Hand auf die Schulter. »Aber bevor ich dort rübergehe, wäre ich Ihnen doch sehr verbunden, wenn Sie mich nicht mehr länger auf die Folter spannen, sondern mir endlich verraten würden, was um Gottes willen denn passiert ist.«

Sandra starrte dorthin, wo zwischen ihren Kollegen immer wieder mal der schwarze Konzertflügel zu erkennen war.

»Was wohl, Mrs. Arrington?«, fragte sie so leise, dass es beinahe ein Flüstern war. »Ein Mord ist passiert.«

19

Mary trat vorsichtig hinter der Säule hervor und näherte sich langsam dem Flügel. Aber sie kam nicht weit. Ein Stewart hatte sie entdeckt und Hendrik de Jong sofort durch einen Ruf aufmerksam gemacht. De Jong gab seinen Leuten ein Zeichen, woraufhin sie sich wie ein Schutzwall um den Flügel gruppierten, um Mary die Sicht zu versperren. De Jong trat auf sie zu – und Mary war sicher, dass er sie nicht einfach begrüßen, sondern ihr den Weg verstellen wollte. Er wirkte dabei weder bedrohlich noch verärgert, sondern bewahrte seine zuvorkommende Freundlichkeit, seinen Charme und zeigte sogar ein kleines Lächeln. Doch ließ die Art, in der er Mary entgegenging und sie in der Mitte der Halle abfing, keinen Zweifel daran, dass er nicht gewillt war, sie auch nur einen Schritt weitergehen und sie sehen zu lassen, was er und seine Leute abzuschirmen versuchten.

»Mrs. Arrington«, sagte er. »Es liegt mir fern, Sie in Ihrer Bewegungsfreiheit einzuschränken. Aber in Anbetracht außergewöhnlicher Umstände muss ich Sie leider dringend bitten, die Lobby unverzüglich zu verlassen und in Ihre Kabine zurückzukehren.«

Er breitete die Arme aus. Es sollte wohl aussehen wie eine Geste des Bedauerns – erfüllte in Wirklichkeit aber die Funktion einer Schranke, so als fürchte er, Mary würde in ihren Pantoffeln plötzlich losstürmen und wie ein angreifender Footballspieler durch seine Verteidigungslinie brechen. Ein solch albernes Unterfangen lag Mary selbstverständlich vollkommen fern. Nun gut, in jüngeren Jahren vielleicht, dachte sie. Aber auch jetzt mit über sechzig Jahren war sie nicht gewillt, sich von de Jong, so charmant er auch dabei auftrat, mir nichts, dir nicht abwimmeln zu lassen.

»Ich danke Ihnen für die Rücksichtnahme im Hinblick auf meine Bewegungsfreiheit, Mr. de Jong. »Wie Sie sicherlich wissen, wurde darauf bei meinem letzten Aufenthalt auf der *Queen Anne* nicht immer so viel Rücksicht genommen. Und ich habe selbstverständlich vollstes Verständnis dafür, dass Sie den Aufgaben, welche diese außergewöhnlichen Umstände Ihnen auferlegen, ohne Störung nachgehen möchten. Meine Anteilnahme an dieser schwierigen Situation, in die Sie dadurch geraten sind, ist umso größer, als dass es sich bei besagten Umständen um nichts weniger handelt als einen Mord.«

Hendrik de Jong ließ die Arme sinken. Dass Mary bereits über die Geschehnisse in Kenntnis gesetzt war, die er vor ihr zu verbergen versuchte, machte ihn offenbar ratlos. Der Offizier nahm seine Mütze ab und strich sich durch das blonde Haar. Er blickte hinter sich, schien mit sich selbst eine Debatte darüber zu führen, wie er mit dieser Lage umgehen sollte. Für einen Moment glaubte Mary, er werde sich erweichen lassen und ihr den Weg freigeben. Aber sein Pflichtgefühl überwog. Er wandte sich ihr wieder zu, schüttelte den Kopf und stieß ein tiefes Seufzen aus.

»Es tut mir leid, Mrs. Arrington. Sie sind Schriftstellerin und müssen daher von Natur aus ein Interesse an solchen … Umständen hegen. Zumal sie Kriminalromane schreiben. Ich verstehe das. Aber ich habe keinerlei Befugnis, Sie vorzulassen. Sie sind Gast auf unserem Schiff, und wenn es um Ihre Bequemlichkeit und Ihr Wohlbefinden an Bord geht, werde ich keine Sekunde zögern, jeden Ihrer Wünsche unverzüglich zu erfüllen. Aber das hier fällt nun einmal nicht in diesen Bereich. Ich muss darauf bestehen, dass Sie gehen.«

Mary befand sich in einer Zwickmühle. Einerseits wollte sie de Jong, der sich ihr gegenüber bei all ihren vorherigen Begegnungen wie auch jetzt respektvoll und höflich verhalten hatte, nicht in eine Bredouille bringen. Er hatte seine Befehle und würde sich in arge Schwierigkeiten bringen, wenn er sie ihretwegen missachtete. Und wenn de Jong es auch recht verblümt ausgedrückt hatte: Er hatte recht damit, dass sie all das im Grunde nichts anging. Andererseits hatte er auch mit etwas anderem recht: Ihre berufliche Neugier war geweckt, ihr Verlangen, dieses Mysterium zu ergründen. Und selbst wenn sie gewollt hätte, wäre es Mary nicht gelungen, dieses Verlangen zu unterdrücken. In dieser Hinsicht war sie, wie Maxwell es einmal sehr uncharmant ausgedrückt hatte, wie ein ›Bluthund, der eine Fährte aufgenommen hat‹. Außerdem hatte sie, wie man ja wohl nicht vergessen durfte, schon einmal einen Mord auf diesem Schiff aufgeklärt und konnte sicherlich auch dieses Mal etwas zur Lösung des Falls beitragen. Sie wollte gerade dazu ansetzen, ein weiteres Argument für Ihre unverzichtbare Beteiligung an den Ermittlungen vorzubringen, als neben ihr eine raue und ihr wohlvertraute Stimme erklang.

»Mrs. Arrington«, sagte Kapitän MacNeill. »Warum nur bin ich nicht überrascht, Sie hier anzutreffen?«

Mary wandte den Kopf. Sie hatte nicht bemerkt, dass der Kapitän während ihres Gesprächs mit de Jong die *Grand Lobby* betreten hatte. Ähnlich wie Mary selbst musste auch er grob aus dem Schlaf gerissen worden sein und in aller Eile seine Kabine verlassen haben. Darauf wiesen nicht allein sein zerknautschtes Gesicht, der struppige ungekämmte Bart und seine Augen hin, die

Mary schlafverklebt aus einem Nest kleiner Fältchen heraus anblinzelten. Weitaus deutlicher konnte Mary auf diesen Umstand schließen, da der Kapitän nicht seine Uniform, sondern wie sie einen Bademantel und Pantoffeln trug. Im Brustausschnitt des blauen Mantels blitzte ein grauer Pyjama aus grober Baumwolle hervor. Das Einzige, dachte Mary, was ihn derzeit als Kommandeur eines der größten Kreuzfahrtschiffe der Welt auswies, war die Kapitänsmütze auf seinem Kopf. Trotz seines überstürzten Aufbruchs hatte er wohl nicht darauf verzichten wollen, sich zumindest mit diesem Zeichen seiner Autorität und Befehlsgewalt auszustatten. In Anbetracht seines sonstigen Outfits verfehlte die Mütze jedoch die ihr zugedachte Wirkung, dem Betrachter Ehrfurcht einzuflößen. Würde sich nicht ein Toter im selben Raum befinden, Mary hätte wohl laut aufgelacht.

»Kapitän MacNeill«, sagte sie vollkommen ernst. »Ich bin froh, dass Sie da sind.«

Was rundheraus gelogen war. Wenn MacNeills Erscheinung auch zweifellos sehenswert war, war Mary keineswegs begeistert ihn zu sehen. Sie wusste natürlich, dass er unvermeidlich früher oder später hier auftauchen würde. Sie hatte aber eben auf später gehofft. Hendrik de Jong hätte sie sicherlich irgendwie doch davon überzeugen können, sie durchzulassen. Mit MacNeill, der sich schon des Öfteren ihr gegenüber als störrischer Esel erwiesen hatte, würde es weitaus schwieriger werden. Im Zweifelsfall hätte er sicher kein Problem damit, sie gegen ihren Willen von einem Stewart zu ihrer Suite ›geleiten‹ zu lassen.

»Mrs. Arrington hat auf mir unbekannte Weise von diesem … Vorfall erfahren«, erklärte de Jong. »Ich habe Sie bereits darüber unterrichtet, dass dies gerade nicht der geeignete Ort für unsere Passagiere ist und es in unser aller und somit auch in ihrem Interesse wäre, in ihre Kabine zurückzukehren. Aber es ist mir zu meinem tiefsten Bedauern nicht gelungen, sie dazu zu bewegen.«

»Ist schon gut, Mr. de Jong«, sagte MacNeill. »Ich kümmere mich darum. Lady Arrington und ich haben schon eine gewisse Erfahrung darin, solche Gespräche zu führen.«

»In Ordnung, Herr Kapitän.«

Hendrik de Jong nickte Mary zu und kehrte zu seinen Leuten zurück, sichtlich erleichtert, von dieser undankbaren Aufgabe befreit zu sein. Auch der Kapitän wirkte wenig begeistert davon, sich mitten in der Nacht nicht nur mit einem Toten, sondern auch noch mit einer hartnäckigen Schriftstellerin herumschlagen zu müssen. Der Tote würde ihm zumindest keine Widerworte geben und ihn auch nicht in Diskussionen verstricken, für die er – das verriet seine Miene mehr als deutlich – im Moment keine Nerven hatte.

»Jetzt aber mal im Ernst, Mrs. Arrington. Was tun Sie hier? Und bitte erzählen Sie mir nicht, Sie seien rein zufällig hier vorbeigekommen. Raus damit: Wer hat Ihnen verraten, was hier passiert ist?«

»Niemand«, sagte Mary im Brustton der Empörung. »Ich leide bisweilen an Schlaflosigkeit. Ein bewährtes Mittel dagegen sind für mich kleine Spaziergänge.«

»Natürlich.« MacNeill war offenkundig nicht geneigt, ihr auch nur ein einziges Wort abzukaufen. »Und diese Spaziergänge führen sie ausgerechnet hierher, ausgerechnet heute Nacht. Sie erwarten doch wohl nicht von mir, Ihnen das zu glauben?«

Sein strenges, wettergegerbtes Gesicht hätte im Zusammenspiel mit seinem drohenden Tonfall unter normalen Umständen wohl auch auf Mary einschüchternd gewirkt. Allerdings wurde seine Autorität in beträchtlichem Maße dadurch gemindert, dass er ihr in dieser wenig offiziellen Aufmachung gegenüberstand. Mütze hin oder her: Richtig ernst nehmen konnte sie den Kapitän im Bademantel einfach nicht.

»Was soll ich sagen?«, fragte sie und zuckte die Schultern. »So war es nun mal.«

»Es kann also nicht sein, dass Sie vielleicht jemand hergeführt hat?«

»Höchstens die Vorsehung, Herr Kapitän.«

MacNeill sah ein, dass er aus Mary nichts herausbekommen würde, schon gar nicht die Namen ihrer Verbündeten. Es wurmte ihn, dass ein oder gar mehrere Mitglieder seiner Crew hinter seinem Rücken Informationen verbreiteten, die er streng geheim zu halten versuchte. Bei anderer Gelegenheit hätte er gewiss weiter nachgebohrt. Im Augenblick aber hatte er größere Sorgen.

»Wie soll es jetzt weitergehen?«, wollte Mary wissen.

»Was meinen Sie, Mrs. Arrington?«

Der Kapitän klang tatsächlich verwirrt.

»Nun, lassen Sie es mich so ausdrücken, mein lieber Kapitän MacNeill. Ich kann Ihnen versichern, dass es absolut nichts gibt, was Sie sagen oder tun könnten, um mich dazu zu bewegen, freiwillig in meine Suite zurückzukehren. Sollten Sie geneigt sein, mich von ihren Stewarts dorthin bringen zu lassen, bedenken Sie bitte, dass dann nicht nur jeder Passagier auf Ihrem Schiff aus meinem Mund erfahren wird, welch schreckliches Verbrechen hier verübt worden ist, sondern auch die Presse immer noch gerne zuhört, wenn ich mal aus dem Nähkästchen plaudere. Da fällt mir ein, erst letzte Woche bekam ich eine Anfrage für eine dieser Home-Storys. Wenn ich es mir recht überlege …«

Mary beendete ihren Satz nicht. Ein Kniff, um ihm

besondere Bedeutung zukommen zu lassen. Ohnehin war das alles ein eiskalter Bluff. Bei allen Differenzen, die zwischen ihr und MacNeill bestanden, hatte Mary vor dem Kapitän höchste Achtung. Auf keinen Fall würde sie etwas unternehmen, das seinem ohnehin schwierigen Verhältnis zu dem Schiffseigner noch weiter schaden und ihn möglicherweise gar seine Stelle kosten könnte. Aber sie musste die Chance nutzen und ihr Wissen über den Mord einsetzen, um ihre eigene Verhandlungsposition zu stärken.

»Darüber hinaus«, fuhr sie nun fort, »sind wir uns doch hoffentlich darin einig, dass es durchaus sinnvoll wäre, meine Unterstützung in Anspruch zu nehmen. Schließlich habe ich schon einmal bewiesen, wie hilfreich ich bei der Aufklärung von Verbrechen sein kann. Und selbstverständlich würde ich über die Geschehnisse dieser Nacht Stillschweigen bewahren. Sofern es die Ermittlungen gestatten, versteht sich.«

Diese Mischung aus Drohung und Versprechen schien Mary am besten geeignet, um MacNeill zum Einlenken zu bewegen. Sie hoffte inständig, es werde ihr gelingen. Sollte der Kapitän nicht auf ihre Argumentation eingehen, bliebe ihr nichts anderes übrig, als das Feld zu räumen.

Doch ihr kleines Manöver hatte Erfolg.

»Nun ja.« MacNeill kraulte nachdenklich seinen grauen Vollbart. »Bewiesen haben Sie das tatsächlich. Und wie ich Sie kenne, werden Sie ohnehin nicht lockerlassen, ganz gleich, ob ich Sie nun darum bitte oder Sie daran zu hindern versuche, sich einzumischen. Diese Eigenschaft habe ich an Ihnen schließlich schon zu Genüge kennengelernt.«

Er war noch immer nicht begeistert, sie in die Geschehnisse einzuweihen, dachte Mary. Aber von den beiden Übeln, die ihm zur Auswahl standen, schien es ihm offenbar das kleinere. Er trat einen Schritt näher auf Mary zu und blickte sie durchdringend unter seinen buschigen Brauen hervor an.

»Sie müssen mir Ihr Wort geben, Mrs. Arrington«, sagte er, »das alles absolut diskret zu behandeln. Und mir alles, was Sie herausfinden sollten, auf der Stelle mitzuteilen.«

Mary hob die Hand wie zum Schwur.

»Sie haben mein Ehrenwort, Herr Kapitän.«

Sie meinte es aufrichtig. Trotzdem fügte sie im Stillen eine kleine Einschränkung hinzu. Im Moment sah es tatsächlich danach aus, als wollte der Kapitän diesem Verbrechen auf den Grund gehen. Aber so wie Sandra es ihr geschildert hatte, war seine Lage ziemlich vertrackt. MacNeill stand seitens seines Arbeitgebers gehörig unter Druck. Mary hoffte, er würde nicht darunter einknicken, sondern alles in seiner Macht stehende tun, um den Täter ausfindig zu machen und zur Rechenschaft zu ziehen. Sollte sich aber herausstellen, dass MacNeill den Willen des Schiffseigners über die Gerechtigkeit stellte und sollte er auch nur im Ansatz versuchen, die Tat zu vertuschen, damit es nicht zu einem Skandal kam, würde sie das Versprechen, das sie ihm gerade gegeben hatte, als hinfällig ansehen – und nicht eine Sekunde lang unter einem schlechten Gewissen leiden.

»Ich werde Ihnen nach bestem Wissen und Gewissen und mit all meinen Kräften dabei helfen, das Richtige zu tun«, ergänzte Mary daher ihr Ehrenwort.

MacNeill genügte diese Beteuerung. Er blickte zu den Stewarts und Offizieren hinüber, die vor dem Flügel Aufstellung genommen hatten. Mary sah, wie sich seine Miene dabei verdüsterte. Der Gedanke an das, was sich hinter seinen Leuten befand, machte ihm ganz offensichtlich schwer zu schaffen.

»In Ordnung«, sagte er. »Dann kommen Sie.«

Er gab seinen Leuten ein Zeichen. Sie wichen zur Seite und gaben den Weg frei. Der Kapitän trat zwischen ihnen hindurch. Mary folgte ihm – und ein Schauer durchlief sie, als sie sah, was die Stewarts bislang vor ihr verborgen gehalten hatten.

20

Christoph Winkler saß auf seinem Hocker am Flügel. Sein schmaler, langer Körper, der sich noch am Tag zuvor so innig im Rhythmus gewiegt hatte, war leblos vornüber auf das Instrument gesunken. Sein rechter Arm hing schlaff herab, die Fingerspitzen auf die Tasten gesenkt, als habe er seinen letzten Atemzug noch mit Musik begleiten wollen. Sein linker Arm war geknickt und ruhte auf dem schwarzen Rahmen, wie ein Kissen für seinen Kopf, der in seiner Ellenbogenbeuge zum Liegen gekommen war. Sein Kopf war zur Seite gedreht. Sein dunkler Lockenschopf stand noch immer wild zu allen Seiten ab. Aber in seinen Gesichtszügen konnte Mary nichts mehr von der Leidenschaft finden, mit der er sich seiner Musik hingegeben hatte. Seine Haut erschien farblos. Die braunen Augen blickten starr in die *Grand Lobby*, ohne etwas zu sehen. Er trug noch immer den schwarzen Anzug, den er für das Konzert angelegt hatte. Das Konzert, das sein letztes gewesen war. Niemals wieder würde er ein Instrument zum Klingen bringen.

»Mein Gott«, flüsterte MacNeill neben ihr. Er nahm seine Mütze ab und senkte den Kopf.

Mary begriff, dass der Anblick von Winklers Leiche den Kapitän, der ihn viele Jahre lang gekannt hatte, weitaus härter treffen musste als sie. Und obwohl sie Winkler nur ein einziges Mal persönlich begegnet war und nur wenige Worte mit ihm gewechselt hatte, ging auch ihr sein Tod nahe. Sie musste daran denken, welch tiefe Empfindungen seine Version von *Autumn Leaves,* die er für sie gespielt hatte, in ihr geweckt hatte. Zweifellos war Winkler ein besonderer Mensch gewesen, voller Liebe für seine Musik und bemüht, anderen mit seiner Kunst Freude zu bringen.

Allerdings hatte er mit seinen musikalischen Eskapaden im Laufe eines einzigen Tages gleich zweimal das Gegenteil bewirkt – und zwar bewusst und mit voller Absicht.

Und genau darin lag der Knackpunkt, überlegte Mary. Natürlich empfand sie Trauer über den plötzlichen Tod des Pianisten. Trauer und Schrecken. Aber sie war nicht bereit, sich von diesem Schrecken lähmen zu lassen. Schließlich hatte Winkler ihnen ein Rätsel hinterlassen, indem er sich geweigert hatte, ihr von seinem eigentümlichen Lied zu erzählen. Und nun stand sie vor einem noch größeren Rätsel. Dem Tod des Musikers. Wie immer, wenn Mary sich einem Rätsel gegenübersah, packte sie der Tatendrang. Es galt, zu handeln. Sie musste so schnell wie möglich herausfinden, was hier geschehen war.

Mary ging einen Schritt auf Winkler zu, um seine Leiche näher in Augenschein zu nehmen. Sie konnte auf Anhieb keine Wunde oder Verletzung erkennen, von der sie auf seine Todesursache hätte schließen können. Auch Blut konnte sie nirgends sehen. Aber Christoph Winkler war zu jung gewesen, um einfach einem Herzanfall oder sonstigen gesundheitlichen Schwächen zu erliegen. Natürlich gab es so was. Aber angesichts der sonderbaren Vorfälle jenes Tages, die so viele Gemüter so heftig bewegt hatten, war es Mary schwerlich möglich, zwischen diesen und dem Tod des Pianisten keinen Zusammenhang herzustellen. Der Aufruhr in der Lobby, der Eklat im Konzertsaal, und nun der tote Winkler an seinem

Flügel. Es wäre blind und einfältig von ihr gewesen, dabei an einen Zufall zu glauben. Nein, Mary hegte nicht den geringsten Zweifel daran, dass Sandra mit ihrer Vermutung richtig lag: Christoph Winkler war ermordet worden.

Die Offiziere und Stewarts, die ratlos um den Flügel herumstanden, warteten immer noch auf Anweisungen. Aber Hendrik de Jong schien nicht einzufallen, was als Nächstes zu tun war. Auch MacNeill schien mit der Situation überfordert. Mary entschied daher, dass es an ihr war, das Kommando – zumindest vorübergehend – an sich zu reißen.

»Wir müssen den Tatort untersuchen, Spuren sichern«, sagte sie. »Kapitän MacNeill, haben Sie entsprechende Utensilien an Bord?«

MacNeill wirkte noch immer angeschlagen. Er blickte sie verdattert an.

»Utensilien? Was denn für Utensilien?«

»Das Schiff muss doch für solche Fälle zumindest mit dem notwendigsten Material ausgestattet sein. Eine professionelle Kamera-Ausrüstung, Plastikbeutel zur Aufbewahrung von Beweismitteln, ein Set, mit dem sich Fingerabdrücke feststellen und sichern lassen.«

MacNeill sah sie an, als spreche sie Norwegisch.

»Ich fürchte nicht«, antwortete er. »Das hier ist kein Polizeischiff. Wir haben auch keine Bordpolizei oder etwas in dieser Art. Wir haben einen Sicherheitsdienst. Aber die Leute sind nicht dafür ausgebildet, Tatorte zu untersuchen.«

Es schien tatsächlich, als habe MacNeill über diese Antwort zu sich und seiner Souveränität zurückgefunden. Zumindest ergriff er wieder das Kommando, wies auf Winkler und sagte: »Wir müssen ihn auf die Krankenstation bringen.«

Mary wollte protestieren, dass der Tatort keinesfalls verändert werden durfte. Aber sie musste einsehen, dass MacNeill recht hatte. Es war schlichtweg nicht machbar, die *Grand Lobby*, das Herzstück der *Queen Anne*, zu sperren. Ebenso unmöglich war es, den Toten auf seinem Hocker am Flügel sitzen zu lassen, selbst wenn man ihn hinter einem notdürftig errichteten Sichtschutz verbarg. Es war nicht mehr lange hin, bis der Morgen anbrechen und die Passagiere ihre Kabinen verlassen würden. Es wäre Mary niemals eingefallen, die Tat zu verbergen. Aber das hieß nicht, dass man allen das Mordopfer präsentieren musste. Das hätte Winkler nicht verdient.

Außerdem war Mary bei MacNeills Erwähnung der Krankenstation noch etwas anderes eingefallen. Oder besser jemand anderes: Dr. Germer, der Schiffsarzt, der als rechte Hand des Schiffseigners agierte. Sicher hatte ihn bereits jemand über den Mord informiert. Sicher würde es nicht mehr lange dauern, bis er hier auftauchte – und er würde alles andere als begeistert sein, ausgerechnet sie hier vorzufinden. Mit ihm würde sie nicht so leichtes Spiel haben wie mit MacNeill. Germer würde alles tun, um sie von den Ermittlungen auszuschließen. Die Zeit drängte also, und Mary konnte es sich nicht leisten, auch nur eine Minute zu verschwenden.

»In Ordnung«, sagte sie. »Dann müssen wir eben alles dokumentieren, so gut es geht. Sie da«, wies sie einen Stewart an. »Besorgen Sie mir bitte etwas zu schreiben.«

»Jawohl, Madam«, sagte der Stewart und eilte hinüber zu den Rezeptionstresen am Rande der Lobby, von wo er kurz darauf mit einem Notizblock und einem Kugelschreiber zurückkehrte, die er Mary reichte.

»Vielen Dank«, sagte sie. »Wir müssen Fotos vom Tatort machen. Hat jemand sein Handy dabei?«

»Ja, ich habe meins hier, Mrs. Arrington«, sagte

Hendrik de Jong. Erleichtert, endlich etwas Sinnvolles unternehmen zu können, zog er sein Smartphone aus der Tasche. »Ich werde mich darum kümmern.«

Sogleich machte er sich daran, den Toten von allen Seiten und aus verschiedenen Winkeln zu fotografieren. Mary passte auf, dass er auch keine Perspektive außer Acht ließ. Als de Jong fertig war, trat Mary wieder näher an den Flügel heran, um Winklers Leiche genauer zu untersuchen. Als junge Frau hatte sie eine Zeit lang in einem Krankenhaus gearbeitet. Damals hatte sie Verletzungen jedweder Art gesehen, Blut und auch Tote. Es hatte sich dabei zwar niemals um Mordopfer gehandelt, sondern um Menschen, die einer Krankheit erlegen und somit eines, wenn auch teilweise leidvollen, so doch natürlichen Todes gestorben waren. Dennoch war Mary der Umgang mit Tod und Toten immer noch vertraut.

Sie fühlte Winklers Puls, der wie erwartet nicht vorhanden war. Seine Haut allerdings war noch warm. Mary hatte damit gerechnet. Sein Tod konnte noch nicht lange her sein. Der Mord konnte sich damit lediglich in einem schmalen Zeitfenster ereignet haben – während jener Stunden, in denen sich alles Leben an Bord für die Nacht zurückgezogen hatte, nachdem sämtliche Bars geschlossen, die Passagiere sich in ihre Kabinen begeben hatten und sämtliche Korridore sowie die *Grand Lobby* verlassen gewesen waren.

Wahrscheinlich, vermutete Mary, war Winkler hierhergekommen, um ganz für sich einige der großen, aufwendigen Kompositionen zu spielen, die er tagsüber nicht darbieten konnte. Aber anstatt die ungestörte Freude an seiner Musik zu finden, war er auf seinen Mörder getroffen. Der Angriff musste so überraschend erfolgt sein, dass Winkler keine Chance gehabt hatte, sich zu verteidigen. Sein Anzug saß tadellos, wies weder Falten noch Risse auf. Es war nichts zu erkennen, das auf einen Kampf oder einen Fluchtversuch hingewiesen hätte. Vielleicht hatte der Pianist beim Spielen die Augen geschlossen. Vielleicht hatte er sich so sehr in seiner Musik verloren, dass der Mörder sich ihm unbemerkt hatte nähern können, um ihn an seinem Flügel zu töten. Womöglich hatte Winkler nicht einmal begriffen, was ihm widerfuhr. Es musste alles sehr schnell gegangen sein.

»Kommen Sie, Herr Kapitän«, sagte Mary und fasste den Pianisten an den Schultern. »Helfen Sie mir, ihn aufzurichten.«

Aber wenn sie selbst auch keine Hemmungen im Umgang mit dem Toten hatte, so galt das für MacNeill noch lange nicht. Nur zögerlich folgte er ihrer Anweisung und trat an den Flügel. Es fiel ihm sichtlich schwer, die Hand nach Winkler auszustrecken. Erst auf einen auffordernden Blick von Mary hin raffte er seinen Mut zusammen und überwand sich.

»Mr. de Jong«, sagte Mary, »machen Sie bitte weitere Fotos?«

Vorsichtig richteten Mary und MacNeill den Toten auf. Er hing schlaff in ihrem Griff, drohte jeden Moment, zusammenzusacken und von dem Hocker auf den Boden zu rutschen. Sein Kopf kippte nach vorn und hing schwer auf seine Brust. Eben dort entdeckte Mary nun etwas, das ihr vorher verborgen geblieben war. Ziemlich genau da, wo sich das Herz befand, steckte der Griff eines Messers oder einer ähnlichen Waffe, deren Klinge bis zum Anschlag in Winklers Körper getrieben worden war.

Aus dem Augenwinkel sah Mary, dass Hendrik de Jong die Einstichwunde fotografierte.

»Sie, wie ist Ihr Name?«, sprach Mary einen der Stewarts an.

»O-o-o-liver«, stammelte der junge Mann.

»Könnten Sie bitte kurz übernehmen?«, sagte Mary. Oliver trat neben den Kapitän und Mary übergab ihm ihren Teil der Last. Der Tote schien sich gegen die beiden Männer in seinem Rücken zu lehnen wie ein müder Betrunkener. Mary trat um ihn herum. Vorsichtig hob sie seinen Kopf an und legte ihn in den Nacken, sodass Winklers tote Augen sich auf die Decke der Lobby richteten. Obwohl es ihn nicht mehr stören konnte, fühlte Mary sich unwohl damit, den Toten derart zu behandeln. Aber nur so konnte sie die Waffe untersuchen, die seinen Tod herbeigeführt hatte.

Der Griff war schmal und aus Perlmutt gefertigt. Das Ende war mit einer kunstvollen goldenen Verzierung versehen. Mary erkannte das Symbol. Es wurde bei der Niederschrift von Noten verwendet, um die Tonart zu bezeichnen. Allerdings wollte ihr gerade nicht einfallen, wie man es nannte. Aber das würde sich leicht in Erfahrung bringen lassen. In diesem Moment fesselte etwas anderes ihre Aufmerksamkeit. Der Mörder hatte die Waffe mit dem auffälligen Symbol nicht nur dazu verwendet, Winkler mit einem einzigen Stich zu töten. Er hatte damit seinem Opfer auch ein Notenblatt an die Brust geheftet. Die Klinge schien die Wunde zu verschließen und verhinderte so, dass mehr als eine kleine Menge Blut austreten konnte. Dieses war durch das weiße Hemd und in das Papier gezogen, wo es sich zwischen den Linien und Noten als tiefroter Fleck ausgebreitet hatte. Mary kannte sich mit Notenlesen nicht gut genug aus, um zu bestimmen, welches Lied auf dem blutigen Blatt geschrieben stand. Ein Titel oder Liedtext fehlte, sodass die Frage, um welches Stück es sich handelte, fürs Erste unbeantwortet blieb. Gemeinsam mit all den anderen ungeklärten Fragen.

Mary blickte sich um. Sie untersuchte den Flügel und den Boden um den Hocker, ohne weitere Hinweise zu entdecken. Und mit den bisherigen konnte sie sich hier in der *Grand Lobby* nicht weiter befassen. Sie mussten Winkler, wie der Kapitän vorgeschlagen hatte, auf die Krankenstation bringen. Dort könnten sie die Waffe aus seinem Körper entfernen, um herauszufinden, worum genau es sich dabei handelte. Damit einhergehend würden sie das Notenblatt von seiner Brust lösen, um sich auch damit näher zu befassen. Mary seufzte. Die Krankenstation zu betreten, bedeutete zwangsläufig, Dr. Germer in die Arme zu laufen. Sie hätte liebend gern darauf verzichtet, diesem aufgeblasenen Schiffsarzt erneut zu begegnen. Aber nicht nur, dass es unvermeidbar war – sie musste es auch noch früher tun, als sie erwartet hatte.

21

»Na, na, na, was haben wir denn hier für einen Schlamassel?«

Die dröhnende Stimme mit dem österreichischen Akzent hallte durch die *Grand Lobby* und ließ alle Anwesenden zusammenfahren. Zum einen erschien die Stimme unangemessen laut, hatten sich bisher doch alle, ob bewusst oder unbewusst, nur gedämpft unterhalten. Zum anderen schwang eine Jovialität in der Stimme mit, die an dem Ort eines so schrecklichen Verbrechens schlichtweg nichts zu suchen hatte. Ganz abgesehen davon war ›Schlamassel‹ schwerlich der passende Ausdruck, um einen Mord zu bezeichnen. Germer verhielt sich, als sei er gerade in den Frühstücksraum gekommen, wo jemand seinen Kaffee verschüttet hatte. Mary war keineswegs überrascht. Ein anderes Verhalten hatte sie von ihm nicht erwartet. Respekt vor den Toten gehörte nun einmal nicht zu seinen hervorstechenden Eigenschaften. Um seinen Respekt vor den Lebenden war es allerdings auch nicht besser bestellt.

»Jetzt haltet mal schön die Flossen still da unten«, schmetterte Germer weiter. »Der Onkel Doktor ist da und wird sich um alles kümmern.«

Widerwillig blickte Mary nach oben, dorthin, woher die Stimme kam. Wie erwartet war der Anblick ihres Besitzers noch weitaus unerfreulicher als ihr Klang. Dr. Germer war an die Brüstung der Empore getreten, welche die *Grand Lobby* überragte, und schaute selbstgefällig auf die Versammlung um den Flügel herab wie ein Imperator auf seine Untergebenen. Sein rötlich gefärbtes Haar war als Tolle über seine kahle Stirn gekämmt. Sein speckiges Gesicht, auf dem unentwegt ein leichter Schweißfilm zu glänzen schien, trug jene penetrante Selbstgefälligkeit zur Schau, die Mary schon bei ihrem allersten Aufeinandertreffen sauer aufgestoßen war. Sogar sein Doppel- und Dreifachkinn wirkte selbstgefällig. Er hatte seine wurstigen Hände auf die Brüstung gelegt. An seinem linken Handgelenk schimmerte eine Rolex, an seinem rechten ein Goldkettchen. Er trug ein kurzärmeliges weißes Uniformhemd mit roten und goldenen Streifen auf den Epauletten. Ein Stethoskop hing um seinen feisten Hals, so als wollte er allen unmissverständlich klarmachen, welche gewichtige Rolle er hier spielte und dass seine ärztliche Autorität niemandem gestattete, sich den Anweisungen des Principal Medical Officers der *Queen Anne* zu widersetzen oder sie auch nur in Zweifel zu ziehen.

»Dann will der Doktor doch mal schauen, womit wir es zu tun haben!«

Seiner süffisanten Miene war anzusehen, wie sehr er es genoss, dass seinetwegen alle erstarrt waren und darauf warteten, was er als Nächstes tun würde. Und er hatte die Absicht, dieses Machtgefühl, das er daraus zog, voll auszukosten.

Germer verließ die Empore und stieg schwerfällig die Treppe hinunter. Bei jeder Stufe, die er nahm, wiegte sich sein überhängender Bauch, von dem er zu glauben schien, er verleihe ihm eine stattliche Erscheinung. Er muss der Einzige sein, der diesem Irrtum erliegt, dachte Mary. Mit jedem Schritt, den er in die Lobby herabstieg, kam auch die Deodorant-Wolke näher, die ihn umhüllte, ein schwerer Moschusduft, bei dem Mary übel wurde.

»Na, sieh mal einer an«, sagte Germer, als er das

Ende der Treppe erreicht hatte, blieb vor Mary stehen und musterte sie mit seinen kleinen, in Fettpolster gebetteten Schweinsäuglein. »Das hätte ich mir natürlich denken können, dass wo ein Toter zu finden ist, auch unsere werte Frau Krimischreiberin nicht fern ist.«

Sein klebrig-süßes Lächeln sowie sein Süßholz raspelnder Tonfall konnten nicht darüber hinwegtäuschen, dass er von dieser Begegnung ebenso wenig begeistert war wie Mary. Aber vermutlich wollte er das noch nicht einmal vortäuschen. Schließlich hatte Germer schon damals, als er und Mary das erste Mal aneinandergeraten waren, keinen Hehl daraus gemacht, wie sehr ihm ihre Einmischung in das, was er ›medizinische Angelegenheiten‹ nannte, zuwider gewesen war. Ihr ständiges Nachfragen und Nachbohren, ihre Einsprüche und Argumente, die ganze unnachgiebige Hartnäckigkeit, mit der sie seine Versuche, den Mord zu vertuschen, vereitelt hatte. Dass er gescheitert war, hatte ihn bei seinem Chef, dem Schiffseigner, sicher nicht unbedingt in günstiges Licht gerückt. Weitaus schlimmer als das wogen wahrscheinlich aber die Blessuren, die sie seinem Ego verpasst hatte, dachte Mary. Sie ahnte, dass das alles Germer zu einem noch größeren Widersacher machte. Sie musste auf der Hut sein!

»Ganz recht«, sagte Mary. »Das ist nichts, wovon Sie überrascht sein müssten, mein Lieber. Ein Verbrechen ist geschehen, ich habe davon erfahren – und Sie kennen mich inzwischen gut genug, um zu wissen, dass ich alles tun werde, um dieses Verbrechen aufzuklären. Ganz gleich, welche Hindernisse oder Ärgernisse sich mir dabei in den Weg stellen.«

Das hatte gesessen. Marys Kampfansage ließ ein böses kleines Funkeln in Germers Augen aufleuchten, das sein Lächeln – ein Grinsen vielmehr – noch bedrohlicher wirken ließ. Sein Bauch streckte sich Mary herausfordernd entgegen, viel zu dicht. Aber sie sah nicht ein, vor Germer auch nur das kleinste Stückchen zurückzuweichen. Oder sich von ihm einschüchtern zu lassen. Mary konnte von diesem Mann ohnehin keinerlei Unterstützung oder Zusammenarbeit erwarten, sondern im Gegenteil nur die Sabotage ihrer Ermittlungen. Es schien ihr somit sinnvoll, gleich hier und jetzt die Fronten zwischen ihnen zu klären und Germer unmissverständlich wissen zu lassen, dass er einen Kampf mit ihr bekommen würde, wenn er es darauf anlegte.

»Ich meinerseits«, fuhr sie fort, »kann Ihnen allerdings meine Verwunderung darüber nicht verbergen, Sie hier anzutreffen. Bei dem letzten unnatürlichen Tod, der sich an Bord der *Queen Anne* ereignete, haben Sie sich, wenn ich mich recht entsinne, nicht einmal die Mühe gemacht, den Tatort aufzusuchen, um das Mordopfer in Augenschein zu nehmen. Nun aber sind Sie direkt zur Stelle. Dazu noch mitten in der Nacht. Mit diesem Arbeitseifer von Ihrer Seite hätte ich nun wirklich nicht gerechnet.«

Mary war ziemlich sicher, dass es nicht Germers Pflichtgefühl als Arzt oder sein hippokratischer Eid waren, die ihn aus dem Bett getrieben hatten (das er, wie sie vermutete, nach wie vor mit seiner Empfangsdame teilte). Vielmehr wollte er von Anfang an die Befehlsgewalt und damit die Deutungshoheit über diese Geschehnisse an sich reißen.

»Ich bin für eine Menge Überraschungen gut, Mrs. Arrington«, sagte er. Mary schwebte eine Alkoholfahne entgegen, die seine Nähe noch unangenehmer machte. »Sie sollten also nicht davon ausgehen, mich zu kennen – oder mich einschätzen zu können.« Er lehnte sich ihr zu und senkte die Stimme, sodass nur Mary ihn hören konnte. »Glauben Sie mir, Sie haben keine Ahnung, wozu ich fähig bin. Ich rate Ihnen, sich gut zu überlegen, ob Sie es herausfinden wollen.«

Er fletschte die Zähne zu einem weiteren schmierigen Lächeln und sprach wieder so laut und heiter aufgesetzt wie zuvor.

»Nun, wo ich da bin, dürfen Sie Ihrerseits gerne in Ihre Kabine zurückkehren und eine ihrer kleinen Geschichtchen fabulieren.« Er wedelte sie mit seinen Wurstfingern beiseite wie eine störende Fliege. »Hier haben Sie nichts verloren.«

In Marys Innerem brodelte es. Aber sie wusste, es wäre keine gute Idee, sich hier und jetzt weiter mit Germer anzulegen. Im Moment saß er eindeutig am längeren Hebel und würde nicht zögern, sie gegen ihren Willen in ihre Suite bringen zu lassen. Mary hätte ihm sogar zugetraut, sie dort einsperren zu lassen. Dennoch sträubte sich alles in ihr dagegen, sich geschlagen zu geben, unter seinem triumphierenden Blick das Feld zu räumen und Winklers Leiche ihm und seinem Gutdünken zu überlassen.

Sie war erleichtert, überrascht und erfreut zugleich als Kapitän MacNeill ihr zur Seite sprang. Er hatte einen weiteren Stewart angewiesen, Winklers Leiche zu halten, und trat nun neben sie.

»Mrs. Arrington«, sagte er, »war bei der Aufklärung des letzten Mordes eine unschätzbare Hilfe. Mehr noch: Ohne sie wäre die Wahrheit niemals ans Licht gekommen. Es wäre daher geradezu töricht, auf Ihre Unterstützung zu verzichten.«

Germer wandte sich dem Kapitän zu und musterte ihn spöttisch. MacNeill straffte sich. Aber sein Bademantel machte es ihm schwer, Germers Hohn würdevoll an sich vorbeiziehen zu lassen.

»Die Wahrheit?«, sagte Germer und grinste höhnisch. »Diese Krimischreiberin hat einen Skandal verursacht, der dem Ruf unseres Unternehmens geschadet hat. Ich werde nicht zulassen, dass ihr das noch einmal gelingt. Schließlich bin ich mir darüber im Klaren, wem meine Loyalität gilt. Ich dachte, dass wüssten Sie mittlerweile auch, MacNeill. Aber ich erinnere Sie gerne daran, wie es der Schiffseigner sähe, wenn schon wieder unbeteiligte Passagiere in eine solche Angelegenheit einbezogen würden. Ich hoffe in Ihrem Interesse, Sie nehmen sich diese kleine Erinnerung zu Herzen und denken stets daran, wem Sie unterstehen.« Germer plusterte sich auf, sodass sein Wanst gegen MacNeill stieß. »Sonst kann es ganz schnell passieren, dass Ihr Kommando über dieses Schiff ein unrühmliches Ende findet. Aber ein erfahrener Seemann wie Sie kann bestimmt ohne Problem auf einem Containerschiff oder irgendeinem Kohlekutter anheuern.«

Bei diesen Worten und der Demütigung, die mit ihnen einherging, spannte sich MacNeill am ganzen Körper. Wenn es noch Brauch gewesen wäre, Meuterer kielholen zu lassen, hätte er Germer mit Sicherheit dieser Behandlung ausgesetzt. Die umstehenden Stewarts und Offiziere, die ihrem Kapitän treu ergeben waren, hätten bestimmt keine Sekunde gezögert, diese Strafmaßnahme durchzuführen. Vor allem Hendrik de Jong sah aus, als könne er es kaum erwarten, Germer in die Weiten des Ozeans zu befördern, wo er wahrscheinlich, aufgeblasen wie er war, als fette Boje auf der Oberfläche treiben würde.

Aber die guten alten Zeiten waren leider vorüber, und so blieb MacNeill nichts anderes übrig, als vor dem einflussreichen Schiffsarzt vorübergehend die Segel zu streichen.

Germers höhnisches Grinsen wurde noch breiter. Sein speckiges Gesicht glänzte rötlich vor gehässiger Freude über seinen Sieg.

»Nun, da wir das geklärt haben«, sagte er, »erlauben Sie hoffentlich, dass der Doktor seine Arbeit tut. Wenn Sie so freundlich wären …«

Mit diesen Worten bugsierte er sich unsanft zwischen Mary und dem Kapitän hindurch und trat zu dem toten Winkler am Flügel, der noch immer von den Stewarts auf seinem Hocker mehr oder weniger aufrecht gehalten wurde. Germer betrachtete ihn wie etwas Unappetitliches, das er lieber nicht mit bloßen Fingern berühren wollte. Oder auch nur mit seinem Stethoskop. Mary schätzte, dass sein medizinisches Fachgebiet in der Heilung kleinerer Zipperlein betagter, wohlsituierter Passagierinnen der ersten Klasse lag. Von ernstlich Kranken, geschweige denn von Toten, hielt er wohl lieber Abstand.

»Nun, Herr Doktor?«, fragte sie. »Wie lautet Ihr Urteil? Ich gehe doch wohl richtig in der Annahme, dass Ihre Diagnose bereits feststeht. Was ist Ihrer Meinung nach die Todesursache, wieder ein Herzinfarkt wie beim letzten Mal? Oder vielleicht ein Schwächeanfall? Atemnot? Ein unglücklicher Sturz mit tödlichem Ausgang?« Hatte Mary sich auch vor nicht mal fünf Minuten vorgenommen, Germer vorerst nicht weiter zu reizen – angesichts seiner Unverschämtheit konnte sie sich diese Bemerkung einfach nicht verkneifen. Bei dem Mord auf ihrer Kreuzfahrt durch die Karibik hatte Germer ganz im Sinne des Schiffseigners ein Herzversagen diagnostiziert und Marys Erklärungen, warum es sich um ein Verbrechen handelte, mit bissigem Spott abgetan. Auch diesmal, war Mary sich sicher, würde er nach einem Schlupfloch suchen, um bloß nicht den geschäftsschädigenden Begriff ›Mord‹ ins Spiel bringen zu müssen. Aber angesichts des Messers in Winklers Brust musste wohl selbst Germer einsehen, wie wenig überzeugend es wäre, auf eine andere, natürliche Todesursache zu schließen. Was natürlich noch lange nicht hieß, dass er auch den Totenschein wahrheitsgemäß ausfüllen würde.

»Das überlassen Sie mal schön dem Onkel Doktor«, sagte er. »Schließlich bin der Fachmann hier immer noch ich.«

Er winkte zwei Matrosen heran, die die *Grand Lobby* betreten hatten, ohne dass Mary es gemerkt hatte. Sie brachten eine Trage und stellten sie vor dem Flügel ab.

»Auf geht's, Männer. Schaffen wir ihn hier weg«, befahl Germer.

Die beiden Matrosen fassten Winklers Leiche an den Armen und Beinen, hoben sie von dem Hocker und legten sie auf die Trage.

Germer baute sich erneut vor dem Kapitän und Mary auf. Er suhlte sich geradezu darin, die Oberhand und das Kommando zu haben.

»Damit wir uns verstehen, der Tote wird auf die Krankenstation gebracht und dort ... verwahrt. Niemand, ich betone, niemand hat ohne meine Erlaubnis Zugang zu ihm. Selbst Sie nicht, Herr Kapitän, und schon gar nicht Ihre neugierige Freundin hier. Und weder Sie«, Germer warf dem Kapitän einen hasserfüllten Blick zu, »noch Sie«, sein Blick wanderte zu Mary, »noch irgendwer sonst, wird irgendwelche Ermittlungen, Recherchen oder sonstige Schnüffeleien in dieser Angelegenheit anstellen, die nicht von mir persönlich abgesegnet wurden. Sie, Kapitän, werden Ihre Leute, die Zeuge dieses Vorfalls geworden sind, anweisen, über das, was hier passiert ist, strengstes Stillschweigen zu bewahren. Für alle anderen denken Sie sich irgendeine Erklärung aus. Lassen Sie sich bloß nicht einfallen, mich zu hintergehen. Ich hoffe, wir haben uns verstanden, Herr Kapitän.« Es gefiel Germer sichtlich, MacNeills Titel auf diese freche und respektlose Art zu verwenden.

Mary sah erschrocken zu MacNeill, der seine Lippen fest aufeinanderpresste. Es hatte viele Jahre gedauert, bis er sich von einem einfachen Dockarbeiter auf seinen Kapitänsposten hochgearbeitet hatte. Er hatte in Maschinenräumen geschuftet, Decks geschrubbt, alle Beschwernisse auf sich genommen, um hierhin zu kommen. Dass er sich nun trotzdem in einer Situation wiederfand, in der er sich von jemandem, der offiziell seinem Kommando unterstellt war, Befehle erteilen lassen musste, ging ihm verständlicherweise gegen den Strich.

Mary legte ihm die Hand auf den Arm. Es machte keinen Sinn, jetzt gegen Germer aufzubegehren. Im Moment konnten sie an ihrer Lage nichts ändern. Sie mussten sich zähneknirschend damit abfinden, dass sie Germer aufgrund seiner engen Beziehung zum Schiffseigner unterlegen waren. Zumindest fürs Erste, dachte Mary.

Offenbar stand ihr und dem Kapitän ihre hilflose Wut ins Gesicht geschrieben. Germer jedenfalls amüsierte sich köstlich. Spöttisch betrachtete er sie, wie sie beide im Bademantel vor ihm standen. In der Tat nicht gerade eindrucksvolle Gegner, ging es Mary durch den Kopf.

»Putzig«, sagte Germer. »Sie beide sind wirklich ein drolliges Paar.«

Er zeigte ein anzügliches Lächeln, das Mary ihm am liebsten mit einer Ohrfeige aus dem Gesicht geschlagen hätte. MacNeill schien es ähnlich zu gehen. Er allerdings hatte die Faust geballt. Bevor jedoch einer von ihnen ihren Gewaltfantasien nachgehen konnte, hatte Germer sich bereits von ihnen abgewandt.

»Machen Sie es gut, Herrschaften«, rief er und winkte in die Runde. »Ich wünsche einen formidablen Abend.«

Er gab den Matrosen ein Zeichen, die ihm voraus die Trage aus der *Grand Lobby* trugen. Germer folgte ihnen ohne Eile. Mary und MacNeill blickten ihm nach, wie er mit dem Toten davonzog – und mit sämtlichen Beweismitteln und Hinweisen auf den Täter. Diese Runde hatten sie verloren. Was aber noch lange nicht hieß, dass sie den Kampf gegen diesen übergewichtigen Schiffsarzt verloren gegeben hätten.

22

»Also gut, hier ist unser Plan«, sagte Mary und stapfte zum wiederholten Male in ihren Pantoffeln durch die Kapitänskabine. Ihr Bewegungsdrang war nicht nur ihrer Aufregung über den Mord und Germers unverschämtem Betragen geschuldet. Sie konnte beim Laufen einfach besser denken.

MacNeill kam die ganze Situation seltsam bekannt vor. Schließlich war dies nicht Marys erster Besuch in seiner Kabine. Schon einmal war sie in höchster Aufregung durch seine Kabine geschritten. Und auch da war der Auslöser dieser Aufregung ein Verbrechen gewesen. Einige wesentliche Unterschiede gab es allerdings doch. Bei ihrem früheren Zusammentreffen konnte man nur mit sehr viel gutem Willen von einem ›Besuch‹ sprechen. ›Gewaltsames Eindringen‹ passte da schon besser. Mary hatte MacNeill brutal aus dem Schlaf getrommelt, und er hatte sie nur hereingelassen, weil ihm keine andere Wahl geblieben war. Zunächst hatte er nichts von den hanebüchenen Theorien hören wollen, die sie ihm vorgetragen hatte. Niemals im Leben wäre ihm damals eingefallen, sie freiwillig zu einer Lagebesprechung in seine Kabine einzuladen, wie er es heute getan hatte. Bereit, sich ihre Vorschläge anzuhören und mit ihr über das weitere Vorgehen zu beraten. Waren sie damals Gegner gewesen, so war MacNeill nun froh darüber, bei der Aufklärung des Mordes und der Auseinandersetzung mit dem Schiffsarzt eine Verbündete gefunden zu haben.

»Wir müssen die Behörden verständigen«, fuhr Mary

fort, »und den nächsten Hafen anlaufen, damit die Polizei an Bord kommen kann. Wir müssen sie darüber informieren, dass Germer beabsichtigt, die Ermittlungen zu sabotieren. Da es sich dabei um eine Straftat handelt, werden sie ihn nicht nur davon abhalten, sondern ihn vielleicht sogar vom Schiff entfernen und dafür sorgen, dass er keinerlei Schaden mehr anrichten kann.«

Sie wandte sich um und stapfte wieder hinüber auf die andere Seite des Zimmers. Andere hätten sich geehrt gefühlt, die Unterkunft des Kapitäns auch nur betreten zu dürfen. Fasziniert hätten sie die polierten Holzmöbel und die ledernen Sessel bestaunt, den alten Globus – ähnlich dem, den Mary in ihrem Schreibzimmer hatte – die Seekarte und übrigen Zeichnungen aus den Anfängen der Schifffahrt, mit denen die Wand geschmückt war, den antiken Sextanten und das Buddelschiff im Regal. Sie hätten Fotos gemacht und Fotos von sich selbst machen lassen, die sie ihren Freunden und Familien daheim zeigen konnten, wenn sie ihnen von diesem besonderen Erlebnis erzählten.

Mary hingegen kümmerte sich kein bisschen darum, wo sie sich befand und dass der Zugang zu diesen Gemächern nur Auserwählten gewährt war. Es lag aber nicht daran, dass in diesem Moment ihr Blick durch die offene Tür ins Schlafzimmer und auf das zerwühlte Bett fiel, wodurch die Ehrfurcht gebietende Wirkung der übrigen Einrichtung beträchtlich geschmälert wurde. Mary war zu stark mit wichtigeren Belangen beschäftigt, um sich von Möbeln, Zeichnungen und Messgeräten beeindrucken zu lassen. Nichts lag ihr in diesem Moment ferner als der Gedanke, mit MacNeill vor dem Schreibtisch, an dem er sein Logbuch schrieb, ein Selfie zu machen, das sie nach ihrer Heimkehr stolz Greta und Mr. Bayle präsentieren konnte. Vor allem, da es sie beide im Bademantel gezeigt hätte und wohl weniger Bewunderung als vielmehr Verwirrung erregt – und vor allem von Gretas Seite die neugierige Frage nach sich gezogen hätte, was sie denn in dieser wenig sittsamen Bekleidung in der Kabine eines Mannes zu suchen hatte. Mary war sich ihrer alles andere als angemessenen Kleidung ohnehin schon viel zu bewusst und hatte trotz ihrer Beschäftigung mit dem Fall alle Mühe, den Gedanken daran zu verdrängen.

»Er wird natürlich versuchen«, sagte sie, »seinen Einfluss beim Schiffseigner zu nutzen. Aber auch der steht nicht über dem Gesetz. Im Grunde ist alles ganz einfach. Das größte Risiko besteht darin, dass Germer bis zum Eintreffen der Polizei genügend Zeit hat, Beweismittel verschwinden zu lassen oder zu manipulieren. Wir müssen also sofort das Sicherheitspersonal zur Krankenstation schicken, um ihn daran zu hindern. Er wird zetern und drohen. Aber da er sich einer Anklage gegenübersieht, werden es alles leere Drohungen sein. Wir dürfen uns auf keinen Fall von ihm einschüchtern lassen.«

»Ich gebe Ihnen vollkommen recht«, sagte MacNeill, der ihr bis dahin wortlos zugehört hatte. Und reglos. Aufgeregtes Herumtigern war nicht seine Sache. Er stand neben dem Globus, bemüht, wie es schien, Mary möglichst viel Platz zu geben und ihr nicht in die Quere zu kommen. Er hatte offenbar gewartet, bis der Orkan namens Mary, der durch seine Kabine tobte, sich gelegt hatte. Mary vermutete, dass auch er sich liebend gerne ein paar ordentliche Hosen übergezogen hätte. Aber wahrscheinlich war es ihm unfair vorgekommen, während sie weiter im Bademantel vor ihm stand. Und er wäre nicht so weit gegangen, ihr ein Paar seiner Uniformhosen und eins seiner Hemden anzubieten, was sie ohnehin abgelehnt hätte. Es hätte das ganze Kleiderdebakel nur noch absurder gemacht. Mary, ermahnte sich selbst. Es gab Wichtigeres, als darüber nachzudenken, dass sie im Bademantel vor dem Kapitän stand. Ein Mann war ermordet worden!

»Ganz egal, womit Germer mir droht«, hörte sie den Kapitän nun sagen, »ich werde nicht vor ihm klein beigeben. Ich habe beim letzten Mal den Fehler gemacht, nicht sofort auf Sie zu hören, Mrs. Arrington. Mit schlimmen Folgen. Diesen Fehler werde ich nicht noch einmal begehen. Ich werde mit Ihnen zusammenarbeiten, und gemeinsam werden wir den Täter fassen. Wenn das bedeutet, dass man mich meiner Kommandos enthebt, dann ist das eben so. Das ist mir allemal lieber, als mich zusammen mit Germer der Vertuschung eines Mordes schuldig zu machen. Wenn ich als Kapitän der *Queen Anne* abtreten muss, dann will ich das wenigstens mit einem reinen Gewissen tun. Ich bin also ganz Ihrer Meinung: Wir müssen etwas unternehmen. Ihr Plan klingt vielversprechend. Aber leider gibt es damit ein Problem.«

Mary blieb stehen und blickte ihn an.

»Welches Problem?«

»Wir befinden uns in norwegischen Gewässern.«

»Und? Die Norweger haben doch auch eine Kriminalpolizei und eine Mordkommission.«

»Das schon. Aber die haben auf unserem Schiff nichts zu sagen.«

»Jetzt kommen Sie aber, Herr Kapitän«, fuhr Mary auf. »Sie werden doch jetzt nicht ein kleinliches Kompetenzgerangel anfangen.« Sie nahm ihren Marsch durch die Kabine wieder auf. Sie spürte eine Energie in sich kribbeln, die sie dazu drängte, etwas zu tun. Herumzulaufen war derzeit leider das Einzige, was sie tun konnte. »Es wäre doch immer noch Ihr Schiff. Niemand wird statt Ihnen das Kommando übernehmen. Bedenken Sie, hier geht es um einen Mord. Das ist wohl kaum die passende Gelegenheit, sein Ego zu hätscheln.«

MacNeill schüttelte den Kopf.

»Darum geht es nicht. Mein Ego ist nicht so groß, wie Sie vielleicht denken.«

»Worum geht es denn dann?«

MacNeill wies auf die Sessel um den Couchtisch.

»Warum setzen wir uns nicht? Dann kann ich Ihnen alles in Ruhe erklären. Bei Ihrem ständigen Hin und Her kann ich einfach keinen klaren Gedanken fassen.«

Mary sah ein, wie schwierig sich die Unterredung gestaltete, wenn einer von ihnen sich in ständiger Bewegung befand. Ihr mochte es beim Denken helfen. Aber sie hatte des Öfteren erlebt, dass es ihren Gesprächspartnern Schwierigkeiten bereitete, mit ihr mitzuhalten – körperlich wie geistig. Als Zugeständnis an MacNeill beschloss sie, ihr Powerwalking durch seine Kabine zumindest vorübergehend einzustellen, um sich anzuhören, was er zu sagen hatte. Sie ließ sich in den Sessel fallen und beschränkte ihre körperlichen Aktivitäten darauf, mit den Fingern auf der Armlehne herumzutrommeln. Ganz einstellen konnte sie diese nämlich nicht. Der Mord an Winkler, Germers Einmischung, dazu seine Frechheiten – bei all dem war es ihr unmöglich, vollkommen still zu sitzen.

»Es ist mir im Übrigen vollkommen schleierhaft«, setzte Mary zu ihrer Verteidigung an, als sie MacNeills tadelnde Blicke sah, »wie Sie selbst gefasst bleiben können. Schließlich hat dieser unmögliche Dr. Germer Ihnen wesentlich übler mitgespielt als mir. Nun gut, es muss sich dabei wohl um die stoische Haltung eines erfahrenen Seemanns handeln, der weiß, dass er allein mit Umsicht und besonnenem Handeln ein Schiff sicher aus einem Sturm steuern kann. Das mag in bestimmten Situationen genau das Richtige sein, mein lieber Kapitän. Ja, es mag sogar bewundernswert sein. Aber hier handelt es sich keineswegs um einen Sturm, sondern um einen Mord. Und wir haben keine Zeit zu verlieren.«

MacNeill sah sie geradezu amüsiert an, ging zu einem Barschrank hinüber, nahm zwei Gläser und eine Flasche daraus hervor und goss ihnen beiden ein.

»Ich denke, wir können beide eine kleine Stärkung vertragen«, sagte er und reichte Mary das Glas mit der dunkel schimmernden Flüssigkeit. Natürlich Rum, wie es sich für einen Seemann gehörte. Er setzte sich ihr gegenüber und stellte die Flasche auf den Tisch, was darauf schließen ließ, dass er unter Umständen auch einer zweiten ›kleinen Stärkung‹ nicht ablehnend gegenüberstand. Sie hoben ihre Gläser, stießen jedoch nicht an. Dies war keine Gelegenheit, auf die man einen Toast ausbringen sollte. Mary nahm einen Schluck. Der Rum war weich und süßlich, mit einem Geschmack von Rosinen und Schokolade. Gleichzeitig brannte er sanft, aber nicht unangenehm, in ihrer Kehle. Sie merkte, dass MacNeill recht gehabt hatte: Sie brauchte zwar keinen Drink, um über den Schock und ihren Ärger hinwegzukommen. Aber er tat ihr gut. Das Gleiche galt für MacNeill. Er trank sein Glas in einem langsamen Zug aus und stellte es auf den Tisch. Einen Moment lang schloss er die Augen, schien dem Rum nachzuschmecken, seine Wirkung in sich zu spüren. Dann seufzte er.

»Die Sache ist die«, sagte er und blickte Mary an. »Man sollte zwar meinen, ein Verbrechen an Bord eines Schiffes wie diesem falle in den Zuständigkeitsbereich des Landes, in dessen Gewässern sich das Schiff gerade befindet. Vor allem ein Kapitalverbrechen. Aber das ist nicht die gesetzliche Regelung. Die norwegischen Behörden haben hier keinerlei juristische Verfügungsgewalt. Ich dürfte sie nicht einmal an Bord lassen, selbst wenn ich es wollte. Zu Ermittlungen berechtigt sind in solchen Fällen lediglich die Beamten jener Nation, unter dessen Flagge ein Schiff fährt.«

»Aber das ist ja noch viel besser! Schließlich ist das hier ein britisches Schiff. Und keiner Polizei der Welt vertraue ich so sehr wie der aus unserem wundervollen Königreich!«

»Was die englischen Bobbys angeht, stimme ich zwar mit Ihnen überein, Mrs. Arrington. Wenn wir die an Bord hätten, würde ich mich weniger sorgen. Aber leider fährt die *Queen Anne* nicht unter britischer Flagge.«

»Und unter der Flagge welcher Nation fährt die *Queen Anne* dann?«, fragte Mary vollkommen irritiert. Für sie war es eine Gewissheit gewesen, dass die *Queen Anne* nur ein britisches Schiff sein konnte.

Der Kapitän lächelte. Aber es war ein freudloses Lächeln.

»Unter der Flagge der Bahamas.«

»Bitte was?«

Mary hätte beinahe laut aufgelacht. Diese Information, und was mit ihr einherging, war einfach zu absurd. Gleichzeitig aber war sie bedrückend, sodass ihr das Lachen im Halse stecken blieb. Auch MacNeill war nicht nach Scherzen zumute.

»So ist es nun mal. Dementsprechend dürfte ich nur einen Ermittlungsbeamten von dort mit diesem Fall betrauen. Ihnen ist hoffentlich klar, dass das nicht passieren wird.«

Mary sah es ein und versank so tief in ihrem Sessel, wie die eben noch in ihr aufgekeimte Hoffnung in ihr selbst verschwand. Es war vollkommen aussichtslos, in skandinavischen Gefilden spontan einen Kriminalpolizisten aus der Karibik aufzutreiben. Sie fragte sich, ob bei der Entscheidung des Schiffseigners, unter welcher Flagge die *Queen Anne* fahren sollte, die Erschwerung der Aufklärung von Verbrechen eine Rolle gespielt hatte. Es hätte sie nicht überrascht.

»Als Kapitän des Schiffs liegt die juristische Gewalt bei mir«, fuhr MacNeill fort und Mary hörte seiner Stimme an, wie wenig begeistert er von dieser Tatsache war. »Ich habe das Recht, Untersuchungen anzuordnen, Verdächtige zu vernehmen, Kriminelle in einer Kabine festzusetzen und sie bewachen zu lassen.«

»Sie haben also gewisse Möglichkeiten.«

»Schon.«

MacNeill wiegte den Kopf.

»Aber sie halten sich im Rahmen. Ich bin kein Richter. Ich darf kein Urteil sprechen. Diese Verhältnisse machen es Leuten wie Germer natürlich ungeheuer einfach, Verbrechen zu vertuschen. Wenn er zudem mit seiner Drohung ernst macht, und der Schiffseigner mich meines Kommandos enthebt und stattdessen jemanden einsetzt, der sich ohne Widerrede den Vorgaben des Unternehmens unterwirft ... Sie sehen, dann wäre der Gerechtigkeit auch nicht geholfen, Mrs. Arrington. Gott, Sie ahnen nicht, wie gerne ich diesen Dr. Germer in die Finger bekommen würde.« Er ballte die Faust, ließ sie jedoch gleich wieder erschlaffen. »Aber wir haben einfach kein Druckmittel.«

Er hob die Schultern, ließ sie wieder fallen und blickte Mary an, als habe er seinen Kompass, seinen Sextanten und sämtliche anderen Instrumente verloren, mit denen er sich in der Welt und im Leben zurechtfand. In diesem Moment sah dieser gestandene Seemann, der auf sämtlichen Ozeanen unterwegs gewesen war, unglaublich hilflos aus. Mary hatte Mitleid mit ihm. Er wollte das Richtige tun. Aber es konnte bedeuten, dass er seinen Job verlor, der ihm alles im Leben bedeutete. Sie war kurz davor, ihre Hand auszustrecken, um sie ihm tröstend auf den Arm zu legen und ihm Mut zuzusprechen. Aber die Tatsache, dass sie beide nur in Bademantel und Schlafanzug gekleidet waren, hielt sie davon ab.

Es war sonderbar. Auf ihrer ersten gemeinsamen Reise hatte Mary den Kapitän einfach als Widersacher wahrgenommen, mit dem sie sich herumschlagen musste. Nun, da sie einander nicht mehr als Gegner gegenüberstanden, begann sich ihre Sicht auf ihn zu ändern. Vielleicht lag es am Rum. Vielleicht lag es daran, dass ihr gemeinsames Problem sie zusammenschweißte. Aber sie spürte, dass ihr Verhältnis sich wandelte. Es entstand ein Vertrauen zwischen ihnen, eine gewisse Nähe.

Mary schob diese Gedanken beiseite und befahl sich, das Wesentliche nicht aus den Augen zu verlieren. Den Mordfall und die Schwierigkeiten, vor die er sie stellte.

»Wir dürfen uns auf keinen Fall zu irgendwelchen vorschnellen Handlungen hinreißen lassen«, sagte sie. »Wie die Dinge nun mal liegen, gibt es nur eine einzige Möglichkeit, wie wir mit all dem umgehen können.«

»Welche Möglichkeit wäre das?«, fragte der Kapitän.

»Ganz einfach, wir werden das Verbrechen aufklären, Herr Kapitän. Sie und ich. Und zwar werden wir das still und heimlich tun, damit Germer nichts davon mitbekommt und uns dazwischenfunkt. Wir werden den Täter fassen und Germer und den Schiffseigner vor vollendete Tatsachen stellen, sodass sie nichts abstreiten können, geschweige denn vertuschen. Ich kann Ihnen nicht versprechen, dass man Ihnen das Kommando über Ihr Schiff lassen wird. Aber ich verspreche Ihnen, dass der Gerechtigkeit genüge getan wird.«

MacNeill starrte auf die Tischplatte vor sich. Die Aussicht, sich auf eine Geheimaktion mit Mary einzulassen und dabei seinen Posten zu riskieren, schien ihm offenbar nicht besonders verlockend. Er fuhr sich mit seiner rauen Hand über sein nicht minder raues Gesicht. Ein tiefer Seufzer entrang sich seiner Brust, und für einen Augenblick fürchtete Mary, er werde einen Rückzieher machen und ihren Vorschlag abweisen. Sie hatte keine Ahnung, was sie dann tun sollte. Ohne die Unterstützung des Kapitäns würde alles weitaus schwieriger werden, vielleicht gar unmöglich.

MacNeill nahm die Flasche und goss ihnen beiden erneut ein – und zwar einen doppelten.

»Ich hatte befürchtet, es würde dazu kommen«, sagte er. »Ich kann nicht behaupten, dass mir dieser Gedanke besonders behagt. Ich bin nicht sicher, ob wir ein gutes Detektivteam abgeben. Aber wie es aussieht, stecken wir beide in dieser Sache drin.« Er blickte ihr in die Augen. »Zusammen.«

»Zusammen«, sagte Mary und hielt seinen Blick, froh, dass er die richtige Entscheidung getroffen hatte. »Und kommen da so schnell auch nicht wieder raus.«

Der Kapitän nickte.

»Also gut, Mrs. Arrington. Dann lassen Sie uns einen Mord aufklären.«

»Nennen Sie mich Mary«, sagte sie. »Wenn wir schon gemeinsamen ein solches Unterfangen auf uns nehmen, können wir uns getrost beim Vornamen nennen, denke ich.«

»In Ordnung, Mary. Und Sie nennen mich George.«

Der Kapitän hob sein Glas und hielt es Mary entgegen. Sie hob das ihre – und dieses Mal stießen sie an. Nicht auf den Mord, nicht auf die Schwierigkeiten und Hindernisse, die sich ihnen in den Weg stellen würden, sondern auf ihren Entschluss, sich von all dem nicht abhalten zu lassen, auf die Abmachung, die sie in diesem Moment miteinander schlossen, und auf die Verbundenheit, die nun zwischen ihnen bestand.

Sie nickten einander verschwörerisch zu und das leise ›Kling‹ der Gläser besiegelte ihren Pakt.

23

»Tot? Was meinen Sie mit tot?«

Der Orchesterleiter warf verärgert die Hände in die Luft, als handele es sich dabei nicht nur um eine gänzlich unbewiesene, sondern noch dazu vollkommen absurde Behauptung. Sein breites Gesicht mit dem schmalen schwarzen Schnurrbart hatte sich vor Erregung rot eingefärbt.

»Er kann nicht tot sein. Er hat nicht tot zu sein. Ich meine, wie stellen Sie sich das vor, hm? Mein Orchester ist sowieso unterbesetzt. Ausfälle sind absolut nicht hinnehmbar, schon gar nicht so kurzfristig. Können Sie mir erklären, wie ich meinen Stammpianisten ersetzen soll, von einem Tag auf den anderen? Und dazu noch auf hoher See?«

So wie er die Musiker mit den Bewegungen seines Taktstocks lenkte, begleitete er auch seine Worte ununterbrochen mit zackigen oder geschmeidigen Handbewegungen, als dirigiere er sich selbst und gebe sich mit präzisen Gesten zu verstehen, wann seine Stimme sich zu heben oder zu senken, langsamer oder schneller zu werden hatte.

Mary hielt einen Sicherheitsabstand zu ihm, um nicht seine Finger ins Gesicht zu kriegen. Es war schon unangenehm genug, dass er sie persönlich für seine Misere verantwortlich machte, obwohl sie lediglich diejenige war, die ihm die schlechte Nachricht überbracht hatte.

»Erst ruiniert er gestern die Vorstellung, und jetzt

das: Tot – so mir nichts, dir nichts. Das kann er nicht machen. Er hat ein Engagement, eine Verpflichtung.«

Die Spitzen seines Schnurrbarts, die fein gezwirbelt über die Winkel seines fülliges Mundes herausragten, zitterten bei jedem Wort wie Fühler, die aufgebracht ausschlugen. Auch sein schwarzes Haar, das er in einem Mittelscheitel gekämmt trug, schien zu wippen und zu beben, als dringe ihm die Empörung buchstäblich bis in die Haarspitzen.

»Ich fürchte«, sagte Mary, »es wird ihm unmöglich sein, diese Verpflichtung zu erfüllen, Mr. …«

»Király.« Der Orchesterleiter versah jede Silbe mit einem Taktschlag seines Zeigefingers. »Milan Király. Und das, was hier vor sich geht, ist …«

»Sie sind Ungar?«, unterbrach Mary ihn.

Király hielt in der Schimpftirade inne, zu der er gerade von Neuem angesetzt hatte. Auch seine Hände hielten still. Dann lächelte er. Die Schnurrbartspitzen krümmten sich wie die Mundwinkel nach oben und lächelten dadurch sozusagen mit.

»Ganz recht, Madam«, sagte er und schien seinen Ärger zumindest für den Augenblick vergessen zu haben. »Sie sind mit ungarischen Namen vertraut?«

»Ein wenig«, antwortete Mary. Sie hatte sich dieses Wissen bei der Recherche für einen ihrer Krimis um ihren Helden Stuart Smith angeeignet: *Bankraub in Budapest.* Sie freute sich, dass es ihr nun dabei half, Király in seinem wütenden Eifer zu bremsen. Und vielleicht konnte sie sogar etwas wie ein Vertrauensverhältnis zu ihm aufbauen, was für dieses Gespräch nur förderlich sein konnte. Mary hatte schon oft die Erfahrung gemacht, wie hilfreich es war, wenn man sein Gegenüber einerseits überraschen und ihm gleichzeitig das Gefühl geben konnte, man interessiere sich für ihn. Was in diesem Fall nicht im Geringsten geheuchelt war. Selbst wenn sich Mary von ihrem Austausch mit Király keine Aufschlüsse über Winkler und den Mord versprochen hätte, ließ sich nicht bestreiten, dass er, ganz Mann der Bühne, einen hohen Unterhaltungswert besaß, selbst wenn er gerade keine Vorstellung bot. Oder zumindest keine offizielle.

Einen Fortschritt nun hatte sie mit ihrer Frage in jedem Fall erreicht: Sie hielt Király davon ab, sich weiterhin auf unabsehbare Zeit über die Schwierigkeiten auszulassen, die ihm der Tod eines seiner Orchestermitglieder aufbürdete. Viel länger hätte sie sich das auch nicht anhören können. Sie verstand die Probleme, die sich für ihn und sein Orchester ergaben. Aber es fiel ihr schwer, mit ihm Mitleid zu empfinden. Schließlich kam er im Vergleich zu Winkler noch ziemlich gut bei der Sache weg. Mary empfand es als äußert unangebracht, dass ihm nichts anderes einfiel, als sich und sein Leid in den Mittelpunkt zu stellen. Ins Rampenlicht, sozusagen. Vielleicht, dachte Mary, wäre es besser gewesen, ihn in seiner Kabine aufzusuchen statt hier im *Royal Theatre,* wo er daran gewöhnt war, emotionsgeladene Aufführungen zu bieten. Offenbar konnte er sich selbst jetzt nicht davon abhalten, obwohl der Zuschauerraum verlassen vor ihnen lag und der Saal hell erleuchtet war, weshalb er nichts von dem Zauber verströmte, der ihm bei einem Konzert oder einem Theaterstück innewohnte. Der rote Vorhang hinter ihnen war geschlossen, sodass sich ihr Gespräch nicht vor dem Hintergrund aufwendig gestalteter Bühnenbilder abspielte. Trotzdem kam sich Mary komisch dabei vor, mit Király allein auf der Bühne zu stehen, so als seien sie Schauspieler in einem Drama vor unsichtbarem Publikum.

Király seufzte und berührte seine Stirn mit den Fingerspitzen.

»Verzeihen Sie mir«, sagte er, nachdem er sich gesammelt hatte. »Die Mitteilung von Christophs Tod hat mich vollkommen aus dem Konzept gebracht. Bitte seien Sie so gut, aus meiner Reaktion nicht auf meine Gefühle zu schließen. Es war Überforderung, nichts weiter. Verdrängung vielleicht. Die Sache ist schrecklich, einfach nur schrecklich. Nicht nur, weil mir dadurch mein Pianist abhandengekommen ist. Ich danke Ihnen für Ihre Mitteilung, so sehr sie mich auch trifft. Natürlich bin ich bereit, all Ihre Fragen zu beantworten, sofern ich dazu imstande bin.«

»Dafür wäre ich Ihnen sehr dankbar.« Mary war erleichtert darüber, dass Király endlich zur Ruhe – und zur Vernunft – gekommen war. Einerseits, weil nun hoffentlich die Verletzungsgefahr durch seine fuchtelnden Hände gebannt war. Andererseits, und das war die Hauptsache, weil diese Begegnung sie nun endlich in ihren Ermittlungen weiterbringen konnte. Zwischenzeitlich hatte Mary schon gefürchtet, ihre Zeit hier komplett zu verschwenden. Und das konnte sie sich auf keinen Fall leisten.

Der Plan, den sie mit MacNeill gefasst hatte, war durchaus aussichtsreich. Aber er war auch heikel, und es bestand stets das Risiko, dass etwas schiefging.

Um den Schein zu wahren, hatte der Kapitän Germers Anweisung befolgt. Er hatte alle Stewarts und Offiziere, die in der vergangenen Nacht in der *Grand Lobby* anwesend gewesen waren, auf Stillschweigen über Winklers Tod eingeschworen. Falls jemand sich nach ihm erkundigte, sollten sie erklären, der Pianist habe einen Nervenzusammenbruch erlitten. Darum habe der Kapitän unverzüglich ein Boot der norwegischen Küstenwache gerufen. Winkler sei abgeholt und an Land in ärztliche Obhut übergeben worden. Nach Winklers Ausraster während des Konzerts würde kaum jemand diese Version der Geschehnisse anzweifeln.

Auf diese Weise, so hofften sie, würde sich Germer in Sicherheit wiegen und davon ausgehen, dass sie ihm tatsächlich gehorchten. Während Mary und der Kapitän sich also verhielten, als habe er sie eingeschüchtert, wollten sie heimlich ihre Nachforschungen vorantreiben. Aufgrund der Stellung des Kapitäns würde es Germer weitaus leichter fallen, ihn zu überwachen als Mary. Immerhin war es nicht undenkbar, dass der Doktor, so unausstehlich er auch sein mochte, in der Crew Verbündete hatte. Vielleicht hatte MacNeill sich Feinde gemacht, oder sie wollten sich beim Schiffseigner einschmeicheln oder einfach nur schnelles Geld verdienen, indem sie MacNeill im Auftrag des Schiffsarztes hinterherspionierten. Natürlich konnten sie auch ein Auge auf Mary haben. Sie jedoch war bei Weitem nicht so angreifbar wie der Kapitän, über dem wie ein Damoklesschwert ständig die Drohung einer Kündigung schwebte, sollte er sich gegen Germers Anweisung um die Aufklärung des Verbrechens bemühen. Sollte Germer sie bei ihren ›Schnüffeleien‹ erwischen, würde sie behaupten, auf eigene Faust gehandelt zu haben, sodass der Kapitän keine Konsequenzen zu befürchten hatte.

MacNeill hatte Mary mit einer Vollmacht ausgestattet, die ihr an Bord Sonderrechte einräumte. So war es ihr erlaubt, auch jene Bereiche zu betreten, die für die Passagiere gemeinhin gesperrt waren. Zudem hatte er ihr geholfen, einige Gespräche mit Personen zu arrangieren, von denen Mary hoffte, Näheres über Winkler zu erfahren – und vielleicht dadurch Hinweise auf den Täter oder die Täterin zu erhalten. Es war MacNeill natürlich nicht möglich gewesen, diese Leute offiziell vorzuladen. Germer hätte sofort Wind davon bekommen. Aber was war schon verdächtig daran, wenn Mary der morgendlichen Probe des Bordorchesters beiwohnte und hinterher noch ein wenig mit dem Orchesterleiter plauderte? Dagegen konnte schließlich nicht einmal Germer etwas haben. Wenn er überhaupt etwas mitbekam und nicht viel zu sehr damit beschäftigt war, sich irgendwelche an den Haaren herbeigezogenen Erklärungen für Winklers Tod zusammenzureimen.

Mary hoffte, dass er es sich in seiner Krankenstation bequem gemacht hatte und ihr bei ihren Unterhaltungen nicht in die Quere kam. Ihren Gesprächspartnern würde sie die Wahrheit über Winklers Verschwinden sagen. Nicht nur, weil sie den Teufel tun würde, sich Germer zu fügen und die Wahrheit zu unterschlagen. Sondern auch, weil sie sehen wollte, wie diese Leute auf die Nachricht von Winklers Tod reagierten. Schließlich waren sie nicht nur mögliche Informanten. Manch einen hatte sie bereits auf ihre Liste potenzieller Verdächtiger gesetzt. Wo sie den Orchesterleiter einordnen sollte, wusste sie noch nicht genau. Aber es schien ihr aussichtsreich, mit ihm den Anfang zu machen.

Hendrik de Jong hatte die Fotos, die er von Winkler und dem Tatort gemacht hatte, von seinem Handy hochgeladen und sie ihr als E-Mail-Anhang geschickt. Mary hatte bereits einige Zeit damit verbracht, sie genauer zu untersuchen. Das goldene Symbol am Griffende des Dolches stellte, wie sie herausgefunden hatte, einen Violinschlüssel dar. Dieser und das Notenblatt, das man Winkler an die Brust geheftet hatte, legten die Vermutung nahe, dass der Mörder einen Bezug zu Musik hatte. Vielleicht handelte es sich bei dem Täter sogar um einen von Winklers Musikkollegen. Es war somit nur folgerichtig, mit ihren inoffiziellen Vernehmungen genau hier zu beginnen.

»Mich würde interessieren, was für ein Mensch Christoph Winkler war, wie Sie seinen Charakter beschreiben würden.«

»Seinen Charakter?«, fragte Király. »Wie soll man den beschreiben? Winkler war ein freundlicher, netter, wohlerzogener Mann. Beste Manieren. Gebildet. Belesen. Musikalisch enorm bewandert. Und imstande, mit Menschen umzugehen. Feingefühl, ja, das hatte er. Nicht nur für die Tasten, auch für Menschen. Rundum liebenswert. So kannte ich ihn. Ich bin sicher, das würden alle sagen, die ihn kannten.«

Mary war enttäuscht. Diese oberflächliche Beschreibung brachte sie kein bisschen weiter. Király jedoch war noch nicht am Ende.

»Aber ich sage Ihnen Folgendes.« Er griff seinen Schnurrbart zwischen Daumen und Zeigefinger und zwirbelte ihn noch ein wenig spitzer. »Christoph Winkler hatte auch eine dunkle Seite, ein schwarzes Feuer, wenn Sie so wollen, das in ihm loderte und dass er niemals erlöschen ließ. Manchmal schlugen die Flammen des Feuers hoch und drohten, ihm die Seele zu verbrennen.«

Jetzt, dachte Mary, kamen sie der Sache schon näher, dieser etwas arg poetischen Ausdrucksweise zum Trotz.

»Woher«, fragte sie, »wissen Sie etwas über seine dunkle Seite?«

»Ganz einfach. Ich habe ihn spielen gehört. Wenn Sie ihn erlebt hätten, wie er Beethoven spielte, die *Mondscheinsonate* oder … oh, Berlioz, der *Marsch zum Schafott* in der Klavierfassung. Glauben Sie mir, wenn Sie das gehört hätten, wüssten Sie: Der Mann hatte Dämonen in sich, und das Klavier war der Ort, an dem er mit ihnen kämpfte, bemüht, sie in Schach zu halten, damit sie nicht die Oberhand über ihn gewannen.«

Király blickte bedeutungsvoll durch den leeren Saal. »Nicht immer, schien mir, gelang es ihm.«

Mary hätte ganz gut darauf verzichten können, dass der Orchesterleiter offenbar die Neigung hatte, jede seiner Antworten bühnentauglich zu dramatisieren. Sie fand es auch nicht schmeichelhaft, dass er das allein für sie, seine einzige Zuschauerin, tat. Abgesehen davon hätte sie gerne etwas konkretere Informationen über Winklers vermeintliche dunkle Seiten und inneren Dämonen gehabt.

»Glauben Sie, es waren diese Dämonen, die ihn gestern dazu brachten, so unvorhergesehen vom Programm abzuweichen? Oder könnte es irgendeine andere, vielleicht etwas greifbarere Erklärung für sein sonderbares Verhalten geben?«

Király zuckte die Schultern.

»Er war eben ein Künstler. Das ist ein besonderer Menschenschlag. Das können Sie mir glauben, da ich nicht nur selbst Künstler bin, sondern auch seit Jahrzehnten mit anderen Künstlern arbeite, sie lenke, leite und forme. Ein Künstler hat immer auch etwas Animalisches, eine rohe Energie, die sich nicht immer bändigen lässt, oft nicht einmal von ihm selbst. Manchmal geht es mit ihm durch. Dass so etwas vor vollem Haus bei einer Premierenaufführung geschieht, ist natürlich überaus ungünstig. Aber einem wahren Künstler muss man das nachsehen. Christoph Winkler ist, ich meine war ein wahrer Künstler.«

Mary war nicht sicher, ob sie dieser Einschätzung der künstlerischen Energie zustimmen sollte. Wenn sie sich selbst auch eher als Handwerkerin betrachtete, ging sie doch zweifellos ebenfalls einer künstlerischen Tätigkeit nach. Etwas Animalisches hatte das aber, soweit sie es bestimmen konnte, bisher nicht in ihr zum Vorschein gebracht. Was ihrer Meinung nach auch ganz gut so war.

»Es erstaunt mich«, sagte Mary, »dass Sie das so gelassen sehen.«

»Ach Gott!« Király winkte ab. »Glauben Sie mir, ich habe in meiner Karriere schon weitaus Schlimmeres gesehen. Winklers Improvisation hat das Publikum wachgerüttelt, und das ist auch nicht immer von Nachteil. Allerdings haben nicht alle eine derart entspannte Einstellung zu dem gestrigen Vorfall.«

»Denken Sie da an jemand bestimmtes?«

»Nun, Signora Botticelli zum Beispiel. Ihre Reaktion auf der Bühne haben Sie ja selbst erleben dürfen. Aber später in der Garderobe, da hat die Verehrteste Zeter und Mordio geschrien, Möbel umgeworfen und Winkler die Pest an den Hals gewünscht – und zwar mit sämtlichen Schimpfworten nicht nur der italienischen, sondern auch noch der russischen Sprache. Es hat uns die größte Mühe bereitet, sie wieder zu besänftigen.« Er zuckte die Schultern. »Aber was soll man machen? Auch sie ist nun einmal eine Vollblut-Künstlerin. Da schwelen die Emotionen immer dicht unter der Oberfläche.«

»Ich verstehe«, sagte Mary. »Können Sie sich vorstellen, dass Sie ihm deswegen etwas antun würde?«

Király lächelte, als erübrige sich diese Frage von selbst.

»Künstler. Denen ist alles zuzutrauen. Ich denke, wenn sie ihn gestern in ihrer Garderobe in die Finger gekriegt hätte, wäre sie mit ihm ebenso umgegangen wie mit dem Mobiliar.«

»Ich verstehe«, erwiderte Mary. »Wenn ich Ihre Zeit nicht über Gebühr in Anspruch nehme, dürfte ich Sie noch um eine Sache bitten?«

»Aber gewiss, Madam.«

Mary griff in ihre Handtasche und zog ein zusammengefaltetes Blatt Papier heraus. Sie faltete es auseinander und reichte es Király.

»Können Sie mir hierzu etwas sagen?«

Der Orchesterleiter nahm das Blatt und betrachtete es mit gerunzelter Stirn. Es handelte sich um eine Abschrift jener Noten, die bei Winklers Leichnam zurückgelassen, beziehungsweise mit der Mordwaffe an ihm festgepinnt gewesen waren. Da Mary es für pietätlos hielt, das Foto des blutbesudelten Notenblattes überall herumzuzeigen, hatte sie sich die Mühe gemacht, die Noten sorgfältig abzuschreiben, nachdem sie zuvor mit Lineal und Bleistift die nötigen Linien auf Papier gezeichnet hatte. Für sie selbst waren es nichts weiter als schwarze Punkte mit Strichen und Fähnchen gewesen, die ihr nicht mehr mitteilten als ein Geheimcode, den sie zwar zu kopieren, nicht aber zu entschlüsseln vermochte. Király hingegen überflog ihre Niederschrift ebenso mühelos, wie er einen Absatz in einem Buch oder einem Zeitungsartikel überflogen hätte. Für jemanden, der es gewohnt war, die Stimmen der verschiedenen Instrumente eines ganzen Orchesters während eines Konzertes zu lesen, stellte dies offenbar keine Herausforderung dar.

»Eine sehr simple Melodie«, sagte er. »Obwohl Sie nicht eines gewissen Einfallsreichtums entbehrt, eines gewissen raffinierten Humors, möchte ich sagen. Hier, hören Sie.«

Er trat an den Flügel, platzierte das Blatt auf der Notenablage und begann, ohne sich zu setzen, zu spielen. Schon an den ersten Tönen erkannte Mary, dass es sich um jenes Lied handelte, das Winkler in der Lobby und gestern beim Konzert zum Besten gegeben hatte und das für so viel Unmut gesorgt hatte. Im Gegensatz zu Winklers Spiel klang das Stück nun aber, als Király es spielte, nicht mehr so hektisch und überdreht, sondern fröhlich und leicht. Das lag natürlich zu einem großen Teil daran, dass Király nicht mit der gleichen Gewalt und erschreckenden Besessenheit in die Tasten haute, wie Winkler es getan hatte. Aber das Lied klang in Marys Ohren noch auf andere Weise anders. Ein wenig nur, aber doch hörbar. Allerdings konnte sie gerade nicht bestimmen, worin dieser zusätzliche Unterschied bestand.

»Das ist alles, Madam«, sagte Király, als er das Ende der Noten erreicht hatte. »Von hier aus geht das Stück in die Coda über, der Hauptteil wiederholt sich, bevor es sein Fine erreicht. Sie haben das Stück sicher erkannt, wenn Winklers ... Interpretation auch geradezu brutal war und sämtliche Anweisungen zu Geschwindigkeit und Lautstärke missachtete. Simpel, wie gesagt, ein gutes Lehrstück etwa für einen Klavieranfänger. Aber nichts, was einen Virtuosen wie Winkler ansprechen sollte. Es ist mir nach wie vor schleierhaft, was ihn dazu bewegt haben könnte, ausgerechnet dafür den Ablauf unserer Konzertes zu stören.«

Er nahm das Blatt und gab es Mary zurück. Sie betrachtete noch einmal die Noten, die eben unter Királys Finger zum Leben erwacht waren. Dann faltete sie das Blatt wieder zusammen und steckte es zurück in ihre Tasche.

»Ist Ihnen dieses Lied denn bekannt? Können Sie mir etwas darüber sagen?«, wollte Mary wissen.

»Ich bedauere, Madam. Vor gestern Abend habe ich es noch nie gehört. Ich darf behaupten, in musikalischen Belangen recht bewandert zu sein. Aber dies ist nicht die Art von Komposition, die ich mit meinem Orchester zur Aufführung bringe, auch wenn wir das dank Winkler unfreiwillig getan haben. Ich weiß weder, wie dieses Stück heißt, noch wer es komponiert haben könnte.«

»Das ist bedauerlich.« Mary seufzte. »Das wäre eine überaus nützliche Information gewesen.«

Sie schlenderte ein paar Schritte über die Bühne, scheinbar, um sich ein wenig Bewegung zu verschaffen. Sie tat, als widme sie sich noch immer voll und ganz dem Gespräch mit dem Orchesterleiter. In Wahrheit aber nahm gleichzeitig noch etwas anderes ihre Aufmerksamkeit in Beschlag. Oder vielmehr jemand anderes. Vor einigen Minuten bereits, während Király das Lied gespielt hatte, hatte sich in dem Vorhang, der die Bühne von den Kulissen trennte, ein Spalt aufgetan. Es war nur ein schmaler Spalt, gerade breit genug, dass jemand hindurchspähen konnte, ohne selbst gesehen zu werden. Aber die sachte Bewegung des Stoffes war Mary nicht entgangen, und sie hatte ihre Position auf der Bühne verändert, um den Vorhang besser im Auge zu behalten – unauffällig, wollte sie doch auf keinen Fall, dass, wer immer dort stehen mochte, aufgeschreckt wurde und die Flucht ergriff, bevor sie ergründen konnte, wer da ein solches Interesse daran hatte, ihrem Gespräch mit Király zu lauschen.

»Trotzdem vielen Dank, Mr. Király.« Aus dem Augenwinkel beobachtete Mary den Vorhang. Der Spalt hatte sich noch nicht wieder geschlossen. Sie überlegte, ob es ihr wohl gelingen konnte, mit einem kurzen Sprint schnell genug den Vorhang zu erreichen und ihn aufzureißen, um den Lauscher auf frischer Tat zu ertappen – und von ihm eine Erklärung für seine Anwesenheit zu fordern. Aber trotz ihrer vielen Stunden auf dem Laufband und Joggingrunden im Park zweifelte sie daran, dass sie schnell genug wäre. Da sie bis zum Vorhang einen guten Teil der Bühne überwinden müsste, würde er sie kommen sehen, konnte die Flucht ergreifen und in den Kulissen verschwinden, bevor sie ihn zu fassen bekäme. Das Gleiche würde wohl geschehen, wenn sie versuchte, zunächst bis zum Vorhang zu schlendern und erst dann losstürzte, um ihn durch den Spalt zu fassen zu kriegen. Wenn er ihr durch die Lappen ginge, würde sie den zwar kleinen, aber nicht unwesentlichen Vorteil verspielen, den sie über ihn hatte: Sie wusste, dass er sie belauschte. Er aber ahnte nicht, dass sie ihn entdeckt hatte. Natürlich wäre es ein weitaus größerer Vorteil gewesen, wenn sie gewusst hätte, um wen genau es sich bei dem unerwünschten Zuhörer handelte. Aber es war ihr unmöglich, nah genug heranzukommen, um ihrerseits durch den Spalt zu blicken. Sie überlegte, ob es ihr nicht auf andere Weise gelingen könnte, ihn aus der Reserve zu locken – ohne dass er merkte, dass er längst aufgeflogen war.

»Fällt Ihnen vielleicht sonst noch etwas zu Winkler ein – oder jemand, der mit ihm verfeindet gewesen und ein Interesse daran haben könnte, ihn umzubringen?«, fragte sie Király, um etwas Zeit zu gewinnen, denn sie ging nicht davon aus, dass der Orchesterleiter weitere nützliche Informationen besaß.

»Ich fürchte, da kann ich Ihnen nicht weiterhelfen. Mit dem Aufruhr, den er gestern ausgelöst hat, hat er sicherlich eine Menge Leute verärgert. Wer davon so weit gehen würde, ihn zu ermorden, wage ich nicht zu beurteilen.«

»Ich verstehe«, sagte Mary. »Aber Sie haben mir auch so schon enorm geholfen.«

Ohne direkt in Richtung Vorhang zu blicken, machte sie einen Schritt darauf zu. Und erreichte tatsächlich die gewünschte Wirkung. Der Zuhörer, alarmiert von ihrem Näherkommen, machte eine Bewegung, die den Vorhang wie ein sachtes Wehen in Wallung brachte. Leider nicht stark genug, dass der Vorhang sich geteilt und die

Person dahinter zum Vorschein gebracht hätte. Aber das war auch gar nicht nötig. Mary wusste bereits, wer dort stand. Bei dem kurzen Aufruhr, in den sie ihn versetzt hatte, hatte der Lauscher zwar tunlichst darauf achtgegeben, sein Gesicht verborgen zu halten. Doch hatte er nicht darauf geachtet, bei seinen Füßen die gleiche Vorsicht walten zu lassen. Und so war es ihm entgangen, dass er seinen rechten Schuh unter dem Saum hindurchgesteckt hatte – einen spitz zulaufenden, glänzenden Lackschuh mit goldenen Schnürsenkeln. Der Schuh verriet Mary sofort, wer sich hinter dem Vorhang versteckt hielt. Schließlich war ihr dieses auffallende Schuhwerk schon einmal unter die Augen gekommen.

Sie dachte kurz daran, den Besitzer dieser Schuhe direkt anzusprechen und ihn einzuladen, durch den Vorhang zu treten und sich an ihrem Gespräch, an dem er offenbar großes Interesse hatte, zu beteiligen. Aber sie entschied sich dagegen. Es war besser, ihn zumindest vorerst in dem Glauben zu belassen, er sei weiterhin unerkannt. Konfrontieren konnte Mary ihn später immer noch.

»Nun also«, sagte sie und schüttelte Király die Hand. »Ich bin sicher, Sie haben noch Wichtiges zu erledigen. Ich werde Sie also nicht länger abhalten. Vielen Dank noch mal.«

»Gern geschehen«, sagte Király und begleitete die Worte mit einer Geste seiner bewegungsfreudigen Hände. »Ich freue mich, wenn ich Ihnen zu Diensten sein konnte. Wenn es noch etwas gibt, das ich für Sie tun kann, zögern Sie nicht, mich darum zu bitten.«

»Ich bin sicher, ich werde auf Ihr freundliches Angebot zurückkommen, Mr. Király. Bis dahin wünsche ich Ihnen trotz aller Schwierigkeiten, die Sie zu bewältigen haben, viel Erfolg mit Ihrem Orchester und den Aufführungen.«

Király vollführte eine kleine Verbeugung und trat an sein Notenpult, um die Partitur durchzugehen, die er darauf liegen hatte. Mary wandte sich um, ging zum Rand der Bühne und schritt die wenigen Stufen hinunter, die hinab in den Zuschauerraum führten. Auf dem Weg zwischen den Sitzreihen hindurch Richtung Ausgang meinte sie, in ihrem Rücken noch immer den Blick des heimlichen Beobachters zu spüren, der sie durch den Vorhangspalt nach wie vor im Auge behielt. Es störte sie nicht. Ganz im Gegenteil. Sie wusste zwar noch nicht, welche Beweggründe ihn dazu trieben, ihr nachzuspionieren. Aber das würde sie schon herausbekommen. Und dass ihre Nachforschungen bereits jetzt, wo sie gerade erst mit ihnen begonnen hatte, eine solche Aufmerksamkeit erregten, nahm sie als gutes Zeichen.

Es deutete darauf hin, dass sie auf der richtigen Spur war.

24

»Dann wollen wir mal schauen, ob wir herausfinden, welche Dämonen Christoph Winkler in sich trug.«

»Wieso Dämonen?«, fragte Sandra, die sich auf dem breiten Sofa fläzte. Sie hatte kein Problem damit, sich während ihrer Arbeitszeit die eine oder andere zusätzliche Pause zu gönnen – und schon gar nicht damit, sie in der Bequemlichkeit der *Trafalgar Suite* zu verbringen. Natürlich hätte die Concierge für diese Unterbrechungen ihrer Reinigungstätigkeit nicht das geringste Verständnis gehabt. Aber zum einen hatten, Sandras Meinung nach, Mordermittlungen eindeutig Vorrang vor sauber geschrubbten Waschbecken und Toiletten. Und zum anderen war ja wohl nichts dagegen einzuwenden, es sich bei der Aufklärung eines Verbrechens, so schrecklich es auch sein mochte, zwischendurch auch mal gemütlich zu machen. Natürlich hätte es nichts gebracht, die Concierge von diesen Argumenten überzeugen zu wollen. Wenn sie herausgekriegt hätte, womit Sandra sich beschäftigte, anstatt ihren Pflichten nachzukommen, hätte sie ihr ohne Aufhebens gekündigt.

»Wie kommen Sie denn darauf, er habe irgendwelche Dämonen in sich gehabt? Ich meine, er ist ermordet worden. Deshalb hatte er doch nicht zwangsläufig irgendwelche dunklen Geheimnisse. Wenn Sie mich fragen, sollten wir uns an die einfachsten Erklärungen halten: Er hat mit seinem Ausraster während des Konzertes jemanden so richtig sauer gemacht, derjenige ist durchgedreht und hat ihn umgebracht. Das ist doch am wahrscheinlichsten.«

Sie rückte das Kissen in ihrem Rücken zurecht und trank einen Schluck von dem Tee, den Mary ihr serviert hatte. Mary musste darüber lächeln. Wenn Sandra nicht ihre hellblaue Reinigungsuniform getragen hätte, man hätte sie ohne Weiteres für die Bewohnerin der Luxus-Kabine halten können. Sollte Sandra sich während der Zeit, die sie hier eigentlich mit Aufräumen verbrachte, genauso verhalten, war es jedenfalls kein Wunder, dass sie es nie schaffte, die Suite für ihre zahlenden Gäste rechtzeitig fertig zu machen.

»Da brauchen wir uns doch nicht in irgendwelche weit hergeholten Vermutungen reinzusteigern«, fuhr Sandra fort, »wenn die Lösung auf der Hand liegt. Wir müssen nur rauskriegen, wer so wütend war, dass er sogar vor einem Mord nicht zurückschreckte.«

»Und wir werden herausfinden, wer wütend auf ihn war«, sagte Mary. »Wir werden sämtliche Möglichkeiten in Betracht ziehen. Aber um an einen Mörder heranzukommen, ist es in der Regel unerlässlich, so viel wie möglich über sein Opfer zu erfahren.«

»Ich finde, das ist Quatsch«, erwiderte Sandra. »Wir sollten erst mal das Offensichtliche ergründen. Dann erwischen wir den Täter vielleicht sofort. Wenn da nichts bei rauskommt, können wir immer noch nach neuen Ansätzen suchen. Was meinst du, Antonio?«

Der kolumbianische Maschinist stand an das Bücherregal gelehnt. Er hatte die Arme in die Taschen seines grauen Overalls gesteckt, den er für seinen Job im Maschinenraum trug. Aufgrund der Hitze, die dort unten herrschte, und der teils schweißtreibenden Arbeit, die er an den Generatoren, Dieselmotoren und Gasturbinen leistete, trug er darunter lediglich ein weißes Unterhemd, das seine athletischen Arme eindrucksvoll zur Geltung brachte. Auf seinen Muskelwölbungen befand sich der eine oder andere Ölfleck. Möglicherweise waren sie der Grund dafür, warum er sich nicht setzte. Aber irgendwie glaubte Mary nicht, dass es ihm darum ging, die Polster zu schonen. Vielmehr vermutete sie, dass er stehen blieb, weil er sich somit in eine lässigere Pose werfen konnte. Mit seinem Drei-Tage-Bart, den sorgfältig zerrauften schwarzen Haaren und seinem schläfrigen Blick durch halb heruntergelassene Lider hätte er es als Model in jeden Katalog für Herrenunterwäsche geschafft.

Auf Sandras Frage sagte er kein Wort, sondern neigte lediglich den Kopf leicht zur Seite. Wer ihn nicht kannte, hätte daraus auf Gleichgültigkeit oder Ratlosigkeit schließen können. Aber Sandra – und inzwischen auch Mary – waren mit seiner Kommunikationsweise hinreichend vertraut, um zu wissen, dass ein Schulterzucken oder ein Blinzeln bei ihm ebenso aussagekräftig war wie bei anderen Leuten ein ganzer Vortrag.

»Na toll. War ja klar, dass du auf ihrer Seite bist.« Sandra warf sich beleidigt in die Kissen.

Antonio hob und senkte nur einmal die Schultern. Was Sandras trotzige Reaktion nur verstärkte. Sie schob die Lippen vor, griff erneut zur Teetasse und starrte schmollend hinein.

Wieder konnte Mary nicht anders, als über sie zu lächeln. Aber sie beeilte sich, ihre eigene Tasse zum Mund zu führen, um dieses Lächeln dahinter zu verbergen, bevor Sandra es bemerkte und auch sie in ihren Unmut einbezog. Sie lächelte nicht aus Spott über Sandras Reizbarkeit, auch nicht über die Querelen, die das Paar auf seine ganz eigene Weise austrug. Sie lächelte, weil sie die beiden vermisst hatte. Sandras Schlagfertigkeit, ihre unverblümte Ausdrucksweise und ja, selbst ihren Trotz hatte sie genauso sehr vermisst wie Antonios ruhige, besonnene Art, wenn er es in ihrer Zurschaustellung vielleicht auch gelegentlich übertrieb. Obwohl es ein bedrückender Anlass war, der sie hier zusammengeführt hatte, freute es Mary, hier mit den beiden zusammenzusitzen und über das Verbrechen zu beratschlagen. Zusammen ergaben sie das kleine und zugegeben etwas eigentümliche Ermittlerteam, das sich schon einmal als so effektiv erwiesen hatte. Noch dazu waren sie, was all dem zusätzliche Spannung verlieh, ein streng geheimes Ermittlerteam.

Mary hatte dem Kapitän versprochen, ihn über sämtliche Ergebnisse ihrer Nachforschungen unverzüglich in Kenntnis zu setzen. Und sie hatte fest vor, dieses Versprechen einzuhalten und ihm gegenüber vollkommen offen zu sein – wenigstens in dieser Hinsicht. In anderer würde sie ihn im Dunkeln lassen. Ebenso, wie er Germer verheimlichte, was er und Mary planten, so verheimlichte sie dem Kapitän, dass er nicht ihr einziger Verbündeter war. Noch gestern Nacht hatte sie eine erste Unterredung mit Sandra gehabt. Das Zimmermädchen hatte in der *Trafalgar Suite* auf Marys Rückkehr gewartet, begierig, alles zu erfahren, was in der Lobby vor sich gegangen war. Sandra war sehr besorgt, als Mary so lange fortgeblieben war. Sie hatte befürchtet, Mary sei ihretwegen vielleicht in Schwierigkeiten geraten — und war erleichtert gewesen, als sie erfahren hatte, dass — abgesehen von der unangenehmen Begegnung mit Germer – für Mary alles glimpflich verlaufen war. Mary hatte ihr von ihrem Gespräch mit dem Kapitän erzählt und grob das weitere Vorgehen mit ihr besprochen. Sandra hatte keine Sekunde gezögert, in das Vorhaben einzuwilligen. Alles andere hätte Mary auch gewundert. Sandra besaß einen zu starken Gerechtigkeitssinn, als dass sie sich einfach zurückgelehnt und zugesehen hätte, wie ein Mörder ungeschoren davonkam. Abgesehen davon war sie in ihrem Job für jede Abwechslung dankbar. Was Antonio anging, so wusste Mary, dass ihm Sandra, bei allem augenscheinlichen Gleichmut, viel zu viel bedeutete, um sie ohne seine Unterstützung und seinen Schutz in ein so gefährliches Abenteuer wie die Jagd auf einen Mörder ziehen zu lassen.

Die drei hatten sich Marys Suite als ihren Lagebesprechungsraum auserkoren, da sie keinesfalls zusammen gesehen werden durften. Schließlich mussten sie ihre Zusammenarbeit nicht nur vor Germer, sondern auch vor MacNeill geheim halten, um Sandras und Antonios Job nicht zu riskieren. Sie konnten sich daher schlecht einfach auf dem Gang oder gar in der *Grand Lobby* unterhalten. Mary konnte ihre Komplizen auch nicht in deren Mannschaftsquartieren aufsuchen, zu denen sie als Passagierin keinen Zugang hatte. Die Gefahr, dass sie jemand verpfiff, war zu groß.

Die *Trafalgar Suite* war somit der beste Treffpunkt. Hier waren sie unter sich und brauchten nicht zu fürchten, belauscht oder beobachtet zu werden. Das Einzige, worauf sie achtgeben mussten, war die Concierge. Wenn sie bei ihren Kontrollgängen allzu oft Sandras Reinigungswagen auf dem Korridor stehen sah, würde sie möglicherweise misstrauisch werden. Bestimmt würde sie sich fragen, warum Sandra, die ja nicht unbedingt eine vorbildliche Arbeitskraft war, verdächtig viel Zeit damit verbrachte, in der *Trafalgar Suite* für Ordnung und Sauberkeit zu sorgen.

»Also gut«, ergriff Mary wieder das Wort. »Wenn damit fürs Erste alle Einwände geregelt sind, schlage ich vor, wir vertiefen uns in unsere Lektüre.«

Sie nahm das Schriftstück, das vor ihr auf dem Couchtisch lag, und schlug es auf. Es handelte sich um Christoph Winklers Personalakte.

»Wie sind Sie da eigentlich rangekommen?«, wollte Sandra wissen und schlürfte einen Schluck Tee. »Hat der Kapitän sie Ihnen hinter Germers Rücken zugeschmuggelt?«

»Mehr oder weniger«, murmelte Mary und überflog die erste Seite, die ein Foto von Winkler neben seinen persönlichen Daten zeigte. »Er konnte sie nicht selbst aus der Personalabteilung anfordern. Das wäre zu auffällig gewesen. Hendrik de Jong hat diese Aufgabe übernommen.«

Es hatte keiner großen Überredungskunst bedurft, ihn für diese Aufgabe zu gewinnen. Er war liebend gern bereit gewesen, dem eingebildeten Schiffsarzt ein Schnippchen zu schlagen, der bei ihm offenbar nicht höher im Kurs stand als bei MacNeill und Mary.

»Ach ja?« Sandra richtete sich ein wenig auf dem Sofa auf. »Hendrik?«

Mary spähte aus dem Augenwinkel zu Sandra hinüber und folgte ihrem Blick zu Antonio. Der bewahrte seine lässige Haltung, und dem ungeübten Beobachter wäre wohl gar nichts aufgefallen. Doch schienen sich seine ohnehin schon vorwölbenden Muskeln und Sehnen bei Sandras Erwähnung dieses Namens ein kleines bisschen straffer zu spannen. Mary erinnerte sich an Sandras Vorhaben, Antonios Leidenschaft in ihrer Beziehung auf die Sprünge zu helfen, indem sie ihn mit dem gut aussehenden Offizier ein wenig eifersüchtig machte. Offenbar hatte Sandra bereits angefangen, dieses Vorhaben in die Tat umzusetzen.

»Ganz recht«, sagte Mary in möglichst neutralem Tonfall. Auf keinen Fall wollte sie tiefer in diesen Streit der Liebenden hineingezogen werden. Ihm beizuwohnen, genügte ihr vollkommen. »Man muss ihm lassen, dass er dabei ausgesprochen geschickt vorgegangen ist. Ihm war klar, wie auffällig es gewesen wäre, die Akte einfach verschwinden zu lassen. Germer hätte sofort Lunte gerochen. Daher hat er sie kopiert und das Original an seinem Platz gelassen. Von wo es übrigens, wie er mir berichtete, bald darauf verschwand, abgeholt von Germers Sprechstundenhilfe, die es seitdem streng unter Verschluss hält. Es scheint ihm also gerade noch rechtzeitig gelungen zu sein.«

»Ja, dieser Hendrik ist schon ein toller Typ«, flötete Sandra und ließ dem Namen ein träumerisches Seufzen folgen. »Auf den Mann kann man sich verlassen.«

Dieses Mal fiel die Wirkung ihrer Provokation deutlicher aus. Antonio nuschelte irgendeine Erwiderung auf Spanisch – aber so leise, dass Mary ihn nicht verstehen konnte. Zudem war ihr Spanisch in den vergangenen Jahren ziemlich eingerostet. Aber auch so war sie sich ziemlich sicher, dass es sich wohl kaum um eine bewundernde Äußerung in Bezug auf de Jongs Frisur oder seine sonstigen Vorzüge handelte.

Mary ging weder auf Sandras noch auf Antonios Bemerkung ein. Sie hatte sich bereits in die Akte vertieft.

»Winkler war vierunddreißig Jahre alt«, sagte sie. »Er stammte aus Stuttgart in Deutschland. Sein Vater war einfacher Fabrikarbeiter. Seine Mutter hat als Sekretärin gearbeitet. Er hatte zwei Geschwister, einen Bruder und eine Schwester. Ich denke, wir können davon ausgehen, dass seine Eltern nicht viel Geld besaßen. Dennoch scheinen sie sein Talent erkannt und ihn von klein auf gefördert zu haben. Er hat schon im Alter von sechs Jahren mit dem Klavierspielen angefangen und eine eindrucksvolle Anzahl von Preisen gewonnen. Später studierte er Klavier und Komposition an der *Royal Academy of Music in London.* Aufgrund seiner besonderen Begabung wurde ihm ein Stipendium gewährt, trotzdem hat er nebenbei noch als Klavierlehrer gearbeitet. Nun, London ist tatsächlich eine sehr teure Stadt. Das Stipendium allein reichte wohl nicht aus, um seinen Lebensunterhalt zu finanzieren. Während des Studiums spielte er außerdem in verschiedenen kleineren Orchestern und sammelte weitere Bühnenerfahrung.«

»Das ist ja alles schön für ihn. Ein echtes Wunderkind und so. Aber wie soll und das dabei helfen, seinen Mörder zu finden?«, unterbrach Sandra sie.

»Das weiß ich auch noch nicht«, antwortete Mary. »Aber hier. Sie haben in einer Sache recht gehabt, Sandra!«

»Ach ja? In welcher denn?«

»Winkler war auf dem besten Weg, eine Karriere als Konzertpianist zu machen, wie Sie es mir vor dem Mord an ihm erzählt haben. Aber irgendwas ist schiefgelaufen. Anstatt seinen Abschluss zu machen, hat Winkler sein Studium abgebrochen und London verlassen. Ziemlich abrupt, wie es scheint.«

Zu Marys Erleichterung schien Sandra ihre Sticheleien gegenüber Antonio über dieser Mitteilung zu vergessen.

»Steht da denn auch irgendwas darüber, warum er das getan hat? Was genau ihn aus der Bahn geworfen hat?«, fragte Sandra.

Mary blätterte die Seite um und schüttelte den Kopf. »Bedauerlicherweise nicht. Wir haben nur den Lebenslauf. Fakten ohne nötige Hintergrundinformationen. Hier steht nur, dass er nach Abbruch seines Studiums viel herumgereist ist. Er hat als Barpianist in verschiedenen Städten und unterschiedlichen Ländern gearbeitet.

Es sieht aus, als sei er nie richtig zu Ruhe gekommen, hätte es nie lange an einem Ort ausgehalten. Ich schätze, der Job als Bordpianist der *Queen Anne* war daher genau das, wonach er suchte. Er ermöglichte ihm, immer unterwegs zu sein, nie sesshaft werden zu müssen.«

»Aber warum hat er all das aufgegeben, was er hatte? Eine so glänzende Zukunft?«

»Die Antwort auf genau diese Frage müssen wir finden«, sagte Mary.

»Aber wie sollen wir das anstellen?«

»Das, liebe Sandra, weiß ich leider auch noch nicht.«

»Warum gibt es denn auch keine Zeugen, die den Mord gesehen haben! Und wieso waren diese blöden Kameras aus!«, schimpfte Sandra und warf sich erneut in die Kissen auf dem Sofa.

»Ja, das würde vieles einfacher machen«, seufzte Mary.

Sie hatte sich beim Kapitän danach erkundigt. Tatsächlich gab es Überwachungskameras an Bord. Allerdings waren diese in jener Nacht in der *Grand Lobby* und auch in anderen Bereichen des Schiffs aus ungeklärten Gründen ausgeschaltet gewesen. Eine weitere Tatsache, dachte Mary, die auf einen geplanten Mord hindeutete.

»Aber wir haben ja Sie, Sandra! Und ich habe menschlichen Augen schon immer mehr getraut als einer Kamera«, rief Mary.

»Wie soll ich denn das verstehen?«, fragte Sandra.

»Ganz einfach. Sie können sich als Zimmermädchen überall auf dem Schiff unauffällig bewegen und haben zu fast allen Bereichen freien Zugang.«

»Die Betonung liegt auf fast allen Bereichen.« Sandra ahnte, worauf Mary hinauswollte. »Aber ich werde es auf keinen Fall schaffen, unbemerkt auf die Krankenstation zu gelangen, wenn es das ist, was Sie meinen, Mrs.

Arrington. Ganz abgesehen davon, dass ich da gar nicht besonders scharf drauf bin. Germers Sprechstundenhilfe wird die Station von ihrem Empfangstresen aus wie ein Drache bewachen.«

»Da haben Sie vollkommen recht«, sagte Mary. »Und ich habe lange darüber nachgedacht, wie es uns trotzdem gelingen könnte. Aber ich sehe ebenfalls keinen Weg. Außerdem hat Germer die Mordwaffe und das Notenblatt bestimmt bereits längst an einen sicheren Ort gebracht. Es ist ohnehin fraglich, wie viel es uns bringen würde, sie näher zu untersuchen. Ich glaube nicht, dass wir darauf Fingerabdrücke finden würden. Die Tat zeugt zwar von Impulsivität, aber nicht von überhastetem Vorgehen. Sicher hat der Täter Handschuhe getragen.«

»Selbst wenn nicht. Diesem Germer trau ich alles zu. Der hat die Waffe bestimmt abgewischt, um alle Spuren zu zerstören«, unterbrach sie Sandra.

»Da könnten Sie leider recht haben. Immerhin haben wir die Fotos, die Hendrik de Jong vergangene Nacht gemacht hat. Und statt auf die Krankenstation werden wir uns auf andere Bereiche konzentrieren. Der erste und wichtigste ist Christoph Winklers Kabine.«

»Okay«, sagte Sandra. »Das wird auch nicht einfach, aber ich denke, das schaff ich, mich da mal umzuschauen. Vielleicht finde ich ja irgendwelche Unterlagen, Briefe oder so, die uns weiterhelfen.«

»Das wäre enorm hilfreich. Das Gleiche würde ich Sie bitten, bei Gelegenheit in der Kabine der Sängerin Anastasia Botticelli zu tun. Sie scheint Winklers Störung des Konzertes besonders in Rage versetzt zu haben.«

»Kein Problem, der ollen Diva muss ich eh jeden Tag das Bett neu beziehen«, sagte Sandra. »Und was werden Sie so lange tun, Mrs. Arrington?«

»Ich will versuchen, mehr über dieses mysteriöse Lied herauszufinden, das Winkler gespielt hat. Da der Mörder die Noten des Lieds an seiner Leiche befestigt hat, kann es schließlich keinerlei Zweifel daran geben, dass es damit eine besondere Bewandtnis hat. Und ich werde weiter mit den Leuten sprechen, mit denen Winkler zu tun hatte. Vor allem mit denen, die wie die Botticelli so heftig auf den Vorfall während des Konzerts reagiert haben. Vielleicht ist jemandem etwas aufgefallen, vielleicht liefert uns jemand einen Hinweis, vielleicht verrät sich jemand durch eine unbedachte Aussage – oder eine Handlung. Einen solchen Kandidaten habe ich übrigens bereits gefunden. Einen, den ich Sie, Antonio, bitten würde, im Auge zu behalten.«

»Wen denn?« Sandra war plötzlich ganz aufgeregt.

»Maurice Mersault, den Ersten Geiger des Bordorchesters.«

»Der? Wieso? Was ist denn mit dem?«, fragte Sandra.

»Das weiß ich selber auch noch nicht genau. Aber während meines Gesprächs mit dem Orchesterleiter war es ihm ein besonderes Anliegen, kein einziges Wort zu versäumen – und dabei unentdeckt zu bleiben. Allerdings hat er sich mir netterweise durch seine glänzenden Lackschuhe mit den goldenen Schnürsenkeln zu erkennen gegeben. Zum Glück für uns, ohne es selbst zu merken. Darum sollten wir ihm nun unsererseits nachspionieren und herausfinden, welche Rolle er in dieser Angelegenheit spielt, in welchem Verhältnis er zu Winkler stand und warum er mich heimlich belauscht hat. Wenn wir das wissen, können wir ihn zur Rede stellen.«

Antonio teilte durch ein leichtes Kopfnicken mit, dass er seinen Auftrag annahm.

»In Ordnung!« Sandra stand auf und klatschte in die

Hände. »Dann lasst uns mal an die Arbeit gehen. Wir haben einen Mörder zu fangen.«

25

Aber so wichtig das auch war und so sehr die Zeit auch drängte, war Mary doch der Ansicht, dass sich ein solches ohnehin schwieriges Unterfangen auf leeren Magen noch schwieriger gestalten würde. Wenn sie schon hinter einem brutalen Killer her war, wollte sie sich vorher wenigstens gestärkt haben. Erst recht nach dieser sehr kurzen und aufregenden Nacht, die ihr immer noch in den Gliedern steckte.

Angesichts der wenigen Gäste im *Royal Grill* mit seinen goldenen Deckenleuchtern und Vitrinen voller kostbarer Weine fiel Mary erst auf, wie lange sie mit Király und danach mit Sandra und Antonio gesprochen hatte. Die Lunchzeit war jedenfalls lange vorüber. An einem der wenigen Tische, an denen überhaupt noch ein Gast saß, entdeckte Mary ihren Konzertnachbarn Rupert Gladwell. Der Kritiker hatte bei einer Kanne Kaffee seinen Notizblock aufgeschlagen, um – wie Mary vermutete – genüsslich über das Desaster beim gestrigen Konzert herzuziehen und den Feuilleton-Lesern in einer der nächsten Ausgaben der *London Times* eine von Bösartigkeit und Abscheu triefende Kritik vorzusetzen. Als Mary an seinem Tisch vorbeilief, hob er den Kopf, ließ sich jedoch nicht zu einer Begrüßung herab, nicht mal zu einem Nicken, wie ein Mindestmaß an Höflichkeit es geboten hätte. Mary hatte nichts anderes erwartet. Sie hatte ja bereits zu Genüge erfahren, dass Gladwell nicht mal mit besagtem Mindestmaß ausgestattet war. Einen Moment lange blickten sie einander an, und Gladwells abschätzige Miene ließ keinen Zweifel daran, wie wenig er nach wie von ihr, der ›Literatin des untersten Ranges‹ hielt. Mary lächelte ihm freundlich zu, woraufhin sein Gesicht noch verächtlicher wurde. Er widmete sich wieder seinen Aufzeichnungen und gab sich alle Mühe, ihr vorzuführen, wie konsequent er imstande war, jemanden zu ignorieren, der seiner Meinung nach nicht sein intellektuelles und kulturelles Niveau besaß. Mary war es recht. Sie hatte nicht die geringste Lust, sich ein weiteres Mal mit ihm herumzustreiten – und sich von ihm den Appetit verderben zu lassen. Die feinen kulinarischen Angebote des *Royal Grills* würden sicherlich nicht besser munden, wenn man sie gewürzt mit seinem ätzenden Spott und bitteren Sarkasmus zu sich nahm.

An einigen anderen Tischen saßen Leute, denen Mary bisher an Bord noch nicht über den Weg gelaufen war. Manche von ihnen schienen ein spätes Mittagessen in die Länge gezogen zu haben oder krönten es mit einem Espresso oder Obstgeist. Andere wiederum hatten sich bereits zu Kuchen, Torte und Tee eingefunden. Die einzigen bekannten Gesichter, die Mary noch erblickte, gehörten der kräftigen Frau mit dem streng geknoteten Dutt und dem jungen, blassen Mädchen. Offenbar war es unmöglich, einer der beiden ohne die andere zu begegnen. Mary schätzte die Frau auf ungefähr vierzig. Ihr Gesicht war breit und wirkte grob, steinern gar. Sie erinnerte Mary an eine dieser abweisenden und gleichzeitig undurchschaubaren Masken, die sie während einer Südamerika-Reise mit Maxwell an alten Ruinen im Dschungel gesehen hatte. Der Eindruck wurde noch verstärkt, da die Frau offenbar kein Make-up verwendete, keinerlei Schmuck angelegt hatte und auch ansonsten wenig Wert auf ihr äußeres Erscheinungsbild legte. Jedenfalls trug sie auch heute einen schwarzen Rock und eine graue Bluse, die nicht unbedingt von modischem Interesse zeugten. Gleiches galt für das einfache weiße Kleid des Mädchens. Die Kleidung der beiden Frauen sorgte dafür, dass sie im *Royal Grill* ein wenig fehl am Platz wirkten. Es herrschte zwar kein Dresscode. Doch war es üblich, sich für einen Besuch hier zumindest ein wenig feiner zu kleiden. Mary hatte ein dunkelblaues Kleid angezogen. Selbst Gladwell, der sich sonst wenig um die Meinung anderer oder soziale Gepflogenheiten scherte, hatte sich zu seinem weißen Hemd und braunen Sakko eine Krawatte umgebunden.

Doch das gut geschulte Personal nahm keinen Anstoß an der Kleidung seiner Gäste und bediente die Frau und das Mädchen ebenso zuvorkommend wie alle anderen auch. Sie hatten sich an einen Tisch in der hintersten Ecke zurückgezogen, weit entfernt von den übrigen Gästen. Als fürchteten sie, jemand könne ihnen zu nahe kommen, dachte Mary.

Ein Kellner kam Mary entgegen, geleitete sie zu einem Tisch am Fenster und reichte ihr die Speisekarte. Mary bestellte kurz darauf Forellenfilet mit Süßkartoffel-Kürbis-Püree. Während sie auf ihr Essen wartete, blickte sie aus dem Fenster. Noch immer befand sich die *Queen Anne* mitten auf den Weiten des Ozeans. In der Nacht würde sie ihre erste Station Bergen erreichen und dort vor Anker gehen, sodass die Passagiere am nächsten Tag einen Landgang unternehmen konnten. Von den Decks, den Kabinen und den Restaurants aus würde sich der Ausblick auf Berge, Täler, die Stadt und nicht zuletzt die Fjorde bieten, den die Broschüre mit der Reiseroute versprochen hatte. Derzeit aber gab es draußen nichts zu sehen als das graue, immer gleiche Wellengewühl. Nicht gerade abwechslungsreich. Und Abwechslung war das, was sich Mary gerade wünschte. Abwechslung, oder besser ein bisschen Ablenkung.

Sie hatte zwar ihr Notizbuch und die Tatort-Fotos in ihrer Handtasche. Aber abgesehen davon, dass dies schwerlich der richtige Ort war, sich Aufnahmen eines Mordopfers anzusehen – und diese Aufnahmen ihrem Appetit nicht unbedingt förderlich gewesen wären – schien es Mary sinnvoll, von den Ereignissen der vergangenen Nacht und den Gesprächen des Vormittages zumindest für eine kurze Weile Abstand zu halten. Sie wollte sie ein wenig sacken lassen, bevor sie sich ihnen nach dem Mittagessen ausgeruht und mit frischer Kraft von Neuem widmen würde. Ihrer Erfahrung nach war das der verlässlichste Weg, Informationen zu verarbeiten – und vielleicht sogar für ihre Geduld mit einem Geistesblitz belohnt zu werden.

Allerdings bot das Restaurant nicht viel zu ihrer Unterhaltung. Der Anblick des schreibenden Gladwells war nicht gut für Marys Laune, und außerdem eintönig. Weitaus spannender waren da schon die Frau mit dem Dutt und das Mädchen. Mary beobachtete sie verstohlen. Die anderen Passagiere, die so ein Kreuzfahrtschiff bevölkerten, hatten Mary schon auf ihrer ersten Reise außerordentlich fasziniert. Und dieses merkwürdige Paar dort hinten am Tisch in der Ecke warf doch eine Menge Fragen auf, über die Mary zum bloßen Zeitvertreib nachgrübeln konnte.

Zunächst stand da natürlich die Frage im Raum, in welchem Verhältnis die beiden wohl zueinander standen. Auf Mary wirkten sie nicht wie Mutter und Tochter. Zum einen hatte das Verhalten der Frau dem Mädchen gegenüber nichts Mütterliches, vielmehr schien es nicht von liebevoller Sorge, sondern von dem maßregelnden Ernst und der Strenge einer Lehrerin gelenkt. Zum anderen sahen sie einander kein bisschen ähnlich. Das Mädchen hatte nichts von den breiten, plumpen Zügen der Frau. Ihr Gesicht war blass und zart. Es wirkte ebenso zerbrechlich wie ihr schmaler Körper in dem schmucklosen Kleid. Ihr fahlblondes Haar war ordentlich gekämmt, fiel ihr ansonsten aber lieblos auf den Rücken. Ihre blaugrauen Augen schauten glanzlos um sich – schüchtern, ängstlich gar, wie es Mary schien – und hatten nichts von der Härte und der Strenge, die den Blick der Frau so abweisend, ja geradezu feindselig machten. Marys Vermutung, dass sie sich nicht nur äußerlich, sondern auch charakterlich voneinander unterschieden, wurde auch von ihren sonstigen Manieren verstärkt, wie sie saßen, miteinander umgingen, miteinander sprachen – oder besser gestikulierten. Denn wie schon in der *Grand Lobby*, verlief auch diese Unterhaltung ohne ein einziges gesprochenes Wort. Und auch, wenn die beiden sich in Gebärdensprache verständigten, der Mary selbst nicht mächtig war, bestand keinerlei Zweifel daran, wer von ihnen das Gespräch bestimmte.

Die Frau bewies eindrucksvoll, dass sie keinen Laut von sich zu geben brauchte, um sich mit einer Vehemenz auszudrücken, die jeden Einwand von vornherein zunichtemachte. Die Gesten, mit denen sie auf das Mädchen ›einredete‹, waren ausdrucksstark und bestimmt. Wenn es Worte gewesen wären, dachte Mary, wären sie im ganzen Restaurant zu hören gewesen. Wenn sie auch nicht verstand, was die Frau dem Mädchen mitteilte, so erkannte sie doch, dass es sich dabei um Anweisungen oder Belehrungen handeln musste. Wenn sie also, wie Mary vermutete, nicht die Mutter des Mädchens war, so doch gewiss eine Art Vormund, eine Erzieherin vielleicht. Mary beschloss, sie von nun an ›die Gouvernante‹ zu nennen. Das Mädchen, das sich in ihrer Obhut befand, schien an der Unterhaltung kein Mitspracherecht zu besitzen. Sie war zum reinen Zuhören verdonnert und unternahm kaum einen Versuch, sich gegen diese passive Rolle aufzulehnen. Zusammengesunken saß sie auf ihrem Stuhl und ließ den Vortrag der Gouvernante über sich ergehen. Ganz selten nur wagte sie, ihrerseits mit einer zaghaften Handbewegung etwas zu äußern, worüber die Gouvernante jedoch sogleich mit einer Heftigkeit hinwegging, die keinen Widerspruch duldete. Mary konnte nicht anders, als das Mädchen zu bedauern, das voll und ganz unter der Fuchtel dieser herrischen Frau zu stehen schien, die nichts auch nur ansatzweise Sympathisches an sich hatte, sondern einzig Härte und Strenge verströmte. Eine Härte und Strenge, die nicht nur das Mädchen zu spüren bekam, sondern jeder, der sich notgedrungen in ihre Nähe begab.

Wie der Kellner, der gerade an den Tisch trat und sich nach weiteren Wünschen erkundigte. Die Gouvernante stellte ihr stummes Gespräch auf der Stelle ein und sah ihn missmutig an, als habe er es gewagt, sich in ihr Gespräch einzumischen. Die Anwesenheit des Kellners schien ihr geradezu zuwider und sie wollte sich dieser Zumutung offenkundig nicht länger aussetzen als unbedingt nötig war. Seine Fragen beantwortete sie knapp und schnippisch, während das Mädchen den Blick auf die Tischplatte gesenkt hielt und nicht einmal wagte, den Kellner anzusehen. Das ruppige Gespräch klärte Mary darüber auf, dass nur das Mädchen nicht hören und sprechen konnte. Sobald der Kellner gegangen war, nahm die Gouvernante ihre Belehrungen mit der gleichen Vehemenz wieder auf. Und das Mädchen folgte ihnen mit der gleichen hilflosen Ergebenheit.

Mary fand es bedrückend, diesem stillen Gespräch beizuwohnen. Gleichzeitig war sie von den flüssigen Bewegungen, von der Beredsamkeit dieser groben Hände fasziniert. Gebannt von dieser Faszination merkte sie gar nicht, dass sie etwas länger hingesehen hatte, als der Anstand es erlaubte. Sie verstand nicht, was die beiden einander mitteilten, oder besser, was die Frau dem Mädchen mitteilte. Ihr war gar nicht in den Sinn gekommen, dass sie durch ihre Beobachtung den Eindruck erwecken könnte, sie folge dem Gespräch wie ein frecher Lauscher. Die Gouvernante aber schien genau diesen Eindruck zu haben. Mit den forschenden, misstrauischen Blicken, die sie immer wieder durch das Restaurant schweifen ließ, war sie zunächst nur über Mary hinweggegangen. Jetzt aber erfasste sie sie mit einem dieser Blicke – und ihre Hände hielten still. Das Mädchen, verwundert, dass sie ihren Redeschwall eingestellt hatte, sah sich nach der Ursache um und sah ebenfalls zu Mary hinüber. Die Gouvernante unterband dies mit einem knappen Kopfschütteln, auf das hin das Mädchen beinahe furchtsam wieder auf die Tischplatte schaute und noch ein bisschen mehr in sich zusammensackte.

Der Blick der Gouvernante bohrte sich in Mary hinein. Wenn sie schon vorher nicht unbedingt freundlich ausgesehen hatte, ging von ihr nun ein Unmut, ja ein schwelender Zorn aus, bei dem Mary sich auf der Stelle unbehaglich fühlte.

Sie versuchte ein entschuldigendes Lächeln. Aber die erhoffte Wirkung blieb aus. Im Gegenteil schien es den Ärger der Gouvernante nur zu verstärken. Anstatt Marys Lächeln zu erwidern, wurde ihre Miene noch finsterer. Feindselig, beinahe hasserfüllt starrte sie Mary an. Und dabei blieb es nicht. Ohne dem Mädchen eine Erklärung zu liefern, stand sie abrupt auf, griff das Mädchen am Arm und zerrte es von seinem Stuhl auf die Füße und hinter sich her. Das Mädchen war sichtlich verwirrt. Mary befürchtete schon, die Gouvernante würde auf sie zustürmen und sie zurechtweisen. Aber sie bedachte Mary lediglich mit einem vernichtenden Blick, als sie an ihr vorüberstapfte, das Mädchen im Schlepptau. Das Mädchen hatte alle Mühe, nicht zu stolpern. Kurz nachdem sie an Marys Tisch vorüber waren, rutschte ein Tuch aus ihrer Tasche und segelte auf den Boden. Weder die Gouvernante noch das Mädchen bemerkten es.

»Entschuldigen Sie«, rief Mary, verließ ihren Platz und bückte sich nach dem Taschentuch. Es handelte sich um ein weißes Leinentaschentuch mit einer kunstvollen blauen Spitzenbordüre – eindeutig zu schade, um sich damit die Nase zu putzen oder sich den Mund abzuwischen. Mary hob es auf und eilte den beiden hinterher, die beinahe schon den Ausgang erreicht hatten.

»Warten Sie. Sie haben etwas verloren.«

Die Gouvernante hielt weder in ihrer fluchtartigen Hast inne, noch drosselte sie ihr Tempo. Das Mädchen aber wandte den Kopf und ihr Blick fiel auf das Taschentuch in Marys Hand. Ein kurzer Schreck huschte über ihr Gesicht, wich aber sofort einem Ausdruck der Entschlossenheit, der Mary keinen Zweifel daran ließ, dass das Mädchen ihren kostbaren Besitz auf keinen Fall hier im Restaurant zurücklassen würde.

Das Mädchen riss sich mit einem kräftigen Ruck von der Gouvernante los und stürmte die wenigen Schritte auf Mary zu. Die Gouvernante stolperte beinahe, stieß einen überraschten Laut aus und drehte sich nun ebenfalls um.

Mary hielt dem Mädchen das Taschentuch entgegen, das mit seiner schmalen Hand danach griff. Für einen kurzen Moment blickte das Mädchen Mary in die Augen und auf seinen dünnen, farblosen Lippen zeigte sich ein dankbares Lächeln. Sogleich aber verschwand es wieder, wandelte sich zu Erschrecken, als die Gouvernante das Mädchen von Mary fortriss, es hinter sich zog und ihren kräftigen Körper zwischen ihren Schützling und Mary bugsierte. Mary war nicht klein. Aber die Gouvernante überragte sie um eine gute Handspanne.

»Lassen Sie sie in Ruhe«, fuhr sie Mary lautstark an. »Sie versteht sie nicht und sie kann auch nicht mit Ihnen reden. Sie ist taubstumm. Und selbst wenn sie nicht taubstumm wäre, würde Sie nicht mit Ihnen sprechen.«

Die übrigen Gäste und auch die Kellner waren auf den Streit aufmerksam geworden. Bei der Lautstärke, in der die Gouvernante auf Mary einsprach, konnte er ihnen auch gar nicht entgehen. Niemand wagte, sich einzumischen. Also war Mary mal wieder auf sich allein gestellt.

»Die junge Dame hatte etwas verloren.« Mary versuchte, besonders viel Ruhe in ihre Stimme zu legen. »Ich wollte nichts weiter, als es ihr zu geben. Ich hatte keinerlei böse Absicht, Mrs. …«

»Simmons«, sagte die Gouvernante. »Angela Simmons. Und es ist mir ganz egal, was Sie wollten.«

Sie machte einen weiteren Schritt auf Mary zu, bis sie dicht, viel zu dicht, vor ihr stand, und stieß ein Schnauben aus wie ein angriffslustiger Stier. Mary rechnete damit, dass die Gouvernante sie jeden Moment packen, in die Höhe stemmen, nach draußen tragen und über die Reling ins Wasser werfen würde. Angesichts ihrer kräftigen Statur wäre ihr das sicher ein Leichtes gewesen.

»Halten Sie sich gefälligst von ihr fern. Wenn Sie meiner Rebecca noch einmal nahekommen, können Sie was erleben, haben wir uns verstanden?«

Mary war normalerweise nicht um eine schlagfertige Antwort verlegen. Doch dieser vollkommen unerwartete heftige Wutausbruch, dazu diese körperliche Nähe, machten sie sprachlos.

Sie bedachte Mary mit einem letzten vernichtenden Blick. Dann wandte sie sich auf dem Absatz um und stürmte, das Mädchen fest an der Hand, aus dem *Royal Grill.*

Mary war baff. Sie fühlte sich, als sei gerade ein Güterzug über sie hinweggebrettert. Etwas verschämt ließ sie ihren Blick durch das Restaurant wandern und entdeckte Gladwell, der sie spöttisch anlächelte.

»Man merkt sofort, dass Sie Schriftstellerin sind. Ihr Umgang mit Worten ist wirklich eindrucksvoll.«

Mary ging nicht darauf ein, auch wenn sie ihm damit eine weitere Bestätigung für seine gehässige Bemerkung lieferte. Aber nach dieser unschönen Begegnung wollte sie sich nicht auch noch mit diesem Wichtigtuer abgeben. Sie hatte genug damit zu tun, das gerade Geschehene zu verdauen. Mary hatte doch nur helfen wollen, und als Gegenleistung musste sie eine solch grobe Anfuhr in aller Öffentlichkeit über sich ergehen lassen. Gut, sie hatte die beiden vielleicht ein wenig zu auffällig beobachtet. Aber das war doch kein Grund, ihr derart an die Kehle zu springen. Und mit dem Taschentuch hatte sie es nur gut gemeint. Dafür verdiente sie schwerlich eine derartige Zurechtweisung. Verstört und verärgert über das ungebührliche Betragen der Gouvernante blickte Mary den beiden nach, obwohl sie schon längst verschwunden waren.

Nach und nach aber wichen Marys Verstörtheit und Verärgerung einem gänzlich anderen Gefühl: Verwunderung. Etwas passte nicht. Als Mrs. Simmons Mary angefahren hatte, war Mary zu perplex gewesen, um es zu erkennen. Aber jetzt, wo sie die Szene vor ihrem inneren Auge erneut an sich vorbeiziehen ließ, fiel es ihr mehr als deutlich auf. Als Mary ihnen nachgerufen hatte, war es nicht die Gouvernante gewesen, die reagiert hatte. Es war das Mädchen gewesen, Rebecca, das den Kopf gewandt und sich zu ihr umgedreht hatte. Dabei hatte sie nicht sehen können, dass Mary ihr nachgekommen war. Rebeccas Blick war nach vorne gerichtet gewesen in dem Bemühen, mit der Gouvernante Schritt zu halten. Sie musste Mary also gehört haben!

Was Mary ziemlich sonderbar fand bei einem Mädchen, das angeblich taubstumm war.

26

Mary durchquerte die Flure. Sie war auf dem Weg zu der Opernsängerin Anastasia Botticelli, um mit ihr über den Zwischenfall während des Konzerts und ihr Verhältnis zu Winkler zu sprechen. Doch ihre unschöne Begegnung mit der Gouvernante und dem Mädchen wollte Mary einfach nicht aus dem Kopf gehen. Selbst das Forellenfilet, das der Kellner kurz darauf an ihren Tisch gebracht hatte, und das Mary ganz hervorragend gemundet hatte, hatte sie nicht von ihren Gedanken abbringen können. Warum hatte sich die Gouvernante ihr gegenüber so feindselig verhalten? Warum hatte sie Mary ganz offensichtlich belogen?

Zu allem Überfluss gesellte sich zu diesen Gedanken noch ein weiteres ungutes Gefühl. Das Gefühl, verfolgt zu werden. Mary fragte sich, ob es wohl wieder dieser Maurice Mersault war, der auch ihr Gespräch mit Király belauscht hatte. Hatte er sie womöglich seitdem nicht mehr aus den Augen gelassen? Oder gab es noch jemanden, der über jeden ihrer Schritte informiert sein wollte. Es gelang Mary nicht, es herauszufinden. Wann immer sie sich umdrehte, war niemand da. Auch ihre Versuche in einem Spiegel oder einer Glasscheibe die Reflexion eines möglichen Verfolgers zu entdecken, waren vergeblich. Aber das beklemmende Empfinden, dass sich forschende Blicke in ihren Rücken bohrten, ließ nicht von ihr ab.

Sie erreichte die Kabine der Botticelli, natürlich eine Kabine der gehobenen Kategorie, wie es sich für den

Stargast an Bord gehörte. Mary klopfte an und wartete. Aber niemand machte auf.

Sie klopfte noch einmal.

»Signora Botticelli?«, fragte sie.

Wieder nichts. Keine Antwort, die Tür blieb geschlossen. Mary drückte vorsichtig die Klinke hinunter. Sie rechnete zwar nicht direkt mit dem Schlimmsten. Gänzlich überrascht hätte sie es jedoch nicht, in der von einem Eindringling verwüsteten Kabine der Sängerin nach Christoph Winkler sogleich auf das nächste Mordopfer zu stoßen. Die Tür aber war verschlossen. Mary lauschte. Aus dem Inneren der Kabine war nichts zu hören. Doch da war etwas! Ein leises Rascheln. Aber es drang nicht von der anderen Seite der Tür zu Mary, sondern kam vom Ende des Korridors. Sie blickte in Richtung des Geräusches. Der Korridor lag verlassen vor ihr. Die Türen der umliegenden Kabinen waren geschlossen. Keine Menschenseele war zu sehen. Marys Beklemmung wuchs. Auf einmal kam ihr der Gang sehr eng vor, wie eine Falle. Sie war sicher, dass, wer auch immer hinter ihr hergeschlichen war, jetzt dort hinter der Biegung des Ganges an die Wand gepresst stand, wahrscheinlich den Atem anhielt, um sich nicht zu verraten, und auf jede Regung von ihr lauschte – so wie sie selbst auf jede Regung von ihm. Mary meinte, ihn beinahe spüren zu können, und ihre Intuition täuschte sie selten. Es behagte ihr ganz und gar nicht, hier mit ihrem Verfolger allein zu sein.

Sie würde laut um Hilfe rufen, sollte er ihr etwas antun wollen. Sicherlich war in einer der Kabinen jemand, der sie hören und ihr helfen würde. In jedem Fall war es Mary unerträglich, auch nur eine weitere Sekunde diese unheimliche Stille und dieses sich gegenseitige Belauern zu ertragen. Sie war ganz sicher niemand, der sich leicht

Angst einjagen ließ. Aber die Nähe eines mutmaßlichen Mörders ließ auch sie nicht kalt, vor allem, weil sie genau jetzt an das bedrohliche Zusammentreffen mit einer dunklen Gestalt dachte, das sich während ihrer ersten Reise ereignet und sie beinahe das Leben gekostet hatte.

Mary nahm all ihren Mut zusammen und machte einen beherzten Schritt in Richtung ihres Verfolgers.

»Hey, Sie!« rief sie. »Hat Ihnen nie jemand beigebracht, dass es äußerst unanständig ist, einer Dame hinterherzuspionieren?«

Keine Reaktion.

»Kommen Sie heraus!« Mary sprach so laut sie konnte und bemühte sich, ihre Stimme möglichst ruhig klingen zu lassen, konnte aber das leichte Zittern darin nicht unterdrücken. Wieder keine Antwort.

Sie überlegte, ob sie Mersault beim Namen nennen sollte. Aber sie konnte sich ja nicht sicher sein, dass er es überhaupt war, der sie verfolgte. Der Korridor blieb still.

Ihr Verfolger zeigte sich nicht.

Mary verlor langsam aber sicher die Geduld. Außerdem hatte der Klang ihrer eigenen Stimme ihr Mut gemacht. Sie wollte ihren Verfolger – oder war es eine Frau? – zur Rede stellen. Entschlossen und mit schnellen Schritten ging sie den Korridor entlang, bog um die Ecke und sah – niemanden. War der Verfolger auf ihre Worte hin geflüchtet, zurück über den Gang? Oder hatte er sich in einer der Kabinen versteckt? Aber Mary hatte weder hastige Schritte noch das Öffnen und Schließen einer Tür gehört. Nur dieses kurze, leichte Rascheln. Mary blickte ungläubig den Korridor hinab, der verlassen vor ihr lag. Hatte sie das Rascheln tatsächlich gehört? Sie war sicher gewesen. Aber jetzt … War es möglich, dass ihre Fantasie, angeregt von den Aufregungen der Mordermittlung, ihr einen Streich gespielt und ihr den Verfolger bloß vorgegaukelt hatte? Auch wenn diese Möglichkeit ihr ganz und gar nicht gefiel – völlig ausschließen konnte Mary sie nicht. Sie ermahnte sich, nicht länger darüber nachzugrübeln, und schüttelte ihr Unbehagen ab, um wieder ruhig und klar denken zu können.

Es gelang ihr und sie wusste, was nun zu tun war. Mary holte ihr Handy hervor und schickte Sandra eine SMS, in der sie ihr mitteilte, dass nun eine gute Gelegenheit war, die Kabine der Botticelli ›in Ordnung zu bringen‹. Anschließend machte sie sich auf zu dem nächsten Ort, an dem sie hoffen durfte, die Botticelli persönlich anzutreffen.

Die Garderobe der Sängerin befand sich auf der anderen Seite des Schiffes. Mary verspürte wenig Lust, die langen Korridore im Innern der *Queen Anne* erneut zu durchqueren, möglicherweise wieder mit einem unerwünschten und unerkannten Begleiter, ob nun eingebildet oder nicht. Zum Glück gab es einen anderen Weg.

27

Der Weg führte Mary über das Außendeck. Die frische Luft tat ihr gut. Die Sonne war herausgekommen und hatte das vorherige diesige Wetter abgelöst. Auch einige andere Passagiere hatten sich im Außenbereich eingefunden. Sie lehnten an der Reling und blickten auf das Spiel des Lichts auf den Wellen, schlenderten umher oder saßen in den Liegestühlen, eine Decke über die Knie gezogen, denn trotz der Sonne war der Wind über dem Ozean kühl. Unter all den plaudernden und lachenden Menschen ließ die Beklemmung, die Mary im Inneren des Schiffes empfunden hatte, langsam von ihr ab. Selbst wenn der Verfolger weiter an ihren Fersen hängen sollte – vor so vielen Zeugen würde er ihr sicher nichts tun.

Mit klarem Kopf konnte Mary sich nun wieder ganz auf das Gespräch mit der Operndiva vorbereiten, das ihr hoffentlich weitere Erkenntnisse über Winklers Tod liefern würde. In Gedanken ging sie noch einmal alle Fragen durch, die sie der Botticelli stellen wollte. Mary war gerade in jenem Bereich des Schiffes angekommen, in dem ein Dutzend Rettungsboote mit weißem Rumpf und orangener Abdeckung, von kranartigen Vorrichtungen gehalten, ihren Schatten auf das Deck warfen, als ihr Hendrik de Jong entgegenkam. Er lächelte, als er Mary erkannte.

Mary winkte ihm zu.

»Hallo, Mr. de Jong«, rief sie, als der Offizier noch etwa fünf Meter von ihr entfernt war. »Gut, dass wir uns treffen. Wenn es Ihnen nichts ausmacht, wollte ich Sie um etwas bitten, das …«

Mary stockte. De Jongs Lächeln war mit einem Mal von seinem Gesicht verschwunden. Wie weggewischt. Stattdessen breitete sich Entsetzen darauf aus. Mary blieb verdutzt stehen, wollte ihn fragen, was los sei. Doch dazu kam sie nicht mehr. Ein lautes Krachen über ihr ließ sie zusammenzucken.

»Vorsicht, Mrs. Arrington«, schrie de Jong und hechtete auf Mary zu. Mary blickte nach oben. Jetzt erkannte auch sie die Gefahr. Eines der Rettungsboote hatte sich aus seiner Halterung gelöst und drohte, herabzustürzen – und Mary unter sich zu begraben.

Mary reagierte blitzschnell, stieß sich mit aller Kraft ab, warf sich nach hinten, krachte hart auf die Planken des Decks und schlug sich schmerzhaft die Ellenbogen auf. Den Bruchteil einer Sekunde später schlug das Boot mit einem gewaltigen Knall eben dort auf, wo sie gerade noch gestanden hatte. Wäre sie auch nur einen Augenblick später gesprungen, es hätte sie erschlagen.

Dem puren Zufall war es zu verdanken, dass sich außer Mary niemand sonst unter dem Boot befunden hatte und somit niemand zu Schaden gekommen war. Mary nahm die Stille um sich herum wahr. Alle Gespräche waren verstummt. Die Passagiere, die das Ereignis verfolgt hatten, standen wie gelähmt da.

Mary war genauso geschockt wie sie. Für einen Moment war sie außerstande, sich zu bewegen. Sie konnte nur daliegen und das Boot anstarren, das halb auf dem Deck, halb auf der Reling zu liegen gekommen war. Aus unmittelbarer Nähe betrachtet, und noch dazu aus der Bodenlage, wirkte es riesig. Mary atmete tief durch. Hätte es sie getroffen, wären ihre Überlebenschancen verschwindend gering gewesen. Ach, was dachte sie da.

Mausetot wär sie gewesen. Ein tiefer Seufzer der Erleichterung entfuhr ihr.

»Mrs. Arrington!«, hörte sie nun de Jongs Stimme von der anderen Seite des Bootes. Durch die Lücke zwischen Boot und Deck konnte Mary lediglich seine schwarzen Hosenbeine sehen. »Ist alles in Ordnung mit Ihnen? Geht es Ihnen gut?«

Er ging in die Hocke und spähte durch die Lücke. Nun konnten sie einander ins Gesicht sehen. Marys Gesichtsausdruck trug offenbar nicht dazu bei, de Jong in seiner Sorge um sie zu beruhigen. Kurz entschlossen ging er auf alle viere und krabbelte in dieser für einen Schiffsoffizier ungewöhnlichen Fortbewegungsweise unter dem Boot hindurch zu ihr. Seine Mütze schrammte gegen den Bootsrumpf, fiel ihm vom Kopf und gab sein wohlgepflegtes blondes Haar dem Wind preis, der es zerzauste. Angesichts der Lage scherte de Jong sich ausnahmsweise nicht um den perfekten Sitz seiner Frisur.

»Sind Sie verletzt?«, fragte er, als er sie erreicht hatte.

»Nein, es geht mir gut«, antwortete Mary, der es nun gelang, ihren Schrecken abzuschütteln. »Danke, Mr. de Jong. Für Ihre Frage, vor allem aber auch für Ihre Warnung. Ich weiß nicht, ob ich das Boot ohne Sie rechtzeitig bemerkt hätte.«

De Jong fasste sie am Arm und half ihr auf die Beine.

»Ich bin einfach nur froh, dass Ihnen nichts passiert ist.«

Gemeinsam blickten sie hinauf zu der Halterung, aus der sich das Boot gelöst hatte. Dort oben war niemand zu sehen. Mary aber befiel eine furchtbare Erkenntnis. Jemand hatte versucht, sie zu ermorden. Daran konnte es gar keinen Zweifel geben. Es wäre ein unglaublicher Zufall, wenn die Halterung ausgerechnet in jenem Moment, in dem sie sich unter dem Boot befunden hatte, einfach nachgegeben hätte. Vielmehr lag die Vermutung nahe, dass jemand sie aus dem Weg räumen und es wie einen Unfall aussehen lassen wollte. Jemand, dem ihre Nachforschungen nicht passten, und der vor nichts zurückschreckte.

Als ob er Marys Gedanken lesen konnte, sagte de Jong in diesem Moment: »Ich möchte Sie nicht beunruhigen, Mrs. Arrington. Aber ich denke, dass es sich hier um eine Sabotage handelt. Die Halterungen wurden geprüft, bevor wir in See gestochen sind. Und dabei wurden keinerlei Schäden oder Fehlfunktionen entdeckt.«

Mary nickte. Aber wer würde so weit gehen, und sie tatsächlich ermorden wollen. Die Gouvernante? Ganz sicher nicht. So ruppig die erboste Dame im Restaurant auch mit ihr umgesprungen war – sie würde wohl kaum so weit gehen, ihr wegen eines fallen gelassenen Taschentuchs ein Rettungsboot auf den Kopf zu werfen. Nein, hinter dem, was gerade passiert war, musste jemand stecken, der ihre weiteren Ermittlungen um jeden Preis verhindern wollte.

»Ich bin ganz Ihrer Meinung. Jemand muss die Halterung manipuliert haben«, sagte Mary. Im selben Moment schoss ihr die ungeheuerliche Frage durch den Kopf, ob nicht ihr vermeintlicher Lebensretter hinter dieser Sabotage stecken könnte. Es war kein Verfolgungswahn, der ihr diese Überlegung eingab, lediglich ihre Neigung, aus verschiedenen, scheinbar zusammenhanglosen Ereignissen Schlussfolgerungen zu ziehen. War es nicht sonderbar, dass de Jong aufgetaucht war, kurz bevor das Boot herabstürzte? Aber wie hätte er gleichzeitig oben die Halterung lösen und hier unten auf dem Außendeck sein können? Außerdem hatte er sie gewarnt, sodass sie sich hatte retten können. Und die Sorge, mit der er sich nach ihrem Wohlergehen erkundigt hatte, war echt gewesen. Mary schämte sich dafür, dass sie ihm auch nur eine Sekunde lang einen so schändlichen und hinterhältigen Anschlag zugetraut hatte. Sie schob dieses unbegründete Misstrauen auf den Schreck. Immerhin wusste sie nun, dass sie sich nicht geirrt hatte. Vor der Kabine der Botticelli hatte sie an ihrer eigenen Wahrnehmung gezweifelt. Jetzt konnte sie sicher sein, dass jemand hinter ihr her war – und dass dieser jemand sich nicht darauf beschränkte, sie zu beobachten, sondern bereit war, weiter zu gehen. Und zwar bis zum Äußersten.

De Jong war in die Hocke gegangen und tastete nun unter dem Boot umher, Mary fragte sich, wonach er suchte, als er auch schon seine Mütze hervorzog, sie abklopfte, sich sorgfältig durch das Haar fuhr und die Mütze darauf platzierte.

»Ich werde den Kapitän sofort über diesen Vorfall unterrichten, Mrs. Arrington. Außerdem werde ich veranlassen, dass einer unserer Mechaniker die Vorrichtung untersucht. Einer, dem ich voll und ganz vertraue. Vielleicht kann er uns sagen, was genau daran manipuliert wurde. Und ich muss veranlassen, dass das Boot vom Deck gehievt und wieder fest verankert wird.«

Mary nickte.

»Tun Sie das. Aber es ist von äußerster Wichtigkeit, dass Sie dabei so diskret wie möglich vorgehen.«

»Ich verstehe nicht ganz, Mrs. Arrington?« De Jong sah sie fragend an.

»Was ich meine, ist Folgendes: Selbstverständlich müssen Sie den Kapitän vollkommen ins Bild setzen. Aber gegenüber allen anderen Personen auf diesem Schiff möchte ich Sie bitten, dies alles wie einen Unfall zu behandeln. Wenn der Mechaniker von selbst feststellt, dass sich jemand an der Halterung zu schaffen gemacht hat, gut. Aber sagen Sie ihm nichts von unserem Verdacht, unserer Gewissheit vielmehr. Erwähnen Sie nach Möglichkeit auch nicht meinen Namen und bitten Sie auch MacNeill, meine Person im Zusammenhang mit diesem Anschlag gegenüber niemanden zu erwähnen.«

Die Sorge kehrte auf de Jongs Gesicht zurück.

»Sind Sie sicher, Mrs. Arrington? Dies ist eine überaus ernste Sache. Sollten wir daher nicht sämtliche Maßnahmen ergreifen, die uns zur Verfügung stehen? Sollten wir dem Täter nicht unmissverständlich zu verstehen geben, dass wir über seine Machenschaften Bescheid wissen, um ihn von weiteren Versuchen abzuhalten, Ihnen Schaden zuzufügen?«

»Das ist sehr fürsorglich von Ihnen. Aber ich halte das für wenig aussichtsreich«, antwortete Mary. »Glauben Sie mir, Mr. de Jong. Ein so skrupelloser Verbrecher wird sich von nichts abhalten lassen. Wir werden ihn nicht einschüchtern können. Wenn er mich loswerden will, wird er es wieder versuchen. Und jeder neue Versuch ist unsere Chance, ihn zu erwischen. Außerdem dürfen Sie eins nichts vergessen.«

»Germer«, sagte de Jong. »Natürlich. Wenn er erfährt, dass Sie in diesen *Unfall* verwickelt wurden …«

»Genau«, unterbrach Mary ihn. »Er wird eins und eins zusammenzählen und wissen, dass ich mich seinen Anordnungen widersetzt und dadurch die Aufmerksamkeit von Winklers Mörder auf mich gezogen habe. Darüber wird er nicht einfach hinweggehen. Germer wird diese einmalige Chance nutzen, um mich loszuwerden. Offiziell natürlich nur, um mich vor der offensichtlichen Gefahr zu schützen, der ich auf der *Queen Anne* ausgesetzt bin, wird er mich gleich morgen in Bergen von Bord bringen lassen. Aber das würde dem Mörder nur in die Hände spielen.«

De Jong sah sie noch immer zweifelnd an.

»Seien Sie nicht besorgt, mein lieber Mr. de Jong«, sagte Mary aufmunternd. »Ich werde schon auf mich aufpassen.«

»Nun gut. Wenn das Ihrer Meinung nach das richtige Vorgehen ist, werde ich Ihren Anweisungen nach bestem Vermögen Folge leisten, Mrs. Arrington.«

Er klang noch immer nicht vollends überzeugt, schlug aber die Hacken zusammen und wollte aufbrechen, um seine Aufgaben in Angriff zu nehmen. Aber Mary hielt ihn zurück.

»Ich wollte Sie noch etwas fragen.«

»Natürlich, Mrs. Arrington. Worum geht es?«

»Wurde das Konzert, ich meine Mr. Winklers letztes Konzert, womöglich aufgezeichnet?«

De Jong schien kurz irritiert von dieser Frage. Offenbar war er in Gedanken vollends mit dem Rettungsboot beschäftigt und brauchte einen Moment, um umzuschalten.

»Aber ja«, sagte er schließlich. »Alle Konzerte auf der *Queen Anne* werden aufgezeichnet, damit die Passagiere sie sich später im Bord-Entertainment-Programm anhören können. In diesem Fall bezweifle ich allerdings, dass das Konzert dort veröffentlicht wird. Schließlich verlief es ja nicht ganz nach Plan, wenn ich das so sagen darf.«

»Sie dürfen. Wäre es denn möglich, dass Sie mir eine Kopie der Aufzeichnung zur Verfügung stellen?«

»Ich kann mit unseren Toningenieuren sprechen. Aber darf ich fragen, was Sie sich davon versprechen?«

»Das, mein lieber Mr. de Jong, weiß ich selbst noch nicht genau. Aber ich habe das Gefühl, es könnte uns bei der Suche nach dem Mörder außerordentlich hilfreich sein.«

»Dann will ich sehen, was ich für Sie tun kann. Ich

bin froh, wenn ich helfen kann, Mrs. Arrington. Wenn es sonst noch etwas gibt, sagen Sie mir bitte Bescheid.«

»Das werde ich. Vielen Dank.«

De Jong hob zum Gruß die Hand an seine Mütze, wandte sich um und kehrte eilig ins Innere des Schiffes zurück.

Auch Mary setzte ihren Weg fort. Der Schreck saß ihr zwar noch in den Gliedern. Aber sie fürchtete nicht, sogleich in eine weitere Falle zu tappen, in einen weiteren Hinterhalt zu geraten. Selbst ein noch so gewissenloser Mörder würde nicht innerhalb weniger Minuten zwei Angriffe auf sie unternehmen. Vor allem, weil dann selbst die ahnungsloseste Seele nicht mehr an einen Unfall glauben könnte.

Während Mary sich dem Konzertsaal näherte, begleitete sie mit jedem Schritt nicht nur die Frage, wer es auf sie abgesehen hatte, sondern auch, warum er schon jetzt mit allen Mitteln gegen sie vorging. Ihrer eigenen Einschätzung nach hatte sie bei ihren Ermittlungen noch keine großen Fortschritte gemacht. Sie hatte noch nichts erreicht, wodurch sich der Täter bedroht zu fühlen brauchte. Sie hatte einige wenige Anhaltspunkte, aber nichts Konkretes, geschweige denn einen Verdächtigen. Vielleicht wollte dieser Mörder nicht warten, bis sie so weit war? Das war die eine Möglichkeit. Aber auch die andere beschäftigte Mary: Was, wenn sie bereits näher an ihm dran war, als sie vermutete?

28

»Wie wundervoll, Sie zu sehen«, flötete Anastasia Botticelli und öffnete die Garderobentür sperrangelweit. »Bitte, kommen Sie doch herein, meine Liebe.«

Mary war verwundert ob dieser unerwartet herzlichen Begrüßung, freute sich aber zugleich darüber. Unfreundlichkeiten hatte sie in Gestalt polternder Gouvernanten und herabfallender Rettungsboote heute schließlich schon zu Genüge erlebt. Sie folgte daher gerne der Aufforderung der Sängerin, die ihr aber auch keine andere Wahl ließ. Die Botticelli hatte Mary bereits am Arm gefasst und über die Schwelle gezogen.

»Ich freue mich auch«, stammelte Mary nun doch etwas überrumpelt.

Noch immer verdutzt über den enthusiastischen Empfang schaute sie sich um. Man hatte sich offenbar alle Mühe gegeben, die Garderobe der Künstlerin mit allen Annehmlichkeiten auszustatten. Ein großer Fernseher hing an der Wand und eine gemütliche, schicke Couch stand darunter. Auf dem Tischchen davor ragte der Hals einer grünen Champagnerflasche aus einem silbernen Eiskühler. Jeder Winkel des Raums war vollgestellt mit Vasen aus Glas, Silber oder Porzellan, in denen gigantische Blumensträuße ihre Farbenpracht zur Schau stellten. Ebenso allgegenwärtig wie die Blumen war Anastasia Botticelli. Und zwar nicht nur in Fleisch und Blut und der ganzen umfassenden körperlichen Fülle, in der sie vor Mary stand. Sondern auch auf gerahmten Postern, welche die Wände zierten und die Diva in berühmten Rollen und leidenschaftlichen Posen zeigten. Mary dachte, wie unangenehm es ihr selbst gewesen wäre, ununterbrochen von sich selbst umzingelt zu sein. Die Opernsängerin allerdings schien sich in ihrer eigenen Gesellschaft überaus wohlzufühlen.

»Setzen Sie sich doch«, sagte die Botticelli mit einem starken italienischen Akzent, der ihren Worten etwas Weiches, Schmelzendes verlieh, und wies auf das Sofa. Sie ihrerseits nahm auf einem gepolsterten Stuhl vor dem breiten Schminktisch Platz, der den größten Teil des Raumes einnahm und ihr erlaubte, sich in drei Spiegeln gleichzeitig und von allen Seiten zu betrachten. Ein Vorzug dieses Möbelstücks, von dem sie reichlich Gebrauch machte. Daran hatte Mary keinerlei Zweifel.

»Sie erlauben, dass ich mich weiter ein wenig frisch mache. Es ist nicht mehr lange hin bis zu meinem Auftritt. Vielleicht sagen Sie noch schnell dem Stewart Bescheid, damit er Wasser für Ihre Blumen bringt. Es ist zwar nicht mehr viel Platz«, sie wies mit einer nachlässigen Handbewegung auf die blühende Fülle, »aber wir bringen sie schon noch unter.«

Die Selbstverständlichkeit dieser Aussage verdutzte Mary zusätzlich.

»Es tut mir leid«, sagte sie, während sie sich setzte. »Ich fürchte, ich habe keine Blumen mitgebracht.«

Die Botticelli hatte nach einem Pinsel gegriffen und damit begonnen, eine Extraladung Rouge auf ihre ohnehin schon dick geschminkten Wangen zu streichen. Nun hielt der Pinsel still.

»Keine Blumen?« Ihr Gesicht verfinsterte sich geradezu und ihre Stimme glitt nahtlos in eine russische Betonung ab, wodurch jede Silbe eine harte, hölzerne Färbung erhielt. Sogleich aber lächelte sie wieder und kehrte zu ihrem italienischen Akzent zurück. »Aber das ist ja auch gut so. Es sind ja ohnehin viel zu viele. Sie verwelken auch viel zu schnell. Sie haben absolut recht, meine Liebe. Pralinen sind da weitaus besser. Wobei ich eigentlich nicht naschen darf.« Sie wies auf ihr ausladendes Dekolleté und den darunter liegenden Bauch. Selbst der raffinierte Schnitt ihres bunten Designerkleids vermochte nicht, ihr Übergewicht zu kaschieren.

»Ich muss ein bisschen auf meine Linie achten«, fuhr sie fort und pinselte weiter. »Aber gut, eine kleine Sünde dann und wann darf man sich gönnen, nicht wahr? Außerdem ist das gut für meinen Resonanzkörper. Ich hoffe, es sind welche mit Cointreau dabei. Die habe ich am liebsten. Legen Sie sie einfach dort auf das Sofa.«

Nach dem bösen Blick, den sie sich eben eingehandelt hatte, wagte Mary kaum, der Diva sogleich die nächste Enttäuschung zu bereiten. Doch es ließ sich nicht vermeiden.

»Pralinen habe ich bedauerlicherweise auch keine dabei.«

Der Pinsel hielt wieder still. Die Botticelli musterte sie kritisch im Spiegel. Durch die Reflexion tat sie es genau genommen dreifach, was Mary dreifach unangenehm war. Sie prüfte Marys leere Hände und schüttelte verdrossen den Kopf, bevor sie den Pinsel beiseitelegte und anfing, sich die Wimpern zu tuschen. Es war ihr offenbar vollkommen unverständlich, wie es jemandem einfallen konnte, einem Star wie ihr ohne Blumen, likörgefülltem Naschwerk oder sonstiger Huldigungsgaben gegenüberzutreten.

Die Botticelli sah nicht aus, als sei sie bereit, auch nur noch ein einziges Wort mit Mary zu wechseln, bis dieser Missstand auf die eine oder andere Weise behoben war. Während die Botticelli sie demonstrativ ignorierte, blickte Mary sich in der Garderobe um; ratlos, wie sie weiter vorgehen sollte. Zwischen all den Blumen, die den Raum in ein Gewächshaus verwandelten, entdeckte sie allerlei Glückwunschkarten. Auf dem Schminktisch lag ein Stapel ungeöffneter Umschläge. Just in diesem Augenblick nahm die Diva einen von ihnen, schlitzte ihn mit einer Nagelfeile auf und entnahm ihm eine weitere Karte, die sie mit sichtlicher Befriedigung las.

»Herzallerliebst«, flötete sie zu sich selbst, aber vor allem, um Mary zu zeigen, dass andere Leute sich weitaus mehr Mühe gaben.

Mary ging auf, warum die Sängerin sie so überschwänglich begrüßt hatte, ohne auch nur zu wissen, wer sie eigentlich war – und warum sie über den Mangel eines Mitbringsels so pikiert war. Sie hatte Mary für einen Fan gehalten, eine glühende Verehrerin, die gekommen war, um ihre Bewunderung für die gefeierte Sängerin zum Ausdruck zu bringen – und es sträflich versäumt hatte, diese Bewunderung mit einem Geschenk zu unterstreichen.

»Es ist eine Ehre, einer Sängerin von Weltrang, wie Sie es sind, persönlich begegnen zu dürfen«, sagte Mary. Sie war fest entschlossen, das Missverständnis für ihre Zwecke zu nutzen. Eigentlich fühlte sie sich nicht wohl damit, anderen etwas vorzumachen. Aber zum einen war ein gewisser Grad an Täuschung gegenüber Mordverdächtigen verzeihlich. Und zum anderen schien dies der einzige Weg, die Botticelli überhaupt aus ihrer Schmollecke herauszulocken und zu einem Gespräch zu bewegen.

»Es ist ganz reizend von Ihnen, das zu sagen«, antwortete die Botticelli. »Mein größtes Vergnügen im Leben ist es, meine Anhänger zu begeistern. Ich nehme an, Sie verfolgen meine Karriere schon länger?«

Mary hatte eine kurze Vita der Botticelli in dem Konzertheft gelesen und war froh, dass ihr diese nun wieder einfiel. »Aber natürlich. Ich bin sozusagen ein Fan der ersten Stunde, seit Ihrem gefeierten Debüt an der Mailänder Skala im Jahr …«

»Ja, schon gut«, unterbrach sie die Botticelli. Dennoch war Mary erleichtert. Ihr Lob hatte seinen Zweck erfüllt und die Diva versöhnlich gestimmt, auch wenn es weder farbenfroh und wohlduftend noch essbar und alkoholisch war. Die Diva bedachte Mary im Spiegel mit einem gnädigen Lächeln und der Andeutung eines Kopfnickens, wie eine Königin es einer Zofe gewähren mochte.

»In welchen meiner Rollen habe ich Ihnen denn besonders gefallen?«

»Nun ja …« Mary ließ ihre Blicke über die Poster an den Wänden fliegen. Auf keinen Fall wollte sie in ein Fettnäpfchen treten und eine Rolle nennen, die die Botticelli niemals verkörpert hatte. Sehnsüchtig dachte sie an Mr. Bayle. Er hätte die Rollen der Sängerin wahrscheinlich in chronologisch korrekter Reihenfolge aufsagen können. »Das ist wirklich eine schwierige Frage. Sie haben in jeder Rolle auf Ihre ganze eigene Weise brilliert.«

Der erwartungsvolle Blick, der Mary aus dem Spiegel traf, machte ihr klar, dass sie sich nicht so einfach aus der Affäre ziehen konnte.

»Aber wenn ich mich entscheiden müsste …«

Mary entdeckte ein Poster, auf dem die Botticelli in spanischer Landestracht zu sehen war.

»Carmen!«, rief Mary vor Erleichterung begeistert so laut aus, dass die Sängerin sie einen Moment lang skeptisch betrachtete. Sie schien sich aber zu entscheiden, dass diese Begeisterung allein ihr gelten konnte, und schenkte Mary ein gütiges Lächeln.

»Ja«, sagte sie, griff erneut nach dem Puderpinsel und strich damit träumerisch in ihrem Gesicht rum. »Als *Car-*

men habe ich wirklich einige glänzende Auftritte absolviert und das Publikum zu Begeisterungsstürmen hingerissen. Sie hätten sehen sollen, welch Rosenregen die Zuschauer mir in Wien zugeworfen haben.«

In ihre Augen trat der Schimmer glücklicher Erinnerung. Mary nahm es als günstiges Zeichen, sich nun, da sie sich als würdig erwiesen hatte, in ihren Erkundigungen weiter voranzutasten und auf heikles Terrain vorzuwagen.

»Für regelrechte Begeisterung haben Sie auch bei Ihrem gestrigen Auftritt gesorgt. Eine Schande, dass Ihre grandiose Darbietung von diesem Pianisten so plötzlich und grob unterbrochen wurde.«

Stille. Die Botticelli schien wie erstarrt. Mary fürchtete schon, zu forsch vorgegangen zu sein und mit der bloßen Erwähnung des Vorfalls den Zorn der Diva heraufbeschworen zu haben. Sie hatte gerade damit begonnen, ihre Lippen knallrot anzumalen. Doch jetzt ballten sich ihre Finger um den Lippenstift zur Faust, so fest, dass ihre Knöchel weiß hervortraten. Sie stieß ein Schnauben aus und ihre Augen blitzten vor Wut und Hass. Aber all dies dauerte nur einen winzigen Moment, und wenn Mary nicht so genau auf ihr Spiegelbild geachtet hätte, wäre ihr diese kurze Wandlung entgangen, die ebenso schnell vorüber ging, wie sie eingetreten war.

»Das war wirklich unglücklich«, sagte die Diva. Sie klang dabei wie eine vollkommen unbeteiligte Zuschauerin des gestrigen Vorfalls und setzte die Bemalung ihrer Lippen fort. »Eine in der Tat sehr bedauerliche Störung. Es tut mir leid, dass Sie und meine anderen Bewunderer dadurch um den Genuss gebracht wurden, den Sie sich von diesem Abend versprochen haben. Aber solche Dinge kommen vor und lassen sich nicht immer verhindern. Es gibt immer Neider aus der zweiten Reihe, die meinen, sich in den Vordergrund spielen zu müssen. Als Künstlerin muss man so etwas einfach an sich vorbeiziehen lassen.«

Die aufgesetzte Gelassenheit, mit der die Botticelli sprach, machte Mary misstrauisch. Sie passte weder zu ihrem hysterischen Anfall auf der Bühne noch zu dem anschließenden Wutausbruch, von dem der Dirigent Király ihr erzählt hatte.

»Es freut mich zu hören, dass Sie so professionell damit umzugehen wissen. Man munkelt nämlich auf dem Schiff, das alles habe Sie sehr mitgenommen.«

»Wer munkelt das?«, fragte die Botticelli scharf, und wieder drang der russische Akzent durch.

»Bewunderer«, beeilte sich Mary, sie zu beruhigen. Auf keinen Fall wollte sie ein weiteres Mal den Zorn der Diva wecken. »Bewunderer, die allein um Ihr Wohlbefinden besorgt sind. Sie fragen sich natürlich, ob die Konzertreihe so fortgeführt werden kann, wie sie im Bordprogramm vorgesehen ist. Für die meisten Passagiere hier an Bord sind schließlich Sie der Hauptgrund, warum sie diese Kreuzfahrt überhaupt unternehmen. Es hieß, die Konzertreihe könnte sogar gänzlich abgebrochen werden. Das wäre ein herber Verlust für uns alle, wie Sie sich sicherlich denken können.«

»Abgebrochen?«, rief die Sängerin. »Was für ein Unsinn. Machen Sie sich keine Sorgen, meine Liebe. Die Leute streuen gerne Gerüchte.« Sie wechselte wieder in den italienischen Tonfall und ließ dadurch erkennen, wie sehr es ihr schmeichelte, im Mittelpunkt dieser Gerüchte zu stehen. »Sie sehen ja selbst: Ich bin in allerbester Verfassung. Von solchen Zwischenfällen lasse ich mich nicht unterkriegen. Im Gegenteil befeuern sie nur meine Inspiration. Ich verspreche Ihnen, bei meinem heutigen Auftritt werde ich Sie und alle anderen für das gestrige Ärgernis mehr als entschädigen. Sie werden Anastasia Botticelli in Höchstform erleben. Und seien Sie versichert«, sie zog ihren Lidstrich nach, während sie Mary aus dem Spiegel heraus einen vielsagenden Blick zuwarf – in dem noch einmal eine Spur des vorherigen Abscheus zu erkennen war. »Dieser klimpernde Wichtigtuer, der mir gestern die Show stehlen wollte, wird mir dabei nicht noch einmal in die Quere kommen.« Sie richtete ihre Frisur, die erneut zu einem kunstvollen Turm aufgesteckt war. »Dieser Mistkerl hat bekommen, was er verdient.«

»Wie meinen Sie das?« Mary bemühte sich, möglichst gleichmütig zu klingen. Innerlich aber wuchs ihre Anspannung. Was wusste die Sängerin? MacNeill hatte alle, die beim Fund der Leiche anwesend waren, auf Stillschweigen eingeschworen und sie angewiesen, auf Nachfragen anzugeben, Winkler habe das Schiff verlassen. Allerdings hatte sie selbst Király von dem Verbrechen berichtet und es war denkbar, dass er die Nachricht an die Sängerin und das übrige Orchester weitergetragen hatte. Wusste die Botticelli also von Winklers Tod? Wusste sie, dass er ermordet worden war? Oder wusste sie vielleicht noch mehr?

Das überlegene Lächeln der Diva schien letztere Vermutung zu unterstreichen.

»Lassen Sie es mich wie folgt ausdrücken. Niemand stellt sich gegen eine Anastasia Botticelli, ohne dafür zu bezahlen. Ich kann Ihnen jedenfalls versprechen, dass er keinen meiner weiteren Auftritte mehr stören wird.«

So schnell ihr Unmut aufgewallt war, so schnell verschwand er auch wieder. Im Gegenteil schien die Diva nun in Feierstimmung zu kommen. Als wollte sie auf die gute Nachricht trinken, die sie Mary übermittelt hatte, erhob sie sich aus ihrem Sessel, schritt auf den Tisch zu und goss sich ein Glas Champagner ein. Sie stellte die

Flasche zurück in den Kühler und trank einen großen Schluck der goldenen Flüssigkeit, in der prickelnde Bläschen an die Oberfläche stiegen. Als sie das Glas absetzte, hatte sie den Glasrand mit einem breiten roten Abdruck ihrer Lippen verziert. Mary etwas zu trinken anzubieten, schien ihr nicht in den Sinn zu kommen. Aber Mary wäre ohnehin nicht in Stimmung gewesen, mit der Diva anzustoßen. Die Worte der Botticelli hatten eine zu starke Wirkung. Sie fragte sich, was genau sich hinter ihnen verbarg. Aber sie konnte die Botticelli schlecht geradeheraus fragen.

»Da bin ich beruhigt«, sagte sie daher, während sie zusah, wie die Diva sich mit schweren Diamantohrringen behängte. Nach und nach fügte sie eine goldene Halskette, eine Brosche, Armbänder und diverse Ringe hinzu.

Während die Sängerin sich in einen menschlichen Weihnachtsbaum verwandelte, ging Mary ihren Gedanken nach. Dass die Botticelli selbst die Mörderin war, konnte sie sich nur schwer vorstellen. Zwar hatte die Diva bei der Erwähnung Winklers beinahe die Beherrschung verloren, sodass Mary ihr durchaus zugetraut hätte, sich zu einem gewaltsamen Vergeltungsakt hinreißen zu lassen. Allerdings hatte der Mörder Winkler ganz offenbar überrascht. Und der ganze Schmuck der Botticelli hätte sie mit seinem Geklimper und Geklirre auf hundert Meter Entfernung verraten. Und selbst wenn sie ihn abgelegt hätte, schien sie Mary immer noch zu schwerfällig, um sich unbemerkt hinterrücks an jemanden heranzuschleichen und ihm einen Dolch oder ein Messer ins Herz zu stoßen.

Aber all das hieß noch lange nicht, dass die Opernsängerin als Verdächtige ausgeschlossen werden konnte. Schließlich war es denkbar, dass sie jemanden damit beauftragt hatte, Winkler umzubringen. All ihre Juwelen mussten ein Vermögen wert sein, und in der Schiffs-Crew fand sich sicherlich der eine oder andere zwielichtige Charakter, der bereit war, für Gold und Geld eine so heimtückische Tat zu verüben.

Die Sängerin war zu ihrem Schminktisch zurückgekehrt und streifte Mary mit einem Blick im Spiegel. Sie schien ehrlich überrascht, sie noch immer dort auf dem Sofa vorzufinden. Offensichtlich hatte sie ihre Besucherin über ihrem Schmuck völlig vergessen.

»Ach ja«, sagte sie nun. »Entschuldigen Sie bitte, meine Liebe. Ich wollte Sie natürlich nicht ohne ein Andenken gehen lassen.«

Sie zog eine Schublade ihres Schminktisches auf. Soweit Mary von ihrem Platz aus erkennen konnte, war sie bis obenhin mit Hochglanzfotos gefüllt, die allesamt Anastasia Botticelli zeigten. Die Sängerin nahm eines der Fotos heraus, und Mary sah, dass es bereits signiert war. Bei einer Unterschrift allein beließ es die Botticelli allerdings nicht. Sie führte das Bild an ihre Lippen und drückte ihm einen dicken Kussmund auf. Mary war nicht sicher, ob sie es als Zeichen der Wertschätzung interpretieren sollte, mit der die Sängerin ihr eine besondere Freude machen wollte – oder ob die Botticelli sich einfach gerne selber knutschte.

»Hier, bitte schön«, sagte die Diva und reichte ihr das Bild.

Mary nahm es, bedacht, dem feuchtglänzenden Lippenabdruck nicht zu nahe zu kommen.

»Vielen Dank. Das wird einen Ehrenplatz in meiner Kabine erhalten.«

»Gern geschehen«, sagte die Botticelli, griff nach einem kunstvoll geschliffenen Glasflakon und sprühte sich großzügig mit einem süßlichen Parfüm ein.

»Wenn Sie mich dann entschuldigen würden. Ich muss noch meine Stimmbänder aufwärmen.«

»Aber selbstverständlich. Ich kann es kaum erwarten, Sie heute wieder auf der Bühne zu sehen.« Mary beeilte sich, die Garderobe mit ihrem geknutschten Foto zu verlassen. Die Mischung, die das Parfüm mit dem schwerem Blumenduft einging, hatte ihr einen Schwindel versetzt.

Und das Gespräch mit der Diva hatte mehr Fragen aufgeworfen, als es beantwortet hatte.

29

»Nun, meine hochverehrte Mrs. Arrington – womit kann ich Ihnen zu Diensten sein?«

Mr. Bayle lehnte sich in seinem Sessel nach vorne, stützte die Arme auf seine Schreibtischplatte und lächelte in die Kamera seines Computers, die sein Bild von seinem Arbeitszimmer in London auf Marys Laptop inmitten des Ozeans übertrug.

»Soll ich eine Jacht mieten und die Verfolgung der *Queen Anne* aufnehmen, um Sie aus den Klauen krampfhaft fröhlicher Animateure und vergnügungsfanatischer Mitreisender zu befreien? Oder soll ich Ihnen ein Paket Bücher zukommen lassen, damit Sie auf Ihrer Reise über die Weltmeere nicht dem geistigen Skorbut erliegen?«

Mary hatte sich darauf verlassen, Mr. Bayle um diese Zeit zu erreichen, und sie hatte richtig gelegen. Was nicht schwer gewesen war. Schließlich wich Mr. Bayle selten und nur äußerst ungern von seinen festen Gewohnheiten ab. Wie immer befand er sich zu dieser abendlichen Stunde in seinem Arbeitszimmer und prüfte Manuskripte. Und wie es seine Gewohnheit war, gönnte er sich zu dieser Tätigkeit ein Glas schottischen Single Malt. Im Hintergrund hörte Mary leise klassische Musik.

»Bei aller Hochachtung für Ihre Einsatzfreude, mein lieber Mr. Bayle«, sagte sie, »würde ich Ihnen selbst in Zeiten höchster Not niemals zumuten wollen, zu dieser späten Stunde ihr heimeliges Arbeitszimmer verlassen zu müssen.«

Mary war nicht sicher gewesen, ob es eine gute Idee

war, ihren Lektor anzurufen. Nach ihrem Gespräch mit der Botticelli hatte sie sich zum Nachdenken in die *Trafalgar Suite* zurückgezogen. Sie hatte die Ereignisse des Tages Revue passieren lassen, die Gespräche, die Erkenntnisse. Sie hatte alles in Notizen festgehalten und versucht, es zu ordnen. Sie hatte gehofft, es würden sich ihr dadurch mögliche Zusammenhänge erschließen. Es hatte ihr gutgetan, zunächst mit ihren Gedanken allein zu sein. Nach einer Weile aber hatte sie das Bedürfnis verspürt, mit jemandem über all das zu reden. Aber Sandra und Antonio waren, wie sie wusste, zu einem romantischen Date verabredet. Angesichts der kleinen Krise, in der ihre Beziehung zu stecken schien, wollte Mary sie in dieser trauten Zweisamkeit keinesfalls stören. Sie hatte mit dem Gedanken gespielt, den Kapitän aufzusuchen, um ihm über ihre Nachforschungen Bericht zu erstatten. Aber wirklich viel, war ihr missmutig klar geworden, hatte sie noch nicht zu berichten. Noch immer hatte sie mehr Fragen als Antworten. Hinzu kam: Mit der Vorstellung, den Kapitän erneut in seiner Kabine zu besuchen und mit ihm bei einem Glas Rum zusammenzusitzen, ging eine Gefühlsregung einher, die Mary äußert verwirrte. Diese ungewohnte Nähe und Verbundenheit, die sich zwischen ihnen entwickelt hatte – Mary wusste nicht recht, wie sie sie einordnen sollte. Und sie half ihr ganz und gar nicht dabei, einen kühlen Kopf zu bewahren. Den aber brauchte sie im Moment. So war ihr zu guter Letzt nur Mr. Bayle geblieben. Ihr Lektor, das wusste Mary, würde mit seiner nüchternen Art und seinem trockenen Humor schon dafür sorgte, dass sie aus ihren allzu tiefen Grübeleien zurück auf den Boden der Tatsachen fand. Zudem war ihr Mr. Bayle in vielerlei Hinsicht eine wandelnde Enzyklopädie, ganz besonders, was Musik anging. Vielleicht könnte er ihr bei den Ermittlungen damit behilflich sein. Das setzte freilich voraus, ihn in die Ermittlungen einzuweihen. Was Mary ganz und gar nicht behagte. Schließlich wusste sie, mit welcher Reaktion seinerseits sie zu rechnen hatte. Aber wenn sie seine Hilfe in Anspruch nehmen wollte, führte kein Weg daran vorbei.

»Es freut mich sehr, das zu hören«, sagte Mr. Bayle. »Aber wenn Sie mir erlauben wollen, das zu sagen, Mrs. Arrington. Ihr Tonfall führt mich zu der Vermutung, dass Sie etwas beschäftigt. Und Ihre Miene verrät mir, dass es nichts mit Ihrem Roman zu tun hat. Ist etwas auf diesem Schiff vorgefallen, das Sie betrübt?«

Mary war keineswegs erstaunt über Mr. Bayles Analyse. Sie arbeiteten seit Jahrzehnten zusammen und er hatte gelernt, in ihr zu lesen wie in einem offenen Buch.

»Damit liegen Sie richtig, mein lieber Mr. Bayle. Es kam tatsächlich zu einer … Gewalttat.«

Mr. Bayle nickte. »Ich kann nicht sagen, dass mich das besonders überrascht, Mrs. Arrington. Ich habe bereits im Vorfeld zu Genüge versucht, Ihnen begreiflich zu machen, dass es sich bei einem Kreuzfahrtschiff um nichts anderes als einen schwimmenden Sarg handelt. Aber Sie wollten ja nicht auf mich hören, sondern haben sich von dieser Greta einlullen …«

»Der Pianist des Bordorchesters wurde ermordet«, unterbrach Mary ihn grob.

»Oh.« Auf Mr. Bayles Gesicht machte sich ehrliche Betroffenheit breit. Der Tod eines Künstlers musste ihm nahegehen, gab es doch nichts, auf das er größeren Wert legte als Kunst und Kultur. Er brauchte einen Moment, um die Nachricht zu verarbeiten, dann hatte er sich wieder gefangen.

»Fraglos wurde er ein Opfer jener Barbaren, die diese Schiffe in Massen bevölkern. Kulturverächtern, die es nicht ertragen, einer Form der Musik ausgesetzt zu sein, die aus mehr als drei Tönen in der immer gleichen Abfolge besteht. Hier haben wir den eindeutigen Beweis dafür, dass ein gebildeter Mensch wie Sie auf einem solchen Schiff nichts zu suchen hat. Ich empfehle Ihnen daher, schnellstens eines der Rettungsboote zu besteigen, um sich vor diesen Kretins an Land in Sicherheit zu bringen.«

»Sie können ganz beruhigt sein«, sagte Mary. »Die Rettungsboote habe ich heute bereits einer genaueren Betrachtung unterzogen.«

Einer weitaus näheren, als Sie sich vorstellen können, fügte sie in Gedanken hinzu. Aber die genaueren Umstände würde sie Mr. Bayle lieber verschweigen.

»Ihre Anteilnahme, Mr. Bayle, ist in dieser Situation übrigens überaus angebracht. Es war nicht nur ein über die Maßen talentierter Pianist, eigentlich zu gut für einen Job wie diesen, sondern auch ein liebenswerter, wenn auch etwas eigensinniger junger Mann, der diesem schrecklichen Verbrechen zum Opfer gefallen ist. Daher …«

»… haben Sie, verehrteste Mrs. Arrington«, vollendete Mr. Bayle ihren Satz, »es sich natürlich auf der Stelle zur Aufgabe gemacht, besagtes Verbrechen aufzuklären.«

»Ganz recht. Ihr Scharfsinn hat sie einmal mehr ohne Umschweife zur richtigen Erkenntnis geführt.«

Mr. Bayle seufzte und schüttelte den Kopf.

»Sie sind wirklich unverbesserlich, meine Liebe. Bei aller Wertschätzung, die ich Ihrem lobenswerten Einsatz für die Gerechtigkeit entgegenbringe. Sie vergessen nur allzu bereitwillig, dass Ihr Beruf darin besteht, Mordgeschichten zu ersinnen, nicht darin, sich voller Eifer in sie hineinzuwerfen.«

Mary war auf diesen Tadel vorbereitet gewesen, ebenso wie auf die Ansprache, die nun unvermeidbar folgte. Allerdings wäre es ihr lieber gewesen, ihrem Lektor dabei nicht in sein vorwurfsvolles Gesicht schauen zu müssen. Leider hatte sie sich diese Unannehmlichkeit selbst zuzuschreiben. Schließlich war sie es gewesen, die Mr. Bayle, der von Natur aus moderner Technologie gegenüber skeptisch war, von den Vorzügen der Videotelefonie überzeugt hatte. In diesem Moment aber hätte sie die Kamera am liebsten ausgeschaltet, um seinem kritischen Blick zu entgehen.

»Es liegt mir selbstverständlich fern«, Mr. Bayle war offenbar in Fahrt gekommen, »auf gewissen Fehlentscheidungen herumzureiten, von denen ich Ihnen im Vorhinein ausdrücklich abgeraten habe. Aber in meinem Cottage wären Sie nicht in eine so hässliche Angelegenheit verwickelt worden, unter der, wie ich annehmen muss, die Arbeit an Ihrem Manuskript in Mitleidenschaft gezogen wird. Darf ich Sie daran erinnern, dass es eben diese Arbeit war, die Sie mir als unabweisbaren Grund genannt haben, um dieses Todesschiff ein zweites Mal zu betreten?«

»Und ich habe in dieser Arbeit bereits deutliche Fortschritte erzielt. Es wird sie freuen, zu hören, dass ich meine Schreibblockade überwunden habe.«

»Sie sehen mich tatsächlich erfreut«, sagte Mr. Bayle. »So sehr, dass ich Ihnen, Verehrteste, von ganzem Herzen zu diesem Erfolg gratulieren möchte. Deutliche Fortschritte bedeuten aber nicht, dass sich Ihr Manuskript von allein zum Abschluss bringt, wenn Sie Ihre Zeit statt mit Schreiben lieber damit verbringen, Mörder zu jagen. Darf ich daher vorschlagen, dass Sie die Beschäftigung mit diesem absonderlichen Hobby einstellen – zumindest solange, bis Sie ihre literarischen Aufgaben und Verpflichtungen erfüllt haben?«

»Sie liegen richtig, mein lieber Mr. Bayle. Ich habe die Arbeit an meinem Roman vorübergehend unterbrochen. Aber selbst Sie müssen einsehen, dass es mir überaus schwerfällt, eine Mordgeschichte zu Papier zu bringen, wenn in meiner unmittelbaren Umgebung ein echter Mörder unschuldige Menschen …«

»Sagten Sie Menschen, Mrs. Arrington? Ich dachte, wir sprechen von einem Toten!«

Dieser Mr. Bayle. Ihm entging aber nicht der kleinste Fehler. Aber Mary würde ihm keinesfalls von dem Anschlag auf sie erzählen. Sie traute ihm zwar nicht zu, seinen Vorschlag mit der Jacht in die Tat umzusetzen und persönlich den langen Weg von England zurückzulegen, um sie von der *Queen Anne* zu *befreien*. Doch hielt sie es nicht für völlig ausgeschlossen, dass er seine durchaus vorhandenen Beziehungen in politischen Kreisen spielen lassen würde, um seine Autorin von einem Spezialkommando der britischen *Royal Air Force* mit einem Hubschrauber, auch gegen ihren Willen, an Land und somit aus der Reichweite jeglicher Mörder und sonstiger Straftäter bringen zu lassen.

»Wie Sie nicht nur aus meinen Kriminalromanen wissen sollten, mein lieber Mr. Bayle, schlagen Mörder nur selten einmal zu. Aus diesem Grund sehe ich keine andere Handlungsmöglichkeit, als all meine Kraft und Energie in die Ergreifung des Täters zu setzen. Wenn Sie nun die Güte hätten, über Ihren Schatten zu springen und mir dabei zur Seite zu stehen, könnten Sie diesen Prozess beschleunigen und auch in Ihrem Interesse zur Aufklärung dieses Verbrechens beitragen. Denn je schneller es gelöst ist, desto schneller kann ich mich wieder meinem Roman widmen.«

Mr. Bayle sah ein, dass er geschlagen war. Er bemühte sich, auch diese Niederlage, nach seiner Auseinandersetzung mit Greta die zweite innerhalb kürzester Zeit, mit Fassung zu tragen. Es gelang ihm nur halbwegs.

»Wenn die Frage gestattet ist, wie genau soll ich Ihnen zur Seite stehen?«

»Mit Ihren ebenso weitreichenden wie tief gehenden Kenntnissen im Bereich der Musik.«

Vor Mary auf dem Couchtisch stand eine kleine tragbare Stereoanlage. Davor lag die unbeschriftete Hülle der CD, die Mary bereits in die Anlage eingelegt hatte. Auf de Jong war mal wieder Verlass gewesen. Er hatte ihr die Aufnahme des Konzerts besorgt und in ihre Kabine bringen lassen.

»Zunächst wüsste ich gern, ob Sie mir sagen können, um welches Lied es sich hierbei handelt. Es wurde von dem Pianisten während des gestrigen Konzerts gespielt, nach welchem ihn sein gewaltsamer Tod ereilte.«

»Oha«, sagte Mr. Bayle und sein Gesicht erhellte sich ein wenig. »Ein Rätsel mit intellektuellem Anspruch. Wenn ich auch nach wie vor nicht behaupten kann, dass mir Ihre Beteiligung an kriminologischen Unterfangen behagt, bin ich doch froh, dass wir es immerhin mit einer Komponente zu tun haben, die einer ungehobelten Tat wie einem Mord ein gewisses kulturelles Niveau verleiht. Lassen Sie hören.«

Mary drückte auf die Play-Taste. Den *Fliegenden Holländer* übersprang sie und ließ die Musik mit jenem Lied beginnen, das Winkler und die Botticelli gemeinsam vorgetragen hatten – bis Winkler ihren Auftritt zunichte gemacht hatte.

»Ah, Schubert«, rief Mr. Bayle schon beim zweiten Takt. »*Der Zwerg*. Ein Meisterwerk. Und, wenn ich das sagen darf, von Ihrem Pianisten großartig vorgetragen.

Dazu noch gesungen von einer der großen Stimmen der Oper. An der Intonation und der Phrasierung erkennt man die Botticelli gleich beim ersten Ton.«

Der sonst so steife Mr. Bayle stützte seinen Kopf auf die Hände, schloss seine Augen und lauschte den Klängen und der tragischen Geschichte ebenso hingebungsvoll wie das Publikum am Vorabend. Und er war ebenso geschockt, als Winkler mitten in der Strophe zu jenem heiter-überdrehten Lied wechselte, das den getragenen Ernst des *Zwergs* vollkommen ruinierte. Mary sah, wie Mr. Bayle zwischen Entsetzen und Empörung hin und her wechselte, während er dem Rest des akustischen Debakels lauschte, dem Lärm, der Aufregung im Publikum, den Flüchen und nicht zuletzt den ohrenbetäubenden Schreien der Botticelli.

Mr. Bayle war sichtlich erleichtert, als es vorbei war und Mary die Stopp-Taste drückte.

»Nach dieser akustischen Gewalttat bin ich nicht überrascht, dass ihn jemand ermordet hat. Bei allem Respekt für seine sonstigen Fähigkeiten: Dieser Mann hat Schubert auf verwerfliche Weise geschändet.« Mr. Bayle rieb sich die Ohren, als schmerzten sie.

»Ich bin einigermaßen sicher«, wandte Mary ein, »dass es sich bei dem Täter nicht um einen erzürnten Schubert-Fan handelt. Können Sie mir sagen, welches Stück der Pianist da spielt?«

»Jedenfalls keins von Schubert.« Mr. Bayles Antwort klang mürrisch. Seine vorübergehende Anteilnahme an Mr. Winklers Tod hatte sich zerschlagen.

»So weit, mein verehrter Mr. Bayle, war ich selbst schon. Ich dachte, Sie mit Ihren umfassenden Kenntnissen im Bereich der Musik könnten mehr dazu beitragen«, appellierte Mary an den Stolz ihres Lektors.

»Das kann ich tatsächlich. Es handelt sich hier um ein

altes englisches Kinderlied. Wenn ich nicht irre, lautet der Titel *Frühling auf der Wiese.* An den Text kann ich mich nicht genau erinnern. Aber er besingt die Blumen, die auf so einer Wiese sprießen und die Insekten, die dort herumkrabbeln.«

»Alle Achtung!« Trotz dieser möglicherweise wichtigen Information, die Mr. Bayle ihr geliefert hatte, konnte sie sich ein kleines ironisches Lächeln nicht verkneifen. »Ich wusste ja um Ihre umfangreiche Bildung in den hohen Kunstformen. Aber dass Sie auch im Bereich so einfacher musikalischer Erzeugnisse bewandert sind, versetzt mich in ein gewisses Erstaunen.«

»Machen Sie sich nicht lächerlich«, grummelte Mr. Bayle, der auf Spott wie immer mit dem ihm eigenen Trotz reagierte. »Das sind schließlich keine Kenntnisse, die ich mir über eine umfangreiche Lektüre oder sonstige Studien angeeignet habe. Ich habe dieses Lied selbst als Junge mit meinem Kindermädchen gesungen.«

»Ich bin sicher, Sie waren ein goldiger Wonneproppen. Trugen Sie damals schon maßgeschneiderte Tweedanzüge?« Mary konnte nicht anders als ihren geliebten Lektor hin und wieder mit freundschaftlichen Neckereien aus der Reserve zu locken.

»Nur zu Ihrer Information, verehrteste Mrs. Arrington«, antwortete Mr. Bayle pikiert. »In meiner Familie wird und wurde stets großer Wert auf ein anständiges Erscheinungsbild gelegt. Selbstredend gehört dazu, dass sich auch die jüngsten Mitglieder von klein auf in gesellschaftlich respektabler Weise präsentieren.«

»Ein einfaches Ja hätte auch genügt, mein lieber Mr. Bayle.«

Mr. Bayle rümpfte die Nase, brachte die Rede dann aber zurück auf den Fall.

»Das Lied, bitte lassen Sie es mich noch einmal hören.«

Mary kam seiner Bitte nach.

»Ja, eindeutig«, sagte Mr. Bayle, nachdem Mary die Aufnahme gestoppt hatte. »Der Pianist scheint sich an mehreren Stellen grob in den Tasten vergriffen zu haben. Eigentlich unvorstellbar. Man sollte meinen, ein Berufsmusiker wäre imstande, dieses doch recht simple Kinderlied fehlerfrei zu interpretieren.«

»Sie meinen, er könnte sich absichtlich verspielt haben, Mr. Bayle?«, wollte Mary wissen.

Mr. Bayle zuckte die Schultern.

»Möglich. Aber ich kann mir nicht erklären, warum er das hätte tun sollen. Wer weiß schon, was ihn in diesem Augenblick geritten hat. Was nun diesen Mord angeht: Eine Verdächtige haben Sie bereits, wie mir scheint. Der markerschütternde Schrei der Botticelli zeugt jedenfalls von einer starken emotionalen Reaktion. Die ja auch vollkommen verständlich ist.«

»Natürlich«, ergänzte Mary. »Es hat ihren Auftritt ruiniert. Für einen Star wie die Botticelli, die es gewohnt ist, immer und überall frenetisch gefeiert zu werden, war das ein regelrechter Affront.«

»Es ist nicht allein das«, sagte Mr. Bayle. »Einen ruinierten Auftritt würde sie vielleicht noch verkraften. Wenn es sich dabei um einen gewöhnlichen Auftritt gehandelt hätte. Das aber ist hier nicht der Fall. Der Auftritt auf der *Queen Anne* hatte für Signora Botticelli eine Bedeutung, die nicht zu unterschätzen ist.«

»Ach so? Bitte, mein lieber Mr. Bayle, nun spannen Sie mich doch nicht unnötig auf die Folter!«

Mr. Bayle lächelte, griff zu seinem Glas und trank einen Schluck von seinem Whisky. Er hielt ihn einen Moment lang im Mund, um den Genuss – und zwar nicht nur den des Getränks, sondern auch den seiner Überlegenheit – voll auszukosten.

»Sie sind mit den Ereignissen der Branche nicht vertraut?«, fragte er dann scheinheilig, nachdem er den Whisky heruntergeschluckt hatte. »Mit den Aufstiegen und Abstürzen, den Intrigen und Skandalen der Opernwelt?«

»Nicht im Einzelnen, nein.«

»Dann erlauben Sie mir, Sie darüber aufzuklären, meine liebe Mrs. Arrington. Bei allem Glanz und aller Kultiviertheit ist die Welt der Oper auch ein Sündenpfuhl. Eine Arena, in der mit harten Bandagen gekämpft wird. Signora Botticelli nun befindet sich in einer Lage, in der sie um ihr künstlerisches Überleben fürchten muss.«

»Wie genau ist sie in diese Lage geraten?«

»Sie war einst der unangefochtene Star der Szene«, erklärte Mr. Bayle. »Sie füllte die größten Opernhäuser. Ströme von Bewunderern hingen an ihren Lippen. Sie konnte mit einem einzigen Ton die Leute zu Tränen rühren. Wie Ihre Aufnahme beweist, hat sie immer noch eine fantastische Stimme.«

»Da bin ich ganz Ihrer Meinung.«

»Aber das«, fuhr Mr. Bayle fort, »reicht heute nicht mehr. Überall auf der Welt werden die staatlichen Förderungen für die Oper und die Kultur generell zusammengestrichen. Überall schließen Konzertsäle und Opernhäuser. Es ist eine Schande. Gleichzeitig rücken viele jüngere Sternchen nach. Jedes Engagement ist hart umfochten. Die jungen Opernsängerinnen verlangen nicht nur sehr viel geringere Gagen als die Grandes Dames. Sie locken auch das jüngere Publikum, auf das ja heutzutage alle Welt schielt, in die Opernhäuser. Die Botticelli, wenn auch zweifellos noch immer eine große Diva, steht dadurch enorm unter Druck.«

Mary erinnerte sich an Gladwells Worte. Der bösartige Kritiker hatte ebenfalls davon gesprochen, dass die Botticelli ihren Zenit schon vor geraumer Weile überschritten habe.

»Sie hat, wenn Sie mir erlauben, es salopp ausdrücken, den Absprung verpasst. Vor ein paar Jahren hätte sie auf dem Höhepunkt ihrer Karriere in den Ruhestand gehen können. Man hätte sie mit Glanz und Gloria verabschiedet.« Er hob die Hände zu einer ratlosen Geste. »Aber sie wollte nicht loslassen. Ein Schicksal, das viele Künstler ereilt. Sie können sich ein Leben ohne das Rampenlicht nicht vorstellen. Das Problem ist, dass sie immer weniger Gelegenheit bekommen, in dieses Licht zu treten. Glauben Sie mir, verehrte Mrs. Arrington, wenn ich sage, die Botticelli hat das Engagement auf diesem Kutter nicht angenommen, weil sie sich vor Auftrittsmöglichkeiten nicht retten konnte und mal was anderes ausprobieren wollte. Sie tat es auch nicht, weil so ein Touridampfer-Konzert besonders prestigeträchtig wäre. Sie tat es allein, um ihre Karriere künstlich zu beleben. Es ist ihre einzige Chance, ihren Namen im Gespräch zu halten, und wenn es nur in den Klatschblättern ist. Sie will ein wenig ihres Ruhms wiederauferstehen lassen, bevor sie in jener Versenkung verschwindet, aus der es für die meisten Künstler keine Wiederkehr gibt: dem großen Vergessen.«

Mary dachte an die vorgebliche Gelassenheit, mit der die Diva während ihres Gesprächs den Zwischenfall beim Konzert abgetan hatte. Das kurze, aber deutliche Aufflackern ihres Zorns hatte Mary bereits da verraten, dass es mit dieser Gelassenheit nicht weit her war. Mr. Bayles Bericht unterstrich diese Vermutung.

»Würden Sie ihr zutrauen«, fragte Mary, »jemandem, von dem sie sich sabotiert glaubt, etwas anzutun? Sei es aus Rache, oder um dafür zu sorgen, dass er so etwas nie wieder tun kann?«

»Nun …«, Mr. Bayle schien seine Antwort sorgfältig abzuwägen. »Die Gute ist für Ihre Starallüren mehr als berüchtigt. Wutausbrüche sollen bei ihr an der Tagesordnung sein. Es soll mehrere Fälle gegeben haben, in denen besagte Ausbrüche mit der Zerstörung diversen Inventars von diversen Hotelzimmern einhergingen. Auch soll sie des Öfteren Bühnenpersonal, Sängerkollegen oder Orchestermitglieder beschimpft und mit Gegenständen beworfen haben. Man munkelt gar, sie habe in der Frühzeit ihrer Karriere einmal einen Anschlag auf eine Rivalin verüben lassen.«

Mary horchte auf.

»Wie kommt es, mein lieber Mr. Bayle, dass solche Geschichten zu Ihrem Wissensrepertoire gehören? Zählen die denn nicht zu dem Schund, den die Ihnen so verhasste Yellow-Press als Opium fürs Volk darreicht?«

»In der Tat, meine verehrteste Mrs. Arrington. Aber wenn ich Sie erinnern darf, dass Sie es waren, die diese Greta ins Haus geholt hat.«

»Aber was hat denn nun Greta mit all dem zu tun?« Mary war hörbar irritiert.

»Nun, auch ich schaffe es nicht, dieser impertinenten Person ständig und immer aus dem Weg zu gehen. Nach unserem kleinen Disput hinsichtlich Ihrer Reisepläne hat sie mir doch tatsächlich noch einen Vortrag über die, wie sie es nannte, hohen Künste an Bord der *Queen Anne* gehalten. Allerdings glitt sie, wie nicht anders zu erwarten war, schnell in die banalsten Klatschgeschichten rund um die Botticelli ab.«

»Und Sie haben dem aufmerksam zugehört? Das ist doch gar nicht Ihre Art, mein lieber Mr. Bayle.«

»Es gab Gurken-Sandwiches«, sagte Mr. Bayle mit gesenkter Stimme und fuhr dann im normalen Tonfall fort. »Wollen Sie nun hören, was damals angeblich passiert ist, oder nicht?«

Natürlich wollte sie das. Und auch ihre Welt war wieder zurechtgerückt, nachdem Mr. Bayle ihr glaubhaft dargelegt hatte, wie er an dieses für ihn so untypische Wissen gelangt war. Mary nickte.

»Dann lassen Sie sehen, ob ich mich recht daran erinnere.« Mr. Bayle half seinem Gedächtnis mit einem weiteren Schluck Whisky auf die Sprünge. »Ja, richtig. Noch bevor sie wirklich berühmt wurde, war die Botticelli als Zweitbesetzung für eine Rolle engagiert. Damit konnte eine ehrgeizige Künstlerin wie sie natürlich nicht zufrieden sein. Menschen wie ihre Greta, die überall nur den Skandal wittern, glauben daher bis heute nicht an einen Zufall, als die eigentliche Hauptbesetzung eine Treppe hinunterstürzte und sich das Bein brach, sodass sie ausfiel und die Botticelli aufrückte. Es wurde die Rolle, mit der die Botticelli ihren großen Durchbruch schaffte. Sie war wirklich grandios darin. Doch gab es offenbar viel Gerede, der Vorfall ging durch die einschlägige Presse, Verdächtigungen wurden ausgesprochen. Seither haftet ihr der Ruf an, für ihre Karriere vor nichts zurückzuschrecken. Greta gehört ganz sicher zu den Menschen, die ihr einen Mord ohne Weiteres zutrauen würden. In Fachkreisen wurde auf das ganze Gerede aber nie besonderen Wert gelegt, sodass selbst ich mich an diese ganzen Gerüchte überhaupt nicht mehr erinnert habe, bis Greta sie mir erneut aufgetischt hat. Ich persönlich, meine liebe Mrs. Arrington, maße mir kein anderes Urteil über die Botticelli an als jenes, dass sie zu den größten

Opernsängerinnen aller Zeiten gehört. Ich scheue davor zurück, Mutmaßungen über ihren Charakter anzustellen. Schließlich bin ich ihr niemals begegnet.«

»Ich schon«, sagte Mary. »Ich habe erst heute Nachmittag in ihrer Garderobe mit ihr gesprochen.«

Mr. Bayle richtete sich in seinem Schreibtischsessel auf.

»Das haben Sie?« Er gab sich nicht einmal Mühe, seine Aufregung zu dämpfen. »Sie haben mit der großen Anastasia Botticelli gesprochen? Privat? In ihrer Garderobe?«

»Allerdings. Und sie hat mir das hier gegeben.«

Mary nahm das Foto, auf dem die Botticelli sich selbst einen Schmatzer aufgedrückt hatte, und hielt es in die Kamera.

»Unglaublich«, rief Mr. Bayle. »Sogar ein Autogramm haben Sie. Einer lebenden Legende wie der berühmten Botticelli so nah zu kommen, mit ihr zu reden, sogar Einlass in ihre persönlichen Gemächer zu erhalten … Ich will nicht so weit gehen und sagen, dass ich bereit wäre, dafür all die Belästigungen und Unannehmlichkeiten einer Kreuzfahrt auf mich zu nehmen. Aber ein wenig beneide ich Sie dennoch um dieses Erlebnis, Mrs. Arrington.«

Mary konnte sich manchmal über ihren Lektor nur wundern. Bei all seiner britischen Steifheit gab es doch immer wieder Momente, in denen er eine geradezu kindliche Begeisterung an den Tag legte. Wie sich nun zeigte, gehörten zu den Auslösern dieser Begeisterung nicht nur Gurkensandwiches und Scones, Whisky, Literatur und reinrassige Beagles, sondern auch Opernstars, die er anhimmelte wie ein Teenager, selbst wenn sie von zweifelhaftem Charakter waren.

»Für das Foto habe ich keine weitere Verwendung«,

sagte Mary. »Ich werde es Ihnen gerne als Andenken mitbringen, das Sie sich für Ihr Arbeitszimmer einrahmen lassen können. Ich hoffe allerdings für Sie, dass die von Ihnen so vergötterte Diva nicht in dieses Verbrechen verwickelt ist. Sie wollen sich schließlich keine Mörderin an die Wand hängen.«

30

Am nächsten Tag warf die *Queen Anne* ihren Anker. Als Mary nach dem Aufstehen an ihre Balkontür trat, bot sich ihr der malerische Ausblick auf Bergen, der nach Oslo zweitgrößten Stadt Norwegens, die auch das *Tor zu den Fjorden* genannt wurde. Wie Mary im Bordmagazin gelesen hatte, galt sie zudem als die regenreichste Stadt Europas. Jetzt aber bot sie sich ihr im Schein einer kräftigen Morgensonne dar. Bergen fügte sich harmonisch in die wundervolle Landschaft ein, von der es umgeben war. Mary ließ ihren Blick über die waldbewachsenen Hügel und die dahinter liegenden eindrucksvollen Bergformationen wandern. Sie atmete tief durch und sog die frische Luft ein, die der Wind über die Fjorde zu ihr wehte. Auch wenn es noch nicht lange her war, dass das Schiff in England abgelegt hatte, freute sie sich, endlich wieder Land zu sehen.

Sie hatte lange, aber unruhig geschlafen. Zwar war sie nicht wieder mitten in der Nacht aufgrund aufreibender Vorkommnisse aus dem Schlaf gerissen worden. Doch hatten die aufreibenden Vorkommnisse sie in ihren Träumen verfolgt. Christoph Winkler saß an seinem Flügel und spielte voller Leidenschaft, während aus seiner Brust der Griff der Klinge ragte und sich ein Blutfleck langsam auf seinem weißen Hemd ausbreitete. Dass er tot war, schmälerte nicht die Hingabe, mit der er allein für Mary das sonderbare Kinderlied vortrug. Wieder und wieder, bis die Melodie sich Note für Note in ihrem Kopf festgesetzt hatte. Dabei hatte er sie unentwegt aus seinen toten Augen angeblickt, eindringlich, als wollte er ihr mit diesem Lied etwas mitteilen, das sein Mund nicht mehr aussprechen konnte. Als wolle er sie beschwören, ganz genau hinzuhören, damit seine Botschaft ihr nicht entging. Mary aber war nicht imstande gewesen, sie zu entschlüsseln.

Diese verstörende Begegnung, auch wenn sie nur im Traum stattgefunden hatte, hatte Marys Nachtruhe empfindlich gestört. Es würde ihr guttun, sich ein wenig Bewegung zu verschaffen und durch Bergen zu schlendern. Die Eindrücke der Stadt würden sie zumindest vorübergehend von Mord und Totschlag ablenken.

Nach ihrem gestrigen Gespräch mit Mr. Bayle hatte sie noch im Internet nach dem Kinderlied gesucht, und war tatsächlich fündig geworden. Mr. Bayle hatte sich nicht geirrt, weder den Titel des Liedes noch dessen Inhalt betreffend. Wieder und wieder hatte Mary sich das Lied angehört, den simplen Text über Blumen und Tiere mitgelesen und auf die Noten gestarrt, die sie nicht entziffern konnte. Vergeblich hatte sie auf eine brillante Eingebung gewartet, die ihr die Lösung des Falles auf einen Schlag offenbart hätte.

Mary seufzte. Es war sinnlos, weiter darüber nachzugrübeln. Sie würde sich anziehen und nach dem Frühstück der Stadt einen kleinen Besuch abstatten. Schließlich wollte sie sich auf dieser Kreuzfahrt nicht nur damit befassen, einen Mord aufzuklären oder, wie Mr. Bayle sie ermahnt hatte, ihren Roman voranzubringen. Zumindest ein wenig Urlaub wollte sie neben all dem auch noch genießen.

31

Bergen war ein wundervoller Ort, um sich ein wenig Erholung zu verschaffen, ob vom Alltag oder von Mordermittlungen. An dem geschäftigen Hafen reihten sich ehemalige Kontorhäuser aneinander, die von Bergens langer Geschichte als Handelsstadt zeugten. Auf dem Fischmarkt, der gerade hier stattfand, wurde an den Verkaufsständen Ware feilgeboten, die buchstäblich gerade eben aus dem Wasser gezogen worden war. Im Stadtteil Bryggen, durch das Mary spazierte, säumten bunte Holzhäuser die alte Landungsbrücke. Als sie am Edvard-Grieg-Haus vorbeikam, in dem der berühmte Komponist und Schöpfer der *Peer-Gynt-Suiten* gelebt hatte, eine Information, die sie Mr. Bayle verdankte, knipste sie mit ihrem Handy ein Foto für ihn.

Beinahe wäre es Mary gelungen, den Mord an Winkler und ihre beklemmenden Träume zu vergessen.

Aber eben nur beinahe.

Sie schlenderte gerade die Strandgaten, eine breite Einkaufsstraße mit zahlreichen Geschäften, hinab, als sie beim Blick in das Schaufenster eines Juweliergeschäfts plötzlich stutzte. Mary sah über die Auslage, in der kunstvoll geschmiedete Ringe und Ketten präsentiert waren, hinweg und entdeckte Maurice Mersault, den Violinisten des Bordorchesters. Seine glänzenden Lackschuhe konnte sie zwar nicht sehen. Aber seine hochaufgeschossene Gestalt und sein Pferdeschwanz besaßen einen ebenso hohen Wiedererkennungswert. Außerdem trug er seinen Geigenkasten bei sich. Mary fragte sich, was er wohl hier mit seinem Instrument wollte. Es schien ihr unwahrscheinlich, dass er sich während der Landgänge ein Zubrot als Straßenmusikant verdienen wollte.

Gerade jedenfalls führte er mit dem Besitzer des Ladens ein Gespräch – und zwar ein Gespräch, das ziemlich hitzig zu verlaufen schien. In sichtlicher Erregung redete Mersault auf den Juwelier ein, wobei er seine Worte mit vehementen Gesten begleitete, bei denen seine langen Finger wie Messer durch die Luft fuhren. Sein Pferdeschwanz wippte jedes Mal mit. Doch trotz seines Einsatzes schien es ihm nicht zu gelingen, sein Gegenüber von seinem Standpunkt zu überzeugen. Der Juwelier, ein kräftiger Mann mit kurzen rötlichen Haaren und einem ebenso rötlichen Vollbart, stand ruhig hinter seinem Verkaufstresen und ließ Mersaults Wortschwall über sich ergehen, ohne sich davon aus der Fassung bringen zu lassen. Hin und wieder nur äußerte er ein oder zwei Worte, die er jedes Mal mit einem Kopfschütteln oder einer abweisenden Handbewegung untermalte.

Der Violinist spie dem Juwelier einen Ausdruck entgegen, bei dem man nicht Lippenlesen können musste, um zu wissen, dass er alles andere als freundlich war. Dann wandte er sich auf dem Absatz um und stürmte aus dem Laden. Mary hatte gerade noch Zeit, sich im Eingang des angrenzenden Hauses zu verstecken. Wenn sie seine Lauscherei hinter dem Vorhang berücksichtigte, war es natürlich fair, dass sie ihn nun bei seinen Unterhaltungen mit dem Juwelier beobachtet hatte. Aber zum einen war sie nicht sicher, ob er das ähnlich gesehen hätte. Zum anderen hielt sie es für taktisch weitaus klüger, ihn darüber im Dunkeln zu lassen.

Sie sah ihm hinterher. Mersault, seinen Geigenkasten

fest unter dem Arm, stürmte mit weiten Schritten die Strandgaten hinunter. Sollte sie die Verfolgung aufnehmen, um herauszufinden, wohin er unterwegs war? Nein. Er lief in jene Richtung, aus der sie selbst gekommen war. Am wahrscheinlichsten war daher, dass er zum Hafen und auf die *Queen Anne* zurückkehrte. Viel lohnenswerter war daher, herauszufinden, was Mersault in dem Juweliergeschäft gewollt hatte – und worüber er mit dessen Inhaber in Streit geraten war.

32

Das Bimmeln eines Glöckchens über der Tür verkündete Marys Eintreten. Der Juwelier, der nach wie vor hinter dem Verkaufstresen stand, blickte ihr mit einem freundlichen Lächeln entgegen. Die Auseinandersetzung mit dem Violinisten schien ihn nicht weiter mitgenommen zu haben.

»Guten Tag«, sagte Mary.

»Guten Tag, die Dame«, antwortete er in akzentfreiem Englisch. »Womit kann ich Ihnen zu Diensten sein?«

Er wies auf die gläsernen Schaukästen, die in dem kleinen Laden aufgestellt waren und in denen Gold- und Silberschmuck lag, der teilweise mit schimmernden Edelsteinen besetzt war. Nichts davon wirkte billig oder kitschig. Jedes Stück war sorgfältig gefertigt und überaus geschmackvoll.

»Darf ich Ihnen eine Auswahl unserer herrlichen Ringe zeigen?«, fragte der Juwelier. »Oder darf es lieber eine Kette sein? Mit einem schönen Anhänger?«

»Ihr Schmuck ist wirklich wunderschön«, antwortete Mary. »Allerdings habe ich nur eine Frage.«

Der Juwelier zeigte keinerlei Unmut darüber, dass Mary offenbar nicht an seinem Schmuck interessiert war. Er blieb so höflich und entgegenkommend wie zuvor.

»Ich werde versuchen, sie Ihnen zu beantworten, meine Dame.«

»Der Herr, der gerade hier war, der mit dem Geigenkasten.«

»Er ist mir noch in deutlicher Erinnerung, wenn auch

nicht in guter«, sagte der Juwelier. »Er ließ Manieren und Anstand schmerzlich vermissen. Was ist mit ihm?«

»Wenn es nicht zu unverschämt erscheint – dürfte ich wohl fragen, was er hier wollte?«

»Unverschämt würde ich nicht sagen, meine Dame.« Der Juwelier lächelte weiter freundlich. »Zumindest aber ist Ihre Frage ungewöhnlich.«

Er blickte auf ein Armband in einem der Schaukästen und runzelte die Stirn. Er entnahm das Band dem Kasten, zog ein kleines Samttuch aus seiner Tasche und begann, es gründlich zu polieren.

»Der Mann war zwar kein Kunde. Aber ich pflege die Gewohnheit, über sämtliche Unterhaltungen in meinem Geschäft strikte Diskretion zu wahren. Das gehört sich so. Wenn Sie mir also nicht triftige Gründe liefern können, fürchte ich, dass ich Ihnen zu meinem tiefsten Bedauern in dieser Angelegenheit nicht weiterhelfen kann.«

Mary überlegte, was und wie viel sie dem Juwelier verraten konnte – und wie viel sie ihm verraten musste, um an die erwünschte Information zu kommen. Ein Mord war zweifelsohne ein triftiger Grund. Aber auch ein ziemlich dramatischer, der, obgleich wahr, unglaubwürdig klingen konnte.

Sie beschloss daher, auf eine Notlüge zurückzugreifen.

»Der Mann mit dem Geigenkasten ist Musiker auf der *Queen Anne*, dem Kreuzfahrtschiff, mit dem ich angereist bin. Er ist außerdem mit einer guten Freundin von mir liiert, die dort ebenfalls arbeitet. Die Beziehung ist ein wenig … wie sagt man heutzutage? Kompliziert. Und meine Freundin weiß nicht recht, ob sie ihn überhaupt noch liebt. Als ich an ihrem Laden vorbeiging und sah, wie er mit Ihnen redete, kam in mir der Gedanke auf, er wollte vielleicht einen Ring kaufen, um ihr einen Antrag zu machen. Wenn dem so ist, würde ich meine Freundin gerne vorwarnen.«

Es war vielleicht nicht die beste Geschichte. Und für eine erfolgreiche Schriftstellerin, die ihren Lebensunterhalt mit erfundenen Geschichten bestritt, ganz sicher keine Glanzleistung. Das Stirnrunzeln, mit dem der Juwelier nun nicht mehr das Armband, sondern Mary betrachtete, ließ sie befürchten, dass er ihr die Story einer verworrenen Liebesbeziehung nicht abgekauft hatte.

Aber zu Marys Erleichterung erfüllte sie ihren Zweck.

»Wenn ich es wagen darf, in dieser Hinsicht ein Urteil abzugeben.« Er legte das auf Hochglanz polierte Armband zurück in den Schaukasten, wobei er es nur mit den Fingerspitzen hielt, um keine Abdrücke darauf zu hinterlassen. »Ihre *Freundin* täte gut daran, ihre Verbindung mit diesem Herrn so schnell wie möglich zu lösen.«

Seine auffällige Betonung des Wortes Freundin verriet Mary, dass er ihre Geschichte zwar glaubte, allerdings sie selbst für die Freundin des Violinisten hielt. Es schmeichelte ihr nicht gerade, dass er ihr zutraute, ein Verhältnis mit einem Mann wie Mersault einzugehen, der zudem so viel jünger war als sie. Es bediente doch allzu sehr das Klischee einer älteren, allein reisenden und einsamen Frau, für die ein Liebesabenteuer genauso zu einer Kreuzfahrt gehörte wie Paartanzkurse und Pina Coladas. Aber für ihre Ermittlungen war Mary bereit, sich vorübergehend in diese Schublade stecken zu lassen.

»Wie meinen Sie das?«, fragte sie. »Warum sollte meine Freundin das tun?«

»Seine Qualitäten als Partner weiß ich nicht einzuschätzen«, antwortete der Juwelier. »In Sachen Schmuck aber hat der Mann einen furchtbaren Geschmack und gelinde gesagt keine Ahnung.«

»Worauf führen Sie das zurück?« Mary war froh, dass das Gespräch ins Laufen gekommen war.

»Darauf«, sagte der Juwelier, griff unter seinen Tresen und holte eine braune Papiertüte hervor, die er vor Mary hinstellte. »Er kam in meinen Laden, um mir das hier zu verkaufen.«

Er griff in die Tüte und förderte eine Handvoll Ketten, Broschen und sonstiger Schmuckstücke hervor, die sich zu einem goldenen Knäuel zusammengeschlungen hatten. Beinahe angewidert legte er es auf den Tresen.

»Ich habe ihn natürlich zum Teufel geschickt. Er hat mich beschimpft und beleidigt und ist aus meinem Laden gestürmt. Seinen Unrat aber hat er mir dagelassen.«

Mary betrachtete den Schmuck. Das Prädikat *geschmackvoll* verdiente er tatsächlich nicht. Protzig traf es da schon eher. Die Klunker, anders konnte Mary es nicht nennen, die in die Ringe oder Anhänger eingesetzt waren, wollten ihren allzu matten, farblosen Schimmer durch schiere Größe ausgleichen. Die Ketten und Armbänder waren klobig. Sie zeugten nicht von feinsinniger Goldschmiedekunst, sondern waren allein dazu gedacht, möglichst viel Aufmerksamkeit zu erregen.

Mary wusste sofort, wo sie diese Art von Schmuck bereits gesehen hatte. Oder besser gesagt, an wem. Und zwar in Mengen.

»Was hat es denn mit diesem Schmuck auf sich?«, fragte sie. »Ich meine, abgesehen davon, dass diese Stücke tatsächlich ziemlich garstig sind.«

»Gott sei Dank«, rief der Juwelier. »Sie haben also einen besseren Sinn für Schmuck als Ihr … ich meine als der Geliebte ihrer Freundin. Was es damit auf sich hat?« Er fischte eine schwere, plump wirkende Kette aus dem

Knäuel und hielt sie angewidert in die Höhe. »Billiger Modeschmuck ist das. Dazu vollkommen lieblos gefertigt. Das hätte man genauso gut aus Plastik zusammenbasteln können.«

»All das hier ist falsch?« Mary wies auf das Knäuel aus Ketten und Ringen.

»Genau.« Der Juwelier klang nun ein wenig hochmütig, als hätte dies jeder sofort erkennen müssen. »Und dieser Wichtigtuer kommt hier rein und präsentiert mir das Zeug, als sei es ein verschollener Königsschatz. Er hat doch allen Ernstes geglaubt, ich würde es ihm aus den Händen reißen und ihn mit Geld überschütten. So ein eitler Fatzke. Verzeihen Sie meine Ausdrucksweise. Aber nun hab ich die Scherereien und darf das für ihn in den Müll werfen.«

»Wenn Sie möchten, übernehme ich das sehr gerne für Sie.«

Der Juwelier zuckte die Schultern.

»Wenn Sie meinen. Ich hoffe nur, dass Sie nicht vorhaben, sich mit diesem Klimperkram zu verunstalten.«

Er packte das Knäuel zurück in die Tüte und schob sie Mary hin.

»Keine Sorge.« Mary nahm die Tüte an sich. »Ich habe nicht vor, auch nur ein einziges Stück davon anzulegen. Ich habe andere Pläne dafür.«

»Dann wünsche ich Ihnen viel Erfolg dabei. Und falls Sie mal Interesse an einem wirklich schönen Schmuckstück haben sollten, beehren Sie mich gerne wieder.«

»Das werde ich«, sagte Mary. »Auf Wiedersehen.«

»Auf Wiedersehen.«

Die Papiertüte unter dem Arm verließ Mary das Juweliergeschäft und machte sich auf den Weg zurück zum Hafen. Die kurze Urlaubsstimmung, die sie während ihres Spaziergangs durch Bergen ergriffen hatte, war verflogen. Stattdessen arbeitete ihr Verstand wieder auf Hochtouren. Der Schmuck, den sie *erbeutet* hatte, lieferte ihr einen wichtigen Anhaltspunkt für die Aufklärung des Mords an Winkler.

Vielleicht, dachte sie, hielt sie sogar die Lösung in der Hand.

33

Mary beeilte sich, zurück an Bord der *Queen Anne* zu kommen. Aber da war sie nicht die Einzige. Am Eingang, vor dem ein Stewart die Bordkarten prüfte, hatte sich eine lange Schlange gebildet. Mary war gezwungen, sich einzureihen und zu warten. Ein paar Meter vor ihr erblickte sie in der Schlange die Gouvernante, Mrs. Simmons, wie sie sich erinnerte, und das Mädchen, Rebecca. Rebecca blickte hinter sich, erkannte Mary und lächelte ihr zu. Aber selbst diese kleine Regung blieb der Gouvernante nicht verborgen. Auch sie drehte den Kopf, sah Mary – und sogleich verfinstere sich ihr Gesicht. Sie bedachte Mary mit einem drohenden Blick, fasste das Mädchen an der Schulter und zwang es, sich nach vorn zu wenden. Sodann wies sie Rebecca mit einer harschen Geste zurecht, auf die hin das Mädchen betroffen den Kopf senkte. Mary empfand es empörend, wie Mrs. Simmons mit Rebecca umsprang. Aber sie hatte nicht das Verlangen, sich ein weiteres Mal mit ihr anzulegen. Ihr Zusammentreffen im Restaurant hatte ihr fürs Erste gereicht und sie war nicht böse darum, dass sich mehrere Leute sozusagen als Puffer zwischen ihr und der kräftigen, grobschlächtigen Dame befanden.

Als sie das Schiff betraten, zerrte die Gouvernante das Mädchen so hastig in Richtung der Aufzüge, dass die beiden in Windeseile aus Marys Blickfeld verschwunden waren. Doch die nächste unangenehme Begegnung ließ nicht lange auf sich warten – und war sogar noch weitaus unangenehmer.

»Sieh mal einer an!« Dr. Germer stand auf der Galerie über der *Grand Lobby* ans Geländer gelehnt. Offenbar hatte er Mary bereits erwartet. »Wenn das nicht unsere Krimischreiberin Lady Arrington ist.«

Mary hatte nicht die geringste Lust, auch nur ein einziges Wort mit Germer zu wechseln. Sie wollte einfach an ihm vorbeigehen – in der Hoffnung, er werde ihr nicht weiter auf die Nerven fallen. Vergeblich.

Germer watschelte neben ihr her. »Ein kleines Vögelchen hat mir gezwitschert, dass Sie ganz plötzlich ein reges Interesse an Musik entwickelt haben.« Germer trug seine weiße Uniform. Er glaubte wohl, darin ein eindrucksvolles Bild abzugeben. Aber mit seiner weichen Wampe und seiner Haartolle mit Rotstich sah er einfach nur albern aus. Vor allem, wenn er sich beeilte, wodurch er Ähnlichkeit mit einer fetten Gans bekam. »Sie sollen sogar den Orchesterleiter und unseren Opernstar Signora Botticelli aufgesucht haben.«

Mary überlegte, ob sie stehen bleiben sollte. Ihr war nicht danach, mit Germer zu reden. Aber noch weniger wollte sie sich von ihm bis zu ihrer Kabine verfolgen lassen. Und über kurz oder lang würde sie ihm hier auf dem Schiff nicht entkommen können. Da war es besser, die unerfreuliche Auseinandersetzung gleich hier und jetzt hinter sich zu bringen. Allerdings würde sie das im Gehen tun. Germer hatten bereits diese wenigen eiligen Schritte ordentlich aus der Puste gebracht. Wenn er sie schon mit seinen dummen Sprüchen behelligen wollte, konnte er dafür ruhig ein bisschen ins Schwitzen kommen.

»Was soll ich sagen? Ich bin kulturell nun einmal vielseitig interessiert«, erwiderte sie. Statt auf die Aufzüge zuzuhalten, bog sie schnellen Schrittes scharf rechts in einen der langen Korridore ab, die von der *Grand Lobby* aus in alle Richtungen führten. Mary hätte Germer locker abhängen können. Aber sie ging bewusst nur so schnell, dass er gerade noch mithalten konnte, wenn auch mit Mühe.

»Gewiss doch.« Trotz der Anstrengung gelang es ihm, süßlich zu lächeln. »Und dieses kulturelle Interesse hat natürlich nichts mit dem kleinen Zwischenfall zu tun, der sich an Bord unseres schönen Schiffes ereignet hat.«

»Wie kommen Sie denn darauf? Ich liebe klassische Musik und bin schon seit Langem eine große Verehrerin von Anastasia Botticelli. Allein ihretwegen bin ich doch überhaupt auf diesen Todeskutter zurückgekehrt.« Mary sah aus dem Augenwinkel, wie Germer bei dem Wort *Todeskutter* sein süßliches Lächeln aus dem Gesicht gefegt wurde. Sie musste sich ihrerseits ein breites Grinsen verkneifen. »Ich habe die von mir so verehrte Botticelli lediglich in ihrer Garderobe aufgesucht, um mir ein Autogramm von ihr geben zu lassen. Ich kann es Ihnen gerne zeigen, wenn Sie wollen.«

Am Ende des Korridors bog sie erneut ab. Der dicke Arzt hielt mit, wenn er jetzt auch nicht mehr neben ihr herlief, sondern ein gutes Stück hinter sie zurückgefallen war.

»Sie brauchen gar nicht zu versuchen, mir etwas vorzumachen. Ich lasse mich von Ihnen nicht täuschen. Ich weiß genau, worauf Sie aus sind und dass Sie sich hinter meinem Rücken meinen Anordnungen widersetzen. Der Kapitän scheint immerhin begriffen zu haben, was für ein fataler Fehler das ist.« Eine gewisse Atemnot machte sich nun doch an ihm bemerkbar. Er stieß seine Worte immer mühsamer hervor. »Aber Sie werden keinen Erfolg haben. Das hier ist keiner Ihrer billigen Krimis. Und Sie sind keine Detektivin. Ich wusste, dass Sie es nicht schaffen würden, Ihre Neugier im Zaum zu halten. Ich habe Maßnahmen dagegen ergriffen. Hören Sie mich? Der Onkel Doktor ist Ihnen weit voraus.«

Im Hinblick auf ihr kleines Wettrennen lag der Onkel Doktor allerdings weit zurück. Sie hatten eine Runde um die *Grand Lobby* gedreht und waren wieder bei ihrem Startpunkt angekommen. Mary lief einfach weiter und bog wieder in den gleichen Korridor ein wie zuvor. Germer folgte im Schlepptau. Einige Passagiere wunderten sich über die augenscheinliche Verfolgungsjagd. Ein junger Mann lachte angesichts Germers aussichtslosem Versuch, zu Mary aufzuschließen. Bis zur Mitte des Korridors setzte Germer seine Verfolgungsjagd fort. Dann hörte Mary, dass er keuchend stehen geblieben war. Sie drehte sich zu ihm um, und sah, wie er schwer atmend an der Wand lehnte und sich den Bauch wegen der Seitenstiche hielt, die ihn zweifellos plagten.

Mary selbst war kein bisschen außer Atem. Sie hätte problemlos noch weitere drei Runden drehen können. Mit gespieltem Mitleid ging sie einen Schritt auf den erschöpften Schiffsarzt zu.

»Sie sollten öfter mal das Fitness-Studio an Bord nutzen. »Allein schon aus ärztlicher Sicht würde Ihnen ein wenig regelmäßige sportliche Betätigung sicher guttun. Ich darf mich dann verabschieden. Es war mir wie immer ein außerordentliches Vergnügen, mit Ihnen gesprochen zu haben.«

Sie wandte sich um und wollte zügig weiterlaufen, um möglichst schnell möglichst weit von Germer wegzukommen. Aber sie kam nicht weiter als ein paar Schritte.

»Unser Freund, der Pianist, hat heute übrigens auch einen Ausflug unternommen!« Germer hatte den ganzen ihm verbliebenen Atem zusammengezogen, um ihr nachzurufen.

»Von dem wird er aber nicht zurückkehren. Tut mir wirklich leid, dass Sie keine Gelegenheit hatten, sich zu verabschieden.«

Mary blieb stehen und wandte sich erneut zu ihm um.

Germer stieß sich von der Wand ab und schleppte sich auf sie zu. Die paar Meter gaben ihm den Rest. Als er Mary erreicht hatte, stützte er die Hände auf die Knie und atmete tief durch. Sein glänzendes Gesicht war triefend nass, unter den Achseln hatten sich dunkle Flecke auf seiner Uniform ausgebreitet. Der unangenehme Moschusgestank, den er stets verströmte, mischte sich mit dem sauren Geruch nach Schweiß. Seine Haartolle war verrutscht und entblößte die kahle Stelle, über die er sie gekämmt hatte. Es verschaffte Mary eine gewisse Genugtuung, ihn so geschafft zu sehen. Doch hätte sie gut darauf verzichten können, ihn so dicht vor sich stehen zu haben. Sie hoffte, Germer werde wenigstens vor ihren Augen keinen Herzinfarkt erleiden. Das Letzte, was sie wollte war, bei ihm eine Mund-zu-Mund-Beatmung durchführen zu müssen.

»Ganz recht.« Germer klang sichtlich zufrieden, sich für die Folter, die Mary ihm zugemutet hatte, rächen zu können. »Er ist weg, und alles, was er bei sich trug, hat ihn begleitet. Das eine oder andere ist aber, fürchte ich, unterwegs abhandengekommen.«

Mary war klar, was er ihr damit sagen wollte. Germer hatte die Mordwaffe und das blutige Notenpapier einfach über Bord geworfen, sodass beides für immer verschwunden war. Mary hoffte, dass er mit dem Toten nicht genauso verfahren war. Zugetraut hätte sie es ihm.

»Sie haben die Leiche eines Mordopfers einfach beiseitegeschafft?« Mary war entsetzt, obwohl es genau das war, was sie von Germer erwartet hatte. Trotzdem schockierte sie die Dreistigkeit, mit der er das Verbrechen zu vertuschen suchte. »Dazu die Mordwaffe und alle anderen Beweise?«

»Mordopfer?«, schnaufte Germer. »Wie kommen Sie denn darauf? Der junge Mann hatte eine schwächliche Konstitution. Er muss sich dermaßen in sein Spiel hineingesteigert haben, dass sein Kreislauf überlastet wurde und er einfach tot zusammenbrach. Das können Sie alles genau auf seinem Totenschein nachlesen.«

Mary starrte ihn fassungslos an. In diesem Moment hätte sie gegen einen Herzinfarkt ihres schmierigen Widersachers nicht mehr viel einzuwenden gehabt. Auf die lebensrettenden Maßnahmen hätte sie dann allerdings verzichtet.

»Ein Verbrechen wie dieses zu verschweigen, ist schon schlimm genug«, sagte sie. »Aber Sie begehen hier eine schwere Straftat. Haben Sie denn nicht den geringsten Anstand?«

»Ich tue, was getan werden muss.« Germer war wieder so weit zu Atem gekommen, dass er sich aufrichten konnte. Einmal mehr zeigte er Mary sein klebrig-süßes Lächeln. Ein Lächeln voller Triumph darüber, dass er die Oberhand gewonnen hatte.

»Sehen Sie es ein, Mrs. Arrington. Der Onkel Doktor ist Ihnen überlegen. Sie können Ihre lächerlichen Ermittlungen also getrost einstellen und sich wieder ihren billigen Krimibüchern widmen. Sie haben keinerlei Beweise. Sie haben ja noch nicht mal mehr eine Leiche. Sie haben keinen Fall! Um es auf den Punkt zu bringen: Sie haben verloren.«

34

»Dieser verdammte Mistkerl!« Sandra schlug mit der Faust auf das Sofakissen ein. »Der schreckt wirklich vor gar nichts zurück.«

Antonio, der mit verschränkten Armen seinen gewohnten Platz am Regal eingenommen hatte, sagte wie üblich kein Wort. Seine grimmige Miene aber teilte überdeutlich mit, dass er vollkommen Sandras Meinung war.

»Aber dem werden wir es zeigen.« Sandra blickte ein wenig unsicher zu Mary, die mit einer Tasse Tee in ihrem Sessel saß. »Das werden wir doch, nicht wahr, Mrs. Arrington?«

»Ich hoffe es, Sandra«, sagte sie.

Im Laufe der Nacht hatte Mary sich unendlich viele Gedanken gemacht. Über Germer, über Mersault, über den Schmuck und über ihr weiteres Vorgehen. Am nächsten Morgen hatte sie Sandra und Antonio zu einer Besprechung in ihre Suite gebeten. Es hatte ein wenig gedauert, bis es den beiden gelungen war, sich von ihren jeweiligen Posten davonzustehlen. Nun aber waren sie hier, und die Entschlossenheit ihres kleines Teams war größer als zuvor. Ihre Lage jedoch hatte sich seit dem gestrigen Tag stark verkompliziert.

»Aber dass Germer die Leiche und die Mordwaffe verschwinden lassen hat, macht es uns nicht gerade leichter. Zwar konnten wir beides bislang noch nicht näher untersuchen. Aber mit einem überzeugenden Verdächtigen an der Hand hätte der Kapitän sich gegen Germer aufgelehnt und uns Zugang zur Station verschafft. Und wir hätten unsere Theorien untermauern können. So aber müssen wir uns neue Beweise verschaffen, und zwar solche, die so stark sind, dass sie den Mörder selbst ohne Vorhandensein einer Leiche und Mordwaffe zweifelsfrei überführen. Das wird nicht einfach. Auch die Tatsache, dass Germer über unsere Nachforschungen im Bilde ist – wenn er auch nicht weiß, dass Sie beide daran beteiligt sind –, wird es uns nicht gerade leichter machen.«

»Dabei wird es dringend Zeit, dass wir das Rätsel lösen«, fügte Sandra hinzu. »Ich meine, wenn es schon so weit ist, dass jemand versucht, Sie umzubringen …«

»Sie können mir glauben, dass diese Nebensächlichkeit auch auf mich nicht gerade eine beruhigende Wirkung hat«, sagte Mary. »Zugleich spornt sie mich ebenso wie Sie zusätzlich an, das Verbrechen aufzuklären. Ich möchte nicht während meines gesamten restlichen Aufenthaltes an Bord nach herunterfallenden Rettungsbooten Ausschau halten müssen.«

»Gott sei Dank war Hendrik zur Stelle und hat Ihnen das Leben gerettet. Richtig heldenhaft.« Sandra zwinkerte Mary zu und warf einen verstohlenen Blick auf Antonio.

Mary musste sich beherrschen, nicht die Augen zu verdrehen. Sandras Spielchen, das sie mit Antonio trieb, empfand sie langsam doch als allzu kindisch.

»Nun ja«, sagte sie, um das Thema möglichst knapp abzuhandeln. »Genau genommen habe ich mich selbst gerettet. Ich meine, natürlich hat er mich gewarnt. Aber aus der Gefahrenzone habe ich mich selbst gebracht. Ich will seine Leistung nicht mindern. Als heldenhaft lässt sie sich meiner Meinung nach aber nicht unbedingt bezeichnen.«

Antonio pflichtete ihr mit einem spöttischen Schnauben bei und ließ seinen Bizeps zucken, als wollte er damit sagen, dass er selbst das Boot über Marys Kopf aufgefangen hätte.

Sandra zog einen Schmollmund. Sie hatte offenbar gehofft, Mary werde ihr bei ihrem Bemühen, Antonio aus der Reserve zu locken, als Verbündete zur Seite stehen.

Mary ergriff wieder das Wort. »Des Weiteren würde ich vorschlagen, wir richten unsere Aufmerksamkeit nun wieder vollends auf unsere Ermittlungen. Was haben Sie beide in Erfahrung bringen können?«

»Moment«, sagte Sandra, griff in die Tasche ihres blauen Arbeitskittels und zog ihr Handy hervor. Sie schaltete es ein und wischte auf dem Touchscreen herum, bevor sie es Mary reichte.

»Die hier habe ich in Winklers Kabine gemacht.«

Mary blickte auf das Handy-Display. Soweit sie anhand der Fotos bestimmen konnte, hatte Winkler seine Unterkunft an Bord nicht unbedingt in vorbildlicher Ordnung gehalten. Kleidung lag achtlos hingeworfen auf dem Boden, der Schreibtisch war mit Papieren bedeckt, auf die Noten gekritzelt waren. Alles wirkte ein wenig schludrig, allerdings nicht so chaotisch, als hätte jemand die Sachen durchwühlt. Lediglich ein Stoß Notenhefte auf einem Regalbrett war säuberlich Kante auf Kante gestapelt.

Mary wischte zum nächsten Bild. Und stutzte. Sie blickte in das Gesicht einer Frau, das ihr vom Display aus entgegensah. Mary brauchte einen Moment, um zu begreifen, dass diese Frau sich nicht gleichzeitig mit Sandra in Winklers Kabine aufgehalten hatte. Sie war nur auf einem Foto zu sehen, das Sandra wiederum mit ihrem Handy abgelichtet hatte.

»Das Foto dieser Frau war das Einzige, was einigermaßen persönlich war.« Sandra hatte sich über den Couchtisch gebeugt, um mit auf das Handy blicken zu können. »Wischen Sie mal weiter, dann sehen Sie das ganze Bild. Hier hab ich nur das Gesicht in groß abfotografiert.«

Mary tat wie ihr geheißen und betrachtete das neue Bild. Die Frau – sie musste ungefähr Mitte dreißig sein – saß mit geradem Rücken auf einem Hocker an einem Klavier. Sie war schlank, hatte blondes Haar und trug ein einfaches blaues Kleid. Ihre Hände hatte sie in ihrem Schoß zusammengelegt. Sie blickte freundlich in die Kamera. Doch verriet ihr Lächeln, dass sie sich nicht ganz wohl dabei fühlte, fotografiert zu werden.

»Ich hab es in einem der Notenhefte gefunden«, sagte Sandra. »Ich weiß nicht, ob das ein Versteck war. Jedenfalls war das Foto so hineingelegt, dass es nicht verknicken konnte.«

»Was bedeutet, dass ihm dieses Bild sehr wichtig war«, sagte Mary mehr zu sich selbst als zu den anderen.

»Aber wer ist das wohl?« Sandra lehnte sich wieder zurück, während Antonio seinen Posten beim Regal verließ, um hinter den Sessel zu treten und Mary über die Schulter zu blicken. »Ich meine, das kann jeder sein, seine Schwester, eine Tante, eine Kollegin, eine Klavierlehrerin. Ohne irgendeinen Hinweis können wir nur darüber rätseln. Und falls Sie mich das jetzt fragen wollen: Auf der Rückseite stand leider nicht, wer das ist. Die habe ich nämlich auch fotografiert.«

Mary wechselte zu der Aufnahme, welche die Rückseite des Fotos zeigte. Tatsächlich stand dort kein Name geschrieben, der ihr verraten hätte, wer diese Frau war und in welchem Verhältnis sie zu Winkler gestanden hätte. Aber sie entdeckte zwei verblichene Initialen, A.

C., sowie eine Datumsangabe. Mary nahm Winklers Lebenslauf, der neben ihr auf dem Sessel lag, zur Hand und überflog die Daten.

»Dieses Foto wurde in demselben Jahr aufgenommen, in dem Winkler sein Studium abbrach und London verließ.«

»Was nicht unbedingt heißen muss, dass es da irgendeinen Zusammenhang gibt«, wandte Sandra ein.

»Nicht zwangsläufig. Das stimmt. Aber es ist ein Anhaltspunkt und fällt zumindest auf, finden Sie nicht?«

Sandra zuckte mit den Schultern.

»Das nützt aber nichts, wenn wir nicht wissen, wer diese Frau ist und was es mit ihr und Winkler auf sich hatte. A.C. Wie sollen wir herausfinden, wie der volle Name lautet? Wir können Winkler schließlich schlecht danach fragen.«

»Bedauerlicherweise nicht. Wir können nur versuchen, darüber Aufschluss zu erlangen.« Mary wischte weiter durch die Fotos. Das nächste zeigte eine offene Schublade. In ihr befanden sich Stifte, Papiere mit unbeschriebenen Notenlinien, ein wenig Kleinkram – und eine kleine orangene Dose in der hintersten Ecke. War sie dorthin gerutscht oder mit Absicht so weit nach hinten geschoben worden? So oder so erregte sie Marys Aufmerksamkeit.

»Was ist denn das?«, fragte sie. Sandra lehnte sich nach vorne und warf einen Blick auf das Display.

»Pillen«, sagte sie und lehnte sich wieder zurück.

»Pillen?«, fragte Mary. »Was denn für Pillen?«

»Solche hier.«

Sandra förderte eine kleine runde Tablette aus ihrer Tasche. Mary nahm sie entgegen und betrachtete sie. Sie sah nicht anders aus als eine gewöhnliche Kopfschmerztablette.

»Aber fragen Sie mich nicht, was für ein Zeug das ist, wofür oder wogegen. Auf der Dose stand nix drauf.«

»Was mich vermuten lässt, dass es sich dabei nicht bloß um Medikamente gegen Magenverstimmung oder Sodbrennen handelt.« Mary legte die Tablette auf den Tisch und stöhnte. »Leider ist der einzige Mensch, den wir fragen könnten, ein gewisser Wiener Arzt, dessen Gegenwart ich mit oder ohne Pillen nur schwer ertrage.«

Sie wischte zu dem Foto der Frau zurück und blickte ratlos zwischen diesem und der Tablette hin und her.

»Ich bin mir sicher, Sandra«, sagte sie schließlich und reichte Sandra das Handy zurück, »dass, was Sie gefunden haben, von großer Bedeutung ist. Hier und jetzt allerdings kann ich mir keinen Reim darauf machen. Haben Sie sonst noch etwas Interessantes herausfinden oder beobachten können?«

Sandra wirkte ein wenig enttäuscht. Offenbar hatte sie erwartet, ihre Fundstücke würden unter Marys scharfer Auffassungsgabe sogleich die Antworten auf sämtliche bestehenden Fragen offenbaren.

»Antonio hat Mersault im Auge behalten«, sagte sie nach einem kurzen Moment des Grübelns und klang froh darüber, noch etwas anderes mitteilen zu können, das sie vielleicht weiterbrachte. Tatsächlich ließ der Name des Violinisten Mary aufhorchen.

Antonio, der zum Regal und seiner lässigen Haltung zurückgekehrt war, blinzelte einmal zur Bestätigung ihrer Aussage und um Sandra zu signalisieren, dass sie seine Beobachtungen Mary mitteilen sollte. Vermutlich, weil er sich sonst genötigt gesehen hätte, mehr als fünf Worte an einem Stück zu sagen. Sandra übernahm diese Aufgabe nur allzu bereitwillig.

»Was alles andere als einfach war. Mersault scheint unter einem richtigen Verfolgungswahn zu leiden. Wenn er auf dem Schiff unterwegs ist, schaut er sich ständig um, scheint zu prüfen, ob jemand hinter ihm her ist. Antonio hat sogar beobachtet, wie er beim Verlassen seiner Kabine unten an der Kante der Tür einen dünnen Faden gespannt hat. So kann er später sofort sehen, ob jemand bei ihm drin war. So 'nen Trick könnten Sie doch mal in einem ihrer Krimis verwenden, Mrs. Arrington! Na, jedenfalls scheint der Typ ungeheuer misstrauisch zu sein.«

Erneut unterstrich Antonio die Gültigkeit der Aussage mit einem Blinzeln.

»Und ständig schleppt er seinen Geigenkasten mit sich herum. Egal, wo er hingeht. Das machen die anderen Musiker nicht«, ergänzte Sandra.

»Das ist mir bei meinem Landgang in Bergen auch aufgefallen«, sagte Mary. »Natürlich kann eine Geige enorm teuer sein. Und nicht wenige Musiker pflegen eine enge Verbindung zu ihrem Instrument. Aber das scheint mir doch sonderbar. Hinzu kommt, dass er das hier …« Mary zog die Papiertüte aus ihrer Handtasche und schüttete den Inhalt auf den Couchtisch. »… unbedingt in einem Juweliergeschäft loswerden wollte.«

Sandra stieß einen erstaunten Laut aus.

»Das ist der gleiche Schmuck, wie ihn die Botticelli zentnerweise umhängen hat! Ich sollte mich ja auch in ihrer Kabine umschauen. Hab ich natürlich gemacht. Da stehen haufenweise Kistchen und Kästchen, aus denen das billige Zeug nur so rausquillt.« Sie nahm eines der Armbänder aus dem Knäuel und hielt es ins Licht. »Funkelt ganz schön, nicht wahr? Ist aber nur alles Schrott, billige Imitate aus Messing oder so. Auf jeden Fall kein bisschen Gold oder Silber.«

Mary warf ihr einen verwunderten Blick zu, der zugleich ihre Bewunderung über Sandras Schmuckkenntnisse ausdrückte. Ihr selber war es im Juweliergeschäft nicht gelungen, die Ketten und Ringe als bloßen Modeschmuck zu erkennen.

Sandra zuckte wieder mit den Schultern. »Ich weiß das, weil ich ja selbst auch keinen echten Goldschmuck trage. Hab ich kein Geld für. Außerdem würd ich mich nur ärgern, wenn ich so 'nen teuren Ring beim Putzen im Waschbecken von so 'nem reichen Pinkel verlieren würd.«

Sie legte das Armband zurück und blickte nachdenklich auf das Knäuel aus Ringen, Armbändern und Ketten auf dem Tisch.

»Es ist ja wohl klar, dass das alles von der Botticelli stammt, oder? Ich meine, es kann an Bord unmöglich zwei Menschen mit demselben scheußlichen Geschmack in Sachen Schmuck geben! Aber wie ist der Mersault da rangekommen? Glauben Sie, dass er in die Kabine der Botticelli eingebrochen ist und das Zeug gestohlen hat, Mrs. Arrington?«

»Das ist eine Möglichkeit.« Mary pausierte ein paar Sekunden, bevor sie weitersprach. »Die andere besteht darin, dass sie es ihm gegeben hat.«

»Aber warum sollte Sie das tun?« Sandra klang aufgeregt, nervös und skeptisch zugleich.

»Die wahrscheinlichste Antwort darauf ist, dass sie ihn damit für etwas bezahlt hat. Zum Beispiel für …«

»Einen Mord«, rief Sandra und sprang vor Aufregung beinahe aus dem Sessel.

»Der Gedanke war mir auch gekommen«, sagte Mary vollkommen ruhig. »Ein Motiv hat sie. Die Botticelli konnte nicht zulassen, dass Winkler ihre Konzertreihe auf dem Schiff ruiniert. Leider ist das bislang nur eine Vermutung. Wenn wir sie nicht mit Beweisen untermauern können, wird es für die beiden ein Leichtes sein, sie abzustreiten.«

»Aber es ist doch eindeutig der Schmuck dieser Opernsängerin!«, sagte Sandra.

»Natürlich. Aber die Botticelli wird einfach behaupten, sie habe Mersault lediglich darum gebeten, den Schmuck für sie in Bergen zu verkaufen. Das wäre zwar sonderbar, aber kein Verbrechen. Wir müssen es schaffen, eine Verbindung zu dem Mord nachzuweisen. Ansonsten steht Wort gegen Wort. Und bedauerlicherweise gilt das Wort einer Autorin von Kriminalromanen auf diesem Schiff nicht als besonders zuverlässig.«

»Und das eines Zimmermädchens noch viel weniger«, sagte Sandra zornig und warf sich zurück ins Sofa. Sie nahm ihr Handy und wischte wieder auf dem Touchscreen herum, bevor sie es Mary hinhielt. Der Bildschirm zeigte nun Fotos, die Sandra in der Kabine der Sängerin aufgenommen hatte. Wie in der Garderobe standen auch hier zahlreiche Blumensträuße und mehrere Champagnergläser herum. Auf einem Tisch befanden sich einige Kisten und Kästen mit Schmuck. Der Schrank war mit den farbenfrohen Kleidern der Diva vollgestopft, von denen auch einige an Haken oder Türklinken hingen oder über die Möbel gelegt worden waren.

»Die schrecklichen Klamotten«, sagte Sandra, »sind übrigens genauso falsch wie die Juwelen und der ganze Schmuck. Die haben zwar alle ein Designerlabel. Aber die sind echt schlecht gearbeitet. Wenn Sie mich fragen, sind das billige Kopien aus Asien.«

»Was durchaus verständlich ist«, sagte Mary, während sie die Fotos weiter durchging. »Mit der Karriere der Botticelli steht es nicht zum Besten. Für ihre Finanzen dürfte folglich dasselbe gelten. Das würde auch erklären, warum sie einen Mörder mit wertlosem Modeschmuck bezahlt.«

»Aber wie beweisen wir das alles, Mrs. Arrington?«

»Ich weiß es nicht.« Mary wischte weiter zwischen den Fotos hin und her und betrachtete sie genauer. »Wir müssen eine Verbindung finden. Einen Hinweis. Irgendetwas muss da sein, irgendetwas …«

Sie stutzte. Eines der Fotos hatte ihre Aufmerksamkeit erregt. Mit Daumen und Zeigefinger vergrößerte sie einen Ausschnitt.

»Irgendetwas wie das hier!«

»Was denn?«, rief Sandra aufgeregt, sprang vom Sofa auf und setzte sich auf die Armlehne des Sessels, in dem Mary saß. Unter anderen Umständen hätte Mary das sehr missbilligt.

»Was haben Sie entdeckt?« Sandra stieß Mary an der Schulter. Auch Antonio war, wenn auch weit weniger stürmisch, auf der anderen Seite des Sessels neben Mary getreten. Zu dritt drängten sie ihre Köpfe vor das kleine Display des Handys.

Mary deutete mit dem Finger triumphierend auf ein schmales, hellbraunes Objekt, das auf dem Tisch der Sängerin lag.

»Was ist das?«, fragte Sandra.

»Schauen Sie genau hin. Wenn mich nicht alles täuscht, handelt es sich um eine lederne Hülle.«

»Na und?«

»Eine lederne Hülle, in die man etwas hineinsteckt.«

»Aber was denn?«

»Beispielsweise ein Messer, einen Dolch oder …«

»… einen Brieföffner!« Sandra schlug sich die Hand vor den Mund.

»Genau. Als ich die Botticelli in ihrer Garderobe besucht habe, hat sie einen ihrer Briefe mit einer Nagelfeile geöffnet. Natürlich kann es einfach ihre Gewohnheit sein, Briefumschläge mit Nagelfeilen zu öffnen. Eine andere Möglichkeit aber ist, dass ihr der Brieföffner, den sie normalerweise dafür verwendet, abhandengekommen ist. Und zwar, weil er im Herzen eines ermordeten Pianisten steckt!«

»Aber wie können wir sicher sein, dass genau diese Hülle zu genau dem Brieföffner gehört, mit dem Winkler erstochen wurde?«

»Ganz einfach«, sagte Mary. »Sehen Sie noch einmal ganz genau hin. Da! Können Sie es erkennen?«

Sie zeigte auf die Stelle, auf die sie Sandra aufmerksam machen wollte. Einen Moment später starrte Sandra sie fassungslos an und Antonio schnalzte mit der Zunge. Das Zimmermädchen und der Maschinist hatten entdeckt, was Mary meinte. In das hellbraune Leder der Hülle war ein Symbol geprägt. Ein goldener Violinschlüssel, exakt wie jener, der sich am Griff der Waffe befunden hatte, mit der Christoph Winkler erstochen worden war.

35

»Sind Sie sich hundertprozentig sicher, Mary?«, fragte MacNeill. »Denn wenn wir das tun, sollten wir besser hundertprozentig sicher sein.«

Er blickte um sich, um sich zu vergewissern, dass niemand ihr Gespräch belauschen oder auch nur beobachten konnte. Die *Queen Anne* hatte bereits Kurs auf Ålesund genommen, der zweiten Station ihrer Reise, und die Offiziere auf der Brücke waren sehr geschäftig. Oder sie taten wenigstens so. Denn immer wieder wanderte der eine oder andere neugierige Blick hinüber zum Kapitän und Mary, die sich in eine Ecke zurückgezogen hatten. Und die offensichtlich so Wichtiges zu besprechen hatten, dass es keinen Aufschub duldete und der Kapitän dafür sogar seine Pflichten als Kommandant des Schiffes vernachlässigte.

»Wenn wir jemanden von der Crew des Mordes bezichtigen«, flüsterte MacNeill, »wird das die Runde machen. Egal, wie diskret wir dabei vorgehen. Wenn wir gleichzeitig auch noch so schwere Vorwürfe gegen die wohl berühmteste Person erheben, die sich zurzeit an Bord des Schiffes befindet, können wir uns auf einen handfesten Skandal gefasst machen. Das kann gehörig nach hinten losgehen und uns regelrecht um die Ohren fliegen. Germer wird alles unternehmen, um uns die Hölle heißzumachen. Und als Erstes wird er mir mein Kommando entziehen.«

Einer der Offiziere kam auf dem Weg zur Steuerkonsole nah an ihnen vorbei. MacNeill wartete, bis er vorüber war. Er sprach jetzt noch leiser, und Mary musste sich anstrengen, um ihn zu verstehen.

»Wenn das der Preis ist, um den Mörder dingfest zu machen, gut. Aber falls Sie sich irren sollten … Sie verstehen hoffentlich, dass ich ungern für nichts und wieder nichts, aufgrund einer Vermutung meinen Job verlieren möchte. Ganz abgesehen davon, dass ein solcher Fehlschlag das Ende ihrer Ermittlungen bedeuten würde. Germer würde Sie keinen Atemzug mehr machen lassen, ohne sie dabei zu observieren. Und der Mörder könnte sich ins Fäustchen lachen.«

Mary nickte.

»Ich bin mir über all das im Klaren, George. Aber ich habe alles genau durchdacht. Es geht hier um weitaus mehr als um eine bloße Vermutung. Ich bin mir vollkommen sicher.«

»Vollkommen sicher, dass auf meinem Schiff ein Mordkomplott geschmiedet wurde? Und dass es diese beiden waren, die all das gemeinsam ins Werk gesetzt haben? Hundertprozentig sicher, Mary?«

»Die Indizien, die wir gefunden haben, weisen eindeutig darauf hin.«

»Indizien sind keine Beweise, Mary«, sagte MacNeill.

»Sie haben recht, George. Indizien sind keine Beweise. Aber diese hier zeigen eine klare Verbindung zwischen den beiden Verdächtigen auf. Sie lassen sich schwerlich in eine andere Richtung interpretieren. Oder sind Sie da anderer Meinung?«

Sie hatte Mühe, nicht die Stimme zu heben. Natürlich wollte auch sie nichts überstürzen, nicht Hals über Kopf irgendwelchen Hirngespinsten hinterherlaufen, was fatale Folgen haben konnte. Aber das hier waren keine Hirngespinste. Ihre Überlegungen fußten auf logischen Schlussfolgerungen. Sie waren von starken Hinweisen untermauert. Und bei allem Verständnis für MacNeills Bedenken machte es sie wahnsinnig, dass er nicht davon abließ, sie in Zweifel zu ziehen.

»Glauben Sie mir«, fuhr sie fort. »Ich wäre nicht zu Ihnen gekommen, wenn ich nicht absolut sicher wäre. Ich würde niemals fahrlässig riskieren, dass unsere Ermittlungen scheitern und Sie Ihren Posten verlieren. Ich habe alles gründlich durchdacht. Es ist unerlässlich, dass wir umgehend handeln. Die Mordwaffe und die Leiche hat Germer bereits verschwinden lassen. Je länger wir warten, desto größer die Gefahr, dass noch weitere Beweisstücke verschwinden. Wenn das passiert, haben wir wirklich nichts weiter als Mutmaßungen, die Germer leicht als aus der Luft gegriffene Fantastereien einer *Krimischreiberin* abtun kann. Wir dürfen keine Zeit verlieren.«

MacNeill blickte sie an. Mary bemühte sich, ihn in ihrem Gesicht Zuversicht und Überzeugung finden zu lassen. In seinen Augen erkannte sie, dass er ihr glauben wollte. Dennoch spiegelte sich darin noch eine gewisse Skepsis, die Furcht vor einer falschen Entscheidung. Sie dachte daran, dass es wohl nicht unbedingt die beste Idee gewesen war, ihn auf der Brücke aufzusuchen. In seiner Kabine hätte sie ihm alles weitaus ruhiger erläutern können. Die vielen neugierigen, teils belustigten Blicke, von denen ihre Unterhaltung hier begleitet wurde, störten Marys Konzentration. Nur Hendrik de Jong schien eine Ahnung zu haben, worum sich ihr Gespräch drehte. Die anderen gingen wahrscheinlich davon aus, dass zwischen ihnen ein Techtelmechtel im Gange war. Es amüsierte sie, und sicher würde es später Gerede darüber geben, dass der Kapitän auf seine alten Tage noch einmal auf Freiersfüßen unterwegs sei. Das konnte MacNeill nicht behagen. Aber darauf hatte Mary keine

Rücksicht nehmen können. Sie hatte nicht abwarten können, bis sie ihn in einer ungestörten Minute erwischte.

Allerdings fragte Mary sich, ob sie nicht doch ein wenig dichter beisammenstanden, als nötig gewesen wäre, um sicherzugehen, dass ihnen niemand ungebeten zuhörte. Und ob, bei allem Ernst der Lage, die Blicke, mit denen sie einander in die Augen sahen, nicht stillschweigend noch etwas anderes mitteilten. Etwas, das nichts mit dem Verbrechen zu tun hatte, sondern vielmehr den Gerüchten, die sie gerade heraufbeschworen, Berechtigung gab.

Mary schob diese Gedanken von sich. Sie waren gerade alles andere als hilfreich. Sie fasste MacNeill am Arm, sodass es niemand sehen konnte, und drückte ihn sanft.

»Lassen Sie mich jetzt nicht hängen, George. Ich habe doch schon einmal den richtigen Riecher gehabt. Vertrauen Sie mir auch dieses Mal.«

MacNeill presste die Lippen zusammen. Mary sah, wie er mit sich kämpfte, mit seinen inneren Zweifeln rang. Und sie schließlich überwand. Mary wusste nicht, ob es aus Einsicht in die Schlagkraft ihrer Argumente geschah, oder ob er sich ihr zuliebe dazu durchrang. In diesem Moment aber war ihr gleich, welche Beweggründe er hatte. Sie war einfach nur froh, ihn wieder auf ihrer Seite zu wissen.

»In Ordnung«, sagte er. »Ich vertraue Ihnen, Mary. Lassen Sie uns diese Verbrecher dingfest machen.«

36

»Sie haben sie wohl nicht alle!«, rief Maurice Mersault. »Das sind unerhörte und noch dazu vollkommen absurde Anschuldigungen.«

»Ganz recht«, stimmte Anastasia Botticelli ganz ohne ihren italienischen Akzent ein. Jedes Wort war mit harter russischer Betonung unterlegt. »Sie können von Glück sprechen, wenn ich Sie nicht wegen Verleumdung verklage. Lust dazu hätte ich.«

Es war wirklich eine bühnenreife Vorführung, die Mersault und die Botticelli hier ablieferten, dachte Mary. Daher war es nur passend, dass dieses kleine Duett auf der Bühne des *Royal Theatres* aufgeführt wurde. Allerdings nicht vor vollem Haus. Lediglich Mary, Kapitän MacNeill und Hendrik de Jong durften sich an dieser exklusiven Darbietung erfreuen. Eigentlich schade. Der eine oder andere Passagier hätte ganz sicher für dieses Spektakel um Mord und Verschwörung eine vollkommen überteuerte Eintrittskarte erworben. Allerdings war diese Show nicht im Bordprogramm vorgesehen gewesen, und die meisten Passagiere befanden sich gerade auf einem Landgang in Ålesund, vor dem die *Queen Anne* derzeit ankerte. Auf dem Weg zum *Royal Theater* hatte Mary vom Deck aus einen Blick auf die Stadt werfen können, die am Eingang des Geirangerfjord lag, verteilt über eine Kette aus Inseln, die sich vom Festland aus weit in die Norwegische See hinein erstreckten. Der Anblick hatte auf Mary gewirkt, als würde die Stadt im Wasser schwimmen. Um sie herum erhoben sich waldbewachsene Hügel, deren kräftiges Grün mit dem schimmernden Blau des Wassers zu wetteifern schien. Wie ihre Mitreisenden hätte auch Mary die Stadt Ålesund gern besucht, wäre gern durch die vom Jugendstil geprägten Straßen spaziert.

Aber einen Mörder und seine Auftraggeberin zu überführen, hatte eindeutig Vorrang vor einem Stadtbummel.

»Sie wissen wohl nicht, wen Sie vor sich haben?!«, zeterte die Diva stimmgewaltig. »Ein Skandal ist das hier. Ein Skandal, den Sie noch bitter bereuen werden.«

»Ich werde mich beim Schiffseigner beschweren«, legte Mersault nach. »Und bei der Gewerkschaft! Die Arbeitsbedingungen sind ohnehin schon eine Katastrophe. Aber dass man sich als Angestellter solch haarsträubenden Anschuldigen aussetzen muss, ist wirklich der Gipfel!«

Mary war beeindruckt von den Improvisationskünsten der beiden. Zeit, sich auf diesen Auftritt vorzubereiten – ihn gar zu proben –, hatten sie schließlich keine gehabt. Aber einer genauen Beobachterin wie ihr konnte nicht entgehen, dass die natürliche Neigung zu einer übertriebenen Aufregung, wie sie der Botticelli zu eigen war, in diesem Moment doch arg gekünstelt wirkte. Und auch Mersault schien durch seinen Ärger vor allem etwas verbergen zu wollen. So unterhaltsam diese Schmierenkomödie auch sein mochte, so viel Beifall sie auch verdienen mochte: Mary beschloss, ihr ein Ende zu setzen.

»Sie können herumschreien und toben, so viel Sie wollen.« Mary sprach vollkommen ruhig. »Das alles ändert nichts an der Tatsache, dass wir Ihnen auf die Schliche gekommen sind. Es bringt nichts, weiter abzustreiten, was wir bereits wissen.«

»In Ihrer derzeitigen Lage«, schaltete sich MacNeill ein, »sollten Sie beide gestehen und sich weitere Schwierigkeiten ersparen.«

»Ach? Ist das so?«, keifte die Botticelli. »Was bitte glauben Sie denn, so genau zu wissen? Etwa diesen hanebüchenen Unsinn, den uns diese senile Krimitante gerade an den Kopf geworfen hat? Und ich dachte, Sie seien ein Mann mit Verstand, Kapitän!«

»Das ist er in der Tat«, sagte Mary. »Aber ich kann es gerne noch einmal für Sie zusammenfassen, falls Sie es selbst noch nicht verstanden haben. Christoph Winkler hat Ihnen das Eröffnungskonzert auf der *Queen Anne* verdorben. Warum er das tat, wissen wir nicht. Aber das ist auch nicht wichtig. Für Sie hing der weitere Verlauf Ihrer Karriere davon ab. Also haben Sie beschlossen, sich zu rächen und dafür zu sorgen, dass Winkler Ihnen bei keinem weiteren Auftritt in die Quere kommt. Natürlich wollten Sie sich nicht selber die Finger schmutzig machen. Deshalb beauftragten Sie Monsieur Mersault hier, die Drecksarbeit für Sie zu erledigen und Winkler umzubringen. Sie gaben ihm Ihren Brieföffner und das Blatt Papier mit dem Lied, mit dem er Ihren Auftritt ruiniert hatte. Dadurch wollten sie dem Mord eine, sagen wir, persönliche Note geben. Bezahlt haben Sie Mersault mit Ihrem Schmuck. Mersault führte den Auftrag aus, vollkommen ahnungslos, dass die Belohnung, für die er zum Mörder wurde, nichts weiter war als wertloser Klimbim.

»Lächerlich«, schrie die Diva. »Einfach nur lächerlich. Dieser schäbige Tastenschänder war mir vollkommen egal. Niemals hätte ich solch ein Aufhebens um ihn betrieben, und schon gar nicht hätte ich meinen kostbaren Schmuck dafür hergegeben.«

»Wie erklären Sie sich dann, dass sich der Schmuck in Monsieur Mersaults Besitz befand?«

Die Diva antwortete ohne zu zögern.

»Gestohlen hat er ihn! Er ist in meine Garderobe eingedrungen und hat mich beklaut.«

»Was?«, rief Mersault. Er hatte offensichtlich nicht damit gerechnet, dass die Botticelli ihm in den Rücken fallen würde. »Das stimmt doch gar nicht. Sie hat ihn mir gegeben. Ich schwöre es.«

»Dreiste Lügen!« Die Diva lief hochrot an und peitschte ihre Worte nur so heraus. »Und bei seinem Raub hat er auch meinen Brieföffner mitgenommen, um diesen Winkler, oder wie dieser Klavierstümper hieß, umzubringen. Wahrscheinlich hatten die beiden Streit. Der Raub war wahrscheinlich ein gemeinsames Komplott von diesen Möchtegern-Musikern! Und dieser Winkler wollte die Beute nicht teilen! Da hat er ihn umgebracht.«

Mersault sah sie entsetzt an, brachte aber zunächst kein Wort heraus.

»Ich jedenfalls habe mit der ganzen Sache nichts zu tun. Ich bin ein Opfer in dieser Geschichte,« sagte die Botticelli nun mit italienischem Akzent und so viel Unschuld in der Stimme, wie ihr nur möglich war.

Mary lächelte zufrieden. Etwas Besseres, als dass die beiden Verbrecher übereinander herfielen, hätte nicht passieren können. Sie sah Mersault herausfordernd an, und tatsächlich ließ das gewünschte Ergebnis nicht auf sich warten.

»Wenn Sie versuchen, mir die Sache anzuhängen«, zischte Mersault die Botticelli an, »dann verrate ich eben alles. Die ganze Wahrheit. Auf keinen Fall spiele ich für Sie hier den Sündenbock, Signora. Schließlich war das alles Ihre Idee. Sie sind damit zu mir gekommen. Jetzt müssen Sie auch dafür geradestehen.«

»Wofür genau?«, mischte Mary sich ein.

»Sie kam zu mir, um sich mit mir gegen Winkler zu verschwören«, antwortete Mersault. »Wir haben zusammen geplant, einen Anschlag auf ihn zu verüben.«

»Was reden Sie denn da für einen Unfug?!«, brauste die Botticelli auf. »Halten Sie gefälligst den Mund, Sie Dummkopf!«

Sie stampfte auf Mersault zu, die Hand erhoben, um ihm eine Ohrfeige zu verpassen. Hendrik de Jong aber war rechtzeitig zur Stelle, blockierte ihr den Weg und fasste ihre Hand.

»Ich bitte Sie, Gnädigste«, sagte er. »Für Gewalt besteht hier doch nun wirklich kein Grund.«

Die Botticelli starrte ihn wutentbrannt an. Sie schien in Erwägung zu ziehen, die geplante Ohrfeige nun ihm zukommen zu lassen. Eine Hand hatte sie schließlich noch frei. Dann aber stieß sie nur ein zorniges Schnauben aus, riss sich los und trat zurück.

»Wenn Sie sich freiwillig zugrunde richten wollen, bitte schön«, sagte sie zu Mersault. »Meiner Meinung nach täten Sie besser daran, sich bedeckt zu halten und nicht andere in ihre kriminellen Machenschaft hineinzuziehen.« Sie wandte sich an Mary. »Er hat ihn umgebracht. Er hat es sogar vor mir zugegeben. Gebrüstet hat er sich damit.«

Mersault sackte in sich zusammen. Er schien keine Kraft mehr zu haben, um weiter gegen diese Übermacht an Anklagen zu kämpfen. Vor allem, da sein Kampf ihn ganz offensichtlich nur tiefer und tiefer in sein Dilemma verstrickt hatte.

»Ja, das habe ich.« Mersault hatte leise gesprochen, kaum hörbar. Aber seine Worte hatten eine gewaltigere

Bedeutung als alles, was jemals zuvor auf dieser Bühne gesprochen, gerufen oder gesungen worden war. Sie bedeuteten, dass das Rätsel gelöst, der Fall aufgeklärt war. Mary spürte, wie der Druck, den sie bis zu diesem Moment empfunden hatte, schlagartig von ihr abließ. Sie sah, wie Hendrik de Jong, der gerade seine Hand gehoben hatte, um sein Haar zurechtzustreichen, mitten in der Bewegung innehielt. MacNeill warf Mary einen anerkennenden Blick dafür zu, dass es ihr gelungen war, den Mörder zu finden – und ihn sogar zu einem Geständnis zu bewegen. Auch er wirkte erleichtert, dass der Spuk auf seinem Schiff nun endlich ein Ende gefunden hatte. Gleichzeitig meinte Mary eine Entschuldigung in seinen Augen ablesen zu können, dafür dass er an ihr gezweifelt hatte. Mary lächelte ihm zu, damit er wusste, dass sie verstand und ihm nichts nachtrug. Das Einzige, worauf es ankam, war, dass sie den Mörder überführt hatten. Sie alle zusammen. Es lag kein Triumph in Marys Lächeln. Sie war froh, den Fall gelöst zu haben. Aber das änderte nichts an der bedrückenden Tatsache, dass ein Mensch gestorben war. Und es wäre ihr nicht angemessen erschienen, über all das hier Freude zu empfinden.

Die Botticelli allerdings hatte damit kein Problem.

»Ha!«, rief sie überschwänglich. »Sehen Sie? Da haben Sie es. Er war es. Er war es ganz allein. Dieser miese, heimtückische Verbrecher.«

Mersault hob ratlos die Hände und ließ sie fallen.

»Es bringt ja nichts mehr, zu leugnen. Mrs. Arrington hat es doch längst herausgefunden.« Er sah die Sängerin an. »Wenn wir nicht wollen, dass sie uns gemeinschaftlichen Mord in die Schuhe schiebt, haben wir gar keine andere Wahl, als die Wahrheit zu sagen.«

»Moment.« Mary war verwirrt. »Was meinen Sie damit, Ihnen einen Mord in die Schuhe zu schieben? Sie haben die Tat doch gerade selbst gestanden!«

»Was? Nein, nein. Das habe ich nicht!«, stammelte Mersault vollkommen überrascht. »Ich habe mich gegenüber der Botticelli nur mit dem Mord gebrüstet. Aber ich habe ihn nicht begangen.«

Die Worte trafen Mary wie eine Ohrfeige. Sie spürte, wie der Druck, der eben von ihr abgefallen war, wiederkehrte. Mersaults Stimme, seine Miene, alles an ihm wirkte so vollkommen aufrichtig, ebenso seine Erschöpfung und Bereitschaft, alles zu erzählen. Mary konnte sich noch keinen Reim auf all das machen. Aber sie glaubte ihm.

»Was wollen Sie damit sagen?«, fragte der Kapitän, von Mersaults letztem Satz ebenfalls sichtlich verwirrt. »Warum sollten Sie mit einem Verbrechen angeben, das Sie nicht verübt haben? Dazu noch mit einem Mord?!«

»Es ist so, wie ich gesagt hab. Die Botticelli und ich haben uns gegen Winkler verschworen.« Mersault klang jetzt sehr kleinlaut. »Wir wollten ihm eine Lektion erteilen – weil er das Konzert ruiniert hat. Aber wir wollten ihn nicht umbringen. Wir wollten ihn lediglich … verletzen.« Er wies auf die Sängerin. »Sie wollte das.«

»Pah!« Die Diva verschränkte ihre Arme vor der Brust. Mehr fiel ihr zu ihrer Verteidigung offenbar nicht ein.

»Es ging wirklich nur um eine Abreibung«, fuhr Mersault fort. »Die Frau da hat einen Knall. Das können Sie mir glauben, Mrs. Arrington. Aber nicht einmal sie würde so weit gehen, jemanden umzubringen. Und ich selbst hätte dafür doch überhaupt keinen Grund. Winkler und ich waren Kollegen. Aber ansonsten hatten wir nichts miteinander zu tun. Wir waren weder befreundet noch zerstritten. Wir kannten uns noch nicht einmal wirklich gut. Es war alles eine Abmachung zwischen ihr und mir.«

»Und was genau bitte hatten Sie miteinander abgemacht?«, wollte Mary wissen. Sie hatte sich wieder gefangen. Ja, sie hatte sich geirrt. Aber das war gerade nebensächlich. Jetzt ging es allein darum, diesen Irrtum aufzuklären.

Mersault trat an den Bühnenrand und blickte über den Saal, als hoffte er, jemand werde durch die Tür hereinstürzen und ihm zu Hilfe eilen. Aber nichts dergleichen geschah.

»Es war so, wie Mrs. Arrington es dargestellt hat«, sagte er schließlich. »Die Botticelli war wütend auf Winkler und wollte sichergehen, dass er nicht noch eines ihrer Konzerte sabotieren konnte. In der Nacht nach dem Vorfall bat sie mich in ihre Garderobe. Sie bot mir Ihren Schmuck an, wenn ich Winkler ein paar Finger brechen würde, um ihn für den Rest der Reise außer Gefecht zu setzen.« Er seufzte. »Ich willigte ein. Ich nahm den Schmuck. Danach bin ich zu Winklers Kabine gegangen, um den Auftrag auszuführen. Ich hatte einen Hammer dabei. Aber Winkler war nicht da. Ich dachte, dass er vielleicht wieder in der Lobby sitzt und spielt, wie er das nachts öfter getan hat. Aber als ich an der Lobby ankam, sah ich schon den Aufruhr. Winkler war bereits tot. Ich schwöre es Ihnen: Ich bin kein Mörder.«

»Dennoch erzählten Sie der Signora, Sie hätten ihn umgebracht«, stellte Mary fest.

»Ja! Aber doch nur, weil ich den Schmuck nicht zurückgeben wollte! Ich dachte, sie würde sowieso niemandem etwas darüber erzählen, weil sie selbst in die Sache verstrickt war. Übrigens lachte sie ziemlich zufrieden, als sie von Winklers Tod erfuhr.«

»Und Sie?« Mary blickte zu der Botticelli, die aussah,

als würde ihr in diesem Moment auch Mersaults Tod mehr als gelegen kommen.

»Welche Erklärung haben Sie dafür, dass es sich bei der Mordwaffe ausgerechnet um Ihren Brieföffner handelt?«

»Wie ich schon sagte.« Die Diva reckte stolz ihr Kinn. »Er wurde mir gestohlen. Ich habe keine Ahnung, wie er im Körper dieses drittklassigen Pianisten landete. Im Übrigen habe ich es satt, hier zu stehen und mir anzuhören, wie mein guter Name von Neidern durch den Schmutz gezogen wird. Wenn Sie bereit sind, von diesen Unverschämtheiten abzulassen und sich zu entschuldigen, finden Sie mich in meiner Garderobe. Ich habe mich auf einen Auftritt vorzubereiten.«

Sie wandte sich um, stapfte über die Bühne und verschwand theatralisch hinter dem Vorhang. Ein Abgang, wie er einer Diva gebührte. Hendrik de Jong wollte ihr hinterher und sie aufhalten. Aber Mary gab ihm ein Zeichen, sie ziehen zu lassen.

»Lassen Sie nur«, sagte sie. »Sie weiß, dass sie überführt ist. Sie versucht nur, ihr Gesicht zu wahren. Ich denke nicht, dass Sie einen Fluchtversuch unternehmen wird. Vielleicht, wenn wir in einer Stadt vor Anker liegen würden, die mehr Ruhm und Glamour als Ålesund zu bieten hat. Auch glaube ich ihr die Sache mit dem Brieföffner. Sie wird wohl kaum Mersault beauftragen, Winkler zu verletzen und dann jemand anderem den Brieföffner geben, um ihn umzubringen. Sie wird es auch kaum selbst getan haben. Natürlich hat sie sich einer Straftat schuldig gemacht, und sie wird sich dafür verantworten müssen. Ihre Karriere wird damit vermutlich endgültig erledigt sein. Aber im Moment haben wir noch einige andere Sachen zu besprechen.« Mary trat vor den Violinisten. »Monsieur Mersault hat sich uns gegenüber zwar sehr offen gezeigt. Die ganze Wahrheit aber hat er uns noch nicht verraten.«

37

»Und was sollte ich Ihnen angeblich noch nicht verraten haben?« Mersault versuchte, in seine Worte ein letztes Aufbegehren zu legen. Aber es gelang ihm nicht. Und er wusste es. Schlaff ließ er sich auf einen der Stühle sinken, die für das Orchester auf der Bühne standen, hob seinen Geigenkasten, der daneben auf dem Boden lag, auf seinen Schoß und hielt ihn umklammert, als finde er daran Trost.

»Ich habe Ihnen doch schon alles gesagt. Ich habe mich aus reiner Habgier auf eine Dummheit eingelassen. Ich wollte Winkler nur verletzen. Aber ich habe es nicht getan. Das ist alles. Ich weiß nicht, was sie noch von mir wollen. Ich hab nichts weiter zu verbergen.«

Auch Kapitän MacNeill und Hendrik de Jong sahen Mary ratlos und fragend an.

»Und warum lügen Sie dann?«, fragte Mary und fuhr, ohne auf eine Antwort zu warten, fort. »Sie haben eben behauptet, dass Sie und Winkler bloß Kollegen waren. Dass sie sich nicht näher kannten. Aber ich bin nicht unvorbereitet hierhergekommen, Monsieur Mersault. Ich habe zuvor ein wenig über Sie nachgeforscht. Es ist schließlich immer gut zu wissen, mit wem man es zu tun hat. Nicht wahr? Und wollen Sie wissen, was ich bei meinen Recherchen herausgefunden habe?«

Mersault blickte stumm auf die Spitzen seiner glänzenden Lackschuhe.

»Ich werd's Ihnen sagen. Sie haben an der *Royal* Academy *of Music* in London studiert. Und zwar gemeinsam mit Christoph Winkler. Wollen Sie also immer noch behaupten, sich kaum gekannt zu haben? Dass es reiner Zufall ist, dass sie beide im selben Orchester an Bord der *Queen Anne* spielten?«

Mersault schüttelte langsam den Kopf.

»Dann verstehen Sie auch sicher«, fuhr Mary fort, »dass Ihre Lüge weitere Fragen aufwirft. Und dass ich Sie aufgrund dieser Lüge nicht gänzlich als Mörder ausschließen kann. Ihre Geschichte klingt zwar überzeugend und schlüssig. Ich glaube Ihnen sogar, dass die Botticelli Sie angeheuert hat, um Winkler die Finger zu brechen. Aber vielleicht hatten Sie selbst anderes vor. Vielleicht hatten Sie bereits längst geplant, Winkler umzubringen. Und sahen im Angebot der Botticelli nur eine Chance, dabei auch noch schnelles Geld zu machen.«

»Nein! So war das nicht!«

Mersault schoss in die Höhe. De Jong machte sich bereit, ihn zu packen, sollte er versuchen, auf Mary oder sonst jemanden von ihnen loszugehen. Aber Mersault, seinen Geigenkasten im Arm, warf nur hektische Blicke um sich. Wie ein verängstigtes Tier, das in eine Ecke gedrängt ist und nicht weiß, wo es hin soll.

»So war das nicht«, rief er wieder. »Ich habe ihn nicht getötet, ich …«

Mary sah ihn eindringlich an. Mersault schien zu begreifen, dass Beteuerungen allein niemanden von seiner Unschuld überzeugen würden. Sein einziger Ausweg aus dieser Lage bestand darin, ihnen endlich die ganze Wahrheit zu offenbaren.

»In Ordnung«, sagte er und setzte sich wieder. »Sie haben recht. Winkler und ich kannten uns von der *Royal Academy.* Wir waren zwar auch da nicht gerade enge Freunde. Aber wir blieben in Kontakt, auch nachdem Christoph sein Studium abgebrochen hatte. Nach meinem Abschluss fand ich den Job hier beim Bordorchester. Christoph schlug sich mit Gelegenheitsjobs durch, bei denen sein Talent vollkommen verschwendet wurde. Ich machte mir Sorgen um ihn. Als für das Orchester ein neuer Pianist gesucht wurde, habe ich ihm daher den Posten verschafft.«

»Aus reiner Nächstenliebe?«, hakte Mary nach. »Als Freundschaftsdienst ohne Hintergedanken? So, so. Aber dann verstehe ich nicht. Wenn Sie doch so um sein Wohlergehen besorgt waren, warum wollten Sie ihm dann die Finger brechen? Doch nicht nur, weil er sich beim Konzert so danebenbenommen hatte?«

Mersault blickte sie an, sichtlich frustriert, dass Mary nicht gewillt war, auch nur eine einzige seiner Erklärungen nicht zu hinterfragen.

»Christoph war sehr nervös«, presste er schließlich hervor. »Er hatte Angstzustände und Schlafstörungen.«

»Und weiter?«, mischte sich de Jong in die Befragung ein.

»Schon während des Studiums nahm er Tabletten gegen diese Angstzustände ein. Erst die stärksten, die er ohne Rezept in der Apotheke bekommen konnte. Aber die genügten ihm bald nicht mehr. Er brauchte verschreibungspflichtige Medikamente. Und davon immer höhere Dosen.«

Mary erinnerte sich an Winklers müde und gerötete Augen, an die dunklen Schatten, von denen sie umgeben gewesen waren. Sie hatte vermutet, er leide unter Schlafmangel.

»Und Sie haben ihn mit den Medikamenten versorgt. Nicht wahr?«

Mersault nickte.

»Mein Vater ist Arzt. Ich habe damals einen seiner Rezeptblöcke und einen seiner Stempel geklaut. Seine

Unterschrift habe ich gefälscht. Damit fing alles an. Ich stellte Winkler die Rezepte aus und ließ mich dafür von ihm gut bezahlen. Schlafmittel, Beruhigungsmittel, Antidepressiva ... Er brauchte immer stärkere Mittel. Die hab ich besorgt. Was soll ich sagen?« Mersault zuckte mit den Schultern, als habe er keine Wahl gehabt. »Das Leben in London ist verdammt teuer. Und ich konnte so nicht nur meine Finanzen aufbessern, sondern Christoph gleichzeitig bei seinen Problemen helfen.«

Er blickte in die Gesichter seiner drei Zuhörer. In keinem erkannte er auch nur einen Hauch Verständnis. Es war Kapitän MacNeill, der jetzt das Wort ergriff.

»Wenn Sie ihm wirklich hätten helfen wollen, hätte es bessere Wege gegeben. Haben Sie überhaupt mal versucht, mit ihm darüber zu reden, was ihm so zu schaffen machte?«

»Das habe ich«, verteidigte sich Mersault. »Aber aus ihm war nichts herauszubekommen. Wann immer die Sprache auf das Thema kam, hat er total geblockt. Er hat dann immer nur gesagt, er könne darüber nicht reden. Irgendwann hab ich dann aufgehört, ihn danach zu fragen.«

»Also beschlossen Sie, ihn seiner Tablettensucht verfallen zu lassen.« De Jongs Verachtung für Mersault war nicht zu überhören. »Ein toller Freund sind Sie.«

Mary teilte die Meinung des Offiziers. Mersault verdiente diese Verachtung. Aber sie wusste, dass Anklagen und Vorwürfe sie hier nicht weiterbrachten.

»Diese Angstzustände und Schlafstörungen«, griff sie daher ein. »Hatte Winkler die schon immer? Seit Sie ihn kennen?«

Mersault überlegte.

»Jetzt, wo Sie es sagen. Nein, am Anfang nicht. Im Gegenteil, da war er immer sehr fröhlich, voller Energie.

Er liebte die Musik und wollte unbedingt in den großen Häusern der Welt auftreten. Aber irgendwann änderte sich das, er entwickelte diese Ängste, wurde grüblerisch.«

»Auch wenn er nicht mit Ihnen darüber gesprochen hat: Haben Sie eine Ahnung oder eine Vermutung, was der Auslöser gewesen sein könnte?«

Mersault wiegte nachdenklich den Kopf.

»Ich weiß, dass er zu der Zeit neben dem Studium als Klavierlehrer gearbeitet hat. Für irgendeine reiche Londoner Familie. Er hat die Mutter unterrichtet, glaube ich, und die kleine Tochter. Er hat da gutes Geld verdient. Aber von einem Tag auf den anderen hat er gekündigt. Oder wurde rausgeschmissen. Irgendwas war passiert, das ihn vollkommen aus der Bahn geworfen hat. Aber auch darüber wollte er nie sprechen. Kurz darauf hab ich zum ersten Mal etwas von seinen Angstzuständen mitbekommen.«

»Wissen, Sie wie die Familie hieß, in der er unterrichtete?«, fragte Mary.

Mersault schüttelte den Kopf.

»Nun gut. Zumindest wissen wir nun, warum Sie Winkler in Wirklichkeit den Job hier auf der *Queen Anne* geboten haben. Sie wollen einfach Ihre lukrative Einnahmequelle in der Nähe haben. Ihm weiter die Medikamente verkaufen!« Mary sah ihn strafend an.

»Warum sollte ich? Winkler war doch längst nicht mehr mein einziger Kunde …« Mersault biss sich auf die Zunge. Er hatte sich verraten. Der Kapitän trat drohend auf ihn zu. MacNeill sah aus, als hätte er nicht übel Lust, ihm seinen Geigenkasten abzunehmen und mit voller Wucht über den Schädel zu ziehen.

»Soll das heißen, Sie haben nicht nur Winkler seine Medikamente besorgt, sondern auf meinem Schiff einen

Drogenhandel betrieben? Sie haben illegale Substanzen geschmuggelt und verkauft?«

Mersaults Gesichtsausdruck wechselte zu spöttischem Trotz und Kampfeslust. »Sie glauben allen Ernstes immer noch, Sie hätten auf Ihrem Schiff alles im Griff, nicht wahr, Kapitän? Aber soll ich Ihnen was sagen? Das haben Sie nicht. Natürlich hab ich das Zeug auch an andere verkauft. An Crewmitglieder, an Passagiere.«

De Jong trat zwischen Mersault und MacNeill, der kurz davor war, tatsächlich physische Gewalt anzuwenden.

»Ihre kriminellen Machenschaften haben sich jedenfalls erledigt. Dafür werden Sie hinter Gitter wandern.«

»Dafür und für die Angelegenheit mit dem Rettungsboot«, sagte Mary. »Ich vermute, diese Nahtoderfahrung habe ich ebenfalls Ihnen zu verdanken. Sie hatten zuvor mein Gespräch mit Király belauscht und wussten, dass ich in dem Mordfall ermittelte. Da haben Sie es mit der Angst zu tun bekommen, dass ich im Zuge meiner Ermittlungen Ihren kleinen Drogenhandel aufdecken würde. Also haben Sie versucht, mich daran zu hindern. Habe ich recht?«

»Ja. Das war ich«, presste er zwischen seinen Lippen hervor. Mersault schien endgültig egal zu sein, was alle von ihm hielten. Er hatte seine Verteidigung aufgegeben. Was ihm blieb, war damit anzugeben, wie sehr er sie doch alle getäuscht hatte. Welch großes Genie er doch war.

»Sie Drecksack!« MacNeill stieß de Jong zur Seite und packte Mersault am Kragen, zerrte ihn bis an den Bühnenrand. Er war kurz davor, ihn hinabzustoßen. Die Bühne war nicht so hoch, dass Mersault in Lebensgefahr geschwebt hätte. Für eine ordentliche Beule hätte der Sturz allerdings gereicht.

»Ich hätte nicht übel Lust, Sie mit einem Anker an den Füßen über die Reling zu schmeißen«, knurrte MacNeill.

Mersault stand nur noch mit den Spitzen seiner Lackschuhe auf der Kante der Bühne. In seinem Gesicht zeichnete sich Schrecken ab. Er wagte nicht, sich gegen den Kapitän zur Wehr zu setzen. Er hatte auch keine Hand frei, da er den Geigenkasten noch immer umklammert hielt. Der Ausbruch hatte ihn überrumpelt. So viel Temperament hatte er MacNeill offenbar nicht zugetraut.

Auch Mary war überrascht. Aber im positiven Sinne. MacNeill war doch tatsächlich erst in Rage geraten, als er hörte, dass Mersault für den Anschlag mit dem Rettungsboot verantwortlich war. Sorgte MacNeill sich mehr um sie, Mary, als um den Ruf seines Schiffes und seinen Job als Kapitän?

»Es tut mir leid«, stammelte Mersault, der sich noch gerade so mit den Schuhspitzen auf der Kante hielt. »Es war ein Unfall! Ja, ich habe mich an der Halterung zu schaffen gemacht. Aber ich hatte nicht vor, Sie umzubringen, Mrs. Arrington. Das müssen Sie mir glauben. Das Boot sollte hinter Ihnen aufschlagen. Aber Sie sind plötzlich stehen geblieben, um mit Offizier de Jong zu sprechen. Da war es schon zu spät, um zu verhindern, dass das Boot fiel. Ich wusste, Sie waren dabei, den Mord aufzuklären. Und ich wusste, dass Sie dabei über kurz oder lang herausfinden würden, dass ich da mit drinstecke. Aber ich bin kein Mörder. Ich wollte Ihnen nur Angst einjagen. Ich habe einfach Panik gekriegt.«

MacNeill ließ sich davon nicht besänftigen. Er krampfte seine kräftigen Hände noch fester um den Kragen des Musikers. An seinem Hals standen Adern hervor. Mary legte ihm von hinten die Hand auf die Schulter. Er fuhr leicht zusammen und schaute sie an. Mary nickte ihm zu. Daraufhin zog der Kapitän Mersault zurück auf die Bühne und ließ ihn los. Allerdings nicht, ohne ihm noch einen Stoß zu verpassen.

Mary drückte MacNeill leicht die Schulter und lächelte ihn an. Sie wollte ihn wissen lassen, wie sehr sie es zu schätzen wusste, dass er sich zu ihrem Beschützer aufschwang. Auch MacNeill lächelte. Doch sein Lächeln wirkte verlegen. Als hätte er mit seinem Einsatz für sie soeben mehr preisgegeben, als ihm angenehm war.

»Jetzt bliebe nur noch aufzuklären«, sagte de Jong »wo Sie die Drogen verstecken, mit denen Sie hier gedealt haben.«

Mersault antwortete nicht.

»Kommen Sie schon!« MacNeill ging wieder auf Mersault zu. »Sie sind erledigt. Schlimmer kann es für Sie kaum werden. Also verraten Sie es uns.«

»Das braucht er gar nicht. Ich weiß schon, wo er die Drogen versteckt hat. Wenn Sie erlauben, Herr Kapitän.«

Sie trat an Mersault heran, griff nach dem Geigenkasten und befreite ihn aus Mersaults Umklammerung, was dieser nur widerwillig zuließ.

»Seien Sie bitte vorsichtig. Das ist ein sehr teures Instrument.«

»Keine Sorge«, erwiderte Mary. »Ich interessiere mich nicht für die Geige.«

Sie legte den Kasten auf einem der Orchesterstühle ab. De Jong und MacNeill kamen näher, um zuzusehen, wie sie die Verschlüsse öffnete und den Deckel aufklappte. Behutsam hob sie die Geige heraus und reichte sie Mersault. Sie betastete die Polsterung, mit der der Kasten ausgelegt war, klopfte sie ab. Mersault beobachtete sie nervös. Schließlich fand sie eine kleine Schlaufe, die an der Polsterung befestigt war. Sie zog daran – und der gesamte Boden des Geigenkastens löste sich. Darunter befand sich ein Fach. Als sie es öffnete, kamen mehrere Plastikbeutel voller Tabletten in den unterschiedlichsten Formen und Farben zum Vorschein.

Mersault stieß ein Seufzen aus. Nun war auch sein letztes Geheimnis ans Licht gekommen.

»Darum haben Sie Ihren Kasten überallhin mitgenommen«, sagte Mary. »Sie wollten sichergehen, dass niemand ihr Versteck findet und sich an Ihren Drogen vergreift.«

»Mr. de Jong«, wandte sich der Kapitän an seinen Offizier. »Tun Sie uns einen Gefallen und schaffen Sie uns diesen Widerling aus den Augen. Sperren Sie ihn ein und leiten Sie seine Entlassung und die strafrechtliche Verfolgung ein. Wir sind fertig mit ihm.«

»Zu Befehl, Kapitän!« De Jong packte Mersault, der geschlagen den Kopf hängen ließ, am Arm und führte ihn von der Bühne und durch den Saal aus dem Theater.

Mary blickte ihnen nach, bis sich die Tür hinter ihnen geschlossen hatte.

»Wie es aussieht, George, sind wir ein richtig gutes Team. Wir haben zwar den Mord an Winkler noch immer nicht aufgeklärt. Aber wir haben eine Verschwörung gegen ihn aufgedeckt und einen Drogendealer enttarnt.«

»Ja«, sagte MacNeill und lächelte sie an. »Das ist zwar nicht das, worauf wir gehofft haben. Aber es ist immerhin auch ein Erfolg. Und was unsere Teamarbeit angeht, könnten wir ja vielleicht … also wenn sie Lust hätten, würde ich mich freuen, wenn …«

Aber weiter kam er nicht.

38

»Donnerwetter«, rief Germer, der die Tür zum *Royal Theater* aufgerissen hatte und nun den Gang hinab auf die Bühne zu watschelte. »Jetzt haben Sie aber wirklich den Vogel abgeschossen. Da kann ich Ihnen beiden nur gratulieren.«

Mit einiger Mühe erklomm er die Stufen zur Bühne. Trotz der Anstrengung, die ihm der Aufstieg sichtlich bereitete, wich der selbstgefällige Ausdruck nicht aus seinem Gesicht. Mary und MacNeill teilten neben dem Unbehagen über diesen unangenehmen Gast auch das Gefühl, ertappt worden zu sein. Es hätte nur noch gefehlt, dass einer der großen Scheinwerfer aufgeflammt und sie angeleuchtet hätte.

»Ich habe es ja erst nicht glauben wollen«, fuhr Germer fort. »Ich konnte mir nicht vorstellen, dass Sie sich zu einer derartigen Dummheit hinreißen lassen würden. Tja, da habe ich mich wohl geirrt.«

Er schlenderte über die Bühne wie ein Star, der gerade seinen großen Auftritt hat. Er betrachtete seine Gegner mit einer Mischung aus Verachtung und Belustigung. Mary und der Kapitän standen dicht beieinander. Ebenso wie Mary schien MacNeill das Bedürfnis zu haben, gegen den unausstehlichen Arzt eine vereinte Front zu bilden.

»Nicht nur haben Sie auf eklatante Weise meine Anweisungen missachtet und Ihre lächerlichen Mordermittlungen vorangetrieben, Mrs. Arrington.«

Mary wollte etwas einwenden. Aber er schnitt ihr mit

dem Wedeln seines dicken Zeigefingers und einem »Tststs« das Wort ab wie einem Kind, das nicht weiß, wann es den Mund zu halten hat.

»Nein, um sich vollkommen der Lächerlichkeit preiszugeben, gehen Sie auch noch hin und bezichtigen ein Mitglied der Crew des Mordes und der Verschwörung! Und als wäre das nicht schon genug, wagen Sie es auch noch, gegen die Botticelli, einen der berühmtesten Opernstars dieser Welt, vollkommen haltlose Anschuldigungen zu erheben. So viel Dreistigkeit ist dem Onkel Doktor noch nicht untergekommen.«

Auch wenn Germer sich sichtlich Mühe gab, so zu tun, als habe all dies seinen Unmut ausgelöst, war doch nicht zu übersehen, wie zufrieden er mit dem Verlauf der Ereignisse war. Das überhebliche Lächeln wich nicht von seinem Schweinsgesicht.

Mary hatte keine Lust, diesem Monolog weiter kommentarlos zuzuhören. »Diese Anschuldigungen sind alles andere als haltlos. Da Sie angeblich über alle Vorgänge so gut informiert sind, sollten Sie wissen, dass wir soeben gleich mehrere ernst zu nehmende Verbrechen aufgeklärt haben. Drogenhandel und Anstiftung zur Körperverletzung sind schließlich keine Kavaliersdelikte. Ganz abgesehen von dem Anschlag, den Monsieur Mersault auf mich verübt hat. Der nämlich läuft unter der Rubrik versuchter Mord!«

Germer blickte freudestrahlend in den Zuschauerraum, als ob dort eine Menschenmenge säße, die ihm ob seiner Brillanz zujubelte. Mary war nicht sicher, ob er ihr in seiner Selbstbezogenheit überhaupt zugehört hatte. Dann aber wandte er sich um.

»Natürlich«, sagte er. »Monsieur Mersault wird seine gerechte Strafe bekommen wegen der Sache mit den Medikamenten. Was diesen sogenannten Anschlag angeht, so ist Ihnen ja nichts weiter passiert. Und Signora Botticellis sogenannte Anstiftung.« Er machte eine wegwerfende Handbewegung. »Nun ja. Die ist ja nun durch Winklers unseliges Ableben ebenfalls folgenlos geblieben. Alles, was Sie also vorzuweisen haben, ist ein krimineller Geiger mit seinem Drogenköfferchen. Darüber wird die Welt nicht in Aufruhr geraten. Das brauche ich nicht einmal zu vertuschen. So etwas kommt schließlich auf allen Kreuzfahrtschiffen vor und wird niemanden schockieren. Vor allem, da der Schurke ja gefasst worden ist.«

»Richtig«, sagte MacNeill. »Und zwar von Mrs. Arrington, während Sie sich in Ihrer Praxis bloß mit Mozartkugeln vollgestopft haben.«

Germer klatschte in die Hände.

»Was für eine großartige Leistung! Meine Anerkennung. Ich kann nur sagen: Bravo!«

Er stellte seinen höhnischen Applaus ein.

»Das ändert aber nichts an der Tatsache, dass Mrs. Arrington und Sie, Herr Kapitän, sich auf überaus geschäftsschädigende Weise verhalten haben. Nicht auszudenken, in welche Schwierigkeiten wir geraten wären, wenn diese Krimischreiberin tatsächlich jemanden von ihren Wahnvorstellungen, es habe hier an Bord ein Mord stattgefunden, überzeugt hätte. Stornierte Buchungen, schlechte Presse … Ich mag gar nicht daran denken. Und Sie haben sie auch noch unterstützt! Ein solches Verhalten lässt jegliche Loyalität gegenüber unserem Schiffseigner vermissen, Kapitän. Das kann ich natürlich nicht einfach durchgehen lassen.«

Germer wiegte den Kopf. Seine orange Haartolle wiegte mit und ließ die kahle Stelle erkennen, die sie verdecken sollte.

»Hätten Sie tatsächlich handfeste Beweise für einen

Mord vorzuweisen, vielleicht sogar einen geständigen Mörder, nun, dann sähe die Sache natürlich anders aus. Darüber würden weder ich noch der Schiffseigner hinwegsehen können. Wir wären gezwungen, Stellung zu beziehen, Maßnahmen zu ergreifen. Und Sie beide wären fein raus. Aber …« Germer hob in geheucheltem Bedauern die Arme. »… Das ist Ihnen ja nicht gelungen. Es gibt ja noch nicht mal eine Leiche. Sie zwei haben sich lediglich selber ausmanövriert.«

»Hören Sie, Dr. Germer!« Mary überwand sich sogar, Germer mit seinem Titel anzusprechen – und es möglichst respektvoll klingen lassen. Sie wusste, was er als Nächstes sagen würde. Vielleicht konnte es helfen, seinem Ego zu schmeicheln, um es doch noch abzuwenden. »Lassen Sie uns doch vernünftig sein. Auf diesem Schiff läuft noch immer ein Mörder frei herum. Das wissen Sie genauso gut wie ich. Und das kann Ihnen doch nicht recht sein. Wer weiß, wem er als Nächstes etwas antut. Niemand ist sicher, bevor wir ihn gefasst haben.«

»Papperlapapp. Sie tun ja gerade so, als würde hier ein psychopathischer Serienkiller herumschleichen. Sparen Sie sich die Mühe, Mrs. Arrington. Mich jagen Sie nicht ins Bockshorn mit irgendwelchen Schauergeschichten. Wir haben kompetentes Sicherheitspersonal an Bord, das ich zu höchster Wachsamkeit angehalten habe. Es ist also überaus unwahrscheinlich, dass noch etwas passiert. Meiner Ansicht nach geht von Ihrem Mörder sowieso keine Gefahr mehr aus. Er hat denjenigen, den er umbringen wollte, bereits über den Jordan geschickt. Das Einzige, womit wir es hier noch zu tun haben, ist das lästige Malheur, das er uns dabei hinterlassen hat. Aber das werde ich schon bereinigen – und hier und jetzt werde ich einen wichtigen Schritt in dieser Hinsicht unternehmen.«

Er baute sich in seiner ganzen Breite vor MacNeill auf. Es war nicht zu übersehen, wie viel Freude ihm das bereitete, was er als Nächstes sagen würde.

»Das war es für Sie, Herr Kapitän. Ich sollte wohl sagen Ex-Kapitän. Ich werde so gnädig sein, Sie diese Fahrt noch zu Ende bringen zu lassen. Danach können Sie einen beruflichen Neustart in der industriellen Fischerei hinlegen. Ihre Karriere auf der *Queen Anne* ist beendet.« Er wandte sich Mary zu. »Und was Sie angeht, Mrs. Arrington: Von Ålesund haben wir bedauerlicherweise bereits wieder abgelegt. Ich persönlich hätte zwar nichts dagegen, Sie mit einem Rettungsring in den Fjord zu werfen.«

»Aber auch das gäbe ja schlechte Presse, nicht wahr?« Mary funkelte ihn böse an.

»Ganz recht! So langsam verstehen wir uns ja doch! Leider zu spät. Darum werden Sie bei unserem nächsten Halt das Schiff verlassen. Das ist Flåm, irgend so ein gottverlassenes Kaff mitten im Nichts. Da ist für Sie auf dieser Reise Endstation. Wir schmeißen Sie raus und Sie können in der Einöde versauern und die tolle Landschaft genießen.«

»Das werde ich nicht zulassen!« Mac Neill trat schützend vor Mary.

Germer sah ihn verwundert an. Mit einem Einspruch hatte er offenbar nicht gerechnet.

»Und warum, meinen Sie, sollte mich das interessieren, Herr Ex-Kapitän?«

»Weil Sie mich nicht ohne Weiteres von einem Moment auf den anderen ersetzen können, Germer! Meine Offiziere sind mir treu ergeben. Ich kann vielleicht nicht verhindern, dass der Schiffseigner mich entlässt. Aber ich kann für eine handfeste Meuterei an Bord sorgen.

Die Crew hört auf mich, sie respektiert mich. Wohingegen Sie sich nicht gerade größter Beliebtheit erfreuen.«

Germer schien zu überlegen, ob MacNeill wohl bluffte oder ob er seine Drohung tatsächlich wahrmachen würde. Offenbar entschied er, dass eine Meuterei durchaus im Bereich des Möglichen lag.

»Mrs. Arrington wird auf keinen Fall bis zur Rückkehr nach England auf diesem Schiff bleiben. Aber ich bin bereit, Zugeständnisse zu machen. Ich bin schließlich kein Unmensch.«

Mary hielt es für eine ziemlich gewagte Behauptung, der sie auf keinen Fall zustimmen konnte.

»Ich lasse Sie noch bis Stavanger mitfahren. Das ist ein größerer Ort. Von da aus können Sie weiter bis nach Großbritannien reisen. Das sollte ja nicht so schwer sein. Wir legen übermorgen dort an. Bis dahin werden Sie sich, aus Dankbarkeit für meine Großherzigkeit, gefälligst ruhig verhalten.«

Mary beschloss, ihm lieber nicht mitzuteilen, wohin er sich seine sogenannte Großherzigkeit ihretwegen stecken konnte. Er würde es sonst tatsächlich fertig bringen und sie im norwegischen Nirgendwo aussetzen. Aber wenn sie ihre schnippische Bemerkung jetzt herunterschluckte, hatte sie Zeit gewonnen. Zeit, um den Mord an Winkler doch noch aufzuklären.

»Sollte mir aber zu Ohren kommen«, fuhr Germer fort, »dass Sie weitere Nachforschungen anstellen, Crewmitglieder oder auch andere Passagiere mit Ihren Fragen belästigen, werde ich Sie in Ihrer Kabine unter Hausarrest stellen. Oder ich überlege mir die Sache mit dem Rettungsring und dem Fjord noch mal anders. Haben wir uns verstanden?«

Mary und MacNeill schauten sich kurz an, dann nickten sie beide. Germer wartete noch einen Moment. Als er sah, dass sie sich tatsächlich geschlagen gaben, gönnte er ihnen ein weiteres seiner schmierigen Lächeln.

»Dann können Sie, MacNeill, ja auf die Brücke zurückkehren, um Ihre Arbeit zu machen, solange Sie noch dürfen. Und Sie, Mrs. Arrington, können schon mal Ihre Koffer packen. Genießen Sie noch Ihren restlichen Aufenthalt auf unserem schönen Schiff. Machen Sie es gut!«

Mit diesen Worten drehte er sich um und watschelte über die Bühne. Er wuchtete sich die Stufen zum Zuschauerraum herunter und stolzierte wie ein fetter Pfau den Gang entlang zum Ausgang.

Mary und MacNeill sahen ihm schweigend nach, bis die Tür sich hinter ihm geschlossen hatte.

»Es tut mir leid, George«, unterbrach Mary die Stille. »Das ist alles meine Schuld. Sie haben mich gefragt, ob ich hundertprozentig sicher sei, dass die Botticelli und Mersault hinter dem Mord stecken. Ich war es. Das müssen Sie mir glauben. Aber ich war voreilig. Ich habe nicht alle Möglichkeiten durchdacht, habe mich von meinen Mutmaßungen mitreißen lassen. Meinetwegen sind wir in diese Schwierigkeiten geraten. Meinetwegen verlieren Sie Ihren Job.«

»Schon gut, Mary«, sagte MacNeill. »Sie haben getan, was Sie für das Richtige hielten. Sie haben sich geirrt. Aber Ihr Verdacht war begründet.« Er fasste ihre Hand und drückte sie. »Machen Sie sich keine Sorgen um einen alten Seebären wie mich. Ich komme schon klar. Wenn Sie mich dann entschuldigen würden, ich muss wirklich auf die Brücke zurück.«

Er ließ ihre Hand los und es war Mary, als löse sich in diesem Moment eine Verbindung zwischen ihnen, die sie bis dahin eng zusammengehalten hatte – und die im Begriff gewesen war, noch weiter zu wachsen. MacNeill bemühte sich, Haltung zu wahren, während er die Bühne verließ und den Saal durchquerte. Aber seine Niedergeschlagenheit, der Kummer darüber, in wenigen Tagen von seinem geliebten Schiff verbannt zu werden, war ihm anzusehen. Sein Rücken war ein wenig gebeugt, seine Schritte langsam, beinahe schlurfend. Er war kein gebrochener Mann. Dafür hatte er wohl wirklich schon zu viel erlebt. Aber er war sichtlich angeschlagen. Es kam Mary vor, als wäre er auf einen Schlag um zehn Jahre gealtert.

Die Tür schloss sich hinter ihm. Mary blieb allein zurück. Und genauso fühlte sie sich: allein. Sie war gescheitert. Sie hatte einem Menschen geschadet, der ihr in den vergangenen Tagen immer wichtiger geworden war. Es war ein furchtbares Gefühl. Ganz abgesehen davon, lief der Mörder noch immer frei rum. Es waren zwei Punkte, über die Mary durchaus in Verzweiflung hätte verfallen können.

Aber ebenso wie MacNeill sich bemühte, sich von seinem Kummer nicht unterkriegen zu lassen, war auch Mary fest entschlossen, nicht in Trübsal zu versinken. Sie würde nicht aufgeben. Sie würde alles tun, was in ihrer Macht stand, um ihren Fehler wiedergutzumachen. Noch war nicht alles verloren. Wenn es ihr gelang, den Mörder zu fassen, wäre nicht nur das Verbrechen aufgeklärt. Sie konnte auch dafür sorgen, dass MacNeill das Kommando auf der *Queen Anne* behielt. Es war, wie Germer gesagt hatte. Mit schlagkräftigen Beweisen würden weder er noch der Schiffseigner ihre Vertuschungen länger aufrechterhalten können.

Das Problem war, dass Mary nicht im Besitz auch nur eines schlagkräftigen Beweises war. Sie hatte nichts vorzuweisen als Mutmaßungen und Behauptungen. Germer hatte die Leiche verschwinden lassen. Und er hatte bestimmt schon alle Crew-Mitglieder, die von der Tat wussten, mit Kündigungsdrohungen zum Schweigen gebracht. Mary dachte an de Jong. Er war der Einzige, der neben Sandra und Antonio noch auf ihrer Seite stand. Aber war das genug?

Würden Sie es schaffen, den Mörder zu entlarven? Sie mussten es einfach schaffen. Und zwar noch bevor die *Queen Anne* in Stavanger anlegte und Germer Mary von Bord wies.

Das würde schon übermorgen sein.

Sie hatte also noch achtundvierzig Stunden, um den Mörder zu fassen und MacNeills Karriere zu retten.

39

Aber wie sollte sie es anstellen? Die ganze Nacht über wälzte sich Mary in ihrem Bett herum und grübelte. Ihre Theorie bezüglich der Botticelli und Mersault hatte sich zerschlagen. Eine andere wollte ihr nicht einfallen. Als die Dunkelheit vor dem Fenster bereits der Morgendämmerung wich, kam Mary wieder das sonderbare Lied in den Sinn. Es war das Einzige, woran sie sich halten konnte. Das Einzige, was ihr den Weg zu Winklers Mörder weisen konnte. Sie stand auf, zog ihren Bademantel an und ging hinüber in den Wohnbereich der Suite. Sie kochte sich einen Tee, um ihre Müdigkeit und die geistige Erschöpfung zu vertreiben, die ihr das Denken schwer machten. Anschließend setzte sie sich auf das Sofa und nahm das Lied hervor. Wieder und wieder las sie sich den Text durch, versuchte, darin irgendetwas Auffälliges zu finden. Sie summte die Melodie, während sie den Zeilen folgte. Schließlich hörte Mary sich die Aufnahme des Konzerts an und versuchte, dabei den Noten auf dem Blatt zu folgen.

Aber der Geistesblitz, auf den sie gehofft hatte, blieb aus. Frustriert knallte sie den Zettel mit dem Lied vor sich auf den Tisch. Alleine kam sie nicht weiter. Sie brauchte Hilfe. Und zwar professionelle Hilfe. Sie musste mit jemandem reden, der sich wirklich auskannte, der dieses Lied für sie Note um Note auseinandernehmen konnte. Aber sie konnte nicht Király oder ein anderes Mitglied des Bordorchesters zurate ziehen. Sie hatte keinen Zweifel, dass Germer seine Drohung wahrmachen und sie dafür in ihre Kabine einsperren würde. Mary wollte auch nicht Sandra und Antonio damit beauftragen. Nachdem bereits MacNeill durch ihre Schuld seinen Job verloren hatte, wollte sie nicht auch noch ihre anderen Unterstützer in Schwierigkeiten bringen.

Schließlich, nach endlosem Grübeln, fiel es Mary wie Schuppen von den Augen. Es gab nur eine einzige Person, an die sie sich mit ihrem Anliegen wenden konnte. Es gefiel Mary ganz und gar nicht.

Aber sie hatte keine Wahl.

40

»Was wollen Sie denn?« Rupert Gladwells Tonfall ließ eigentlich keinerlei Zweifel, was er von diesem unangekündigten Besuch hielt. Zur Sicherheit machte sein Gesichtsausdruck es noch mal überdeutlich.

»Wenn Sie gekommen sind, um mir darzulegen, wie literarisch wertvoll Ihre Bücher sind – ersparen Sie es mir bitte. Sie brauchen sich sowieso keine Sorgen zu machen. Ich habe nicht vor, Ihre Romane in der Zeitung zu verreißen.«

»Weil Sie davon so angetan sind, dass Sie gar nicht anders könnten, als sie in den höchsten Tönen zu loben?«, fragte Mary ironisch.

Gladwell schnitt eine Grimasse.

»Unsinn. Weil ich, um über sie herzuziehen, zumindest einen davon lesen müsste. Und darauf habe ich nicht die geringste Lust. Ich muss mir in meinem Beruf schon genug Schund zu Gemüte führen. Wenn wir dann alles geklärt haben, lassen Sie mich vielleicht freundlicherweise an meine Arbeit zurückgehen. Es mag Sie vielleicht überraschen, aber einige von uns nehmen Kunst und Kultur ernst. Schönen Tag noch.«

Er wollte Mary die Tür vor der Nase zumachen.

»Gerade deshalb bin ich hier«, konnte sie gerade noch durch den Spalt rufen.

Die Tür schloss sich mit einem Knall.

»Weil ich auf Ihre Expertise in diesem Bereich angewiesen bin.«

Sie hoffte, mit dieser Schmeichelei zu ihm durchzudringen. Aber die Tür blieb geschlossen.

»Ich brauche jemanden mit größtem musikalischem Sachverstand.«

Die Tür öffnete sich und Gladwells Bestattergesicht zeigte sich im offenen Spalt. Seine Augen hinter der randlosen Brille blickten sie verächtlich an.

»Mit Schleimerei erreichen Sie auch nichts.«

»Ich habe keinesfalls vor, mich bei Ihnen einzuschleimen. Glauben Sie mir, es kommt vom tiefsten Grund meines Herzens, wenn ich Ihnen sage, dass ich Sie für einen unausstehlichen Kotzbrocken halte, dem unter keinen Umständen erlaubt werden dürfte, seine Aggressionen an den künstlerischen Schöpfungen anderer Menschen auszulassen. Und die von Unflätigkeiten triefenden Ergüsse, die dabei herauskommen, auch noch in der Öffentlichkeit zu verbreiten. Wenn ich die Wahl hätte, würde ich nicht eine einzige Silbe mit Ihnen wechseln und mich niemals freiwillig Ihrer alles andere als angenehmen Gesellschaft aussetzen, bei der ich jetzt schon, nach wenigen Minuten, das Bedürfnis habe, Ihnen eine Ohrfeige zu verpassen. Aber wie die Dinge nun mal liegen, habe ich leider keine andere Wahl. Ich brauche eine professionelle Einschätzung, selbst wenn das bedeutet, Sie und Ihre Lästereien ertragen zu müssen, bis ich einen Migräneanfall bekomme.«

Gladwell blickte sie nach wie vor verächtlich an. Mary rechnete damit, er werde die Tür ein weiteres Mal zuknallen, begleitet von einer Flut an Beleidigungen.

Stattdessen aber zog er sie weiter auf.

»Wenn es Ihnen wirklich um Kunst und Kultur geht, kommen Sie rein.«

Mary trat ein. Gladwell schloss die Tür und setzte sich an den Schreibtisch, auf dem Aufzeichnungen lagen, an denen er offenbar gerade gearbeitet hatte. Abgesehen von diesen lose herumliegenden Papieren war seine Kabine in tadellosem Zustand, geradezu penibel sauber und ordentlich. Die Kabine spiegelte sozusagen das Erscheinungsbild ihres Bewohners wider. Nirgendwo lag auch nur eine einzige Socke oder ein anderes achtlos hingeworfenes Kleidungsstück herum. Das Bett war gemacht. Benutztes Kaffeegeschirr war auf einer Kommode zusammengestellt und wartete darauf, von einem der Schiffsangestellten abgeholt zu werden. Mary hätte es nicht gewundert, wenn Gladwell selbst für diese Sauberkeit sorgte und jeden Morgen mit dem Staubwedel eine Runde durch die Kabine drehte. Nach Sandras eher schludrigem Wirken sah es hier jedenfalls nicht aus.

»Was wollen Sie also?«, fragte Gladwell. »Ich brauche Sie wohl nicht extra zu bitten, sich kurz zu fassen.«

»Natürlich nicht. Ich werde von Ihrer wertvollen Zeit keine Sekunde länger als nötig in Anspruch nehmen. Sie haben sicherlich Karrieren zu zerstören und die Hoffnungen junger, aufstrebender Künstler im Keim zu ersticken.«

Sie legte das Blatt mit dem Lied vor ihn hin, das sie im Internet gefunden und ausgedruckt hatte. Missmutig, dass sie es direkt auf seine Notizen gelegt hatte, betrachtete er es einen Moment, bevor er es mit spitzen Fingern fasste und beiseiteschob.

»Ein überaus simples Lied. Vollkommen niveaulos, sowohl in Bezug auf die Melodie als auch auf den Text. Wollen Sie meine Zeit mit einem dummen Scherz verschwenden?«

»Ich muss wissen, was es damit auf sich hat. Es ist das Lied, das Christoph Winkler gespielt hat.«

Gladwell hatte einen Kugelschreiber gegriffen und angefangen, Korrekturen an seinen Aufzeichnungen vorzunehmen. Offenbar war er der Ansicht, dass es zu viel verlangt wäre, Mary seine gesamte Aufmerksamkeit zu widmen.

»Wer?«

»Der Pianist«, sagte Mary.

Gladwell warf ihr einen Seitenblick zu, der überdeutlich ausdrückte, was er von Winkler hielt. Er ließ es sich trotzdem nicht nehmen, es auch noch auszusprechen.

»Der Mann war ein Kretin. Was er sich bei dem Konzert geleistet hat, ist unverzeihlich.«

»Das mag sein«, sagte Mary. »Aber hat er es verdient, dafür mit dem Tod bestraft zu werden?«

»Wieso Tod?«, fragte Gladwell, ohne seine Schreibarbeit zu unterbrechen. »Soweit ich gehört habe, hatte er einen Nervenzusammenbruch, wurde an Land gebracht und in psychologische Betreuung gegeben. Übrigens die einzige Entschuldigung für sein unprofessionelles Verhalten, die ich eventuell bereit wäre, gelten zu lassen.«

»Das ist die offizielle Version«, sagte Mary. Da Gladwell ihr keinen Stuhl angeboten hatte, setzte sie sich einfach ohne Aufforderung in einen Sessel. »Die Wahrheit aber ist, dass ihn nach dem Konzert jemand ermordet hat. Erstochen am Flügel in der *Grand Lobby.* Der Mörder hinterließ ein Notenblatt bei der Leiche. Darauf war eben jenes Lied abgedruckt. Darum glaube ich, dass es der Schlüssel zur Aufklärung des Verbrechens ist.«

Gladwells Kugelschreiber hielt auf dem Papier inne. Wenn er auch sonst nicht gerade über überbordendes Mitgefühl verfügte, brauchte er einen Moment, um diese Nachricht zu verarbeiten.

»Nun gut.« Er griff das Papier mit dem Lied und legte es vor sich hin. »Ich hatte mir schon gedacht, dass an der ganzen Geschichte etwas faul ist. Das mit dem Nervenzusammenbruch klang mir doch allzu konstruiert.

Aber ich warne Sie, Mrs. Arrington. Wenn das alles nur eine Ihrer Krimigeschichten ist, und Sie mich an der Nase herumführen, überleg ich mir noch mal, ob ich mich nicht doch einem Ihrer Romane kritisch widme.«

»Ich versichere Ihnen, dass dem nicht so ist! Sollte ich Sie täuschen, werde ich Ihnen persönlich eine gesammelte Ausgabe meiner Werke zur Verfügung stellen, damit Sie jedes einzelne davon in Ihrer Zeitung zerpflücken können!«

»Gott behüte! Hoffen wir nicht, dass es dazu kommt.« Gladwell machte eine abwehrende Handbewegung, widmete sich dann aber wieder dem Stück Papier. »Ich werde jedenfalls sehen, was ich tun kann. Bei all meiner Abneigung gegen unprofessionelles Verhalten auf der Bühne oder stümperhafte Darbietungen kann ich es als Kritiker nicht gutheißen, wenn Künstler mir nichts, dir nichts umgebracht werden. Das ist keine Art und dem Kulturbetrieb alles andere als förderlich. Allerdings«, er wies mit seinem Kugelschreiber auf das Lied, »weiß ich noch nicht recht, was genau Sie von mir erwarten.«

»Sie sagten doch, Sie verfügten über ein absolutes Gehör.«

»Das ist richtig.«

»Ich dachte, wenn Sie sich noch einmal die Aufnahme des Konzertes anhören könnten und diese mit den Noten vergleichen, finden Sie vielleicht etwas, das mir mit meinen gewöhnlichen Ohren entgangen ist.«

Sie hielt ihm die CD mit der Aufnahme hin.

»Ich würde zu gerne darauf verzichten, mein Trommelfell noch einmal dieser Folter auszusetzen«, sagte er. »Aber gut, wenn es hilft, bin ich bereit, dieses Opfer auf mich zu nehmen.«

Gladwell stand auf, ging hinüber zur Kommode, auf

der eine Stereoanlage stand, und legte die CD ein. Er startete die Aufnahme und las, während er zuhörte, das Lied auf dem Papier mit, um beides miteinander zu vergleichen. Bei jeder Note davon, die Winkler auf der CD aus seinem Instrument hämmerte, zuckte er zusammen wie unter Schmerzen. Mary wusste nicht, wie es war, über ein absolutes Gehör zu verfügen und dadurch schiefe Töne besonders deutlich wahrzunehmen. So schlimm, wie Gladwell tat, konnte es aber wohl kaum sein. Immerhin aber machte er sich die Mühe, die Prozedur noch einmal zu wiederholen.

»Er kann nicht einmal richtig spielen«, sagte er dann. »Das ist, wie gesagt, ein einfaches Lied. Ein Kind würde das hinbekommen. Er aber macht an einer Stelle gleich mehrere Fehler, und zwar solche, die einem ausgebildeten Musiker nicht unterlaufen sollten.«

»Das ist genau, was ich meine«, sagte Mary aufgeregt. »Winkler beherrschte sein Instrument perfekt. Hier aber verspielt er sich so auffällig. Ich werde den Gedanken nicht los, dass es damit irgendeine Bewandtnis haben muss.«

Dieses Rätsel schien nun auch Gladwell zu beschäftigen, sodass er für eine Weile darauf verzichtete, abfällige Kommentare von sich zu geben.

»Auffällig ist das schon.«

Er kehrte mit dem Blatt an den Tisch zurück, legte es hin und ergriff von Neuem seinen Kugelschreiber. Dieses Mal aber nicht, um seine Aufzeichnungen fortzusetzen. Stattdessen kreiste er einen Bereich auf dem Notenpapier ein.

»Die Fehler liegen allesamt hier. Alles andere spielt er korrekt. Es ist auch nicht einfach so, als würde er sich in den Tasten vergreifen, auf die nebenliegenden rutschen.

Die falschen Töne liegen weit von den richtigen entfernt.«

»Welche genau sind es?«, fragte Mary, die neben ihn getreten war und auf das Papier blickte.

»Dies hier«, sagte Gladwell und umkringelte eine Note, »ist ein G. Winkler aber spielt stattdessen ein C.« Er schrieb den Buchstaben in den freien Bereich zwischen Notenlinien und Liedtext. »Hier, wo er eigentlich ein Gis spielen sollte, spielt er ein H, danach ein I statt einem A. Das hier stimmt ebenfalls nicht, ebenso wenig wie das hier.«

Er kreiste weitere Noten ein und schrieb jene, die Winkler gespielt hatte, darunter.

»Was das soll, ist mir allerdings schleierhaft. Alles, was dabei herauskommt, ist eine Qual für die Ohren.«

Mary blickte auf den Zettel mit den Noten, den Kreisen, den Buchstaben. Sie hatte das Gefühl, der Lösung dieses Rätsels, das Winkler ihnen aufgegeben hatte, ganz nahe zu sein. Aber erschließen wollte sie sich ihr noch nicht.

»Es wäre doch möglich, dass es ihm hier nicht auf den Wohlklang und die Harmonie der Melodie ankam, sondern darauf, auf andere Weise etwas mitzuteilen.«

»Aber wie? Und was?«

»Jede Note steht für einen Buchstaben, nicht wahr?«

»Korrekt.«

»Das bedeutet, man kann Noten wie Buchstaben aneinanderreihen und daraus Wörter formen.«

Gladwell ging auf, was sie meinte.

»Sie vermuten, Winkler habe bestimmte Noten so verfremdet, dass sie mit den vorangehenden und darauffolgenden ein bestimmtes Wort bilden?«

»Genau das war mein Gedanke. Auf diese Weise ließe sich in dem Lied eine Nachricht verbergen, die entschlüsseln kann, wer in der Lage ist, die angeblich falschen Noten mit den übrigen in den richtigen Zusammenhang zu bringen. Seien Sie doch so nett und schreiben in diesem Bereich, in dem die vermeintlichen Fehler liegen, auch alle anderen Buchstaben unter die Noten.«

Gladwell kam der Aufforderung nach. Er nahm den Kugelschreiber vom Papier. Gemeinsam blickten sie auf das Lied. Aber was er niedergeschrieben hatte, machte keinen Sinn.

»Das ist kein Wort«, sagte Gladwell. »Es ist nichts weiter als eine völlig sinnlose Aufreihung von Buchstaben, die sich nicht einmal aussprechen ließe. Kauderwelsch. Wenn er wirklich versucht hat, hier eine Nachricht unterzubringen, ist er kläglich gescheitert.« Gladwells Faszination für das Mysterium schien aufgebraucht, und der grantige Kritiker, der sich kurz zurückgezogen hatte, trat wieder zum Vorschein. »Noch nach seinem Tod leistet er sich Unverschämtheiten, indem er Ihre Zeit verschwendet, und was noch weitaus schlimmer ist: meine Zeit. Was für ein Stümper. Nicht einmal falsch spielen konnte er richtig.«

Mary hatte diese kleine Tirade nur am Rande mitbekommen. Sie hatte ihre Augen nicht von dem Notenpapier genommen. Sie glaubte nicht einen Augenblick daran, dass Gladwell recht hatte. Winkler hatte eine Nachricht in diesem Lied versteckt, vielleicht die Nachricht, für die er umgebracht wurde, ganz sicher aber die Nachricht, die sie zu seinem Mörder führen würde. Es musste ihr nur gelingen, sie zu entschlüsseln und herauszufinden, an wen sie gerichtet war, welchen Zweck Winkler mit ihr verfolgt hatte. Wieder und wieder ging sie die Buchstabenfolge durch. Wieder und wieder kam nichts dabei heraus. Sie schloss die Augen, atmete tief durch, sah wieder hin.

Und da, auf einen Schlag, erkannte sie, was Winkler ihnen hatte mitteilen wollen.

»Doch, konnte er«, rief sie laut. Sie riss Gladwell den Kugelschreiber aus der Hand, den er nur widerwillig hergab, und kreiste nun ihrerseits Teile des Liedes ein. »Er konnte perfekt Falschspielen. Hier! Erkennen Sie es jetzt?«

Gladwell seufzte. Seine Geduld war offensichtlich am Ende. Das Einzige, was ihn dazu bewegte, sich noch einmal dem Lied zu widmen, war wohl die Hoffnung, dass dieser Irrsinn endlich ein Ende nehmen würde. Skeptisch blickte er auf das Papier.

»Ich weiß nicht, was Sie wollen, Mrs. Arrington. Das ist doch bloß die Spinnerei eines verwirrten Geistes, der ...«

Dann aber erhellte die Erkenntnis seine Züge.

»Donnerwetter«, sagte er und fasste sich an die Glatze. »Das ist ja ...«

»Genau«, sagte Mary. »Es ist ein Name.«

41

»Es waren nicht nur die Noten«, rief Mary und wedelte mit dem Papier. »Man musste den Text miteinbeziehen. Man musste die Buchstaben des Textes an den entsprechenden Stellen durch die vermeintlich falschen Noten ersetzen, die Winkler statt der richtigen gespielt hat. Nur so konnte man die Nachricht entziffern, die er in dem Lied verborgen hatte.«

Mr. Bayle nahm ihre Aufregung mit dem milden Lächeln zur Kenntnis, mit dem er auch den Ausführungen einer offiziell Verrückten zugehört hätte. So weit war es mit Mary zwar noch nicht. Aber Mr. Bayles Miene nach zu urteilen, fehlte bis dahin auch nicht mehr viel.

»Es freut mich über die Maßen, verehrte Mrs. Arrington, Sie in derartiger Begeisterung zu erblicken. Ich versichere Ihnen, ich würde nichts lieber tun, als besagte Begeisterung mit Ihnen zu teilen. Allerdings muss Ihnen klar sein, dass ich nicht die geringste Ahnung habe, wovon in Gottes Namen Sie eigentlich sprechen.«

Wie ihr letztes Gespräch führten sie auch dieses über ihre Computer. Wie beim letzten saß Mr. Bayle in seinem Arbeitszimmer hinter dem Schreibtisch. Da sie sich dieses Mal aber zu deutlich früherer Stunde unterhielten, nämlich am Nachmittag, hatte er keinen Whisky vor sich stehen, sondern eine Tasse Tee, Earl Grey natürlich, mit einem Spritzer Zitrone.

»Wenn Sie also die Güte hätten, mich einzuweihen«, fuhr er fort, »kann ich vielleicht in Ihre Euphorie miteinstimmen.«

Was, wie Mary wusste, niemals im Leben passieren würde. Als sie bei ihrem letzten Gespräch ihr Treffen mit Anastasia Botticelli erwähnt hatte, war Mr. Bayle in einen – für seine Verhältnisse – regelrechten Freudentaumel geraten. Dieses Mal aber würde seine Reaktion weitaus nüchterner ausfallen – und möglicherweise mit weiteren Tadeln versehen sein. Aber es half nichts. Sie musste ihn in ihre Entdeckungen und neuen Erkenntnisse einweihen. Schließlich hatte sie ihn genau deswegen angerufen.

»Ich habe großartige Neuigkeiten«, sagte sie. »Sie werden froh sein, zu erfahren, dass es mir gelungen ist, Informationen zu finden, die meinen Mordermittlungen zu einem Durchbruch verholfen haben.«

Wie erwartet blieb eine Gratulation oder anderweitig geartete Anerkennung von Mr. Bayles Seite aus. Stattdessen nahm er die miesepetrige Miene an, die er auch während ihrer vorherigen Unterhaltung zur Schau getragen hatte.

»Bei aller Freude, die diese Mitteilung in mir auslöst, meine liebe Mrs. Arrington, kann ich Ihnen nicht verhehlen, dass es mich weitaus mehr gefreut hätte, wenn der Durchbruch, den Sie zu verkünden haben, sich auf die Arbeit an Ihrem Roman bezöge, und Sie Ihre wertvolle Zeit eben diesem widmen würden anstatt irgendwelchen Mördern, die eine solche Vorzugsbehandlung nun wirklich nicht verdient haben. Es liegt mir wie üblich fern, Sie unter Druck zu setzen. Aber der Abgabetermin …«

»Rückt immer näher«, unterbrach ihn Mary. »Ich habe diese Tatsache, an die sie mich mit verlässlicher Regelmäßigkeit zu erinnern geruhen, nicht vergessen. Bei allem Verständnis, das ich Ihrer Ermahnung gegenüber aufbringe, muss ich Sie jedoch darauf hinweisen, dass es zwischen Romanen und Mördern einen wesentlichen Unterschied gibt: Romane haben nicht die Neigung, davonzulaufen. Mörder hingegen schon. Was es unabdinglich macht, sich zunächst um diese zu kümmern, bevor man sich wieder anderer Belange annimmt.«

Mr. Bayle gab ein Grummeln von sich, das wohl ausdrücken sollte, wie liebend gern er sämtliche Missetäter über alle Berge flüchten sähe, wenn er dafür endlich seinen lang ersehnten Roman in die Hände bekäme.

»Wenn Sie also die Güte hätten, mir ein weiteres Mal mit Ihrem schier unerschöpflichen Wissen zur Seite zu stehen, mein lieber Mr. Bayle, bin ich zuversichtlich, diesen Mörder schon bald dingfest machen zu können.«

Mr. Bayle trank einen Schluck Tee und seufzte.

»Da Sie vorher ja ohnehin kein weiteres Wort zu Papier bringen werden, bleibt mir wohl kaum etwas anderes übrig. Ich gehe davon aus, Ihr Verdacht gegen Signora Botticelli hat sich als unbegründet erwiesen?«

»Nicht als gänzlich unbegründet. Um es diplomatisch auszudrücken: Ihre charakterlichen Eigenschaften stehen in bedenklichem Gegensatz zu ihrem eindrucksvollen Gesangsvermögen.«

»So schlimm?«

»Allerdings. Eine Mörderin ist sie jedoch nicht. Zumindest nicht, soweit ich weiß. Aber ich habe eine Spur, bei deren Auswertung Sie mir behilflich sein könnten.«

»Ich werde mein Bestes tun.«

»In dem Lied, das ich Ihnen neulich vorspielte und das Sie in Ihre glückliche Kindheit als Tweed-Anzug-tragender Wonneproppen zurückversetzt hat, war ein Name verborgen. Sehen Sie hier.« Sie hielt das Notenblatt vor die Laptop-Kamera. »In Verbindung mit den falschen Noten, die Winkler spielte, wandelte sich der Ausdruck Grashalm im Text in den Namen Chisholm.

Lediglich das A in Halm konnte er nicht verändern, da es die Note O ja nicht gibt. Aber ich gehe davon aus, dass es sich um den doch recht geläufigen Namen Chisholm handeln muss.«

»Das scheint mir einleuchtend«, sagte Mr. Bayle. »Und weiter? Welchen Grund könnte er gehabt haben, diesen Namen in dem Lied zu verstecken?«

»Im Gegenteil, mein lieber Mr. Bayle. Er wollte ihn nicht verstecken. Er wollte ihn mitteilen. Ich weiß noch nicht wem und warum. Aber ich hoffe, durch Sie Aufschluss darüber zu erlangen. Unter Winklers Besitztümern befand sich das Foto einer Frau. Es war mit einer Datumsangabe und den Initialen A.C. versehen. Ich bin nun ziemlich sicher, dass dieses C für Chisholm steht, und dass Winkler während seiner Zeit an der *Royal Academy*, genau gesagt in seinen letzten Monaten an der Hochschule, für die Familie Chisholm als Klavierlehrer tätig war. Einer seiner Orchesterkollegen erzählte uns, dass es sich um eine Familie aus den höheren Kreisen handelte, eine wohlhabende Familie. Zudem sagte er, in dieser Familie sei irgendetwas vorgefallen, irgendein Skandal, der eine starke Wirkung auf Winkler ausübte. Mein erster Gedanke war, Winkler habe mit der Dame des Hauses vielleicht eine Affäre gehabt. Aber weiter bin ich mit meinen Überlegungen nicht gekommen. Da Sie, mein lieber Mr. Bayle, in der Londoner High Society ja überaus bewandert sind, schien es mir naheliegend, mich bei Ihnen zu erkundigen, ob Ihnen dazu möglicherweise etwas einfällt.«

»Chisholm, Chisholm«, murmelte Mr. Bayle. »Lassen Sie mich doch einmal das Foto dieser Frau sehen.«

Sandra hatte sämtliche Aufnahmen, die sie in den Kabinen gemacht hatte, von ihrem Handy auf Marys Laptop überspielt. Mary öffnete den Ordner, fand das Bild der Frau und nahm die nötigen Einstellungen vor, damit auch Mr. Bayle es auf seinem Computer sehen konnte.

»A.C. sagen Sie.« Er blickte konzentriert auf das Bild. Mary konnte geradezu sehen, wie es hinter seiner Stirn arbeitete. »Die Dame kommt mir tatsächlich bekannt vor. Ich kann sie nur noch nicht einordnen. Aber ich komme schon noch darauf. A.C. A. Chisholm.«

Er schlug mit der flachen Hand so fest auf seinen Schreibtisch, dass die Teetasse klirrte.

»Ich hab's«, rief er und geriet dabei nun doch gefährlich nah an Erregung. »Alicia Chisholm. Natürlich. Der Fall ging damals durch alle Zeitungen. Es ist schon eine gute Weile her, bestimmt zehn Jahre.«

»Das würde zu der Datumsangabe auf der Rückseite des Fotos passen«, sagte Mary. »Was genau hat sich damals ereignet?«

»Ein schreckliches Familiendrama«, sagte Mr. Bayle. »Alicia Chisholm wurde ermordet. Man fand sie eines Morgens erdrosselt in ihrem Bett. Man munkelte, es sei um einen Erbschaftsstreit gegangen. Wie Sie schon sagten, war die Familie äußerst wohlhabend. Alicias Eltern, Industrielle aus Manchester, waren wenige Monate vorher gestorben. Das Vermögen, das sie ihrer Tochter hinterließen, wäre durchaus ein überzeugendes Motiv für einen Mord gewesen. Aber niemand konnte beweisen, dass dies der Grund war. Ebenso wenig wie es den Behörden gelang, den Täter zu überführen.«

»Gab es denn keinen Verdächtigen?«

»Nun ja«, sagte Mr. Bayle. »Scotland Yard konnte damals keinerlei Anzeichen eines gewaltsamen Eindringens finden. Es musste also jemand gewesen, der das Haus jederzeit ungehindert betreten konnte. Natürlich war Alicias Ehemann der Hauptverdächtige. Schließlich hätte er von Alicias Tod am meisten profitiert. Ihr Teil der Erbschaft wäre ihm zugefallen. Er stritt alles ab, behauptete, er habe jene Nacht nicht in dem gemeinsamen Schlafzimmer verbracht, sondern sei an seinem Schreibtisch im Arbeitszimmer eingeschlafen. Als er morgens ins Schlafzimmer gekommen sei, um seine Frau zu wecken, habe sie tot auf dem Bett gelegen. Er wurde zigfach vernommen. Aber auch wenn seine Aussage Zweifel weckte, fanden sich darin keine Widersprüche. Auch die Spuren am Tatort wiesen offenbar nicht eindeutig auf ihn als Täter hin. Außerdem gab es noch weitere Personen, die als Täter infrage kamen.«

»Wirklich? Aber wie viele Leute können denn Zugang zu dem Haus gehabt haben?«

»Wie sich herausstellte eine ganze Menge. Zum einen waren zu jener Zeit Verwandte bei den Chisholms zu Besuch. Ein Onkel, eine Tante, Alicias Bruder und ihre Schwester, ein paar Cousins und Cousinen. Sie alle waren nach London gekommen, um die Erbschaftsangelegenheiten zu klären. Da die Chisholms ein großes Haus hatten, wohnten sie alle bei ihnen. Dazu kam eine ganze Reihe von Angestellten, Dienstmädchen, Butler, Koch, Chauffeur. Die Liste der Verdächtigen war ebenso lang wie unübersichtlich.«

»Ich verstehe«, sagte Mary. Während Mr. Bayle erzählte, hatte sie den Internetbrowser geöffnet und den Namen Alicia Chisholm in die Suchleiste eingegeben. Ihr Bildschirm füllte sich mit Links zu alten Zeitungsberichten – und mit Fotos, die Alicia Chisholm und den Rest ihrer Familie, aber auch die Hausangestellten zeigten.

»Wie ging es weiter?«, fragte Mary, derweil sie sich durch die Bilder klickte und jedes von ihnen einer genauen Betrachtung unterzog.

»Ganz einfach. Irgendwann ging es nicht mehr weiter. Der Täter hatte keinerlei Spuren hinterlassen, niemand hatte etwas gesehen oder gehört. Die Polizei hatte keinerlei Anhaltspunkte. Die Ermittlungen kamen zum Stillstand und wurden schließlich aus Mangel an schlagkräftigen Beweisen eingestellt.«

»Und die Familie?«

Mr. Bayle hob die Schultern und senkte sie wieder, eine gemessene, ruhige Bewegung, die bei ihm ein Achselzucken darstellte.

»Was von der Familie übrig war, brach auseinander. Die Verwandten zerstreuten sich in alle Winde. Das Haus wurde verkauft, die Angestellten entlassen. Die Chisholms selbst hatten eine kleine Tochter. Sie hieß Claire, glaube ich. Sie muss damals sieben oder acht Jahre alt gewesen sein. Kaum auszudenken, wie schrecklich all dies für das arme Kind gewesen sein muss. Mit dem Tod der Mutter fand Claires Leid jedoch noch nicht sein Ende. Ihr Vater verkraftete den Tod seiner Frau nicht. Er wurde wahnsinnig und später in eine Nervenheilanstalt eingeliefert, in der er sich das Leben nahm. Manche behaupten, aus Verzweiflung über Alicias Tod, andere sagen aus Schuld. Claire war nun eine Vollwaise. Ich vermute, sie kam in ein Heim. Oder wurde von Verwandten aufgenommen. Da bin ich nicht sicher. Über diese Einzelheiten teilten die Zeitungen wenig mit. Die große Aufregung über den Mord hatte sich zu diesem Zeitpunkt bereits gelegt. Die Öffentlichkeit hatte sich damit abgefunden, dass die Wahrheit wohl niemals ans Licht kommen, der Fall Chisholm für immer ein Mysterium bleiben würde.«

»Aber nur bis heute«, sagte Mary. Sie starrte auf eines der Fotos, die sie bei ihrer Internetsuche gefunden hatte. Es zeigte jemanden, der ihr bereits begegnet war – und zwar hier auf dem Schiff.

»Heute löst sich alles auf.«

»Wie meinen Sie das? Wollen Sie sagen, Sie haben etwas gefunden, das …«

Aber er kam nicht dazu, seinen Satz zu beenden.

»Ich danke Ihnen verbindlichst, mein lieber Mr. Bayle«, rief Mary. »Sie haben die Erwartungen und Hoffnungen, die ich in Sie gesetzt hatte, mal wieder vollends erfüllt. Übertroffen sogar!«

»Das freut mich sehr, verehrte Mrs. Arrington. Sie wissen ja, wie Sie sich für meine Hilfe erkenntlich zeigen könnten. Der Abgabetermin für den Roman …«

Erneut blieb sein Satz unvollendet. Mary war von ihrem Stuhl aufgesprungen, hatte sich ihre Handtasche geschnappt und war zur Tür gestürzt, ohne sich von ihm zu verabschieden.

»Mrs. Arrington«, rief Mr. Bayle ihr aus dem Bildschirm nach. »Wo wollen Sie denn auf einmal hin?«

Aber Mary hörte ihn schon nicht mehr. Sie rannte aus der Suite und schlug die Tür hinter sich zu.

Sie wusste jetzt, an wen sich Winklers geheime Mitteilung gerichtet hatte.

42

»Mr. de Jong«, rief Mary und stürzte auf den Offizier zu, der gerade damit beschäftigt war, in der *Grand Lobby* die Fragen eines asiatischen Paares zu beantworten. Die *Queen Anne* hatte vor dem kleinen Städtchen Flåm angelegt und die meisten Passagiere wollten das Schiff verlassen, um den Ort am Ende des Aurlandsfjords zu besichtigen und vielleicht den vielgepriesenen Ausblick von der Aussichtsplattform Stegastein zu genießen, die über ihn hinausragte. In Aufbruchsstimmung wuselten sie mit ihren Kameras und Reiseführern durch die Lobby Richtung Ausgang. Auch das asiatische Paar, bei dem es sich, wie Mary zu erkennen glaubte, um Japaner handelte, hatte sich in dicke Jacken gepackt, um während des Landgangs der norwegischen Kälte zu trotzen. Was sie vorher mit de Jong zu klären hatten, erschloss sich Mary nicht – und spielte für sie gerade auch keine Rolle. Es war normalerweise nicht ihre Art, einfach in Unterhaltungen hineinzuplatzen. Aber sie hatte keine Zeit, sich mit Höflichkeiten aufzuhalten. Sie war bereits über das ganze Schiff gehetzt, und wenn sie dabei auch nicht auf der Suche nach Hendrik de Jong gewesen war, so war sie doch froh, ihn hier anzutreffen.

»Mr. de Jong, ich muss dringend mit Ihnen sprechen.«

»Mrs. Arrington«, sagte de Jong. »Natürlich. Wenn Sie mir kurz erlauben, diesen Herrschaften weiterzuhelfen, bin ich in einer Minute für Sie da.«

Er wandte sich wieder dem asiatischen Paar zu, das

die Störung mit höflichem Lächeln hingenommen hatte, und setzte dazu an, seine Erläuterungen fortzuführen. Aber Mary ließ ihn nicht zu Wort kommen.

»Wir haben keine Minute! Was ich mit Ihnen bereden muss, duldet keinen Aufschub.« Sie vollführte eine Verbeugung vor den Japanern. »Es tut mir schrecklich leid, Ihr Gespräch zu unterbrechen. Shitsurei shimasu.«

Diese Entschuldigungsfloskel hatte Mary, wie auch einige weitere Brocken Japanisch, gelernt, als sie einst mit Maxwell eine Reise durch Asien unternommen hatte. Später hatte sie diese Erfahrungen in ihrem Stuart-Smith-Roman *Killer in Kyoto* verarbeitet. Sie war froh, sich jetzt an diesen Ausdruck erinnert zu haben – und erleichtert, als er die gewünschte Wirkung zeigte. Das Paar lächelte verständnisvoll, verbeugte sich ebenfalls und zog sich zurück.

Hendrik de Jong sah ihnen nach, wie sie sich mit den übrigen Reisegästen zum Ausgang begaben. Er nahm seine Mütze ab und richtete sein Haar, was ihm offenbar half, der Verwirrung Herr zu werden, in die Marys plötzliches und vehementes Erscheinen ihn versetzt hatte.

»Aber Mrs. Arrington«, sagte er. »Was ist denn nur los? Ist irgendetwas passiert?«

Aber Mary hatte weder die Geduld noch die Ruhe, ihm ausführliche Erklärungen zu liefern.

»Haben Sie Mrs. Simmons gesehen?«, fragte sie.

De Jong sah sie ratlos an.

»Wen?«

Mary ging auf, dass er logischerweise nicht die Namen sämtlicher Passagiere an Bord kennen konnte.

»Die kräftige Dame, die immer in Begleitung eines jungen Mädchens ist. Die beiden unterhalten sich in Gebärdensprache.«

»Ja, ich glaube, die habe ich gesehen. Wenn ich mich nicht irre, sind Sie vor einer Weile an Land gegangen.«

»In diesem Fall«, sagte Mary. »Müssen wir Ihnen auf der Stelle folgen. Wir müssen sie finden und zurück auf das Schiff bringen. Kommen Sie. Die Frau ist stark und bedrohlich. Ich hatte bereits ein unangenehmes Zusammentreffen mit ihr. Gut möglich, dass ich Ihre Hilfe brauchen werde.«

De Jong schien noch immer nicht zu begreifen – was Mary ihm angesichts der wenigen, hektisch vorgebrachten Information, die sie ihm lieferte, schwerlich vorwerfen konnte. Dennoch folgte er ihr, als sie die Stufen der Lobby hinaufeilte. Er schien sie inzwischen gut genug zu kennen, um zu wissen, dass sie für all ihr Handeln gute Gründe hatte.

»Warum ist es so wichtig, sie an Land zu finden?«, fragte er, während sie gemeinsam auf den Ausgang zu hasteten. »Wenn wir warten, kommen die beiden doch von selbst zurück. Flåm ist nicht besonders groß. In ein oder zwei Stunden werden sie wieder hier sein.«

»Da bin ich mir nicht so sicher«, sagte Mary. Sie hatten inzwischen den Landungssteg erreicht. Mary war froh, dass de Jong fitter war als Germer und es ihm keine Mühe bereitete, mit ihrem hohen Tempo mitzuhalten. »Jedenfalls können wir es uns nicht leisten, dieses Risiko einzugehen.«

»Ich verstehe überhaupt nichts mehr. Wer in Gottes Namen ist denn diese Mrs. Simmons, dass sie auf einmal von solcher Bedeutung für Sie ist?«

»Sie ist«, sagte Mary und wandte sich im Lauf zu de Jong um. »die, nach der wir die ganze Zeit suchen. Sie ist es, die Christoph Winkler ermordet hat.«

43

Flåm war wirklich ein herrliches Fleckchen Erde. Der Name rührte von dem altnordischen Wort Fla her, was übersetzt »kleine Ebene zwischen steilen Bergen« bedeutete. Eine passendere Bezeichnung hätte es nicht geben können. Eindrucksvoll ragten die Felswände um das Dorf auf, als hätten sie sich schützend um dieses Kleinod gestellt, in dessen schmuckem Erscheinungsbild sich die Idylle vergangener Zeiten bewahrt zu haben schien. Und Flåm ruhte sich nicht auf seiner Schönheit oder der Schönheit der umliegenden Natur aus. Es wartete mit Sehenswürdigkeiten auf wie dem Eisenbahnmuseum, der in einem Wikingerbau untergebrachten Brauerei und der im 17. Jahrhundert erbauten Kirche, und bot seinen Besuchern somit ein rundum spektakuläres Erlebnis.

Im Moment allerdings hatten weder Mary noch Hendrik de Jong Augen für diese Attraktionen. So schnell sie konnten, hetzten sie durch die Straßen. Und das Einzige, wonach sie dabei Ausschau hielten, waren die beiden Frauen, hinter denen sie her waren. Mary war froh, dass Flåm mit seinen weniger als fünfhundert Einwohnern so klein und beschaulich war. In einer größeren Stadt wie Stavanger wäre ihre Suche ungleich schwieriger verlaufen. Aber auch so war es nicht leicht, sich durch die Touristenmassen zu wühlen, die Flåm bevölkerten. Abgesehen von den Passagieren der *Queen Anne* waren zahllose Menschen mit der Bahn oder dem Auto angereist, schlenderten umher, machten Fotos, bestaunten die Schönheit des Städtchens. Verwunderte oder verärgerte Ausrufe in den unterschiedlichsten Sprachen begleiteten Mary und de Jong, während sie sich mitunter recht unsanft ihren Weg bahnten. Die Einwohner blickten ihnen dabei ebenso erstaunt oder verstört nach wie die Touristen. Eine ältere Dame und ein Offizier in Uniform, die sich ein Wettrennen durch Flåms Straßen lieferten, war sicher ein seltener Anblick in diesem geruhsamen Ort, der Aufregung nicht zu kennen schien.

»Wo können sie nur sein?«, rief Mary, als sie vor der Kirche in Flåms Mitte angekommen waren.

»Wenn Sie sich verstecken wollen«, sagte Hendrik de Jong, während er fieberhaft um sich sah, »können Sie überall sein. In einem der Souvenirläden, einem der Restaurants, Hotels oder Museen. Die können wir nicht alle durchsuchen. Aber wenn sie von hier weg wollen ...«

»Werden sie dafür wohl kaum eine Fjordsafari buchen oder sich Fahrräder leihen«, unterbrach ihn Mary. »Es gibt nur eine Möglichkeit. Kommen Sie!«

In einem Sprint, der aufgrund der Touristen eher einem Hindernislauf glich, erreichten sie den Bahnhof. Just in diesem Moment fuhr die Flåmsbana ein. Eine Bergbahn, die ihre Passagiere ins Hochgebirge, zum Hochplateau Hardangervidda und der Station Myrdal beförderte. Diese Station lag nicht nur 876 Meter über dem Meeresspiegel. Sie bot, wie Mary beim Schmökern in ihrem Reiseführer erfahren hatten, auch Anschluss an Züge in andere Teile Norwegens. Wenn es Mrs. Simmons gelang, einen davon zu besteigen, wäre sie ihnen für immer entkommen. Sofern dies ihr Plan war – was Mary und de Jong nicht mit Sicherheit wissen konnten –, mussten sie die beiden Frauen hier in Flåm erwischen.

Der Bahnsteig war voller Leute, die ein Ticket gekauft hatten, um die Zugstrecke zu genießen, die als eine der schönsten der Welt galt. Die Bahn hielt und die Menschen drängten zu den sich öffnenden Türen, was es Mary und de Jong nicht leichter machte, durchzukommen, geschweige denn in dem Gewimmel die Übersicht zu behalten. Immer wieder versperrte ihnen ein Kopf oder ein paar Schultern den Blick, wurden sie von dem Gewoge hin- und hergeschoben, während Mary sich auf die Zehenspitzen stellte und den Hals reckte.

Da aber kam ihnen etwas zu Hilfe: die überdurchschnittliche Größe der Gouvernante. Sie ragte mindestens einen halben Kopf über die anderen hinaus

Es war de Jong, der sie als Erster erspähte.

»Da!«, rief er. »Da vorne sind sie.«

Nun entdeckte auch Mary sie und arbeitete sich mit verstärktem Einsatz voran.

»Mrs. Simmons«, rief sie über die Touristen hinweg. »Bleiben Sie stehen!«

Die Gouvernante blickte sich um und erkannte Mary, die langsam, aber stetig zu ihr aufholte. Aber sie machte keine Anstalten, Marys Aufforderung Folge zu leisten. Im Gegenteil. Unter vollem Einsatz ihrer Größe und Breite schob sie sich wie ein Bulldozer durch die Menge, um schneller voranzukommen. Das Mädchen, welches nicht recht zu wissen schien, was vor sich ging, zog sie grob hinter sich her.

»Claire!«, rief Mary.

Das Mädchen wandte den Kopf und sah sie erschrocken an. Für einen kurzen Moment blieb sie stehen, bevor Mrs. Simmons sie mit einem Ruck weiter voranzerrte. Immerhin aber sorgte dieses Zögern dafür, dass Mary ein Stück näher an sie herangekommen war.

Doch die beiden Frauen hatten bereits eine der Zugtüren erreicht. Mrs. Simmons drängte ein paar andere Fahrgäste beiseite, riss sogar einige zurück, die bereits einen Fuß auf die Trittstufen gesetzt hatten. Sie schob das Mädchen vor sich und bugsierte es in den Waggon. Aber bevor sie selbst einsteigen konnte, hatte Mary sie erreicht und am Arm gefasst – und sogleich erkannt, was für eine schlechte Idee das gewesen war. Mrs. Simmons schüttelte sie so heftig ab, dass Mary rückwärts taumelte und gefallen wäre, hätten nicht einige Umstehende sie aufgefangen.

»Was fällt Ihnen ein, uns zu belästigen«, fauchte Mrs. Simmons sie an, packte den Haltegriff neben der Tür und stieg die Stufen hinauf. »Verschwinden Sie gefälligst.«

Mary aber ließ nicht locker. Die Leute um sie herum waren empört vom Verhalten dieser ungehobelten Frau und es machte Mary Mut, sie auf ihrer Seite zu wissen.

»Das werde ich nicht tun. Und Sie übrigens auch nicht. Steigen Sie sofort wieder aus, Mrs. Simmons. Sie und Claire werden unverzüglich mit uns zum Schiff zurückkehren.«

Mrs. Simmons ballte die Fäuste und Mary wappnete sich, einem Schlag ausweichen oder ihn abblocken zu müssen. Aber ihre Gegnerin verlegte sich auf eine andere Strategie.

»Ich weiß nicht, was Sie von uns wollen«, sagte sie und machte eine Unschuldsmiene, die ihr wohl niemand hier abkaufte. »Ganz offensichtlich handelt es sich um ein Missverständnis. Ihr Name ist nicht Claire. Sie heißt Rebecca. Sie müssen sie mit jemandem verwechseln. Wenn Sie uns jetzt entschuldigen würden. Wir möchten diesen herrlichen Ausflug genießen.«

Sie wandte sich um und versuchte ein weiteres Mal, in den Zug zu gelangen. Nun aber war es de Jong, der sie am Arm fasste – und sein Griff war weitaus kräftiger als Marys.

»Sie gehen nirgendwohin«, sagte er im Tonfall des

Offiziers, der es gewohnt war, Befehle zu erteilen. »Sie haben Mrs. Arrington gehört. Sie begleiten uns auf der Stelle zurück zur *Queen Anne.*«

Die Unschuldsmiene der Gouvernante wandelte sich in Zorn. Für einen Moment glaubte Mary, sie werde auf de Jong losgehen, versuchen, ihn niederzuschlagen und zu flüchten. Aber sie sah wohl ein, dass es unmöglich war, zu entkommen. Alleine hätte sie es vielleicht schaffen können. Aber sie hätte das Mädchen zurücklassen müssen, wozu sie offensichtlich nicht bereit war.

Hendrik de Jong wich ihrem wutentbrannten Blick nicht aus.

»Wenn wir wieder an Bord sind, werden wir klären, was es mit all dem auf sich hat. Wenn es sich hierbei tatsächlich um ein Missverständnis handeln sollte, werden Sie immer noch Gelegenheit haben, eine Zugfahrt durch die Natur zu unternehmen.«

Die umstehenden Passagiere hatten sich derweil zerstreut. Sie hatten eingesehen, dass ihnen das Betreten des Zuges an dieser Tür verwehrt bleiben würde, und waren in andere Waggons gestiegen. So unterhaltsam diese Auseinandersetzung auch sein mochte, ihren Zug wollten Sie dafür nicht verpassen. Nach und nach hatte sich der Bahnsteig geleert. Die Türen des Zuges schlossen sich, bis auf diese eine, die von Mrs. Simmons und de Jong blockiert wurde. Längst war ein Schaffner, der auf dem Bahnsteig gestanden hatte, auf sie aufmerksam geworden und kam auf sie zu, um herauszufinden, was vor sich ging. Sein Auftreten ließ keinen Zweifel daran, dass er nicht bereit war, eine Verspätung seines Zuges in Kauf zu nehmen. In wenigen Augenblicken würde er sie erreicht haben

Mrs. Simmons sah ihm entgegen, und Triumph breitete sich auf ihrem breiten Gesicht aus. Mary wusste, worauf sie spekulierte. Im Gegensatz zu Mrs. Simmons und dem Mädchen hatten sie und de Jong keine Fahrkarten. Dies wäre Grund genug für den Schaffner, sie fortzuschicken, damit der Zug endlich abfahren konnte. Er machte nicht den Eindruck, als würde er mit sich diskutieren lassen.

Sie mussten Mrs. Simmons dazu bringen, zurück auf den Bahnsteig zu kommen, bevor er sich einschaltete.

Mrs. Simmons aber wusste, dass sie nichts weiter tun musste, als ein wenig Zeit zu schinden.

»Pah«, sagte sie. »Sie haben uns gar nichts zu befehlen. Auf dem Schiff können Sie den Passagieren vielleicht Anweisungen erteilen. Hier aber befinden wir uns auf norwegischem Boden.«

Der Schaffner war fast bei ihnen. Er machte eine ungeduldige Geste.

»Was bitte geht hier vor?«, fragte er auf Englisch. Mary beachtete ihn nicht.

»Wenn Sie sich weigern«, sagte sie zu Mrs. Simmons, »werden wir die Polizei verständigen – und ihr mitteilen, dass Sie die Hauptverdächtige in einem Mordfall sind. Ich bin sicher, dass der Schaffner sich dem nicht widersetzen wird. Man wird sie verhaften. Claire, oder wie auch immer Sie das Mädchen zu nennen belieben, wird man in einer behördlichen Anstalt unterbringen. Man wird Sie von ihr trennen. Es ist möglich, dass Sie sie niemals wiedersehen werden.«

Der Triumph auf dem Gesicht der Gouvernante erlosch. Von Neuem breitete sich Wut darauf aus. Aber sie unterdrückte sie. Sie wusste, dass Mary recht hatte. Sie wusste, dass sie geschlagen war. Sie bedachte Mary mit einem bitteren Blick, trat jedoch ohne weitere Einwände zurück auf den Bahnsteig. Das Mädchen, das sich während des Streits ängstlich hinter ihr verborgen gehalten hatte, stieg an ihrer Hand ebenfalls aus dem Zug. Unsicher schaute sie um sich.

»In Ordnung«, sagte die Gouvernante. »Wir kommen mit.«

44

»Wo ist Rebecca?«, fragte die Gouvernante. »Lassen Sie mich sofort zu ihr.«

»Sie brauchen sich um sie keine Sorgen zu machen. Sie ist in guten Händen«, antwortete Mary.

Die beiden Frauen saßen sich an einem Tisch gegenüber. Hendrik de Jong hatte sie für diese inoffizielle Vernehmung in eine unbelegte Kabine gebracht. Der Offizier stand hinter Mary, den Blick auf ihre Hauptverdächtige gerichtet und bereit, sofort einzuschreiten, sollte sie versuchen, zu entkommen oder einen von ihnen anzugreifen. Im Moment sah es allerdings nicht danach aus. Die Gouvernante saß reglos an ihrem Platz. Schon auf dem Weg zurück zum Schiff hatte sie sich ruhig verhalten. Mary glaubte daher nicht, dass sie gewalttätig werden würde. Dennoch blieb sie ebenso wachsam wie de Jong. Immerhin hatten sie eine mutmaßliche Mörderin vor sich.

»Übrigens«, fuhr Mary fort, »können Sie ruhig aufhören, sie Rebecca zu nennen. Und sich selbst Mrs. Simmons. Wir wissen ohne jeden Zweifel, dass der Name des Mädchens Claire lautet und sie die Tochter von Alicia Chisholm ist, die vor zehn Jahren in ihrem Haus in London ermordet wurde. Ich habe Fotos im Internet gefunden. Claire ist darauf zwar noch ein Kind, trägt aber eindeutig schon die Züge der jungen Frau, zu der sie inzwischen herangewachsen ist. Zudem ist die Ähnlichkeit zu ihrer Mutter, die mir vorher nicht aufgefallen war, nicht von der Hand zu weisen, wenn man die beiden nebeneinander sieht. Diese Familienfotos zeigen auch Sie, Verehrteste. Sie waren damals schon so unverkennbar, wie Sie es heute sind. Es war daher nicht schwer, auch Ihren Namen herauszufinden. Also warum lassen Sie nicht dieses billige Spielchen und haben die Güte, sich uns offiziell vorzustellen?«

Die vermeintliche Mrs. Simmons starrte vor sich auf die Tischplatte.

»Bridget Chisholm«, presste sie kaum vernehmlich hervor.

»Alicias Schwester«, entfuhr es Mary.

Bridget Chisholm nickte.

»Sie befanden sich damals in dem Haus, in dem Ihre Schwester ermordet wurde, ebenso wie andere Ihrer Verwandten. Und ebenso wie diese, wie Ihr Bruder Lawrence, Ihre Cousins und einige andere sind Sie nach dem Mord plötzlich von der Bildfläche verschwunden.«

»Und wenn schon«, sagte Bridget Chisholm. Sie mochte einen falschen Namen getragen haben. Was ihre Art anging, hatte sie sich offenbar nicht verstellt. Sie war noch immer genauso grob wie vorher. »Wie Sie schon sagen. Andere sind auch verschwunden. Nach dem, was passiert war, wollte keiner von uns in London bleiben.«

»Das ist durchaus verständlich. Allerdings sind Sie die Einzige, die zurückkehrte, um sich des Mädchens anzunehmen.«

»Jemand musste sich schließlich um Claire kümmern. Sie hatte ihre beiden Eltern verloren.«

»Ganz recht«, sagte Mary. »Ihre Mutter war ermordet worden, ihr Vater hatte sich selbst das Leben genommen. Claire war ein Waisenkind. Natürlich musste sich jemand um sie kümmern. Wie alt ist Claire eigentlich heute?«

Bridget Chisholm presste ihre Hände zusammen.

Hände, dachte Mary, die durchaus kräftig genug waren, eine Frau zu erwürgen oder einem Mann ohne große Mühe mit einem einzigen Stich ein Messer bis zum Griff in die Brust zu stoßen.

»Siebzehn«, sagte sie kaum vernehmbar. »Und weiter sage ich überhaupt nichts mehr.«

»Das brauchen Sie auch nicht«, erwiderte Mary. »Wir können uns denken, was passiert ist. Sie waren es, die ihre Schwester ermordet hat. Sie haben sie in ihrem Schlafzimmer erdrosselt.«

Die Knöchel an Bridget Chisholms Fingern traten weiß hervor, so heftig drückte sie ihre Hände aneinander. Aber sie sagte kein Wort, starrte Mary nur hasserfüllt an.

»Durch ihren Tod erhöhte sich ihr eigener Anteil am Erbe ihrer Eltern. Aber das reichte Ihnen nicht. Als sie erfuhren, dass auch Claires Vater tot war, kamen Sie nach London zurück, nahmen sich des Mädchens an und ließen sich die Vormundschaft übertragen. Wodurch Sie Zugriff auf das gewaltige Vermögen erhielten, das Claire nun erbte. Zumindest erhielten sie diesen Zugriff bis zu Claires Volljährigkeit. Sobald sie achtzehn ist, kann sie selbst darüber verfügen, kann Einblick in die Akten nehmen und wird, wie ich vermute, herausfinden, dass ihre liebe Tante im Laufe der Jahre ein stattliches Sümmchen abgezweigt hat. Diese Aussicht musste sie nervös machen.«

Mary stand auf, um einige Schritte durch die Kabine zu gehen.

»Auf keinen Fall wollten sie zulassen, dass das Vermögen einer Prüfung unterzogen wird. Also haben Sie diese Reise gebucht, brachten Claire auf das Schiff mit dem Plan, sie hier verschwinden zu lassen, damit ihre Verbrechen verborgen blieben. Habe ich recht?«

Noch immer gab Bridget Chisholm keine Antwort. Aber Mary sah, wie sich mit jedem weiteren Wort ihr ganzer Körper stärker anspannte.

»Natürlich konnten Sie nicht damit rechnen, hier auf Claires früheren Klavierlehrer zu stoßen. Christoph Winkler! Er aber hat Sie in der Lobby erkannt. Wusste er, dass sie Alicias Mörderin sind? Hatte er damals etwas mitbekommen? War es das, was ihn in eine Medikamentensucht stürzte? Oder hat er diesen Schluss erst bei diesem Wiedersehen gezogen? Jedenfalls hat er versucht, Claire auf die Gefahr aufmerksam zu machen, in der sie schwebte. Da er aber nicht an Claire herankam, weil Sie sie ständig in Ihrer Nähe halten und nicht eine Sekunde aus den Augen lassen, hat er dieses Lied gespielt. Ein Lied, das, wie ich vermute, eine besondere Bedeutung für Claire besitzt, sodass er sicher sein konnte, dass sie es verstehen würde. Und auch Sie haben ihn verstanden!« Mary wollte Bridget Chisholm in die Augen zu sehen. Aber diese wich ihrem Blick aus. »Spätestens nach seiner Eskapade bei dem Konzert wussten Sie, dass er nicht aufgeben würde. Also beschlossen Sie, ihn aus dem Weg zu räumen, bevor er Claire erneut warnen konnte – oder womöglich mit dem Kapitän sprechen würde. Sie haben sich nachts in die Lobby geschlichen und ihn erstochen, während er spielte. Die Mordwaffe, den Brieföffner, haben Sie zuvor aus Anastasia Botticellis Kabine gestohlen, zu der bekanntlich jeder Zutritt hat, der einen Strauß Blumen oder eine Schachtel Pralinen in der Hand hält. Mit der Klinge hefteten Sie das Notenblatt an seine Brust – zum einen, damit der Verdacht auf einen seiner Kollegen aus dem Orchester fiel. Zum anderen, weil Sie es Winkler heimzahlen wollten! Das Lied, mit dem er Claire vor Ihnen warnen wollte, haben Sie zu seinem Todeslied gewandelt. Aber genau dadurch sind wir Ihnen auf die Schliche gekommen. Wie sieht es aus, Mrs. Chisholm? Fühlen Sie sich frei, mich zu ergänzen oder mich zu korrigieren, wenn ich irgendwo danebenliege.«

Aber Mrs. Chisholm düsteres Schweigen blieb undurchdringlich, ihr Blick weiterhin starr auf den Tisch gerichtet.

»Wie Sie wollen«, ergriff Mary wieder das Wort, nachdem sie eine Weile vergeblich auf eine Erwiderung gewartet hatte. »Wir werden Ihnen etwas Zeit geben, über alles nachzudenken. Dann kommen Sie hoffentlich zu dem Schluss, dass ein Geständnis das Einzige ist, was Ihnen noch helfen kann. Kommen Sie, Mr. de Jong. Hier gibt es für uns nichts mehr zu tun.«

Mit diesen Worten ließen sie Bridget Chisholm auf ihrem Stuhl sitzen und traten aus der Kabine. Mary zog die Tür zu. De Jong schloss sie ab.

»Es ist schon verrückt, Mrs. Arrington. Wer hätte gedacht, dass einer kaltblütigen Mörderin ausgerechnet ein Kinderlied über Käfer und Schmetterlinge auf einer Frühlingswiese zum Verhängnis wird?«

»Oft sind es die kleinen Dinge, die zur Ergreifung eines Verbrechers führen. Dinge, die so klein sind, dass auch der Täter selbst sie übersieht.«

»Das stimmt wohl«, sagte de Jong, nahm seine Mütze ab und richtete sein Haar auf die ihm eigene Art. »Wie es in dem Lied so schön heißt: Selbst der kleinste Käfer bringt einen Grashalm ins Wanken.« Er deutete auf die Tür. »Aber dass wir sie überführt haben, heißt nicht, dass wir sie unterschätzen dürfen. Die Frau ist verschlagen. Wir sollten sie auf keinen Fall aus den Augen lassen.«

»Da stimme ich Ihnen vollkommen zu. Sie hat uns bewiesen, dass sie zu allem fähig ist. Wir müssen aufpassen, dass Sie keinen weiteren Schaden anrichtet.

Ebenso unerlässlich ist es, niemandem etwas zu verraten. Schon gar nicht Germer. Ohne Beweise oder ein Geständnis, bringt er es fertig und setzt sie wieder auf freien Fuß und sperrt uns dafür dort ein.«

»Von mir erfährt niemand etwas. Ich werde hier Wache halten und dafür sorgen, dass sie bleibt, wo sie ist, und niemand etwas herausfindet, bevor es an der Zeit ist.« De Jong salutierte vor Mary und schlug die Hacken zusammen.

»Sehr schön. Und ich werde mich derweil mit Claire unterhalten. Vielleicht kann ich ja herausfinden, was sie über all das weiß.«

45

»Du verstehst, was ich sage, nicht wahr?«, fragte Mary. »Du kannst hören. Du sprichst nur nicht, richtig?«

Claire deutete ein Kopfnicken an. Sie saß zusammengesunken auf dem Sofa und sah fürchterlich schmal und zerbrechlich aus. Ihre Haut schien noch blasser als zuvor.

»Du musst keine Angst haben, Claire. Du bist jetzt in Sicherheit.«

Aber Claire schaute sie nur aus ihren großen Augen an. Sie schien Mary nicht zu glauben. Mary konnte es ihr nicht verübeln. All das musste sehr verwirrend für das Mädchen sein. Nachdem sie auf das Schiff zurückgekehrt waren, hatte Mary sie in die *Trafalgar Suite* gebracht. Sie hatte Sandra über die neuesten Erkenntnisse eingeweiht und sie gebeten, sich um das Mädchen zu kümmern, während sie gemeinsam mit de Jong Bridget Chisholm verhörte. Es war ihr nicht leichtgefallen. Alles, was passiert war, hatte Claire sichtlich mitgenommen. Sie nach der ganzen Aufregung von ihrer einzigen Bezugsperson zu trennen und sie mit einer Fremden, so nett Sandra auch sein mochte, quasi einzusperren, war Mary nicht richtig vorgekommen. Aber sie hatte keinen anderen Weg gesehen.

»Möchtest du vielleicht einen Keks?«

Mary hielt ihr den Teller hin, der auf dem Couchtisch stand. Claire schüttelte den Kopf. Mary stellte den Teller zurück.

»Wäre es in Ordnung, wenn ich dir ein paar Fragen stelle?«

Das Mädchen hob die Hände und fing an, in Gebärdensprache zu gestikulieren.

»Leider beherrsche ich die Gebärdensprache nicht. Meinst du, du könntest mir vielleicht etwas aufschreiben?«

Claire schüttelte den Kopf und wiederholte die Handbewegungen, vehementer, als könne sie sich Mary dadurch verständlich machen.

»Sie werden nichts weiter aus ihr herausbekommen«, sagte Sandra, die mit angezogenen Beinen in einem der Sessel hockte. »Ich habe es schon die ganze Zeit versucht. Alles, was sie von sich gibt, sind diese Zeichen.«

»Das ist überaus ungünstig«, sagte Mary. »Es wäre enorm wichtig, zu erfahren, was sie weiß.«

In diesem Moment klopfte es an der Tür.

Claire fuhr erschrocken zusammen, und auch Mary wandte überrascht den Kopf.

»Alles in Ordnung«, sagte Sandra, stand auf und ging zur Tür. »Das ist nur Antonio. Ich habe ihn gebeten, nach seiner Schicht herzukommen.«

Sie öffnete die Tür und der Maschinist trat in das Zimmer. Wortkarg wie immer gab er Sandra ohne sonstige Begrüßung einen Kuss auf die Wange und nickte Mary zu. Er trat an das Sofa und blickte auf Claire herab, die unsicher zu ihm emporstarrte. Er lächelte. Claire lächelte nicht zurück. Immerhin aber machte sie eine Geste, die wohl so viel wie ›Hallo‹ bedeutete. Mary rechnete damit, dass der Austausch dieser beiden schweigsamen Seelen damit sein Ende finden, und Antonio sich an seinen üblichen Platz am Regal zurückziehen würde. Sie war überrascht, als Antonio nicht nur vor Claire stehen blieb, sondern ihre Begrüßung ebenfalls mit einer Geste beantwortete – und dieser Geste weitere folgen ließ, mit denen er offenbar ganze Sätze bildete. Claires Gesicht, wenn auch noch immer unsicher, hellte sich ein wenig auf, als sie Antonio auf die gleiche stumme Weise antwortete.

Mary und Sandra sahen erstaunt zu, wie die beiden sich in ihr stilles Gespräch vertieften. Zwischendurch zeigte sich auf Claires Gesicht sogar ein Lächeln.

»Wussten Sie, dass Antonio Gebärdensprache beherrscht?«, fragte Mary.

»Ich hatte keine Ahnung. Und noch etwas überrascht mich. Wenn er nicht reden muss, ist er offenbar eine richtige Quasselstrippe.«

Nach einer Weile, in der es Antonio augenscheinlich gelungen war, Claires Vertrauen zu gewinnen, gab er Mary ein Zeichen, näher zu treten und sich zu ihnen zu setzen.

»Ich habe eine taubstumme Großmutter«, sagte er, nachdem Mary auf dem Sofa Platz genommen hatte. »Von ihr habe ich das gelernt.«

Er machte Claire einige Zeichen, die offenbar eine Frage ausdrückten. Claire blickte zögernd auf Mary. Dann aber nickte sie.

»Sie können mit ihr sprechen, Mrs. Arrington. Ich werde ihre Antworten für Sie übersetzen.«

»Vielen Dank, Claire«, begann Mary. »Ich bin sehr froh, dass du mit mir sprechen möchtest. Ich entschuldige mich dafür, wenn meine Fragen vielleicht etwas sehr persönlich sind. Aber du bist die Einzige, der ich sie stellen kann.«

Claire vollführte einige Gesten.

»Es ist okay«, dolmetschte Antonio. »Claire wird versuchen, zu antworten.«

»Wir wissen, dass die Frau, mit der du reist, deine

Tante ist, Bridget Chisholm. Als sie die Tickets für diese Kreuzfahrt buchte, verwendete sie allerdings andere Namen, für sich selbst und auch für dich, Claire. Weißt du, warum sie das getan hat?«

Claire schüttelte den Kopf und fing an, zu gestikulieren.

Antonio wartete, bis sie fertig war.

»Sie hat Claire nur gesagt, dass sie auf dieser Reise Rebecca heißen würde und unter keinen Umständen jemandem ihren richtigen Namen verraten dürfe. Sie hat ihr keinerlei Erklärung gegeben, warum. An Bord hat sie dann dafür gesorgt, dass die beiden immer unter sich waren und es für niemanden eine Gelegenheit gab, mit Claire zu sprechen.«

»Ich verstehe«, sagte Mary. »Sie ist schon einige Jahre dein gesetzlicher Vormund, nicht wahr? War sie schon immer so besitzergreifend?«

»Schon immer«, übersetzte Antonio. »Sie hat immer alles getan, um Claire von anderen fernzuhalten. Sie durfte sich nie mit Freundinnen treffen. Ihre Tante hat sie immer zur Schule gebracht und wieder abgeholt. Sie hat sie von allen vollkommen abgeschottet. Claire gefiel das nicht. Aber sie konnte sich nie gegen sie wehren. Wenn sie versuchte, etwas mit anderen zu unternehmen, sperrte Mrs. Chisholm sie ein. Manchmal durfte sie tagelang nicht das Haus verlassen.«

Unter diesen Umständen, dachte Mary, war es kein Wunder, dass Claire zu so einer schüchternen jungen Frau herangewachsen war. Nicht nur, dass ihre Eltern gestorben waren, als sie noch klein war. Sie hatte auch hinterher niemals die Möglichkeit gehabt, sich zu entfalten, eigene Erfahrungen zu sammeln. Stets hatte sie unter der Fuchtel ihrer herrischen Tante gestanden.

»Fürchtest du dich vor Bridget?«

Dieses Mal brauchte sie Antonios Übersetzung nicht abzuwarten. Claires Augen drückten hinreichend aus, wie viel Angst ihr die hünenhafte Frau einflößte, unter deren strengem Einfluss sie stand.

»Ist schon gut.« Mary drückte sachte Claires Schulter. »Sie kann dir hier nichts tun. Kannst du mir sagen, was es mit dem Kinderlied auf sich hat, das Christoph Winkler spielte? Er war der Klavierlehrer deiner Mutter, nicht wahr?«

»Richtig«, sagte Antonio, nachdem Claire in Gebärdensprache geantwortet hatte. »Und auch Claires Klavierlehrer. Dieses Lied war ein ganz besonderes Lied, das Claires Mutter ihr früher immer vorgesungen hat. Später sangen sie es gemeinsam, bei Spaziergängen oder wenn sie zusammen im Garten waren. Als sie mit dem Klavierspielen anfingen, wollten sie daher, dass Winkler ihnen als Erstes dieses Lied beibrachte, damit sie es zusammen spielen und es dabei singen konnten. Das taten sie oft. Claire liebte ihre Mutter sehr.«

Tränen liefen über das Gesicht des Mädchens.

Claire zog ein Taschentuch hervor und drückte es sich auf die Wange. Mary erkannte das Tuch. Es war jenes, das sie im Restaurant fallen gelassen hatte.

»Das Tuch gehörte deiner Mutter, nicht wahr? Deshalb ist es so wichtig für dich.«

Claire nickte. Sie stieß ein heftiges Schluchzen aus. Der Tod ihrer Mutter mochte gut zehn Jahre zurückliegen. Aber so etwas verwand man nie. Mary spürte, dass es besser gewesen wäre, ihr nicht noch mehr zuzumuten, sie nicht weiter zu fragen, schon gar nichts, was dieses empfindliches Thema berührte. Doch es gab eine Frage, die Mary unbedingt noch stellen musste.

»In jener Nacht, in der deine Mutter starb – hast du

da irgendetwas gesehen, irgendetwas gehört? Etwas, das du uns darüber sagen kannst?«

Sobald Mary die Worte ausgesprochen hatte, bereute sie es. Die Trauer und der Schmerz in Claires Gesicht wichen schierer Panik. Sie fuhr von Mary zurück, gab unverständliche Laute von sich und schüttelte den Kopf. Immer wieder vollführte sie die gleichen Gesten.

»Sie darf nicht darüber sprechen«, übersetzte Antonio. »Sie darf niemals wieder sprechen.«

»Schon gut, Claire.« Mary fasste die Hand des Mädchens. »Du musst auch nicht sprechen. Du brauchst gar nichts zu sagen. Es ist alles in Ordnung.«

Auch Sandra eilte herbei, setzte sich neben Claire und legte einen Arm um sie. Claire schmiegte sich schluchzend an sie. Tränen strömten über ihr angstverzerrtes Gesicht, das sie gegen Sandras Schulter drückte.

»Was machen wir jetzt?«, fragte Sandra, während sie Claire tröstend über das Haar strich. Auch Antonios ratlose Miene drückte diese Frage aus.

»Es ist offensichtlich«, sagte Mary »dass sie etwas darüber weiß, was damals passiert ist. Vielleicht hat sie die Tat sogar beobachtet. Aber sie wird es uns nicht verraten.«

Sie hatte leise gesprochen. Aber Claire schien in ihrem Leid und ihrer Verzweiflung ohnehin nichts von dem mitzubekommen, was um sie herum vorging.

Mary stand auf.

»Sie beide bleiben bitte hier und kümmern sich um Claire. Ich werde noch einmal mit Bridget Chisholm reden.«

Mary verließ die *Trafalgar Suite* und eilte durch die Gänge des Schiffes. Sie war voller Wut darüber, welches Leid Bridget Chisholm dem armen Mädchen über viele Jahre zugefügt hatte. Und sie war fest entschlossen, diese Wut an ihr auszulassen. Sie wollte sie damit konfrontieren, wie skrupellos sie aus reiner Habgier Claires Leben zur Hölle gemacht hatte.

Als Mary jedoch in den Flur einbog, auf dem ihre Verhör-Kabine lag, erlebte sie eine böse Überraschung.

Hendrik de Jong war nicht auf seinem Posten.

Und die Tür der Kabine stand weit offen.

46

Vorsichtig betrat Mary die Kabine. De Jong lag auf dem Boden. Seine Augen waren geschlossen. Er regte sich nicht. Am Kopf hatte er eine blutende Wunde. Neben ihm lag ein massiver Kerzenständer, an dem ebenfalls Blut haftete. War de Jong tot? Oder lediglich bewusstlos? Mary vergewisserte sich mit einem schnellen Blick, dass Bridget Chisholm verschwunden war und sie nicht auch aus einem Hinterhalt niederschlagen konnte.

Dann kniete sie sich neben den Offizier, fühlte seinen Puls. Erleichtert stellte sie fest, dass er lebte.

»Mr. de Jong.«

Sie berührte ihn an der Schulter.

»Mr. De Jong, hören Sie mich?«

De Jong stöhnte. Er öffnete die Augen und blickte Mary an. Er fasste sich an den Kopf. Dieses Mal aber nicht aus der Gewohnheit heraus, den Sitz seiner Haare zu prüfen und gegebenenfalls zu richten. Vorsichtig betastete er die Wunde und blickte auf das Blut an seiner Hand.

»Wie fühlen Sie sich? Brauchen Sie einen Arzt?«

»Sie meinen Germer?«, fragte de Jong. »Gott nein. Da verblute ich lieber.«

Mary nahm es als gutes Zeichen, dass er trotz der Verletzung seinen Sinn für Humor nicht verloren hatte. Gleichzeitig war sie froh. Germer war der Letzte, den sie in diese Vorgänge einbeziehen wollte.

»Ich bin ein bisschen benommen. Aber es geht schon.«

Mary half ihm, sich aufzurichten und sich mit dem Rücken gegen das Bett zu lehnen. Sie ging hinüber ins Bad, hielt ein Handtuch unter kaltes Wasser und brachte es ihm.

»Danke«, sagte er und drückte das Handtuch gegen seine Wunde, die zum Glück nicht allzu stark blutete.

Mary hockte sich neben ihn.

»Was ist passiert?«

»Eine Weile, nachdem Sie gegangen waren«, sagte de Jong, »klopfte Bridget von innen gegen die Tür. Sie sagte, es gehe ihr schlecht, sie habe furchtbare Schmerzen. Ich konnte schlecht Germer holen, damit er sie untersuchte. Deshalb entschied ich, selbst nach ihr zu sehen. Ich schloss die Tür auf. Aber Bridget hatte mich hereingelegt. Sie wartete hinter der Tür auf mich.« Er deutete auf den Kerzenständer. »In dem Moment, in dem ich eintrat, schlug sie mir dieses Ding da auf den Schädel. Ich ging sofort k. o.«

Er schüttelte den Kopf, merkte, dass das keine gute Idee war, und hielt wieder still.

»Es tut mir leid, Mrs. Arrington. Das war dumm von mir. Ich hätte niemals auf so einen billigen Trick hereinfallen dürfen.«

»Schon gut, Mr. De Jong«, sagte Mary. »Selbstanklagen bringen uns nicht weiter. Wir haben Wichtigeres zu tun. Wir dürfen auf keinen Fall zulassen, dass Bridget flieht oder, schlimmer noch, Claire etwas antut.«

Dieser Gedanke schien de Jong zusätzlich zu beleben. Mit Marys Hilfe stemmte er sich auf die Beine. Der Druck durch das Handtuch hatte die Blutung gestillt. De Jong war noch ein wenig blass. Aber er schien entschlossen, sich weder von ein bisschen Blut noch von einem dröhnenden Schädel aufhalten zu lassen.

»Sie haben recht. Wir müssen sie finden.«

47

»Haben Sie sie gefunden?«

Marys Frage war unnötig. Die Tatsache, dass Bridget Chisholm sich weder in de Jongs noch in Antonios Begleitung – oder besser Gewahrsam befand – war Antwort genug.

»Irgendeine Spur von ihr?«

Antonio schüttelte den Kopf und lehnte sich an das Bücherregal.

»Nichts«, sagte de Jong, setzte sich in einen der Sessel und befühlte seinen Kopf, der offenbar immer noch schmerzte.

Auch Kapitän MacNeill machte ein mutloses Gesicht.

Mary hatte ihn verständigt und ihn über die jüngsten Entwicklungen in Kenntnis gesetzt. Nicht nur, weil sie in dieser Lage jede Hilfe brauchten, die sie bekommen konnten. Sondern auch, weil das immer noch sein Schiff war und er ein Recht hatte, alles zu erfahren, was darauf vor sich ging. Er hatte ihren Bericht mit Staunen und Skepsis angehört. Aber trotz des vorherigen Irrtums, mit dem Mary ihn in so große Schwierigkeiten gebracht hatte, war er auf der Stelle bereit gewesen, ihnen zu helfen. Mary hatte nichts anderes von ihm erwartet.

»Wir haben jeden Winkel durchforscht«, sagte MacNeill und ging hinüber zur Balkontür, legte die Hände hinter dem Rücken zusammen und blickte hinaus. Die Abenddämmerung hatte eingesetzt. Die Berge, die den Fjord umschlossen und an denen die *Queen Anne* ruhig vorbeizog, waren nichts als graue, formlose Schemen. »Es ist, als hätte sie sich in Luft aufgelöst.«

Nach ihrer stundenlangen Suche waren sie alle in der *Trafalgar Suite* zusammengekommen, wo Sandra mit Claire gewartet hatte. Es hatte Mary nicht behagt, die beiden Frauen dort zurückzulassen. Aber die Tür war solide und würde sich nicht ohne Weiteres aufbrechen lassen. Außerdem hätte Sandra Mary und die anderen sofort per Handy verständigt, wenn jemand versucht hätte, sich gewaltsam Zugang zu verschaffen.

»Glauben Sie«, fragte de Jong, »dass Sie so verrückt war und von Bord gesprungen ist?«

»Nein«, antwortete Mary. »Sie ist niemand, der sich einfach aus dem Staub macht. Sie hat eine unglaubliche Entschlossenheit und Stärke. Ich denke, sie ist noch an Bord. Ich denke, sie wird versuchen, an Claire heranzukommen.«

Sie wies auf das Mädchen, das dicht an Sandra gekuschelt auf dem Sofa saß und ihrer Unterhaltung ängstlich folgte.

»Solange wir sie nicht finden«, fuhr Mary fort, »und solange die beiden auf diesem Schiff sind, schwebt sie in höchster Gefahr. Wir haben somit nur eine Wahl.«

Sie blickte ernst in die Runde.

»Wir müssen Claire an Land bringen. Morgen früh erreichen wir Stavanger. Laut Germers Anweisung muss ich das Schiff dort verlassen. Ich werde Claire mit mir nehmen. Wir werden uns an die Behörden wenden und sie um Hilfe bitten. Von Stavanger aus kann ich mit ihr nach England zurückkehren und sie in Sicherheit bringen. Mein Lektor besitzt ein kleines Cottage. Dort werde ich mit Claire warten, bis Bridget Chisholm gefasst ist. Wir müssen nur noch bis morgen früh durchhalten.«

Sie trat an das Sofa und legte Claire eine Hand auf die Schulter.

»Eine einzige Nacht.«

48

Die *Grand Lobby* lag im Dunkeln. Nicht ein einziger Lichtschein beleuchtete die verlassenen Sitzecken, die geschwungenen Treppen, die Empore und das bronzene Schiffsrelief. Leise Töne erklangen in der Dunkelheit. Am Flügel saß eine Gestalt. Ihr weißes Kleid schimmerte matt. Ihre schmalen Schultern bewegten sich kaum, während sie sich mit suchenden Fingern von Ton zu Ton tastete. Es war Claire. Sie spielte das Kinderlied, aber nicht fröhlich und heiter, sondern langsam und bedrückend. Trotz der hellen Klänge lag in der Melodie eine Trauer, als brächte das Mädchen mit jeder Note seinen Kummer über den Tod der Mutter zum Ausdruck. Als klage sie mit jeder Taste, die sie herunterdrückte, um eine der Saiten im Inneren des Flügels zum Schwingen zu bringen, über den unwiederbringlichen Verlust. Schwermütig hallte das Lied durch die finstere Lobby. Claire schien verloren in diesem Lied und nichts mitzubekommen von dem, was um sie herum vor sich ging.

Ein Schatten löste sich aus der Finsternis, kam hinter einer der Säulen hervor und schlich sich von hinten an sie heran. Schritt für Schritt, immer näher, ohne das kleinste Geräusch zu verursachen. Er war beinahe schon so nah, dass er sie berühren konnte. Der Schatten hob die Hände, streckte sie nach dem Mädchen aus, um es am Hals zu packen.

Es fehlten nur noch wenige Schritte.

Da aber trat eine weitere Gestalt dem Schatten entgegen, verstellte ihm den Weg zu dem Mädchen.

»Das genügt! Bleiben Sie stehen, Mr. de Jong.« Marys Worte hallten durch die *Grand Lobby.* Im selben Moment flammten sämtliche Lichter auf. Schlagartig war es taghell. Aus den Nebengängen, wo sie sich bereitgehalten hatten, näherten sich Kapitän MacNeill und fünf seiner Offiziere. Gemeinsam bildeten sie einen Kreis um de Jong und Mary. Sandra und Antonio, die sich hinter dem Flügel versteckt gehalten hatten, kamen hervor und bauten sich schützend vor dem Mädchen auf, das sein Lied nun unterbrach und sich umwandte. De Jong war umstellt. Hektisch blickte er um sich. Aber er hatte keine Chance, zu fliehen.

Mit einem Lächeln, das vor Charme nur so sprühte, ließ er seine Hände sinken.

»Mrs. Arrington. Wie schön, Sie zu sehen. Ich hatte das Lied gehört und wollte nachsehen, wer es spielte. Als ich sah, dass es Claire war, machte ich mir große Sorgen. Ich dachte, sie sollte hier lieber nicht allein sein, deshalb wollte ich sie zurück in Ihre Suite bringen. Ich hatte ja keine Ahnung, dass Sie bei ihr sind.« De Jong wies in die Runde. »Sie und diese Herrschaften. Was treiben Sie denn alle hier?«

»Sparen Sie sich die Ausflüchte«, sagte Mary hart. »Lügen und Heuchelei bringen Sie nicht mehr weiter. Davon haben Sie uns wirklich schon genug zugemutet. Aber damit ist Schluss. Sie sind überführt. Ihr mörderisches Spiel ist zu Ende, Mr. De Jong. Oder, wie ich wohl eher sagen sollte, Lawrence Chisholm.«

49

»Angenehm, Ihre Bekanntschaft zu machen«, sagte der falsche de Jong und hielt Mary die Hand hin. Offenbar glaubte er immer noch, mit seiner höflich-zuvorkommenden Art seine Lage zu verbessern oder sich gar aus der Affäre zu ziehen. Mary ignorierte seine Hand. Er zog sie mit einem Schulterzucken zurück – und schaffte es sogar, gekränkt auszusehen.

»Nun, wenn Sie auf eine offizielle Bekanntschaft keinen Wert legen, erlauben Sie mir zumindest, Ihnen zu gratulieren, Mrs. Arrington. Nach einigen Fehlschlägen ist es Ihnen doch noch gelungen, dem wahren Täter auf die Spur zu kommen – und ihn in eine Falle zu locken. Ich sehe ein, dass es keinen Sinn hat, irgendetwas abzustreiten. Aber wie, wenn ich fragen darf, sind Sie auf mich gekommen? Woher wussten Sie, dass ich es war, der Winkler ermordet hat – und der Claire ermorden wollte?«

»Das Lied«, sagte Mary. »Erinnern Sie sich, wie Sie es mir gegenüber erwähnten? Sie zitierten sogar aus dem Text. Damit haben Sie sich verraten.«

Lawrence Chisholm blickte sie verständnislos an.

»Warum? Was hatte das schon zu bedeuten?«

»Es ist ein altes englisches Kinderlied.« Mary trat nah an ihn heran. »Soweit ich herausfinden konnte, wurde es in keine andere Sprache übersetzt. Dass Sie es so gut kannten, sogar Textzeilen auswendig konnten, machte mich stutzig. Wieso, habe ich mich gefragt, sollte ein

Holländer so ein altes Lied kennen, das noch nicht mal mir bekannt war? Es machte Sie verdächtig.«

Lawrence schüttelte den Kopf, sichtlich verärgert über diese Unachtsamkeit, die ihm unterlaufen war.

»Selbst der kleinste Käfer …«, sagte er.

»… bringt einen Grashalm ins Wanken«, ergänzte Mary.

»Das heißt, die ganze Suche nach Bridget war nur ein Täuschungsmanöver?«

»Nicht ganz.« Mary schmunzelte. »Es war natürlich wichtig, dass wir sie finden. Und zwar, bevor es Ihnen gelang, sie aufzuspüren und sie umzubringen, wie Sie es bereits in der Kabine versucht haben, in die wir Bridget eingesperrt hatten. Dort war es ihr zum Glück gelungen, Sie mit dem Kerzenständer niederzuschlagen und zu entkommen. Aber wir wollten nicht riskieren, dass Bridget ein weiteres Mal von Ihnen angegriffen wird. Wir mussten sie also finden. Antonio spürte sie schließlich in einem der Frachträume auf, wo sie sich versteckt hielt. Er brachte sie an einen sicheren Ort im Maschinenraum, bevor er in meine Suite kam. Über die Suche haben wir Sie also nicht angelogen. Wohl aber über deren Ergebnis. Sie können nun ruhig herauskommen, Mrs. Chisholm.«

Aus einer Nische unter der Treppe, in der sie sich verborgen gehalten hatte, trat Bridget. Sie ging zu Claire an den Flügel und legte ihr einen Arm um die Schultern. Das Mädchen drückte sich an sie. Bridget strich ihr über das Haar. Ihr Blick aber blieb unverwandt auf Lawrence Chisholm gerichtet. Während sie ihn düster und voller Verachtung anstarrte, schenkte er ihr sein strahlendes Lächeln.

»Hallo, Schwesterherz. Wie schön, dich zu sehen – ohne mich weiter verstellen zu müssen. Wie gefällt dir eigentlich mein neues Gesicht, hm?« Er strich sich über die Wange. »Der Chirurg hat brillante Arbeit geleistet, nicht wahr? Ich meine, wenn nicht mal meine eigene Schwester mich erkannt hat, muss man wirklich von einem Meisterwerk sprechen. War nicht billig, die Operation. Aber jeden Cent wert.«

Im Stillen musste Mary ihm zustimmen. Dieser Mann hier hatte nichts mit jenem Lawrence gemein, den sie auf den Fotos der Familie Chisholm gesehen hatte. Aber weder sie noch Bridget waren in der Stimmung, ihm für seine künstlich veränderte Erscheinung Komplimente zu machen.

»Du hättest mit deinem neuen Gesicht bleiben sollen, wohin du dich nach deinem Mord an Alicia verkrochen hast«, sagte Bridget. »Du hättest niemals wieder in meine oder Claires Nähe kommen sollen.«

»Aber, aber, Schwesterherz.« Lawrence breitete die Arme aus. Er wollte einen Schritt auf sie zugehen. Aber Mary und die Offiziere rückten dichter um ihn zusammen. »Genau dafür war mein neues Gesicht doch gedacht. Um in eure Nähe zu kommen, bei euch sein zu können, ohne dass ihr es merkt. Ich musste doch wissen, wie ihr den Tod unserer armen Alicia verkraftet habt. Wobei es mir zugegeben weniger um dich ging, liebste Bridget. Du hattest immer schon eine robuste Verfassung. Aber um Claire machte ich mir große Sorgen.« Er lächelte das Mädchen mitleidig an. Claire verbarg ihr Gesicht an Bridgets Arm. »Um die arme, zarte Claire, die ihre geliebte Mutter verloren hatte.«

»Von wegen!«, unterbrach Mary sein unsägliches Gesäusel. »Sie haben sich allein um sich selbst Sorgen gemacht. Claire hat sie in der Mordnacht beobachtet. Sie hat gesehen, wie Sie ihre Mutter erdrosselt haben.«

»Ja, ich habe Alicia aus dem Weg geräumt! Sie schlief so ruhig, als ich mich in das Schlafzimmer schlich. Erst als ich meine Hände um ihren Hals legte, wachte sie auf. Ihre Augen waren voller Schrecken und Angst. Sie strampelte, schlug nach mir. Aber ich drückte immer fester zu.« Ein kleines Lächeln, beinahe nostalgisch, hielt sich auf seinen Lippen, als schwelgte er in seligen Erinnerungen. Er war eindeutig verrückt, dachte Mary. »Sie versuchte, zu schreien. Aber sie hatte keine Luft dazu. Nach wenigen Minuten war es vorbei. Dann erst bemerkte ich, dass Claire in der Tür erschienen war und alles mitangesehen hatte. Ihr Kinderzimmer lag nebenan. Sie musste etwas gehört haben.« Er schüttelte den Kopf wie über ein Versäumnis, das sich nun rächte. »Ich hätte sie ebenfalls erwürgen sollen. Aber ein Kind zu töten … das brachte ich nicht über mich.«

»Stattdessen drohten sie ihr«, sagte Mary. »Sie haben sie eingeschüchtert, niemandem ein Wort zu sagen. Claire war noch so jung und der Schock saß so tief, dass sie vollkommen mit dem Sprechen aufhörte und in Panik geriet, wann immer sie jemand nach dem Tod ihrer Mutter fragte.«

Jetzt schaltete sich auch Bridget ein.

»Nachdem die Ermittlungen der Polizei eingestellt worden waren, habe ich London verlassen. Ich hatte Angst. Ich hatte Lawrence im Verdacht, Alicia ermordet zu haben. Aber ich hatte keine Beweise. Ich fürchtete, er würde auch mir etwas antun. Ich hatte nicht vor, zurückzukehren. Aber nachdem Claire auch ihren Vater verloren hatte, beschloss ich, mich ihrer anzunehmen. Ich nahm sie in meine Obhut, zog sie groß, lernte Gebärdensprache, damit wir uns verständigen konnten. Schon bald merkte ich, dass sie etwas über die Mordnacht wusste. Aber sie gab es nicht preis. Lange Zeit dachte ich, sie würde es niemals mitteilen, würde niemals über dieses Trauma hinwegkommen. Wir versuchten vieles.

Doch niemand konnte ihr helfen. Bis sich vor etwa einem Jahr ein Musiktherapeut bei uns meldete. Er hatte von Claire und ihrem Schweigen gehört und versprach, sie mit einer revolutionären Methode zu heilen. Ich gab mein Einverständnis, hatte allerdings wenig Hoffnung. Aber tatsächlich zeigte sein Ansatz bald Erfolg. Claire fand mehr und mehr Stabilität. Noch ein paar Monate, ich bin sicher, und sie hätte wieder angefangen zu sprechen. Sie hätte alles erzählt, was sie damals miterlebt hatte.«

»Und das konnten Sie unmöglich zulassen, nicht wahr, Mr. Chisholm?« Es war Mary, die jetzt sprach. »Sie wollten um jeden Preis verhindern, dass die Wahrheit ans Licht kommt. Sie hatten sich aus dem Staub gemacht, ihr Äußeres verändert. Aber ihr Vermögen, das Vermögen ihrer Eltern, steckte noch immer zu einem guten Teil in deren Firmen. Wenn Sie als Mörder ihrer Schwester überführt worden wären, hätte man ihnen den Zugriff darauf entzogen. Daher haben Sie Claire und Bridget aus der Ferne weiter beobachtet.«

»Scharfsinnig wie immer, Mrs. Arrington«, sagte Lawrence. »Sie liegen ganz richtig. Ich habe meine Quellen, die mich über Claire und ihre Entwicklung auf dem Laufenden hielten.« Er wandte sich an Bridget. »Fandest du es nicht verwunderlich, Schwesterherz, dass wie aus dem Nichts plötzlich dieser brillante Musiktherapeut auftauchte und dir seine Dienste anbot wie ein rettender Engel?«

»Was soll das heißen?«, rief Bridget. »Willst du damit sagen …«

»Ganz recht!« Lawrence lächelte triumphierend. »Er handelte in meinem Auftrag. Ich hatte es satt, in Sorge zu leben. Er sollte mir endlich Sicherheit und Ruhe verschaffen, damit ich nicht mehr länger fürchten musste, überführt zu werden. Seine Aufgabe war nicht, Claire zu helfen und ihre Erinnerungen wieder zum Vorschein zu bringen. Im Gegenteil! Er sollte dafür sorgen, dass sie alles vergaß. Die Besserung, die du an ihr festgestellt hast, hatte nichts mit ihm zu tun. Sie war vielleicht Teil von Claires Bewältigungsprozess oder das späte Ergebnis einer anderen Behandlung, was weiß ich.« Er machte eine wegwerfende Handbewegung. »Der Therapeut, den ich angeheuert habe, versuchte jedenfalls nach bestem Vermögen, eine Heilung zu unterbinden – Claire solche Angst zu machen, dass ihre Erinnerungen niemals an die Oberfläche treten würden. Als er daran scheiterte und mir mitteilte, dass meine liebe Nichte bald sprechen und mir gefährlich werden würde, blieb mir nichts anderes übrig, als nachzuholen, was ich damals, nach dem Mord an ihrer Mutter, so fahrlässig versäumt hatte.«

»Ich hatte keine Ahnung, dass der Therapeut ein Handlanger von Lawrence war«, sagte Bridget, an Mary gewandt. Der Schock darüber war ihr noch immer anzusehen. »Aber ich spürte, dass mein Bruder uns all die Jahre nicht aus den Augen ließ. Ich wusste, dass Claire in Gefahr schwebte, vor allem, da sie kurz davor stand, endlich alles zu erzählen. Lawrence würde versuchen, es um jeden Preis zu verhindern. Darum habe ich sie auf dieses Schiff gebracht. Zuvor hatte ich eine kleine Hütte in der Wildnis Norwegens gemietet, nicht weit von Flåm. Dahin wollte ich mit Claire fliehen und mich mit ihr verstecken. Bis sie so weit war, wieder zu sprechen und alles ans Licht zu bringen. Bis sie eine Aussage bei der Polizei machen konnte.«

»Sie haben von diesem Plan erfahren«, sagte Mary zu Lawrence. »Aber wie haben Sie es geschafft, als Offizier auf die *Queen Anne* zu kommen?«

»Ein Kinderspiel«, sagte er. »Nach Ihrer ersten Mordermittlung auf dem Schiff hatte doch die halbe Mannschaft das Weite gesucht. Ich brauchte also nur eine paar Zeugnisse und Empfehlungsschreiben zu fälschen. Als Offizier konnte ich mich überall an Bord vollkommen frei bewegen. Alle hielten mich für den freundlichen, zuverlässigen Hendrik de Jong.«

»Bis auf Christoph Winkler. Sie müssen einander begegnet sein, als er Alicias und Claires Klavierlehrer gewesen war. Er hat sie wiedererkannt«, sagte Mary.

»Ich frage mich immer noch, wie er das gemacht hat. Schließlich war nicht mal meine eigene Schwester dazu in der Lage.« Lawrence Chisholm strich sich das Haar zurecht. Und zwar auf jene Weise, auf die er es als Hendrik de Jong so oft getan hatte. In diesem Moment wurde es Mary klar.

»Es war eine auffällige Gewohnheit, an der er sie erkannte, Mr. Chisholm. Es sind eben die kleinen Dinge, die so viele übersehen, die einen am Ende aber doch verraten.«

Lawrence schaute sie verwirrt an. Doch dann hielt seine Hand, die noch immer sein Haar zurecht strich, inne und er begriff.

»Winkler ahnte, was sie vorhatten. Er musste schon damals gewusst oder zumindest geahnt haben, dass Sie der Mörder Ihrer Schwester sind. Woher, können wir leider nicht wissen. Seine Schuldgefühle, der Polizei nichts gesagt zu haben, waren so groß, dass er depressiv wurde. Hier auf dem Schiff aber wollte er sich nicht wieder schuldig machen. Er wollte Bridget und Claire warnen. Aber Bridget tat alles, was in ihrer Macht stand, um Claire und sich von allen anderen Menschen abzuschirmen.«

»Ich erinnerte mich an Christoph«, sagte Bridget. »Es machte mir Angst, dass er auf dem Schiff war. Es schien mir ein allzu unglaublicher Zufall. Ich fragte mich, ob er etwas mit dem Mord damals zu tun gehabt hatte. Darum ging ich ihm aus dem Weg. Als er Claire und mich in der *Grand Lobby* sah und begriff, dass dieser angebliche Offizier hier Lawrence ist, spielte er das Lied, das er Claire und ihrer Mutter beigebracht hatte. Er wollte uns warnen. Aber ich verstand ihn falsch. Ich dachte, er wollte uns drohen, uns damit Angst machen. Er versuchte später noch mal, mit uns zu reden. Aber ich wies ihn ab, drohte damit, das Sicherheitspersonal zu verständigen, falls er uns weiter belästigen sollte.«

»Aber er gab nicht auf, sondern spielte das Lied ein zweites Mal während des Konzerts«, sagte Mary.

»Ja, ja, ein wahrer Held«, spottete Lawrence. »Der aber, wenn ich daran erinnern darf, alles andere als heldenhaft starb.«

»Ein Meister Ihres Metiers sind Sie aber auch nicht gerade«, sagte Mary. »Schließlich wären Sie mit Ihrer Tat durchgekommen, wenn Sie sich zurückgehalten hätten. Aber sie konnten nicht anders, als ihm das Kinderlied an die Brust zu heften. Das war der Fehler, der Ihnen zum Verhängnis wurde.«

Chisholm richtete ein weiteres Mal seine Frisur.

»Ich hatte gehofft, dadurch den Verdacht auf die Sängerin zu lenken, vor allem, da ich ihr ja schon den Brieföffner geklaut hatte, um ihn als Mordwaffe zu verwenden. Aber ich fand auch, dass es einen gewissen ironischen Gehalt besaß, das Lied bei ihm zurückzulassen, durch das er sein eigenes Schicksal besiegelt hatte. Ich hätte wohl lieber darauf verzichten sollen.«

»Ich wünschte, ich hätte Christoph aussprechen lassen«, sagte Bridget und schluchzte. »Ich wünschte, ich hätte ihm zugehört. Dann wäre all das nicht passiert.«

»Sie wussten nicht, wem Sie trauen konnten«, wollte

Mary sie trösten. »Es ist verständlich, dass Sie ihm gegenüber vorsichtig waren, so wie es verständlich ist, dass Sie mir nicht die Wahrheit sagten, nachdem wir Sie aus Flåm zurückgebracht hatten. Es hätte bedeutet, Ihre und Claires Identität preiszugeben. Claire in Gefahr zu bringen. Erst nachdem ich Ihnen meinen eigenen Verdacht gegenüber dem angeblichen Hendrik de Jong mitteilte, konnten Sie sicher wissen, dass ich auf Ihrer Seite stehe – und mir helfen, ihm diese Falle zu stellen.« Mary wandte sich an den überführten Mörder. »Übrigens hätte ich da noch eine Frage, Mr. Chisholm.«

»Tatsächlich?«, sagte er mit einem spöttischen Lächeln. »Das wundert mich, Mrs. Arrington. Sie scheinen doch alles bis ins kleinste Detail herausgefunden zu haben.«

»Bis auf dieses eine Detail, über das Sie mich vielleicht noch gerne aufklären möchten.«

»Wenn ich helfen kann bin ich Ihnen selbstverständlich gerne zu Diensten.« Er vollführte eine höhnische kleine Verbeugung.

»Sehr freundlich von Ihnen. Was ich nicht verstehe: Warum haben Sie mich gewarnt, als das Rettungsboot mich beinah erschlagen hätte? Schließlich wussten Sie, dass ich dabei war, den Mord an Winkler zu untersuchen. Wenn der Anschlag auf mein Leben gelungen wäre, hätte sich das Problem für Sie erledigt.«

Lawrence Chisholm verzog das Gesicht. Alle falsche Freundlichkeit, die zuvor noch darin gestanden hatte, war verschwunden. Seine Miene zeigte nur noch Abscheu.

»Wenn ein abgehalfterter Bordpianist krepiert, schert das kein Schwein. Aber wenn die berühmte Schriftstellerin und High-Society-Dame Mary Elizabeth Arrington draufgeht, sieht die Sache schon anders aus. Bei Winkler konnte ich darauf bauen, dass Germer den Mord vertuschen würde. Bei Ihnen hingegen … Germer hätte vielleicht auch das als Unfall abgetan. Der Kapitän ganz sicher nicht. Vor allem, da Sie beide inzwischen miteinander angebandelt haben. Er hätte alles sofort publik gemacht. Die Presse hätte sich auf die Sache gestürzt, die Polizei natürlich auch. Das konnte ich nicht gebrauchen. Darum warnte ich sie. Aber Sie können mir glauben, dass mir nichts lieber wäre, als Sie dafür verrecken zu lassen, dass Sie mir alles kaputt gemacht haben, Sie schnüfflerische alte Schabracke!«

Plötzlich riss er seinen Arm nach oben und Mary sah etwas in seiner Hand aufblitzen – einen Dolch, den er in seinem Ärmel verborgen hatte. Lawrence stürzte vor, um Mary die Waffe in den Bauch zu rammen. MacNeill versuchte, seinen Arm zu fassen. Aber er war zu langsam, ebenso wie die Offiziere. Mary versuchte, auszuweichen. Doch wäre es ihr niemals rechtzeitig gelungen.

Da aber, im letzten Moment, wurde Chisholm zur Seite gerissen. Antonio musste seine Bewegung vorausgeahnt haben. Mit einem Hechtsprung warf er sich auf ihn. Unter der Wucht des Zusammenstoßes verlor Chisholm nicht nur seinen Dolch, sondern auch das Gleichgewicht. Antonio hielt ihn gepackt und wirbelte ihn herum. In einer grotesken Umklammerung taumelten die beiden durch die *Grand Lobby.* Bridget Chisholm und Claire wichen erschrocken aus, als sie sich dem Flügel näherten. Chisholm versuchte, Antonio einen Schlag zu verpassen. Der Maschinist aber blockte ihn und versetzte seinem Gegner einen krachenden Kinnhaken. Chisholm stolperte rückwärts und fiel. Ein lautes ›RUMMMS‹ erklang, gefolgt von einem eher unmusikalischen Surren der Saiten, als er mit dem Kopf gegen die Kante des Flügels prallte. Er stieß noch einen ächzenden Laut aus, bevor sich seine Augen verdrehten und er bewusstlos in sich zusammensackte.

Antonio war sichtlich zufrieden. Mary wusste nicht, was ihn mehr erfreute. Ihr Leben gerettet zu haben oder seinen vermeintlichen Rivalen in der Gunst um Sandra niedergerungen zu haben.

»Du hast ihn erledigt«, rief Sandra, warf sich Antonio an die Brust und überhäufte ihn mit Küssen. Antonio schlang seine Arme um sie. Mary lächelte glücklich.

MacNeill gab seinen Offizieren ein Zeichen.

»Schaffen Sie Mr. Chisholm von hier fort. Wenn wir wieder in England sind, übergeben wir ihn der Polizei. Bis dahin wird er den Rest der Kreuzfahrt eingesperrt in seiner Kabine genießen. Es wird für lange Zeit seine letzte Reise gewesen sein.«

50

»Das war es dann also, Mary. Sie haben es geschafft. Sie haben das Rätsel des Liedes, dieser tödlichen Melodie, gelöst. Der Mörder ist gefasst – ich denke, darauf können wir getrost anstoßen.«

Mary hielt ihm ihr Glas entgegen.

»Da bin ich völlig Ihrer Meinung, George.«

Sie stießen an und tranken, wie sie vor ein paar Tagen miteinander angestoßen und getrunken hatten. Nein, dachte Mary, nicht wie vor ein paar Tagen. Sie saßen nicht in der Kabine des Kapitäns, sondern standen auf seinem Balkon, wohin MacNeill sie eingeladen hatte. Auf einen Schlummertrunk nach der ganzen Aufregung in der *Grand Lobby*, wie er gesagt hatte. Wie beim vorherigen Mal waren sie allein. Aber heute tranken sie nicht auf einen Pakt, den sie zur Ergreifung des Mörders geschlossen hatten. Sie tranken auf die Ergreifung des Mörders selbst, weshalb sich, ein weiterer Unterschied, nicht Rum in ihren Gläsern befand, sondern Sekt. Dazu gesellte sich noch die nicht unwesentliche Tatsache, dass sie beide heute mehr anhatten als bloß ihre Bademäntel.

»Ich kann gar nicht ausdrücken, wie erleichtert ich bin. So bravourös Sie den Verbrecher auch geschnappt haben – ein wenig Sorge hatte ich schon noch wegen Germer. Aber Sie hatten ihn ausgezeichnet im Griff.«

Nachdem Antonio Chisholm außer Gefecht gesetzt hatte, hatte Mary den Schiffsarzt verständigen lassen. Er war alles andere als begeistert gewesen, mitten in der Nacht aus seinem Schönheitsschlaf gerissen worden zu sein. Und seine Begeisterung sank weiter ab, als er erfahren hatte, was vorgefallen war. Zunächst hatte er versucht, sich aufzuplustern, hatte Mary und MacNeill schlimme Konsequenzen für ihr Handeln angedroht. Aber Mary hatte ihm vor Augen geführt, dass es zu viele Zeugen gab, die bestätigen konnten, was sich ereignet hatte. Die gehört hatten, dass Lawrence den Mord an Winkler gestanden hatte. Dann hatte sie Germer daran erinnert, dass er sich in einer äußerst misslichen Lage befand. Schließlich hatte er nicht nur eine Leiche verschwinden lassen, sondern auch Beweismittel vernichtet und ihre Ermittlungen in einem Mordfall sabotiert. Ganz schlechte Presse, hatte sie abschließend gesagt. Es sei denn, er würde hier und jetzt eine Kehrtwende hinlegen. Er hatte sich grummelnd einverstanden erklärt.

»Ja, ich hatte ihn im Griff«, sagte Mary. »Und Sie, mein lieber Herr Kapitän, haben Ihr Schiff wieder.«

MacNeill strahlte.

»Mit Ihnen an Bord. Wodurch mein Kommando gleich noch mal schöner wird. Aber«, er wurde ernst. »Was glauben Sie, wie es mit Claire und Bridget Chisholm weitergeht?«

Mary blickte auf die Fjordlandschaft, durch die sich die *Queen Anne* langsam vorwärtsbewegte. Sie hatte keine Ahnung, wie spät es war. Irgendwann mitten in der Nacht. Ein riesiger Vollmond beschien mit mildem Licht die Hügel, die um sie herum lagen. Ein kühler Wind ging, und obwohl Mary einen Mantel trug, ließ er sie sachte frösteln. Sie musste an das Lied denken, das die Diva gesungen hatte, das Lied von dem Zwerg und der Königin. Und an Christoph Winkler, der sie am Flügel begleitet hatte. Für ihn war diese Geschichte tragisch ausgegangen. Für ein junges Mädchen aber bedeutete sie einen Neuanfang.

»Sie hat noch viel durchzumachen«, antwortete Mary schließlich. »Es wird lange dauern, bis sie den Tod ihrer Mutter und die anderen schrecklichen Erlebnisse von damals verarbeitet hat. Aber immerhin kann sie nun damit anfangen. Ich bin zuversichtlich, dass es ihr gelingen wird, mit Bridgets Hilfe.«

Die beiden Frauen hatten sich in der *Grand Lobby* bei Mary für alles bedankt. Bridget Chisholm hatte ihr die Hand gedrückt, Claire war ihr um den Hals gefallen. Das Mädchen hatte geweint, sicher aufgrund der Aufregung, die sie durchgemacht hatte. Aber sicher auch, weil sie dem Mörder ihrer Mutter gegenübergestanden hatte. Zugleich hatte Mary gespürt, dass ihre Tränen auch Tränen der Erleichterung waren. Claire hatte das schlimmste Kapitel in ihrem Leben überstanden. Sie würde nun ohne Angst leben können. Sie würde frei sein, und Bridget Chisholm würde ihr diese Freiheit endlich gönnen – jetzt, wo die tödliche Gefahr für Claires Leben ein für alle Mal gebannt war. Bestimmt, dachte Mary, würde Claire eines Tages auch wieder sprechen.

»Ich wünsche es ihr von Herzen, und auch darauf, denke ich, sollten wir trinken«, riss MacNeill sie aus ihren Gedanken.

»Auch da bin ich völlig Ihrer Meinung.«

Ein weiteres Mal ließen sie ihre Gläser klirren und tranken.

Eine Weile standen sie schweigend beieinander. Von den Hügeln schien eine tiefe, friedliche Stille zu ihnen herüberzudringen. Der Himmel war gesprenkelt mit der funkelnden Schönheit zahlloser Sterne.

MacNeill stützte sich auf die Brüstung des Balkons.

»Sagen Sie, Mary …«

»Was soll ich sagen, George?«

»Im Grunde ist alles geklärt, nicht wahr?«

»Lassen Sie mal sehen.« Mary stützte sich neben ihm auf. »Der Fall ist gelöst, der Täter gefasst, Ihr Job gerettet. Ja, George, im Grunde ist alles geklärt.«

Er brummte Zustimmung. Wieder verging eine Weile, während derer sie nur der Stille und dem Plätschern des Fjordwassers lauschten. Mary dachte schon, MacNeills Brummen werde seine einzige Erwiderung bleiben.

Dann aber sprach er weiter.

»Eine letzte Frage beschäftigt mich allerdings noch.«

»Ach ja, George? Welche Frage beschäftigt Sie?«

»Die Frage, was Sie eigentlich zu der Bemerkung meinen, die de Jong, ich meine Lawrence Chisholm heute Abend in der Lobby gemacht hat.«

»Welche Bemerkung denn?«, fragte Mary scheinheilig. Sie wusste sehr genau, worauf er sich bezog. Schließlich war es eine Bemerkung, die auch sie beschäftigte und auf die sie MacNeill über kurz oder lang selbst angesprochen hätte. Doch freute es sie, dass er ihr zuvorkam.

»Nun …« MacNeill tat sich sichtlich schwer damit, es auszusprechen. »Die Bemerkung, wir beide hätten … miteinander …«

»Angebandelt?«

Er lächelte, dankbar, dass sie ihm das Wort aus dem Mund genommen hatte. Aber auch verlegen, ein alter Seebär, der in unbekanntes Fahrwasser geraten war.

»Genau.«

Er wandte sich ihr zu, und sie schauten einander tief in die Augen.

»Wenn Sie mich so fragen, George, dann denke ich …«

»Was denken Sie, Mary?«

Mary trat einen Schritt auf ihn zu, bis sie dicht an

dicht voreinander standen. Ein Schauder schien MacNeill zu durchfahren. Aber er wich nicht zurück, und ihre Blicke verschmolzen miteinander.

»Ich denke, dieser Ausdruck mag ein wenig platt klingen. Aber er trifft durchaus zu. Wie sehen Sie das, George?«

Und bevor er etwas sagen konnte, hatte Mary bereits ihre Arme um ihn gelegt und seinen Mund mit ihren Lippen verschlossen. Eine Antwort wäre ohnehin nicht nötig gewesen.

Die Leidenschaft, mit der er ihren Kuss erwiderte, machte deutlich, dass der Kapitän völlig ihrer Meinung war.

ENDE